Annie Waye
Trust in Us – Nur du und ich

Über die Autorin

Annie Waye ist eine junge Autorin mit einer alten Seele. Sie ist auf der ganzen Welt zu Hause und seit jeher der Magie der Bücher verfallen. Sie schreibt, um den Charakteren und fremden Orten Leben einzuhauchen, die sie seit ihrer frühesten Kindheit nicht mehr loslassen. Wenn sie nicht gerade an Romanen arbeitet, veröffentlicht sie Kurzgeschichten und bereist die Welt auf der Suche nach ihrem nächsten Sehnsuchtsort.

Instagram: @anniewaye.author

Web: anniewaye.de

Annie Waye

Trust in Us
Nur du und ich

Roman

beHEARTBEAT

Vollständige ePub-to-Print-Ausgabe des in der Bastei Lübbe AG
erschienenen eBooks »Trust in Us – Nur du und ich« von Annie Waye.

beHEARTBEAT in der Bastei Lübbe AG

Copyright © 2021 by Bastei Lübbe AG, Köln
Textredaktion: Julia Feldbaum
Covergestaltung: Christin Wilhelm, www.grafic4u.de unter Verwendung von
Motiven © HstrongART/shutterstock; © dekazigzag/shutterstock
Satz: 3w+p GmbH, Rimpar
Druck: Books on Demand GmbH, Norderstedt

ISBN 978-3-7413-0215-2

www.be-ebooks.de
www.lesejury.de

Für Lisa.

Geliebt zu werden macht uns stark.
Zu lieben macht uns mutig.
- Laotse

1. Kapitel

»Hey, Caroline.«

Ich saß an meinem Schreibtisch im Redaktionsbüro der *Trojan Horse* über ein Rechercheprojekt gebeugt, als Mike, der Chefredakteur, zu mir trat. »Chris ist krank. Du musst sein Interview übernehmen.«

Ich lehnte mich auf meinem Stuhl zurück. »Kein Problem.« Jetzt, kurz vor Weihnachten, waren die schlimmsten Hausarbeiten schon abgegeben. Außerdem war ich meinem besten Freund und Lieblingskollegen noch einen Gefallen schuldig. »Um wen geht's?«

»Jeff Moreno.«

Ich runzelte die Stirn. »Jeff wer?«

»Moreno«, wiederholte er. »Aus dem Football-Team. Ein Runningback.«

»Ernsthaft?« Ich bohrte mir die Rückseite meines Kugelschreibers in die Schläfe, doch der Name sagte mir immer noch nichts. Dabei kannte ich jeden Spieler – gezwungenermaßen. »War er jemals auf dem Feld?«

»Er wurde in dieser Saison in jedem Spiel eingesetzt«, klärte er mich auf. »Der Unterschied zu den anderen ist, dass er sich eher unter dem Radar bewegt. Er hat keine Social-Media-Konten und geht auf keine Partys.«

»Wow.«

»Keine After-Game-Partys. Keine Siegesfeiern. Keine Wochenend-Saufgelage.« Er zuckte mit den Schultern. »Nichts.«

Ich schnaubte. *Wie aufregend.* »Was ist sein Problem?«

Mit einem Lächeln hob Mike den Zeigefinger. »Vielleicht findest du genau das ja heraus.«

Mike war der beste Chefredakteur, den ich mir wünschen konnte. Obwohl er es wegen seiner 1,70 Meter nicht ins Basketball-Team geschafft hatte, hatte er seinen Traum einfach umgelenkt und das

Sportressort der Uni-Zeitung gegründet. Gleichzeitig führte er regelmäßig Kampagnen durch, um People of Color eine Plattform zu geben – vermutlich nicht zuletzt, weil er selbst Afroamerikaner war. Wenn er sich etwas vornahm, klemmte er sich dahinter. Das einzige Problem war, dass er genau das auch von seinem Team erwartete.

Aber ich hatte nicht vor, ihn zu enttäuschen. »Wird erledigt, Boss.«

»Perfekt. Ich gebe ihm Bescheid.«

Das Interview war für heute Nachmittag unmittelbar vor Jeffs Training angesetzt, weshalb wir uns auf dem Campus unserer Uni – der University of Southern California – trafen. Auf unserer Website fand ich die wichtigsten Rahmeninfos und Spielstatistiken über ihn. Außerdem waren dort zwei Fotos von ihm abgebildet: ein großes in voller Montur, auf dem er sich gerade mitten im Sprint befand, und ein kleineres Porträt mit rotem Trojans-Anzug und Krawatte – und einem netten Lächeln im Gesicht.

Ich ertappte mich dabei, dass ich das zweite Foto etwas länger ansah, als ich müsste. Jeff hatte schwarze Haare, dichte Brauen und ein aufrichtiges, warmes Lächeln, zu dem sich nur selten jemand für ein Foto quälen konnte. In seinem Blick lag nicht derselbe arrogante Ausdruck wie in dem unseres Quarterbacks, der auf seinem Bild mit hoch erhobenem Haupt in die Kamera starrte. Dagegen wirkte Jeff so, als hätte er einfach nur pure Freude am Leben.

Er sah ganz nett aus. Aber meiner Erfahrung nach konnte *nett* auch *abgrundtief langweilig* bedeuten.

Nachdem ich Chris' Unterlagen durchgesehen hatte, fühlte ich mich bestens vorbereitet. Die anderen Redakteure nannten mich inzwischen schon »die Bohrmaschine«, weil ich Chancen für gezielte Fragen witterte und so lange nachbohrte, bis ich eine brauchbare Antwort bekam. Der richtig große Coup war mir trotz meines Talents leider noch nicht gelungen, und ich bezweifelte, dass gerade Jeff Moreno etwas daran ändern würde.

Los Angeles kannte selbst im Dezember keine Wintertemperaturen, weshalb ich weite Hotpants und eine weiße Bluse trug, durch die sich mein schwarzer BH deutlich abzeichnete. Meine blonde Wallemähne fiel mir locker über die Schultern. Das Make-up saß perfekt, und auch wenn ich mir eine bessere »Top Story der Woche« vorstellen konnte, war ich so was von bereit für Jeff.

Das *Poppy's*, ein nettes Eiscafé, befand sich direkt auf dem Uni-Campus. Weil sie einige Rabattaktionen für Studenten am Laufen hatten, war es eigentlich immer gut besucht. Gleichzeitig war die Atmosphäre so familiär, dass man sogar mit seinen Großeltern ohne schlechtes Gewissen herkommen könnte – oder eben mit öden Interviewpartnern.

Jeff Moreno wartete bereits an einem der Tische und stand auf, als ich das Café betrat.

Zugegeben, es gab eigentlich keine Athleten, die nicht heiß aussahen. Selbst wenn sie rein äußerlich nicht gerade eine Zehn waren, verschaffte ihnen zumindest der Erfolg das gewisse Etwas. Doch jetzt, wo ich ihn live und in Farbe sah, kam Jeff der Zehn auch so schon ziemlich nahe – so nahe, dass ich mich fragte, warum er mir nicht schon früher aufgefallen war.

Er war groß, wahrscheinlich um die 1,90 Meter, und trug ein weißes Shirt, das einen Kontrast zu seiner olivenfarbenen Haut herstellte. Dazu eine schwarze Lederjacke, die seine breiten Schultern betonte. Abgerundet wurde der Anblick von einer Goldkette mit einem kleinen, runden Anhänger, der irgendwie nach Aztekengold aussah: mit einem abstrakten Gesicht in der Mitte, das von unzähligen Symbolen wie Blumen und Wolken umrahmt wurde.

Er hatte seine schwarzen Haare locker nach hinten gegelt und sein Kinn glatt rasiert. Als ich mich ihm näherte, überraschte es mich, dass mir keine Wolke Aftershave entgegenkam.

»Du musst mein Date sein«, begrüßte er mich mit einem schiefen Grinsen. Etwas angenehm Raues lag in seiner Stimme.

»Hi.« Ich schenkte ihm mein strahlendstes Lächeln. »Caroline Jenkins vom *Trojan Horse*.«

»Jeff Moreno.«

Wir schüttelten einander kurz die Hand – seine fühlte sich warm und unerwartet weich an –, und er nickte in Richtung des Tisches. Auf seiner Seite lag eine wuchtige Sporttasche auf der Bank. »Wollen wir?«

»Sehr gern.« Er setzte sich zurück auf seinen Platz, während ich mich ihm gegenüber niederließ. »Schön, dass du dir den Termin freischaufeln konntest.« Ich stockte. »Du hast keine eifersüchtige Freundin, die uns hier auflauern könnte, oder?«, fragte ich vorsichtshalber, weil ich nach nur zwei Jahren im Geschäft schon *alles* erlebt hatte – und weil ich neugierig war.

Jeff lächelte. »Nein«, erwiderte er. »Keine Freundin.«

Ich bestellte einen Cappuccino und er einen schwarzen Kaffee. Manche Interviewpartner nutzten es aus, dass die Uni-Zeitung die Bewirtungskosten für sie übernahm, und orderten einen Milchshake nach dem anderen, aber Jeff war wohl nicht danach, unser begrenztes Budget auszubeuten.

Als die Getränke gebracht wurden, legte ich mein Handy vor mich auf den Tisch und öffnete meine Memo-App. »Darf ich?«

»Klar.«

Wahrscheinlich könnte ich die Aufnahme nach dem Interview sofort wieder löschen, weil sich sowieso nichts Spannendes ergeben hatte.

Schnarch …

Nachdem ich Chris' Notizen gesichtet hatte, hatte ich beschlossen, seinen Gesprächseinstieg zu übernehmen: »Jeff, für die USC Trojans und dich geht es gerade steil bergauf. Du hast im letzten Spiel zwei phänomenale Touchdowns erzielt und -«

Er hob die Brauen. »Du warst dort?«, fragte er interessiert.

»Natürlich.« Ich reckte das Kinn. »Ich komme zu jedem Spiel.« Weshalb es mich umso mehr überraschte, dass mir vorhin nur seine Rückennummer, die 26, und nicht sein Name bekannt vorgekommen war.

Mein Vater hatte sich schon immer einen Sohn gewünscht, der seine Sportleidenschaft teilte. Als ich dann auf die Welt gekommen war, hatte er es sich dennoch nicht nehmen lassen, mich von klein auf zu allen möglichen Sportveranstaltungen mitzunehmen. Ich war mir ziemlich sicher, dass er es nicht getan hätte, hätte er gewusst, dass er eine Liebe zum Sport in mir entfachen würde, die mich über zehn Jahre später dazu brachte, mich für Journalismus und nicht für BWL einzuschreiben. Eine Entscheidung, die mir meine Eltern immer noch nicht verziehen hatten. Das wurde mir immer wieder schmerzlich bewusst, wenn ich einmal mehr vergeblich versuchte, auf mein altes Bankkonto zuzugreifen – sie hatten es pünktlich zum ersten Semester gesperrt.

»Jedenfalls«, holte ich noch mal aus, »habt ihr mit 14:28 gewonnen und euch damit für das PAC-12-Meisterschaftsspiel im Januar qualifiziert.« Für Senior-Year-Studenten wie Jeff war das der vielleicht wichtigste Termin überhaupt, weil einige Football-Scouts vor Ort sein würden, um die besten Spieler von der Uni zu rekrutieren.

»Die After-Game-Party muss legendär gewesen sein, oder?«, fragte ich zaghaft.

»Kann ich dir leider nicht sagen.« Er nahm seine Tasse und nippte am Kaffee. »Ich war nicht da.«

»Richtig!«, erwiderte ich, als wäre mir das Offensichtliche gerade erst wieder eingefallen. »Was hat dich dazu gebracht, den spaßigsten Teil der Veranstaltung zu schwänzen?«

Er runzelte die Stirn. »Habe ich das?«, gab er zurück. »Seit wann gehört der Sport denn nicht zum spaßigen Teil?«

Ich verdrehte die Augen. »Du weißt, was ich meine! Bei den letzten Sportpartys hat man dich jedenfalls vergeblich gesucht.« Ich hob eine Braue. »Wie findet dein Team das eigentlich? Arbeitet ihr gut zusammen?«

»Die Zusammenarbeit klappt wunderbar«, antwortete er gelassen.

Doch ich hatte das Gefühl, dass ich auf der richtigen Fährte war.

»Und verstehst du dich sonst gut mit ihnen?«

Jeff seufzte, als wüsste er, worauf ich hinauswollte. »Es ist mir egal, ob die anderen mich mögen oder nicht. Hauptsache, ich spiele gut.«

Ich nickte bedächtig. »Also ist dir Erfolg wichtiger als Freundschaft.«

»Nichts ist wichtiger als *wahre* Freunde. Und von denen hat man als Sportler leider nicht viele.« Er lehnte sich zurück und stützte sich mit einem Arm an der Rückenlehne der Bank ab. »Was ist mit dir?«, fragte er plötzlich. »Warst du dort?«

Ich blinzelte. »Ich?«

»Ich kenne dich«, drohte er mir für einen Moment den Wind

aus den Segeln zu nehmen. »Du warst mal mit Vaughn zusammen. Und mit DeAndre. Du musst ständig auf diesen Partys unterwegs sein.«

Ich spürte einen kalten Schauer im Nacken. Zum Glück wusste er offensichtlich nichts von den Teamkollegen, mit denen ich *nicht* offiziell zusammen gewesen war.

Ich hatte schon früh kapiert, dass Football-Spieler kein Beziehungsmaterial waren. Sie waren einfach viel zu eingebildet und scherten sich nicht um andere Menschen. Für die eine oder andere Nacht reichte es aber allemal.

Wobei ich Jeff auch nicht von der Bettkante stoßen würde. Aber das hier war mein Job. Und wenn ich Erfolg darin haben wollte, musste ich ihn ernst nehmen. Zumindest bis das Interview vorbei war.

»Das ist schon eine Weile her«, wehrte ich ab. Hier ging es schließlich nicht um mich. »Was studierst du eigentlich?«, versuchte ich, das Thema so galant wie möglich auf ihn zurückzulenken.

»Kriminologie.«

»Also willst du mal Cop werden?«

»Nein«, sagte er fest. »Ich will Football spielen.«

Ich lächelte. »Wer will das nicht?« *Gähn* … »Aber warum dann gerade Kriminologie?«

»Warum gerade Journalismus?«, gab er nüchtern zurück.

Ich zog die Brauen zusammen. »Warum interessiert dich das?«, fragte ich eine Spur zu scharf.

Er zuckte nicht mit der Wimper. »Du bist klug und erfolgreich. Du hast Geld und viele Freunde«, zählte er auf. »Dir hätten noch ganz andere Möglichkeiten offen gestanden als Journalismus.«

Ich umklammerte meine Kaffeetasse fester. »Woher willst du das alles wissen?«, fragte ich, während eine dumpfe Unruhe in mir aufstieg.

»Tja.« Jeff lächelte schief. »Du bist nicht die Einzige, die für heute recherchiert hat.«

Ich riss die Augen auf. »Was?« *Stalker*, schoss es mir durch den Kopf.

»Deine Eltern sind Frank und Pamela Jenkins«, fuhr er fort. »Ihnen gehört Jenkins Enterprise, einer der größten Sportsponsoren der Region.«

Das war nett ausgedrückt, wenn man bedachte, dass sie neben ihrem Kleidungsimperium, bestehend aus mehreren separaten Firmen und Marken, außerdem noch Anteile an einer Airline, einer Fast-Food-Kette und einer Soft-Drink-Marke hielten. »Wahrscheinlich wollen sie, dass du ins Familiengeschäft einsteigst, nicht wahr?«

»Das ist doch -«

Er ließ nicht zu, dass ich ihn unterbrach. Wer führte hier das Interview mit wem?

»Du hast kein Stipendium gebraucht, um hier zu studieren. Du hättest wahrscheinlich genug Geld auf deinem Konto, um drei deiner Kommilitonen durchs Studium zu bringen. Und trotzdem jobbst du im Café direkt gegenüber.« Er legte den Kopf schief und schenkte mir einen tiefen Blick. »Wie ist das möglich, Caroline Jenkins?«

Ich schlug die Beine übereinander. »Man bekommt dort viele Dinge mit, wenn der Tag lang ist. Die perfekte Grundlage für eine Uni-Journalistin.«

»Richtig.« Er nickte wissend. »Eine Journalistin. Warum? Wenn es darum geht, ins Geschäft deiner Eltern einzusteigen, ist dieser Abschluss nicht gerade hilfreich.«

Ich fühlte mich nackt – und vor allem aus dem Konzept gebracht. »Das ist eine andere Geschichte«, wich ich betont ruhig aus. »Gerade eben würde ich viel lieber über dich sprechen.«

Es überraschte mich, dass ich einen Sportler ausnahmsweise dazu zwingen musste, über sich selbst zu reden. Normalerweise musste man keine zwei Worte sagen, bis sie in einem Monolog über sich selbst versanken. Der hier machte es mir wirklich schwer.

»Wie stehst du zu Travis O'Connell?«, fragte ich weiter. »Mir ist zu Ohren gekommen, dass die Stimmung zwischen euch ziemlich angespannt ist.« Das war ein totaler Bluff. Ich hatte keinen Plan, ob sie einander hassten oder heimlich in einer Beziehung miteinander waren. Ich wollte Jeff einfach nur aus der Reserve locken.

Seine Miene blieb unverändert. »Wo hast du das denn gehört?«, fragte er tonlos – und ließ mich allein damit wissen, dass ich ins Schwarze getroffen hatte.

Ich hob meine Tasse an die Lippen und schenkte ihm über ihren Rand hinweg einen wissenden Blick. »Ich habe da eben so meine Quellen.«

Belustigt schüttelte Jeff den Kopf. »Was auch immer ich jetzt sage, du wirst versuchen, mir die Worte im Mund herumzudrehen, oder?«

Kluges Kerlchen.

»Weil du eine Skandalstory brauchst. Aber das wird bei mir nicht funktionieren.«

Ich ließ mich nicht einschüchtern. »Nicht?«, fragte ich unschuldig.

»Nein.« Er lehnte sich am Tisch vor. »Bei mir gibt es keine Skandale.«

Ich lächelte spitz. »Das glaube ich dir nicht.« Ich würde schon noch dahinterkommen.

Eine kurze Stille breitete sich zwischen uns aus, in der ich meine Tasse wieder abstellte und wir einander beobachteten wie zwei Raubtiere, die auf den ersten Angriff des anderen warteten.

Mit dem, was dann kam, hätte ich allerdings als Letztes gerechnet: »Ich mag deine Augen.«

Mein Mund öffnete sich, doch kein Ton drang daraus hervor. Etwas beschämt senkte ich den Blick. Ich hatte ein grünes Auge von meiner Mutter und ein blaues von meinem Vater geerbt. Und eines schönen Tages würden sie mir ihre Firma vererben. Zumindest wenn es nach ihnen ging. »Die meisten Menschen finden sie eher seltsam.«

»Egal wie ästhetisch man sie findet oder nicht«, sagte Jeff nachdenklich. »Mit ihnen kannst du dir sicher sein, dass dein Gegenüber dir immer in die Augen sieht. Und das kann nicht jeder von sich behaupten. Vor allem nicht Frauen wie du, die …« Sein Blick glitt meinen Oberkörper hinab, doch er sprach nicht weiter.

Ich wusste genau, worauf er hinauswollte. »Die was?«, fragte ich, während ein wohliges Kribbeln in meiner Magengrube aufstieg. Wollte Jeff dieses Interview etwa in einen Flirt verwandeln?

Doch er machte sich rar. »Du weißt selbst, wie du aussiehst.«

Ich konnte nicht anders, als zu lächeln. »Mir würde es aber nichts ausmachen, das aus deinem Mund zu hören.«

Ein paar Sekunden lang sah Jeff mich einfach nur an – genug Zeit, damit ich mir vorstellen konnte, wie ich die Lederjacke von seinen Schultern streifte, bevor er betont langsam meine Bluse aufknöpfte …

Sein Mund öffnete sich einen Spaltbreit: »Ein andermal.«

Ich nagte an meiner Unterlippe und spürte einen Stich der Enttäuschung – doch da war noch mehr: Ich wusste nicht, was gerade zwischen uns passierte, aber es gefiel mir.

Ich riss mich am Riemen. Schließlich vertrat ich hier meinen Kollegen. Und hätte Chris auch mit ihm geflirtet?

Okay, vielleicht hätte er das. Doch das bedeutete nicht, dass *ich* es tun durfte. Ich hatte hier einen Job zu erledigen, und Jeff Moreno machte es mir nicht gerade leicht.

Er hatte keine Ahnung, dass ich es liebte, herausgefordert zu werden.

Das Interview wäre beinahe völlig in den Hintergrund gerückt.

»Wer ist dein Vorbild im Leben?«, fragte ich, weil es mich wirklich interessierte und nicht, weil es in meinem gedanklichen Fragenkatalog stand. Jeff faszinierte mich – und das nicht nur mit seinen sportlichen Leistungen, sondern vor allem mit seiner Persönlichkeit.

Jeff überlegte nicht. »Meine Mutter.«

»Deine Mutter?« Das kam unerwartet. »Warum?«

Er zögerte. »Sie hat viel durchgemacht«, sagte er dann. »Sie hatte es nie einfach im Leben. Als mexikanische Einwanderin wird man hier nicht gerade mit offenen Armen empfangen.« Er starrte in die Schwärze seines Kaffees. »Doch sie hat sich durchgebissen. Sie hat gekämpft und nie aufgegeben. Vor allem, um mir ein besseres Leben zu ermöglichen, als sie es hatte. Was sie für mich getan hat, kann ich nie zurückzahlen. Aber ich kann ihr Geschenk in Ehren halten – indem ich selbst nie aufgebe.«

Ich lächelte leicht. Noch nie zuvor hatte ich einen Mann so von seiner Mutter sprechen hören. Vielleicht empfanden andere es als Zeichen der Schwäche – als würden sie damit ihre Männlichkeit untergraben oder so. Doch das, was Jeff gesagt hatte, schmälerte meine Meinung von ihm kein bisschen. »Sie muss so stolz auf dich sein.«

Jeff nickte. »Das ist sie.«

Ich nahm einen großen Schluck von meinem Cappuccino. Er war nur noch lauwarm. »Und was ist mit deinem Dad?«

»Der ist gestorben, als ich noch klein war«, sagte er, ohne zu zögern.

Verdammt. Kein guter Gesprächsverlauf. »Das tut mir leid.«

»Muss es nicht. Ist lange her.«

»Darf ich fragen, wie es passiert ist?« Vielleicht könnte ich zumindest eine emotionale, aufwühlende Story über –

»Bei einem Autounfall.« Er seufzte lautlos. »Meine Mutter ist alles, was ich noch habe.« Er berührte den Anhänger seiner Kette, scheinbar ohne es selbst zu bemerken.

Erst jetzt fiel mir auf, dass die Aufnahme immer noch lief. Irgendwie unpassend. Ich stoppte sie beiläufig. »Lass uns über was Schöneres reden. Das anstehende Meisterschaftsspiel zum Beispiel.« Ich ließ den Blick schweifen – bis er an einem Schokoladen-Eisbecher hängen blieb, den eine Bedienung gerade an einen anderen Tisch brachte. Er bestand aus mehreren hellen und dunklen Schichten und besaß eine Krone aus Sahne und Kirschen. Mir lief das Wasser im Mund zusammen.

Jeff schien das nicht zu entgehen. »Willst du einen?«

»Ach«, winkte ich halbherzig ab. »Wer könnte bei dem Anblick keinen wollen?«

Er ließ nicht locker. »Du solltest einen bestellen.«

»Nein.« Entschieden schüttelte ich den Kopf. »Ich muss auf meine Linie achten.«

Jeff lachte. »*Ich* muss auf meine Linie achten. Du musst überhaupt nichts.«

Als mein Blick auf seinen traf, lag in seinen Augen nichts als pure Ehrlichkeit. »Na schön«, gab ich nach – aber nur, weil ich heute noch nichts gegessen hatte. »Willst du auch einen?« Da Jeff bisher nur einen lausigen Kaffee bestellt hatte, gab es das Budget allemal her.

»Ich bleibe hierbei«, antwortete er und tippte auf den Rand seiner Tasse.

»Okay.« Ich hielt nach der Bedienung Ausschau, die gerade dabei war, das Geschirr von drei Tischen in Richtung Küche zu tragen. Ich wartete, bis sie an uns vorbeiging, ehe ich zögerlich eine Hand hob. »Entschuldigung!«

Aus irgendeinem Grund erschrak die Frau so sehr, dass sie herumfuhr und die Türme aus Geschirr, die sie auf ihren Tabletts trug, in sich zusammenfielen. Ein spitzer Schrei drang aus ihrer Kehle, als mehrere leere Eisbecher auf den Boden krachten und in ihre Einzelteile zersplitterten.

Instinktiv rutschte ich auf meiner Bank in die andere Richtung, um weder von Scherben noch von Eis-Spucke-Resten getroffen zu werden. »Tut mir leid!«

Ich wurde gleich noch mal überrascht, als Jeff von seinem Platz aufsprang. Nicht, weil er getroffen worden war. »Ich helfe Ihnen«, sagte er, ehe er sich bückte und anfing, die Scherben vom Boden aufzusammeln und auf das Tablett zu legen.

»Danke!«, seufzte die Frau mit spanischem Akzent. »Vielen Dank!« Sie stand auf, vermutlich um einen Besen zu holen, der die Aufräumerei beschleunigen würde.

Da es ziemlich dumm aussähe, jetzt einfach sitzen zu bleiben, rutschte ich zum äußeren Rand der Bank, um Jeff zur Hand zu gehen. »Du bist so …«, ich stockte, »nett.« Das war untertrieben. Ich hatte sofort gewusst, dass er nicht wie die vielen Jocks an der USC war. Aber inzwischen sah ich ihn aus anderen Augen. Er war *nicht* langweilig. Sondern höflich, anständig und einfühlsam.

Er runzelte die Stirn. »Ist das eine Überraschung?«

Ich zuckte die Achseln und legte die letzte größere Scherbe auf das Tablett. »Ich dachte, du gehst nicht auf Partys, weil du ein asoziales Arschloch bist. Also – ja.«

Er grinste. »Klingt so, als hättest du deine Story gefunden.«

»Wir werden sehen«, wich ich aus.

Jeff stand auf, als die Bedienung mit dem Besen zurückkam. Zehn Minuten später war der Splitterregen beseitigt, und unsere neue Bestellung stand auf dem Tisch.

Ich sah Jeff über meinen Eisbecher hinweg an. »Ich glaube, du verheimlichst mir etwas, Jeff Moreno«, sagte ich, »aber ich werde schon noch herausfinden, was es ist.« Langsam schob ich mir etwas Eis in den Mund und zog den Löffel wieder zwischen meinen geschlossenen Lippen hervor. Als ich ihn erneut zum Eisbecher führte, entging mir nicht, dass Jeffs Blick immer noch an meinem Mund hing.

Ich lächelte. »Stehst du auf Schokolade?«

Ich bildete mir ein, dass ein Blitzen in seine Augen trat. »Und wie«, antwortete er mit tiefer Stimme.

Ohne meine Aufmerksamkeit von ihm abzuwenden, tauchte ich den Löffel in das Eis hinein und hob ihn dann an sein Gesicht. Jeff beugte sich etwas vor, und einen Moment später wünschte ich mir, ich wäre der Löffel. Er sah mir tief in die Augen, während er das Eis vom Besteck aß. Der bloße Anblick ließ eine ungeahnte Hitze in mir aufwallen.

Unwillkürlich malte ich mir aus, wie er mich mit diesen Lippen küsste. Wie er seine Arme um meinen Körper schlang, seine Brust ganz dicht an meiner …

Aber wenn er auch nur den Bruchteil der Würde besaß, die ich ihm zuschrieb, würde das nicht passieren. Dieser Mann ließ sich nicht mit jeder schönen Frau ein, die ihm zweifarbige Augen machte. Er wollte überzeugt werden. Nur gut, dass ich überhaupt kein Problem damit hatte, mir zu holen, was ich wollte. Und gerade eben wollte ich Jeff Moreno.

Doch leider hatte ich zu lange gebraucht, um mir das einzugestehen. Ein Vibrieren erklang aus seiner Richtung, und er zog sein Handy aus der Hosentasche. »Ich muss zum Training«, erklärte er mit einem entschuldigenden Blick.

Mein Herz machte einen Satz. Ich war noch nicht fertig mit ihm. Weder auf die eine noch auf die andere Weise. »Schade« war alles, was ich im ersten Moment rausbekam.

»Danke für die Einladung. Ich hoffe«, er erhob sich und schulterte seine Tasche, »du hast genug für deinen Artikel zusammenbekommen.«

Auf einmal schienen die Sekunden zu rasen – genau wie mein

Mund, der schneller sprach, als ich denken konnte. »Ehrlich gesagt«, hob ich an, »hatte ich gehofft, dich noch für ein Folgeinterview gewinnen zu können.« Zaghaft sah ich zu ihm hinauf. »Vielleicht Freitagabend bei dir?«

Für einen Augenblick wirkte Jeff erstaunt – dann lächelte er. »Wie wär's mit heute Abend? Nach dem Training?«

Ich blinzelte. Wow, wer hätte gedacht, dass dieser Mann so spontan sein konnte? »Umso besser. Ich muss schließlich eine Deadline einhalten«, schob ich gekonnt hinterher. Gleichzeitig ahnte ich, dass er mich längst durchschaut hatte.

2. Kapitel

Stunden später saß ich mit Jeffs Nummer und einer mehr oder weniger hilfreichen Aufnahme in meiner Einzimmerwohnung vor meinem Laptop. Ich hatte ein Textdokument geöffnet, in dem bisher nur zwei Worte standen: JEFF MORENO.

Das hier war wirklich schwieriger als gedacht. Natürlich könnte ich über seine Sportlerkarriere hier an der Uni schreiben, aber um alles darüber zu erfahren, müsste man lediglich die Mannschafts-Website aufrufen. Ich könnte über seine enge Bindung zu seiner Mutter schreiben oder über seine Werte und Ziele im Leben. Aber ich hatte das Gefühl, dass ich dazu einfach nicht befugt war. Weil ich immer noch nicht wusste, wer Jeff Moreno war. Weil er mir eine faszinierende Seite von sich gezeigt hatte, ich aber noch längst nicht alles von ihm gesehen hatte.

Ich musste mehr herausfinden. Aber das war nicht der einzige Grund, weshalb ich mich zu ihm eingeladen hatte. Es würde mich nicht einmal überraschen, wenn ich den Artikel von jetzt auf gleich vergaß, sobald ich seine Türschwelle übertreten hatte. Das war mir noch bei keinem anderen Interview passiert – doch zu meiner eigenen Überraschung hätte ich überhaupt kein Problem damit, diese Premiere mit Jeff zu feiern.

Um zweiundzwanzig Uhr hatte Jeff sich immer noch nicht gemeldet, aber das störte mich nicht. Die Trainings zogen sich regelmäßig in die Länge – manchmal so sehr, dass ich mich fragte, wie die Spieler sich überhaupt noch auf den Beinen halten konnten. Ich hoffte nur, dass ich nicht auf meiner Tastatur einschlief, bis er mir schrieb.

Eine Stunde später war es so weit – aber trotzdem sackten meine Mundwinkel beim Anblick der Nachricht herab.

Sorry. Mein Mitbewohner feiert eine Party. Kein guter Ort für ein Interview.

Unzufrieden starrte ich auf das Display. Ich hatte mich in Schale geworfen – in ein bauchfreies Top und Jeans – und den Look mit einer pinken Lederjacke perfektionieren wollen. Ich hatte mich geschminkt, dezenten Schmuck angelegt und trug Coco Chanel. Das sollte doch nicht umsonst gewesen sein, oder?

Komm zu mir, schlug ich vor und schickte ihm meinen Standort. *Ist nicht weit vom Campus.*

Jeff las die Nachricht sofort, antwortete aber nicht – so lange, bis ich einen Funken Ärger in der Magengrube spürte. Das hier war eindeutig nicht der richtige Zeitpunkt, mich zu ghosten.

Gerade als ich mein Handy weggelegt hatte, kam der Signalton: *Bin in zehn Minuten bei dir.*

Mein Herz machte einen Satz. »Yes!«, stieß ich hervor. Natürlich hatte Jeffs blöder Mitbewohner mir einen Strich durch die Rechnung gemacht. In seiner Wohnung hätte ich vielleicht mehr über ihn herausfinden können, als er mir freiwillig verraten wollte.

Aber schließlich gab es noch einen zweiten Grund, weshalb ich mich mit ihm hatte verabreden wollen, und eine wohlige Nervosität stieg in mir auf, als mir klar wurde, dass dieser jetzt von ganz allein in den Vordergrund rückte.

Ich zählte die Sekunden, bis es an der Tür klopfte. Obwohl ich ihn erst vor ein paar Stunden gesehen hatte, war ich irgendwie angespannt. Eine positive Anspannung mit Schmetterlingen im Bauch. Eine, bei der man unbedingt einen guten Eindruck machen wollte und bei der sein bloßer Anblick mein Herz höher schlagen ließ. Ich hatte keine Ahnung, wie ich Freitag hatte vorschlagen können. Zwei Tage kamen mir auf einmal wie eine Ewigkeit vor.

Ich öffnete – und da stand er und schenkte mir sein schiefes Lächeln. »Sorry für die Verspätung.« Unter seiner Lederjacke trug er Jeans und Hemd. Seine Haare schimmerten feucht.

»Ist doch kein Problem.« Ich umarmte ihn zur Begrüßung, und als ich seine Hände auf meinem Rücken spürte, schoss eine ungeahnte Wärme in mir hoch. Leider endete die Berührung viel zu früh.

»Schön hast du's hier«, kommentierte er, als er eintrat. Abgesehen von dem angrenzenden Bad bestand meine Wohnung aus meinem Bett, einem Schreibtisch und einer schmalen Küchenzeile. Dazwischen war gerade genug Platz für meine Yogamatte.

»Kann ich dir irgendetwas anbieten?«, fragte ich, während er sich Schuhe und Jacke auszog. *Sekt? Wein? Whisky?*

»Ein Kaffee wäre super.«

Ich hob die Brauen. »Es ist fast Mitternacht.«

Er zuckte die Achseln. »Ist das nicht gerade der Sinn und Zweck von Kaffee?«, gab er zurück. »Dass es nie zu früh oder zu spät dafür ist?«

Ich lachte. »Auch wieder wahr. Du hast Glück«, fuhr ich fort und schlenderte zu meiner Küchenzeile. »Ich hab vorhin noch welchen gemacht.« Wenn ich wieder eine knappe Deadline für Hausarbeiten oder Artikel hatte, war Kaffee mein Überlebenselixier.

Da ich nur einen Stuhl besaß – die meiste Zeit verbrachte ich ohnehin in der Redaktion –, bot ich ihn Jeff an, stellte seine Tasse auf den Tisch und setzte mich selbst ans Kopfende meines Bettes, das an die Wand neben dem Schreibtisch grenzte.

»Keine Aufnahme?«, fragte er grinsend.

»Da du meine Fragen beim letzten Mal sowieso nicht beantworten wolltest, habe ich beschlossen, jetzt einfach alles auf mich zukommen zu lassen.« Ich lächelte ihn an und hoffte, dass er den Wink mit dem Zaunpfahl verstand. Wir beide wussten, worauf das hier hinauslaufen würde. Es war nur noch eine Frage der Zeit, bis einer von uns den ersten Schritt machte.

Meine eigene Tasse mit beiden Händen umschließend, lehnte ich mich seitlich gegen die Wand. »Wie war das Training?«

Jeff dachte kurz nach. »Fordernd«, erwiderte er. »Das Meisterschaftsspiel steht vor der Tür. Coach Black zieht dementsprechend andere Saiten auf.« Neckisch hob er eine Braue. »Wie läuft die Suche nach dem großen Coup?«

Er forderte mich schon wieder heraus. Ein Teil von mir wollte sich darüber ärgern, konnte es aber nicht. Das Kribbeln in meinem Bauch war viel zu stark.

»Gute Frage.« Mein Nachbar von oben stampfte mal wieder quer durch seine Wohnung, doch ich ließ mich davon nicht beirren. »Sie könnte ein absoluter Reinfall werden oder«, ich musterte ihn von oben bis unten und stellte mir vor, wie seine nackte Haut unter all dem Stoff aussehen musste, »die nächste heiße Story.«

Jeff stieg in das Duell ein, indem er seinen Blick über meinen Körper schweifen ließ. »Klingt so, als wäre alles möglich.«

»Genau wie beim Football.« Die Wärme, die sich in dem Moment in mir ausgebreitet hatte, als er vor meiner Tür gestanden hatte, wanderte immer weiter durch meinen Körper. In meinen Kopf, meinen Unterleib und bis in meine Fingerspitzen hinein. »Wie bei euren Matches.« Ich befeuchtete meine Lippen – und mir entging nicht, dass Jeffs Blick daraufhin an ihnen hängen blieb. »Glaubst du, du wirst bei deinem nächsten Spiel auch wieder einen Touchdown landen?«

Ein leichtes Zucken ging durch seine Mundwinkel. »Darauf werde ich nicht antworten«, antwortete er lässig.

»Worauf möchtest du denn antworten?« Ich nippte an meinem Kaffee. »Was soll ich dich fragen?«

Er lehnte sich auf meinem Stuhl zurück. »Nach meiner Nummer hast du ja schon gefragt.«

Wie von selbst verzogen sich meine Lippen zu einem Lächeln. »Das habe ich.«

»Scheint so, als gehörtest du zu den Frauen, die gern die Initiative ergreifen.«

Ich nahm eine blonde Haarsträhne zwischen meine Finger und begann, sie zu drehen. »Für gewöhnlich, ja. Aber ich stehe drauf, wenn Männer sich holen, was sie wollen. Ohne Rücksicht auf Verluste.« Ich beobachtete jede seiner Regungen und bildete mir ein, dass sein Griff um die Tasse sich minimal versteifte. »Doch«, fügte ich seufzend hinzu, »darum geht es schließlich nicht.«

»Richtig.« Er stellte den Kaffee weg. Es kam mir so vor, als wäre seine Stimme eine Spur rauer geworden. »Das hier ist immer noch ein Interview.«

»Ein Interview«, bestätigte ich und hoffte, dass er mir nicht anhörte, dass mein Atem sich beschleunigt hatte.

Ich stand auf, um meine Tasse auf dem Tisch abzustellen. Dabei kam ich ihm so nah, dass sich alles in mir dagegen sträubte, mich wieder zu setzen. Es gab kein Zurück mehr.

»Dann noch eine letzte Frage«, sagte ich gedehnt. Ich konnte seine Körperwärme auf meiner Haut prickeln spüren. »Bist du schüchtern, Jeff Moreno?«

Er schenkte mir ein überraschtes Lächeln. »Nein«, entgegnete er kopfschüttelnd. »Auf keinen Fall.«

Ich biss mir in einer stillen Herausforderung auf die Unterlippe. »Dann beweise es mir«, flüsterte ich.

Etwas in seiner Miene veränderte sich. Ich sah es am Zug um seine Mundwinkel, am Blitzen in seinen Augen – und am erwartungsvollen Ausdruck, der in seinen Blick trat. Seine Arme bewegten sich langsam und gleichzeitig unglaublich schnell, als er mich an den Hüften ergriff und auf seinen Schoß zog.

Meine Hände fanden seine Schultern, und unsere Gesichter kamen sich näher, als würden sie magnetisch voneinander angezogen. Meine Stirn berührte seine, ich konnte seinen warmen Atem auf meiner Haut spüren. Als ich einatmete, nahm ich zarte Noten von Zitrone, Rosmarin und Moschus wahr. Mein Herz schlug immer schneller. Sein Blick zog mich in seinen Bann. In ihm lag ein Verlangen, das mein eigenes in unermessliche Höhen trieb.

Einen Augenblick lang verharrten wir genau so, sein starker Griff um meinen Körper, meine Daumen, die über seine Schlüsselbeine strichen, und unsere Augen im Kampf um die Oberhand über das, was gleich passieren würde.

Plötzlich löste eine von Jeffs Händen sich von meinen Hüften und legte sich in meinen Nacken. Sanft, aber bestimmt zog er mein Gesicht noch näher – und drückte seine Lippen auf meine.

Eine Explosion aus Hitze brachte mein Innerstes zum Erbeben. Das Kribbeln in meiner Magengrube wanderte abwärts. Seine Lippen waren rau, aber nicht trocken, seine Bewegungen hungrig, aber nicht rücksichtslos. Meine größte Angst, dass das hier in einem feuchten Schmatzer enden würde, erwies sich als völlig unbegründet. Die einzige Nässe sammelte sich an der pulsierenden Stelle zwischen meinen Beinen.

Das hier war besser als alles, was ich mir in der Eisdiele ausgemalt hatte. Meine Hände wanderten von seinen Schultern zu seiner Körpermitte, wo meine Fingerspitzen den obersten Knopf seines

Hemds fanden und lösten. Gleichzeitig versteifte sich sein Griff um mich – auch der in meinem Nacken, wo er mich umso drängender an sich presste. Von da an war es nur noch eine Frage von Sekunden, bevor ich den lästigen Stoff beiseiteschieben und seine nackte Haut spüren konnte.

Bevor ich mich von seinem Bauch zu seiner Brust hocharbeiten konnte, packte er plötzlich den Saum meines Tops. Ich hob die Arme hoch, damit er es mir über den Kopf ziehen konnte – ehe er sich vorbeugte und meine Lippen zurückeroberte.

Ich schaffte es gerade noch so, ihm das Hemd von den Schultern zu streifen, bevor er mit der einen Hand unter meine Beine griff, die andere vollends um meine Taille legte und einfach mit mir aufstand. Instinktiv schlang ich meine Arme um seinen Nacken, bevor er mit zwei Schritten die Distanz zu meinem Bett überquerte und mich quer darauf ablegte. Ich zog ihn zu mir, und von einer Sekunde auf die andere bedeckte er jeden Zentimeter meines Körpers.

Diesmal verharrten seine Lippen nicht lange auf meinen. »Wie weit«, flüsterte er ganz dicht an ihnen, »willst du gehen?«

»Was glaubst du denn?«, hauchte ich, nahm seine Unterlippe zwischen die Zähne und zog beherzt daran.

Jeff sog scharf die Luft ein. Es kam mir so vor, als würden seine Augen sich verdunkeln, während sich ein kaum merkliches Lächeln in sein Gesicht stahl. Er küsste mich, doch diesmal blieb es nicht dabei. Seine Lippen wanderten langsam über meinen Kieferknochen und meinen Hals. Ich grub meine Finger in sein braunes Haar, während er heiße Küsse über mein Schlüsselbein zog. Als er bei meinen Brüsten ankam, hielt er nur für einen Moment inne, um seine Hände unter mich zu schieben. Ich streckte ihm meinen Oberkörper entgegen, damit er den Verschluss meines BHs lösen und nahtlos dort weitermachen konnte, wo er aufgehört hatte.

Die bloße Berührung seiner Lippen auf meiner sensiblen Haut brachte mich zum Seufzen – vor Lust und auch vor Ungeduld. Ich wollte einfach nur, dass er mich hier und jetzt nahm. Aber das tat er nicht. Er war ein Gentleman – das hatte ich vom ersten Moment an gewusst. Und ich wollte nichts lieber, als dass er die letzte Barriere überwand und zu dem wilden Tier wurde, das in ihm wohnte.

In dem Moment, in dem sich sein Mund von meiner Brust löste, spürte ich dort eine unangenehme Kälte, die jedoch nahtlos durch die Hitze ersetzt wurde, die er daraufhin auf meinem Bauch und meinen Hüften hinterließ.

Ich hatte überhaupt nicht bemerkt, dass er meine Hose geöffnet hatte, bis er auch schon an ihr zog. Da ich quer auf dem Bett lag, musste er aufstehen, um sie mir ganz abzustreifen – und ich nutzte die Chance, um zurückzuschlagen. Ich richtete mich auf und ergriff seinen Gürtel. Meine Finger fühlten sich leicht taub an, als ich ihn öffnete. Gleich danach Knopf und Reißverschluss. Ich sah Jeff tief in die Augen, während ich ihm die Jeans förmlich herunterriss. Ich wollte ihn spüren. Ich wollte ihn schmecken. Und so, wie er vor mir stand, würde sich gleich die perfekte Gelegenheit dazu ergeben.

Als ich seine dunkelblauen Boxershorts herunterzog, kam darunter etwas zum Vorschein, das eines 1,90 großen Mannes würdig war. Ich warf einen Blick nach oben in Jeffs lusterfüllte Augen, ließ meine Hände zu seinen Hüften wandern -

Plötzlich packte er mich an den Handgelenken. Ehe ich mich versah, hatte er mich rücklings zurück auf das Bett gedrückt. Er trug nichts mehr bis auf das Azteken-Pendant um seinen Hals.

Mein Herz hämmerte in meiner Brust. Mein Atem ging schnell – und stockte, als er seine Lippen abermals mit meinen vereinte. Seine Hand fand die Stelle zwischen meinen Beinen, die sich am meisten nach ihm sehnte. Es war, als testete er dort seine Möglichkeiten aus, bevor er aufs Ganze ging.

Sein Mund löste sich von meinem, als er begann, sich voll und ganz auf die Bewegungen seiner Hand zu konzentrieren. Er sah mich an, als wollte er jede Regung in meinem Gesicht registrieren.

Bei Sportlern hatte ich sonst immer darum kämpfen müssen, auch zum Zug zu kommen. Aber jetzt war es anders. Bei Jeff fühlte ich mich wie eine Göttin, der er nur zu gern dienen wollte.

Ich versuchte, seinem Blick standzuhalten, obwohl ich am liebsten die Lider gesenkt hätte. Der bloße Anblick seiner dunklen Augen und seiner leicht geöffneten Lippen sowie das, was er durch den Stoff meines Slips mit mir anstellte, waren fast zu viel für mich.

Als er das bemerkte, hielt er inne. Betont langsam streifte er mein Höschen von meinen Beinen. »Warte«, sagte er leise, während er sich nach seiner Hose umsah – oder genauer gesagt etwas, das sich in einer Tasche befinden musste.

»Ich hab eins hier.« Ich streckte mich in Richtung des Nachtschränkchens, das zwischen meinem Bett und der Wand eingequetscht war. Als ich ein Kondom aus der Schublade zog, hoffte ich, dass er sich keine Gedanken darüber machte, mit wie vielen seiner Teamkollegen ich schon in diesem Bett geschlafen hatte.

Dass es ihn zumindest nicht abtörnte, wusste ich spätestens in dem Moment, als ich den Gummi problemlos abrollen konnte.

Unter meinen Berührungen entglitt ein leiser Seufzer seinen Lippen, dabei sah er mir nach wie vor in die Augen. Es gab so viele andere Stellen, die er jetzt mit dem Blick verschlingen könnte – aber er fixierte einzig und allein meine Augen.

Seine Hände strichen über meine Schultern, meine Oberarme und verharrten schließlich an meinen Hüften. Sein Griff verstärkte sich, ehe er mich auf seinen Schoß hob.

Was dann passierte, kam mir im Nachhinein vor wie ein Fiebertraum – im positiven Sinne: heiß, nass geschwitzt, als hätte man mich in eine andere Welt gebeamt. Unsere Körper bewegten sich in einem Rhythmus, den auch unsere Herzen zu übernehmen schienen. Mit jeder einzelnen Berührung brachte er mich mehr in Ekstase, so lange, bis eine Explosion aus Endorphinen mein Innerstes zerfetzte und ich mich ihm bedingungslos hingab.

Während Jeff in meinem Badezimmer verschwand, lag ich eine Weile einfach nur auf dem Rücken und starrte schwer atmend an die Decke. Als ich wieder einen klaren Gedanken fassen konnte, stand ich auf, um mein Handy vom Schreibtisch zu fischen, und schlüpfte wieder unter die Bettdecke. Meine Finger bebten leicht, als ich eine Nachricht an Chris sendete.

DANKE, dass du krank bist! Ansonsten hätte ich vielleicht die Nacht meines Lebens verpasst.

Jeff war unglaublich. Er sprach mit mir. Er richtete sich nach mir aus. Und bei allem, was er tat, sah er mir in die Augen, während sich mein Verlangen in seinen widerspiegelte. Er war so sinnlich, so leidenschaftlich und gefühlvoll. Trotz allem, was ich von ihm mitbekommen hatte, hatte ich das einfach nicht erwartet.

Als er aus dem Bad zurückkam, legte ich mein Handy weg. Er hatte seine Boxershorts wieder angezogen – so wie ich meinen Slip.

»Immer noch auf der Suche nach einer Story?«

Ich hob eine Braue. »Keine Sorge, ich hab nur mein Handy gecheckt«, klärte ich ihn auf. »Nicht deines.«

Er lächelte schief. »Könntest du aber, wenn du willst«, sagte er lässig, während er sich seine Jeans anzog. »Ich habe nichts zu verbergen.«

»Keine Skandale *und* nichts zu verbergen«, gab ich zurück. »Klingt unglaubwürdig.« Die Alarmglocken in meinem Hinterkopf begannen erst zu schrillen, als Jeff Anstalten machte, sein Hemd anzuziehen. »Du willst schon wieder gehen?« Ich konnte nicht verhindern, dass sich eine gewisse Schärfe in meine Stimme legte. So hatte ich mir den Ausgang der Nacht nicht vorgestellt.

»Ja«, erwiderte er geradeheraus, starrte dabei aber hoch konzentriert auf sein Handy. »Tut mir leid.«

Ich ertappte mich selbst dabei, wie ich ihn mehrere Sekunden lang einfach nur mit heruntergeklappter Kinnlade anstarrte. *Ja, tut mir leid?* Das war alles, was er zu sagen hatte? Hatte ich etwas falsch gemacht? Hatte ihm das hier nicht gefallen? Warum hatte er es so eilig? »Klingt so, als wäre die Party deines Mitbewohners das Highlight des Jahres.«

Jeff schnaubte belustigt und schüttelte den Kopf, ohne den Blick vom Bildschirm zu nehmen. Musste ja was total Wichtiges sein. »Das ist sie nicht«, sagte er ernst. »Definitiv nicht, glaub mir.«

Mein Magen krampfte sich zusammen. Aber offensichtlich immer noch besser als die Aussicht hierzubleiben. »Ich verstehe.« Ich verstand überhaupt nichts. Warum zog er diese Nummer ab? Natürlich, ich hatte auch nicht weiter als bis zu genau diesem Zeitpunkt geplant, aber dass er das hier offensichtlich nur als einmalige Sache ansah … tat irgendwie weh.

Ich wandte den Blick ab. »Du weißt ja, wo die Tür ist.«

Ich war irritiert und verletzt, obwohl das das Letzte war, was ich gerade sein wollte. Mochte er mich nicht – zumindest nicht genug, um auch nur eine ganze Nacht mit mir zu verbringen? Konnte er sich nichts Längeres mit mir vorstellen? Fand er meine Augen doch unattraktiv?

Die Wahrheit traf mich unerwartet und mit einem Schlag. Egal welchen Eindruck Jeff heute erweckt hatte – er war immer noch ein Football-Spieler.

Und dann überraschte er mich wieder – indem er sich in voller Montur auf meine Bettkante setzte und mich an der Wange berührte, damit ich ihm in die Augen blickte. »Ich sehe dich auf dem Campus«, sagte er sanft.

Ich zuckte die Achseln. »Zwangsl-«

Ich verstummte, als er mich auf den Mund küsste. Der Moment war so schnell vorbei, wie er gekommen war – aber ich war immer noch verwirrt, lange nachdem Jeff die Tür hinter sich zugezogen hatte.

3. Kapitel

Wütend schlafen konnte ich definitiv nicht weiterempfehlen. Nicht nur, weil man dann zwangsläufig von der Sache träumte, die einen sauer machte, sondern auch, weil die miese Laune beim Aufwachen nicht einfach verpuffte. Vor allem nicht bei mir, die sofort nach ihrem Handy griff, um ihre Nachrichten zu checken. Die erste davon lautete: *JM???*

Sie stammte von Chris, der erst jetzt auf meinen nächtlichen Jubel geantwortet hatte. Ich hätte die Nachricht löschen sollen, als ich noch die Gelegenheit dazu gehabt hatte. Jetzt war sie mir einfach nur peinlich. Die *ganze* Aktion von gestern war mir peinlich, obwohl sie das eigentlich nicht sein sollte. Es war mir vor allem peinlich, dass sie mir peinlich war.

Eine schiere Ewigkeit starrte ich die beiden Buchstaben an, die Chris mir geschickt hatte. Ja ... was sollte ich nur mit besagtem JM machen?

Ich hätte wissen müssen, dass das gestern nicht mehr als ein One-Night-Stand für ihn gewesen war. In jedem anderen Fall wäre das auch völlig in Ordnung gewesen, weil ich selbst nicht gerade der Beziehungstyp war, aber ... das hier war anders gewesen. Weil Jeff anders war. Das hatte ich zumindest geglaubt.

Mein Ärger begleitete mich ins Bad und später aus dem Haus. Donnerstags vor der ersten Vorlesung traf das Sportressort sich immer zu einem kurzen Meeting, um anstehende Termine zu besprechen. Mike forderte jeden von uns auf, von seinem Status quo zu berichten.

Chris, der wie durch ein Wunder wieder gesundet war, lehnte sich in seinem Drehstuhl zurück. »Ja, Caroline«, betonte er. »Dein ›Stand der Dinge‹ würde mich brennend interessieren.«

Ich verdrehte die Augen, fasste mein Interview in einem Satz zusammen und versprach, es spätestens zur Deadline im Januar zum Artikel ausgearbeitet abzugeben.

Nachdem wir uns zurück an unsere Plätze verzogen hatten, dauerte es nicht lange, bis Chris mit dem Schreibtischstuhl zu mir herübergerollt kam. »Also?«, fragte er grinsend.

Unwillkürlich wich ich in die andere Richtung aus. »Bist du sicher, dass du schon wieder gesund bist?«, fragte ich und musterte ihn. Er sah nicht direkt krank aus, aber ich wollte kein Risiko eingehen.

Chris sah sich kurz nach Mike um, ehe er sich umso mehr in meine Richtung beugte. »Ich war überhaupt nicht krank«, flüsterte er.

Ich runzelte die Stirn. »Will ich mehr wissen, oder will ich nicht mehr wissen?«

Seine Augen blitzten. »Willst du nicht.«

Chris studierte in meinem Jahrgang und hatte zeitgleich mit mir bei der *Trojan Horse* angefangen. Zugegeben, die ersten Tage über hatte ich vielleicht versucht, mit ihm zu flirten, bis ich herausgefunden hatte, dass er schwul war. Er hatte das erste Jahr über Baseball gespielt, bis er sich das Schlüsselbein gebrochen und seiner Karriere ein vorzeitiges Ende gesetzt hatte. Anstatt selbst auf dem Feld zu stehen, schrieb er jetzt einfach darüber. »Aber was *ich* wissen will«, fuhr er fort und rieb sich über seine raspelkurzen braunen Haare, »ist, wie die Sporteinheit mit Nummer 26 gestern gelaufen ist.«

Ich wandte den Blick ab und starrte auf meinen Bildschirm – auf das Textdokument, in dem immer noch nur zwei Worte standen, über die ich gerade weder reden noch schreiben wollte. »Kommando zurück«, brummte ich. »Es war ganz passabel. Maximal.«

Chris schob sich in mein Blickfeld und hob eine Braue. »Du hast mir noch nie«, raunte er, »mitten in der Nacht eine Nachricht geschickt, nur weil du Sex hattest.«

Ich stöhnte.

»Was denn?«, bohrte er weiter, als wäre ich sein nächster Interviewpartner. »Hat er die Socken angelassen, oder was?«

Ich konnte nicht anders, als zu lächeln. »Nein!« Vielleicht war die absolute Katastrophe doch nicht eingetreten.

Ich hatte bis jetzt hauptsächlich dominantere Kerle gehabt, die im normalen Leben zwar megaheiß wirkten, im Schlafzimmer aber schwierig wurden, weil ich selbst gern die Zügel in der Hand hielt. Zwei positive Pole stießen sich nun mal ab.

Mit Jeff war es anders gewesen. Wenn er die Oberhand über unser Spiel gehabt hatte, dann allein deshalb, um mich zu verwöhnen. Er hatte sich selbst an zweite Stelle gesetzt, weshalb es mir umso größeren Spaß gemacht hatte, mich um ihn zu kümmern, sobald ich die Kontrolle an mich gerissen hatte. Ihn anzumachen hatte mich angeheizt wie bei keinem anderen Mann zuvor. Wir passten perfekt zusammen. Oder hatten es zumindest getan, bis er sich aus dem Staub gemacht hatte.

»Ich komme hier nicht weiter«, lenkte ich vom Thema ab. »Was weißt du über ihn?«

»Ganz offensichtlich nicht so viel wie du«, gab er zurück, woraufhin ich ihm einen scharfen Blick zuwarf. »Also gut.« Er dachte kurz nach, und ich fragte mich, ob er sich gerade an seine eigenen Recherchen erinnerte oder an die Insider-Infos, die ihm sein On-Off-Boyfriend im Team beschert hatte. »Er hat den Nachnamen seiner Mutter angenommen«, sagte er. »Sein Vater ist wohl schon vor einer Ewigkeit gestorben.«

Ich blinzelte. »Wirklich?«

»Ja, bei einem Autounf-«

»Nicht das!« Das wusste ich schließlich schon. »Warum hat er den Nachnamen seiner Mutter angenommen?«

Chris wirkte verwirrt darüber, dass genau das mich störte. »Keine Ahnung, vielleicht hat ihm der andere Name nicht gefallen.«

»Wäre das nicht trotzdem etwas drastisch?«

Er schüttelte den Kopf. »Hast du dich mal nach Nachnamen umgehört? Stell dir mal vor, du heißt Hooker. Oder Boner. Oder Crapper. Oder -«

Ich winkte ab. »Als erfolgreicher Sportler kann man jeden Namen tragen.« Ich glaubte nicht, dass es Jeff um den Namen gegangen war, sondern um das, was er damit verband. »Vielleicht konnte er so den Tod seines Vaters besser verarbeiten.« Aber würde man ein geliebtes Familienmitglied nicht eher in Ehren halten wollen, anstatt es mit einer Umbenennung ganz aus seinem Leben zu verbannen?

Irgendetwas passte nicht zusammen. »Weißt du, wie sein Vater hieß?«

Chris verneinte sofort. »Aber wenn es dir wirklich so wichtig ist, lass mich ein paar Anrufe machen, und ich bekomme es für dich raus.«

»Ist es«, gab ich zurück und sah dabei zu, wie er sich von meinem Schreibtisch abstieß, um wieder zu seinem Platz zu rollen.

Während Chris sich in Telefongespräche verstrickte, scrollte ich lustlos durch die Mannschaftsseite des Football-Teams – bis zur Trikotnummer 26. Obwohl ich dasselbe schon gestern getan hatte, stach mir erst jetzt ins Auge, dass Jeff aus L.A. stammte. Unüblich, wenn man bedachte, dass die meisten Spieler aus allen Ecken des Landes kamen. Das bedeutete, dass seine Familie auch hier lebte. Und in diesem Fall sollte es nicht völlig unmöglich sein, etwas über sie herauszufinden.

Ein Teil von mir fühlte sich unwohl, so sehr in Jeffs Privatleben zu wühlen. Doch ich war sauer auf ihn, und mein journalistischer Instinkt sagte mir, dass er etwas verheimlichte. Vielleicht keinen Skandal, aber irgendetwas, das seine perfekte Fassade zumindest in meinen Augen bröckeln lassen würde.

Und ich musste mir eingestehen, dass es genau das war, was ich wollte: einen Beweis dafür, dass Jeff doch keine so gute Partie war, wie ich gedacht hatte, und dass ich ihm auf keinen Fall hinterhertrauern sollte. Dass er es nicht wert war, auch nur einen einzigen Gedanken an ihn zu verschwenden, sobald ich den blöden Artikel abgegeben hatte.

Jeff starrte mich auf dem Website-Foto aus Welpenaugen an und ließ meinen Ärger umso größer werden.

»Baxter«, rief Chris zu mir herüber.

Ich blinzelte. »Was?«

»Jeffs Nachname«, half er mir auf die Sprünge. »Er hat ihn erst kurz vor dem Studium geändert.« Er zuckte die Achseln. »Früher hieß er Jeff Baxter.«

Meine Gesichtszüge entspannten sich. »Danke!«, sagte ich und meinte es so. »Das hilft mir weiter.«

»Stets zu Diensten.«

Auch wenn es nur ein Name war, war er vielleicht die entscheidende Info, die ich benötigt hatte. Der Schlüssel zur Tür, hinter der Jeff Moreno all seine Geheimnisse verborgen hielt.

Glücklicherweise hatte die *Los Angeles Times* auch Artikel aus den 90ern auf ihrer Website veröffentlicht. Ich scrollte durch die Unfallmeldungen, stieß aber weder auf den Namen Baxter noch auf eine Personenbeschreibung, die altersmäßig zu Jeffs Vater passen könnte.

Irgendwann beschloss ich, wie Chris zum Telefon zu greifen. Unsere Redaktion war ziemlich gut vernetzt, sodass ich meine Lieblingsansprechpartnerin Kate von der *LA Times* innerhalb von fünf Minuten an die Strippe bekam. Ich gab ihr durch, wonach ich suchte, und nach einer gefühlt ewigen Stille meldete sie sich wieder zurück.

»Ich habe unsere Datenbank durchsucht«, teilte sie mir mit, »aber keinen Autounfall gefunden, der passen würde. Vielleicht ist es in einer anderen Region passiert.«

Ich biss mir auf die Unterlippe. Sie hatte recht. Jeff war hier geboren worden, aber wer wusste schon, wo die Familie Baxter-Moreno vor über zwanzig Jahren gewohnt hatte? Doch mein Gefühl sagte mir, dass ich auf der richtigen Spur war. Es fehlte nur noch der entscheidende Hinweis …

»Allerdings«, meldete Kate sich plötzlich wieder zu Wort, »habe ich hier einen Clive Baxter, der 1999 verurteilt wurde. Könnte das passen?«

Ich runzelte die Stirn. »Verurteilt?« Meine Gedanken rasten. »Hat er einen Autounfall verursacht?«

»Nein«, erwiderte sie zögerlich. »Er wurde wegen Vergewaltigung und Mordes verurteilt.«

Mein Magen krampfte sich zusammen. »Ich … denke nicht, dass das mein Mann ist.« Ich schluckte. »Könntest du mir den Artikel trotzdem schicken? Nur so zur Sicherheit.«

In den Minuten, die verstrichen, nachdem ich aufgelegt hatte, fühlte ich mich nervös. Ich war so unruhig, dass Chris' lockere Gesprächsversuche ungehört an mir abprallten. Mein Herz krampfte sich zusammen, als Kates Mail endlich bei mir ankam. Und doch starrte ich mehrere Sekunden lang einfach nur ihren Text an. Es war nichts weiter als ein: *Hi, Caroline, anbei wie besprochen. LG Kate*, und doch war es so viel mehr als das. Es war die letzte Barriere zwischen mir und einer Wahrheit, die ich vielleicht überhaupt nicht herausfinden wollte.

Mein Zeigefinger bebte leicht, und ich ließ ihn eine Sekunde länger über der Maus schweben als nötig, ehe ich auf den Anhang klickte. Dann breitete sich ein schlecht formatierter Zeitungsartikel auf meinem Bildschirm aus. Ich war kein geduldiger Mensch, vor allem jetzt nicht, wo der bloße Anblick mich innerlich zu zerreißen drohte. Ich schaffte es nicht, ruhig von oben nach unten zu lesen – stattdessen übersprang ich alle erdenklichen Absätze, bis ich ganz unten ankam:

24. April 1999

Die Geschworenen haben am vergangenen Mittwoch keine sechzig Minuten gebraucht, um den dreißigjährigen Clive Baxter für schuldig zu befinden.

…

Baxter soll in der Nacht auf den 17. März 1998 der zwanzigjährigen Alisha Aniston vor einem Nachtclub aufgelauert, sie betäubt, vergewaltigt und mit einem Messer getötet haben. Er wurde des Kidnappings, der Vergewaltigung und des vorsätzlichen Mordes für schuldig befunden.

…

Bei der Urteilsverkündung starrte der Angeklagte stur geradeaus und sagte kein Wort. Im Prozess hatte er keine Schuld eingestanden oder Reue gezeigt. Die Verteidigung hatte bis zuletzt auf nicht schuldig plädiert.

…

Richter White, bekennender Gegner der Todesstrafe, hat den Ehemann und Vater eines einjährigen Sohnes zu einer vierzigjährigen Haftstrafe verurteilt. Der Verurteilte kann frühestens nach fünfund-

zwanzig Jahren Bewährung beantragen. Man geht davon aus, dass
Baxters Anwalt in Berufung gehen wird.

Langsam ließ ich mich in meinen Stuhl zurücksinken. Die Härchen
an meinen Armen schienen sich einzeln aufzustellen. Ich versuchte,
ruhig zu atmen, doch dabei fühlte ich mich, als würde ich keine Luft
bekommen. Mein Herz schlug mir bis zum Hals. Ich wollte verarbeiten, was ich gerade gelesen hatte, konnte es aber nicht. Wollte es
vielleicht auch gar nicht.

Baxter war kein besonders seltener Name. Es könnte sich hier
um absolut jeden Mann handeln. Aber hätte auch jeder dieser Männer 1999 einen einjährigen Sohn gehabt? Ein Kind, das heute in Jeffs
Alter war?

Ich schluckte. Zugegeben, es könnte immer noch ein Zufall sein.
Aber plötzlich erschien es mir, als wäre das schon ein verdammt
großer Zufall.

Vor allem, als ich das Foto von Clive Baxter ansah, das am unteren Ende des Artikels eingefügt worden war.

Mein Herz setzte einen Schlag aus. Ich war nie gut darin gewesen, Ähnlichkeiten zwischen Familienmitgliedern zu erkennen. Ich
war blind dafür zu beurteilen, ob ein Baby wie sein Vater oder seine
Mutter aussah. Aber in diesem Fall war es eindeutig. Es war, als
würde ich nicht in Clives Augen sehen, sondern geradewegs in Jeffs.
Seine Kopfform, seine Nase – alles sah genau gleich aus. Der Sohn
war dem Vater wie aus dem Gesicht geschnitten.

Mir wurde heiß und kalt zugleich. Von wegen nichts zu verbergen. Von wegen keine Skandale. Jeff hatte mich von Anfang an angelogen – aber nicht nur mich. Vermutlich erzählte er den Leuten
schon sein Leben lang, dass sein Vater bei einem Unfall gestorben
war. Weil es einfacher war und deutlich weniger Fragen aufwarf als
»Mein Vater ist ein verurteilter Mörder!«.

Mein morgendlicher Ärger war wie weggeblasen. Stattdessen
stieg eine ziehende Übelkeit in mir auf und legte einen bitteren Geschmack auf meine Zunge. Jetzt verstand ich auch, warum er seinen
Namen geändert hatte. Wer wollte schon genauso heißen wie ein
Verbrecher? Indem er sich Moreno nannte, hatte Jeff die letzte Brü-

cke zerstört, die ihn mit Clive Baxter verband – abgesehen von seinem Blut natürlich.

»Und?«, drang Chris' Stimme wie aus weiter Ferne an meine Ohren. »Was Interessantes gefunden?«

»Kann man so sagen«, erwiderte ich mit rauer Kehle. Ich konnte meinen Blick nicht vom Bildschirm reißen – von Clive Baxters Gesicht, das dem von Jeff so ähnlich sah.

Ich konnte keinen klaren Gedanken mehr fassen. Am Anfang hatte ich diesen Artikel nur für eine Routinearbeit gehalten – aber jetzt war alles anders.

Das hier könnte mein großer Coup werden. Meine Top Story, meine Eins-a-Referenz für Bewerbungen nach meinem Abschluss. Kate würde mich sofort in die *Los Angeles Times* holen, oder vielleicht würde sogar die *New York Times* anbeißen.

Aber das Allerwichtigste war, dass ich mit einem Artikel über den düsteren Hintergrund eines unauffälligen Football-Spielers vor allem meine Eltern überzeugen könnte. Meine Eltern, die an dem Tag mein Konto gesperrt hatten, an dem ich mich für Sportjournalismus eingeschrieben hatte. Die mich immer noch liebten, aber enttäuscht von mir waren, weil ich keine Lust gehabt hatte, BWL zu studieren. Die keinen Sinn und vor allem keine Zukunft in meinem Studienfach sahen.

Ich könnte meine Karriere pushen. Könnte Mom und Dad davon überzeugen, dass ich die geborene Journalistin war. Könnte sie endlich dazu bringen, mich dabei zu unterstützen, meinen Traum zu verfolgen. Das hier war die Eintrittskarte zu meiner Zukunft.

Und doch zögerte ich.

Aus dem Augenwinkel sah ich, wie Chris Anstalten machte, zu mir zu kommen. Mit einer gezielten Handbewegung sperrte ich meinen Bildschirm. »Ich«, krächzte ich. »Ich weiß nicht, ob ich darüber schreiben will.«

Er kam neben mir zum Stehen und runzelte die Stirn. »Willst du denn darüber *reden*?«

Stumm schüttelte ich den Kopf.

»Verstehe.« Er machte eine Pause. »Darf ich dir einen Tipp geben?«

»Du?«, gab ich zurück. »Immer.«

Er lächelte sanft. »Schreib den Artikel. Mach ihn so perfekt wie möglich. Und dann schlaf drüber. Ein, zwei, zehn Nächte – so lange du eben brauchst. Bis du zu einem Entschluss kommst. Bis du entweder voll dahinterstehst und ihn abgibst – oder bis dir klar wird, dass du das nicht kannst.« Er zuckte die Achseln. »Dann löschst du ihn.«

»Aber Mike -«, hob ich an, doch Chris grunzte nur.

»Dem können wir auch ein anderes Thema aufschwatzen«, winkte er ab. »Konzentrier dich erst einmal auf -« Er brach ab. »Na ja, dich.«

Es war, als würde er allein mit diesen paar Worten die Last von meinen Schultern nehmen, die ich mir in den letzten Minuten aufgeladen hatte. »Danke«, seufzte ich. »Du bist ein wahrer Freund.«

»Ich weiß«, erwiderte er grinsend und kehrte zu seinem Platz zurück.

Ich entsperrte meinen Bildschirm und atmete tief durch. Dann tat ich das, was ich am besten konnte: Ich schrieb.

JEFF MORENOS VATER WEGEN MORDES IM GEFÄNGNIS, lautete meine Überschrift. Danach flossen die Worte nur so aus meinen Fingerspitzen. Ich schrieb über unser Interview, über Jeffs Behauptung, sein Vater wäre vor Jahren ums Leben gekommen – und deckte dann die ganze kalte Wahrheit auf. Ich zitierte mehrere Textstellen aus der *Los Angeles Times* und untermauerte die Widersprüche, in die Jeff sich verwickelt hatte, mit meinen eigenen Interpretationen.

Der Artikel umfasste keine 2000 Wörter. Ich schrieb ihn in einer Stunde runter, ging ihn dann aber immer und immer wieder von vorn bis hinten durch, feilte an jeder Formulierung, an jedem Wort, an jeder Silbe. Er musste perfekt werden. Vor allem die Tonalität war schwierig. Als Mitarbeiterin der *Trojan Horse* durfte ich auf keinen Fall so rüberkommen, als wollte ich Jeffs Ansehen schädigen oder seine Karriere zerstören – schließlich gehörte er zu den Trojans. Ich musste die Story als interessanten Einblick in seine Vergangenheit und seine Lebenswelt verkaufen und alles andere der Interpretation des Lesers überlassen. Falls das Ganze dann doch seine

Karriere zerstörte, wäre ich zumindest nicht schuld. Aber wollte ich das überhaupt?

Ich wurde förmlich eins mit dem Artikel, bis Chris mich plötzlich von hinten an den Schultern berührte. »Auf zur ersten Vorlesung«, riss er mich aus meiner Schreibtrance.

»Ich kann's kaum erwarten«, sagte ich trocken. Obwohl mir die meisten Module Spaß machten, konnte ich mit Datenjournalismus am wenigsten anfangen – der Kurs brachte regelmäßig meine Birne zum Rauchen, sodass ich danach keine Konzentration mehr zum Schreiben hatte.

Ich speicherte den Artikel in meiner persönlichen Cloud und zur Sicherheit in meinem Ordner in der Redaktions-Cloud ab und fuhr den Rechner herunter.

»Woran arbeitest du überhaupt?«, fragte ich ihn, während wir uns auf den Weg nach draußen machten. Die USC bestand aus einem großen Campus, in dem alle wichtigen Gebäude zu Fuß erreichbar waren. Obwohl wir die Uni-Zeitung waren und die meisten von uns Journalismus studierten, hatten wir kein Büro im Journalismus-Trakt abbekommen, sondern im oberen Stockwerk einer Bibliothek.

»Eine Homestory mit der Kapitänin des Beachvolleyball-Teams«, erzählte er. »Frag nicht. Ist auf Mikes Mist gewachsen.«

»Könnte dich schlechter treffen«, gab ich zu.

»Stimmt. Aber so oft, wie er damit prahlt, uns bezahlte Praktika bei der *Sports Illustrated* besorgen zu können«, seufzte er, »würde ich für ihn über alles schreiben.«

»Du sagst es.« Hätten Chris und ich uns nicht angefreundet, wären wir wahrscheinlich erbitterte Konkurrenten geworden. Wir hatten uns unserem Traum verschrieben und wollten bis nach ganz oben. Insgeheim befürchtete ich aber, dass er noch eine Spur ehrgeiziger war als ich und mich eines Tages einfach überholen würde.

»Wobei es mich immer noch brennend interessieren würde«, lenkte er vom Thema ab, »was du über Jeff Moreno aufgedeckt hast.«

Meine Lippen blieben versiegelt. »Irgendwie wünsche ich mir, ich hätte es nicht getan.«

Er blinzelte. »So schlimm? Hat er jemanden umgebracht oder was?«

Mein Magen krampfte sich zusammen. »Nein« war alles, was ich dazu sagte.

Als wir nach draußen traten, schien uns die warme Vormittagssonne ins Gesicht. Auf dem Weg zur Annenberg School of Journalism, wie man unsere Fakultät nannte, mussten wir einen kurzen Spaziergang durch den Founders Park einlegen – eine gepflegte Grünanlage im Herzen des Campus, wo immer viel los war. Einige picknickten auf der Grünfläche, andere huschten über die Pfade zu ihrer nächsten Vorlesung.

Deshalb überraschte es mich wenig, als ich eine Horde in Uni-Football-Jacken gekleidete, breitschultrige Männer auf uns zukommen sah. Sie waren zu zehnt, und ich erkannte sofort, dass Jeff unter ihnen war. Die meisten Football-Spieler studierten etwas in Richtung Kommunikation, dicht gefolgt von Fächern wie Soziologie. Vermutlich fanden Jeffs Vorlesungen in demselben Gebäudekomplex statt wie die der anderen. Die College-Jacken waren kardinalrot mit goldenen Akzenten, weißen Ärmeln und dem Uni-Logo auf der linken Seite der Brust, und ich konnte nicht anders, als zu bemerken, dass er verdammt heiß darin aussah.

Eine Sekunde lang spielte ich mit dem Gedanken, den Blick abzuwenden, doch ich riss mich am Riemen. Ich sah die ersten beiden der Zehnergruppe – Jason und Wayne – direkt an und lächelte. »Hi.«

»Cary«, begrüßten sie mich, und ich schaffte es, mich in dem Moment wieder Chris zuzuwenden, in dem ich zwangsläufig Jeff hätte ansehen müssen. Kaum, dass die Gruppe an uns vorübergezogen war, entspannte ich mich etwas …

Bis ich plötzlich eine Hand auf meiner Schulter spürte. Erschrocken blieb ich stehen und riss den Kopf herum – und mein Herz sackte eine Etage tiefer, als ich den Football-Spieler erkannte, der sich aus der Gruppe gelöst hatte. Es war nicht Jeff, sondern Vaughn, mein Ex-Freund und Top-Quarterback unseres Teams.

»Hey.« Er schlug bei Chris ein – Chris war mit so gut wie jedem auf dem Campus befreundet –, ehe er mir ein Lächeln schenkte. »Cary.«

»Vaughn.« Ich verstand mich mit den meisten meiner Ex-Freunde und Bekanntschaften gut. Irgendwie gehörte auch das zu meinem Job – wer wollte sich schließlich mit einer Reporterin abgeben, die man auf den Tod nicht ausstehen konnte?

»Wie geht es dir?«, fragte er. »Lange nichts mehr von dir gehört.« Eines stand fest: Vaughn würde keine jemals von der Bettkante stoßen. Mit seiner braunen Surferboy-Frisur und seinen blauen Augen zog er jede in den Bann, die er wollte. Und seine Bauchmuskeln waren zum Niederknien heiß.

Er war genauso wenig wie ich ein Beziehungstyp, weshalb wir nur zwei Monate lang offiziell zusammen gewesen waren. Was aber nicht bedeutete, dass wir uns seitdem nicht ab und zu gesehen hätten.

Betont lässig zuckte ich die Achseln. »Du kennst mich. Das Übliche. Glückwunsch zur Qualifikation fürs Meisterschaftsspiel«, fügte ich hinzu.

»Danke.« Er sah seinen Teamkollegen hinterher, die es aufgegeben hatten, auf ihn zu warten, und sich wieder von uns wegbewegten. »Lust, den Anlass mit mir zu feiern?«

»Ich?« Ich lächelte leicht. »Vermisst du mich etwa?«

Er grinste und musterte mich von Kopf bis Fuß. »Teile von dir.« Immerhin war er ehrlich.

Chris räusperte sich, wurde aber ignoriert.

»Heute Abend schon was vor?«, legte Vaughn nach.

»Ähm.« Ich sah zu Chris. »Mike hat unsere Redaktionssitzung spontan nach hinten verschoben. Keine Ahnung, wie lange das dauern wird.«

»Kommt drauf an, ob wir Alkohol mitbringen oder nicht«, spielte Chris mein Spiel nahtlos mit. Ich liebte ihn dafür.

»Ich schreib dir später, okay?«, wimmelte ich ihn endgültig ab.

»Also gut.« Er zeigte mit einem drohenden Zeigefinger auf mich. »Ich nehme dich beim Wort!«, verabschiedete er sich, als würde er sich nicht notfalls eine andere suchen, ehe er seinen Teamkollegen hinterherjoggte.

Ich stieß einen stillen Seufzer aus und setzte mich wieder in Bewegung.

»Ein Ja klingt anders«, kommentierte Chris. Natürlich hatte er mich sofort durchschaut.

Vaughn war verdammt sexy und alles andere als eine Nullnummer im Bett. Aber er war wie die meisten Sportler nur auf seinen eigenen Genuss aus. Je nachdem, wie er drauf war, kam der der Frau zu kurz. Auf so etwas hatte ich jetzt absolut keine Lust, wo es keine zwölf Stunden her war, dass Jeff mir die Bedeutung von *Liebe machen* gezeigt hatte.

»Caroline«, bildete ich mir schon wieder ein, wie er mir meinen Namen ins Ohr flüsterte …

Bis mir auffiel, dass die männliche Stimme in meinem Rücken überhaupt keine Einbildung war. Abermals blieben wir stehen und wandten uns um.

Mein Herz setzte einen Schlag aus. Vor mir stand tatsächlich Jeff Moreno. Ich wusste nicht, was ich erwartet hatte. Dass entweder sein schamloser Abgang oder meine Entdeckung des Tages auch nur das Geringste an meinem Bild von ihm geändert hatten? Denn so war es nicht. Jetzt, da ich seinem Blick nicht mehr ausweichen konnte, lief mir ein wohliger Schauer über den Rücken und mischte sich zu den Schmetterlingen in meinem Bauch.

»Du bist heute aber beliebt«, brummte Chris und beäugte ihn argwöhnisch.

Ich lächelte verlegen. »Hältst du mir 'nen Platz frei?«

Sein Blick wanderte von mir zu Jeff und wieder zurück. »Klar«, verstand er den Wink mit dem Zaunpfahl. »Bis gleich.«

»Bis gleich.« Ich wartete, bis er außer Hörweite war, ehe ich mich wieder an Jeff wandte. »Was kann ich für dich tun?«, fragte ich förmlich.

Er antwortete nicht sofort. Stattdessen mischte sich ein fast schon nachdenklicher Ausdruck in seine Augen. »Ich hoffe«, sagte er zögerlich, »du bist nicht sauer auf mich, weil ich gestern so schnell abgehauen bin.«

Ich spannte mich etwas an, als er das Thema so offen ansprach. Ich holte Luft, doch ich wusste nicht, was ich sagen sollte …, weil meine Antwort sich an diesem Vormittag geändert hatte.

Sein Vater änderte rein gar nichts an ihm. Im Gegenteil – auf einmal verstand ich, warum er so war, wie er war. Warum er mich wie eine Königin behandelt hatte. Warum ich für ihn an erster Stelle gestanden hatte. Warum ich keine Sekunde geglaubt hatte, er könnte jemals etwas tun, was ich nicht wollte.

Er hatte mir gesagt, seine Mutter wäre sein größtes Vorbild. Aber Clive Baxter beeinflusste ihn ebenso – nämlich insoweit, dass er auf keinen Fall so sein wollte wie er.

Konnte ich es ihm wirklich verübeln, dass er gegangen war? Irgendwie nicht. Vor allem nicht, als ich an seinen Gute-Nacht-Kuss dachte. Er war kein Arschloch – er hatte mir einfach nur Freiraum geben wollen. Das machte ihn zum Gentleman durch und durch.

»Ich bin nicht sauer«, antwortete ich und meinte es auch so. *Zumindest nicht mehr.*

»Gut.« Ein gelöstes Lächeln erhellte sein Gesicht. »Denn … ich fand es schön.«

Meine Wangen begannen zu prickeln, und ich musste den Blick senken wie ein kleines Mädchen, das zum ersten Mal ein Kompliment von einem Jungen bekommen hatte. »Ich auch«, sagte ich kleinlaut. Verdammt, seit wann war ich so schüchtern?

»Ich …« Er stockte. »Ich würde dich gern wiedersehen. Ich meine«, korrigierte er sich, »nicht nur zufällig am Campus.«

Ich musste lächeln. Das Kribbeln wurde immer stärker, bis ich das Gefühl hatte, mir würden Flügel wachsen und ich gleich in eine regenbogenfarbene Wolke schießen. Ich wusste nicht, was mit mir los war. Ich hatte doch erst ein Treffen mit Jeff gehabt, das nicht einmal ein Date gewesen war … auch wenn es wie eines geendet hatte. »Geht mir genauso.« Obwohl ich es nicht offen zeigen wollte, war ich gerührt. Ich hatte mich heute Morgen geärgert, weil ich nicht einmal eine einzige lausige Nachricht von Jeff bekommen hatte. Aber jetzt wurde mir klar, dass er mir allein aus dem Grund nicht geschrieben hatte, weil er persönlich mit mir sprechen wollte – und das gab seinen Worten eine noch viel größere Bedeutung als ohnehin schon.

»Das freut mich zu hören«, war es nun er, der ungewohnt förmlich wurde. Auf einmal wirkte er völlig unbeholfen – und damit irgendwie süß. Ich war offensichtlich nicht die Einzige, die von sich selbst verwirrt war. Er kratzte sich am Kopf. »Also ... schreibe ich dir später?«, schlug er vor.

Ich nickte. »Klingt gut.« Ich sah in die Richtung, in die Chris gegangen war. »Ich muss dann leider ...«

»O ja.« Jeff nickte. »Ich auch.«

»Okay.« Ich machte einen halben Schritt auf ihn zu und umarmte ihn zum Abschied. »Bis dann.«

»Bis dann.« In dem verschwindend kurzen Augenblick, in dem er seine Arme um mich schlang, atmete ich tief ein und konnte es kaum erwarten, ihn wiederzusehen. So wenig, dass ich die ganze Vorlesung über an nichts anderes denken konnte.

4. Kapitel

Ein Teil von mir glaubte nicht mehr daran, dass er sich noch bei mir melden würde, als ich am Abend die Sportnachrichten auf meinem Laptop ansah. Umso überraschter war ich, als mein Handy sich doch noch meldete – und es tatsächlich Jeff war, der mir schrieb, und nicht Vaughn.

Was machst du heute Abend?

Ich zögerte. Schließlich hatte ich seinem Teamkollegen eine Ausrede aufgeschwatzt. Der sicherste Plan war es also, auch bei anderen Leuten bei dieser Geschichte zu bleiben. Man wusste schließlich nie, wer hinter meinem Rücken miteinander sprach.

Ich bin noch im Redaktionsmeeting, schrieb ich und starrte wie gebannt aufs Handy, während ich auf seine Antwort wartete.

Es war die richtige: *Wann bist du fertig?*

Ein leichtes Lächeln umspielte meine Lippen. Wie lange würde ich brauchen, um zu duschen, mir etwas Schönes anzuziehen und mich zu schminken? *In einer Stunde?*, tippte ich ein. Sportlich, aber nicht unmöglich.

Ich hole dich ab.

Ich runzelte die Stirn. *Wohin soll die Reise gehen?*

Das siehst du, wenn wir da sind, machte er einen auf geheimnisvoll – und es gefiel mir. Ich machte mich im Turbo fertig, und obwohl Jeff und ich inzwischen jeden Zentimeter voneinander kannten, war ich nervös. Das letzte Mal war einfach nur eine spontane Kurzschlussreaktion unserer männlichen und weiblichen Instinkte gewesen. Das hier jedoch war ein Date. Ein handfestes Date. Und obwohl ich mich freute, hatte ich auch ein kleines bisschen Angst.

Ich konnte nicht genau sagen, wovor ich mich fürchtete. Vielleicht davor, dass sich etwas zwischen uns verändert hatte. Nicht zuletzt deshalb, weil ich inzwischen mehr über ihn wusste, als er mir verraten hatte. Und ehrlich gesagt auch mehr, als ich wissen *wollte*.

Ich hoffte, dass ich mich natürlich verhalten konnte. Dass ich mich nicht verplappern würde. Dass er nichts bemerkte. Seit er mich im Park angesprochen hatte, hatte ich nicht mehr leugnen können, dass ich ihn gern wiedersehen würde. Und deshalb wollte ich nicht, dass irgendetwas zwischen uns stand.

Es klopfte an der Tür, und mein Herz machte einen Satz. Ich zog meine Jacke an, schulterte meine Mini-Handtasche in Herzform und öffnete.

Ich drohte schon bei Jeffs bloßem Anblick zu schmelzen. Er trug schwarze Jeans, die seine langen Beine betonten, dazu ein dunkles Oberteil und eine hellblaue Jeansjacke mit Innenfutter. Heute Morgen war ich so sauer auf ihn gewesen – und jetzt war ich überglücklich, dass sich alles von selbst geklärt hatte. Am liebsten hätte ich ihn am Kragen in meine Wohnung gezogen und ihn geküsst, wie ich noch nie jemanden geküsst hatte.

Doch plötzlich kam ich mir unglaublich schüchtern vor – und das war ich eigentlich nie. »Hi.«

Ich hatte keine Ahnung, wie ich ihn begrüßen sollte – mit einer Umarmung? Einem feuchten Händedruck? Gott sei Dank machte er es mir einfach, indem er den Teil übersprang: »Besitzt du Schlittschuhe?«

Ich blinzelte verwirrt und schüttelte den Kopf. »Ich bin noch nie Schlittschuhlaufen gewesen.«

Jeff grinste. »Dann sollten wir das schleunigst ändern.« Er machte einen Schritt zurück auf den Gang. »Mein Wagen steht draußen.«

Unschlüssig sah ich an mir hinab. Ich trug ein Strickkleid, das mir bis zu den Knien reichte, darunter blickdichte Leggings und dazu einen dünnen Mantel. »Habe ich auch das Richtige dafür an?«, fragte ich zweifelnd.

Jeff lächelte. »Du wirst wie eine Eisprinzessin aussehen.«

Damit entließ er die Schmetterlinge, die ich den halben Tag über eingesperrt gehabt hatte, mit einem Paukenschlag aus ihrem Käfig. Ich konnte es kaum erwarten, gemeinsam mit ihm über die Eisfläche zu wirbeln.

Jeff fuhr einen dunkelblauen Ford Fiesta, der definitiv schon bessere Zeiten gesehen hatte, sich von innen aber nicht als eine Dreckschleuder herausstellte, wie man bei solchen Autos vermuten könnte. Ich ahnte bereits, dass er mich nach Santa Monica bringen würde, wo zu dieser Jahreszeit immer eine Eisfläche aufgebaut war. Die Parkplatzsituation dort war zum Kotzen, aber mit der Metro hätten wir anderthalb Stunden statt einer halben gebraucht. Außerdem war die Metro um diese Uhrzeit der letzte Ort, an dem man sein wollte – auch mit einem starken Footballer im Gepäck.

Wir brauchten ungefähr noch mal eine halbe Stunde, um einen Parkplatz zu finden, und das auch nur, weil Jeff riskierte, dass sein Wagen abgeschleppt wurde.

Während ich im Sommer gern Zeit am Santa Monica Pier verbrachte, war das Herz von Santa Monica der perfekte Ort für die kalte Jahreszeit. Mitten im Zentrum hatten sie eine kleine, aber feine Eisfläche aus dem Boden gestampft. Um sie herum und quer über sie hinweg hingen Lichterketten, die in der Finsternis in unzähligen Farben leuchteten und mein Herz höherschlagen ließen. Aus mehreren Lautsprechern drang winterliche Musik an meine Ohren. An der Bande entlang hatte man einige weihnachtliche Stände errichtet, und in einem Nebengebäude konnte man sich Schlittschuhe ausleihen.

»Bereit für dein nächstes großes Abenteuer?«, neckte Jeff mich.

»Zufällig bin ich ein Naturtalent in solchen Dingen«, gab ich zurück. Ich war eine begnadete Inlineskaterin. Schlittschuhlaufen konnte nicht großartig anders sein.

Nachdem wir kurz in der Schlange gewartet hatten, teilten wir dem Personal unsere Schuhgrößen mit. »Das macht 30 Dollar«, gab die Frau zurück und tippte mit dem Finger auf das Kartenlesegerät, ehe sie in eine Nebenkammer huschte, durch deren geöffnete Tür ich Regale über Regale voller Schlittschuhe entdeckte.

»Wow«, murmelte ich. »Ich wusste nicht, dass das so teuer ist.«

»Keine Sorge«, sagte Jeff. »Ich übernehme das.«

Völlig unerwartet wurde ich von einem Anflug schlechten Gewissens erfasst. Keinem schwachen Hauch, wie man ihn als Frau nun mal empfand, wenn der Mann einem etwas ausgab: Es waren greifbare, erdrückende Schuldgefühle. »Sorry«, sagte ich schnell und drückte seine Hand runter. »Du bist mit einer emanzipierten Frau hierhergekommen.« Ehe er widersprechen konnte, hielt ich meine Kreditkarte an das Lesegerät.

Auch wenn meine Eltern mir den Geldhahn zugedreht hatten, fühlte ich mich schlecht, wenn er etwas für mich bezahlte. Ich wusste, dass er einer der wenigen Football-Spieler war, die ein Vollstipendium bekamen, und ich konnte mir gut vorstellen, dass er es auch dringend nötig hatte. Mit einem Vater, der im Gefängnis saß, war es fast unmöglich, dass seine alleinerziehende mexikanische Mutter für die Studiengebühren hätte aufkommen können.

Jeff beschwerte sich nicht. Wahrscheinlich kannte er mich schon jetzt gut genug, um zu wissen, dass man besser nicht mit mir diskutierte. »Dafür geht der Rest des Abends auf mich«, beschloss er.

Lässig zuckte ich die Achseln. »Von mir aus.«

Es überraschte mich, dass sie für Größe 48 überhaupt Schlittschuhe vorrätig hatten. Meine 36er-Schuhe sahen neben seinen geradezu mickrig aus. Wir schritten zu einer der Bänke hinüber, und ich rümpfte die Nase, als ein schweißiger Geruch von meinen Schlittschuhen aufstieg. Wenn meine Eltern mich jetzt nur sehen könnten – in gebrauchter, stinkender Leihausrüstung. »Alles, was du tun musst, ist, den Studiengang zu wechseln«, würde Dad jetzt sagen. »Dann kann alles wieder so werden wie früher.«

Nein, danke, Dad. Ich liebte das, was ich tat. Das war mir ein Paar müffelnde Schuhe allemal wert.

Jeff musste mir dabei helfen, meine Schlittschuhe zu schnüren, weil ich es auch nach drei Versuchen einfach nicht hinbekam, die Schnürsenkel in das halbe Dutzend Ösen einzufädeln, ohne dass sich etwas löste. »Bereit?«, fragte er dann. »Der Weg zur Eisfläche wird etwas unangenehm.«

Ich stand auf und war froh, dass er meine Hand nahm, weil es sich tatsächlich als verdammt schwer erwies, nur auf den dünnen Kufen zu stehen, geschweige denn zu laufen.

Wie zwei gleichgewichtsgestörte Pinguine bewegten wir uns aus dem Gebäude und in Richtung der Eisfläche. Zu meiner Überraschung standen mehr Menschen drumherum, als tatsächlich auf dem Eis fuhren. Wahrscheinlich waren die horrenden Preise schuld daran. Wir bahnten uns einen Weg durch die Menge hindurch bis hin zu einer Lücke in der schulterhohen Außenwand, die die Eisfläche umgab. Wir ließen unsere Schuhe irgendwo am Rand stehen – dann war es so weit.

»Okay«, sagte Jeff und umgriff meine Hand etwas fester. »Jetzt ganz vorsichtig.«

Langsam hob ich einen Fuß auf die Eisfläche – und rutschte sofort weg. »Um Gottes willen«, stieß ich hervor, machte aber weiter. Ein Fehler: Meine Beine begannen zu beben wie Wackelpudding, und ehe ich mich versah, war ich zu einem Etwas aus rudernden Armen, schrillem Quietschen und unkoordinierten, abgehackten Bewegungen auf dem Eis mutiert.

Jeff hatte Mühe, mich festzuhalten, vor allem dann, als er selbst auf die Fläche trat. »Ganz ruhig!«, ermahnte er mich, aber er hatte leicht reden. Hektisch ruderte ich mit den Armen, um mich auszubalancieren, doch immer, wenn ich einen Fuß absetzte, rutschte er weg, und ich versuchte verzweifelt, das Ganze mit dem anderen Fuß auszugleichen – vergeblich.

Plötzlich entglitt meine Hand der von Jeff – meinem letzten Halt. Ich stieß einen spitzen Schrei aus, als die Luft an mir vorbeirauschte – und ich auf dem Po landete. Der Aufprall war unerwartet hart und vor allem kalt, und ich fluchte, als ich mir einbildete, dass die Rückseite meines Kleids feucht wurde. Als ich nach oben sah, hatte Jeff einen völlig sicheren Stand. »Ich dachte, das wäre wie Inlineskating!«, klagte ich.

»Ist es auch«, gab er zurück. »Nur auf dem Eis.« Er streckte die Hände nach mir aus. »Jetzt dasselbe noch mal, aber in ruhig.«

Zögerlich, aus Angst, ihn zu Fall zu bringen, ergriff ich sie. Meine Sorge war unbegründet. Mühelos zog Jeff mich auf die Füße, ohne ins Straucheln zu kommen.

Er ergriff mich mit beiden Händen an den Hüften und riskierte damit, dass ich ihm in meiner nächsten Panikattacke versehentlich ins Gesicht schlug, jetzt, da ich die Arme freihatte. »Ganz ruhig«, erinnerte er mich, als meine Füße schon wieder ins Schlittern gerieten.

Irgendwie schaffte ich es, einigermaßen stillzustehen, den Blick starr auf meine Schlittschuhe gerichtet. Ich spürte, wie sich Jeffs Griff um mich leicht entspannte.

»Gut.« Seine Hände lösten sich von meinen Hüften und schlossen sich stattdessen um meine Finger. »Und jetzt lass dich einfach von mir ziehen.«

Ich traute meinen Augen nicht, als Jeff rückwärts zu laufen begann. Er bewegte sich ganz langsam und nahm mich an den Händen mit. Ich versuchte, Ruhe zu bewahren, als meine Kufen langsam über das Eis schabten.

Ich zwang mich dazu, den Blick von meinen Schuhen zu reißen und auf Jeff zu richten. »Woher kannst du das so gut?« Ich hob eine Braue. »Lädst du jede Woche schöne Frauen hierhin ein?«

Er lächelte schief. »Nein. Nur eine.«

Eine wohltuende Wärme stieg in mir auf und verdrängte den Hauch von Kälte, der sich in den letzten Minuten einen Weg durch den Stoff meines Mantels gebahnt hatte.

Etwa zwei Minuten lang fuhr Jeff rückwärts – immer wieder einen Blick über die Schulter werfend, um mit niemandem zusammenzustoßen –, während ich mir meiner Umgebung erst jetzt immer mehr bewusst wurde. Ich musste mich schließlich nicht mehr so sehr darauf konzentrieren, nicht hinzufallen. Menschen aller Altersklassen waren hier versammelt. Ein paar übereifrige Kinder schossen wie Blitze an den anderen vorbei, ein altes Ehepaar zog händchenhaltend seine Runden, und einige Teenager fuhren in kleinen Grüppchen nebeneinander her und schnatterten, was das Zeug hielt.

»Versuch, dich mitzubewegen«, schlug Jeff vor.

Ich hatte meine Angst vor dem Hinfallen inzwischen so weit heruntergeschluckt, dass ich gehorchte. Zögerlich hob ich einen Schlittschuh vom Eis und setzte ihn wieder auf. Dann den anderen. Es funktionierte, ohne dass ich das Gleichgewicht verlor. »Ich glaube, ich mache Fortschritte.«

»Natürlich machst du die«, spornte er mich an. Er hielt mich an beiden Händen fest, so lange, bis meine Bewegungen schneller wurden. Dann ließ er eine los.

Ich sog scharf die Luft ein. »Was machst du da?«, fragte ich, während er einen halben Bogen beschrieb, um neben mir her laufen zu können.

Seine Finger verschränkten sich mit meinen. »Noch ein paar Minuten«, sagte er und klang dabei irgendwie stolz, »dann brauchst du mich gar nicht mehr.«

»Wenn das mal keinen guten Lehrer auszeichnet«, erwiderte ich grinsend. Doch dann wurde mir klar, was das bedeutete: Sobald ich in Jeffs Augen so weit war, würde er mich loslassen. Dabei war die bloße Berührung seiner warmen, großen Hand alles, was ich gerade wollte.

Ich versuchte, ein paar unbeholfene Schlenker in meine Bewegungen einzubauen, doch ich konnte Jeff nicht täuschen. Irgendwann ließ er mich los, blieb aber dicht bei mir – für den Fall, dass ich es doch nicht hinbekam. »Du hast dir das hier bestimmt aufregender vorgestellt«, sagte ich scherzhaft. Als romantisches Schlittschuh-Date zum Beispiel – und nicht als Sportstunde für eine Einundzwanzigjährige, die ihr Leben lang noch nicht auf dem Eis gestanden hatte. »Warum drehst du nicht mal ein paar Runden allein und zeigst mir, was du draufhast?«

Jeff zögerte. »Bist du dir sicher?«

»Gib mir zehn Minuten«, gab ich großspurig zurück, »und ich besiege dich in einem Rennen rund um die Eisfläche.«

Er lachte. »Das will ich sehen.« Er ließ seinen Blick über das Eis schweifen. »Also gut.«

Kaum, dass er von meiner Seite gewichen war, fühlte ich mich völlig aufgeschmissen. Unbeholfen zog ich meine Runden, hielt dabei aber immer wieder Hilfe suchend nach Jeff Ausschau – bis ich ihn nicht mehr fand.

Verwirrt blickte ich mich um und entdeckte ihn doch noch am Rand der hell erleuchteten Eisfläche. Er war stehen geblieben, sein Handy am Ohr und einen ernsten Ausdruck im Gesicht.

Mir wurde mulmig zumute. Pfiff der Coach ihn etwa für ein spontanes Training zurück zum Campus? War etwas mit seinem Vater im Gefängnis?

Entschieden schüttelte ich den Gedanken ab, der auf diesem Date nichts zu suchen hatte. Ich versuchte, die Eisfläche zu überqueren und Jeff zu erreichen, doch kurz bevor ich bei ihm ankam, steckte er das Handy weg und lief weiter, ohne mich bemerkt zu haben.

Meine Bemühungen, ihn einzuholen, scheiterten kläglich. Ich kam mir vor wie ein kleines Kind, und das war sicher nicht der Eindruck, den ich bei Jeff erwecken wollte. Jedes Mal, wenn ich wegzurutschen drohte, wurde ein weiterer Funke des Ärgers in mir entzündet, woraufhin ich noch energischere Bewegungen beschrieb. Und damit auch unvorsichtigere, bis ich zu stolpern begann wie auf dem Weg vom Nebengebäude zur Eisfläche – nur dass ich jetzt zusätzlich ins Rutschen geriet. Ich fixierte die Außenbande und legte all meine Energie und Konzentration in meine Bewegungen, um es zumindest bis dorthin zu schaffen. Gegen eine Wand zu knallen wäre immer noch angenehmer, als aufs Eis zu fallen, wo mich schlimmstenfalls noch ein Zwölfjähriger über den Haufen fahren würde.

Doch es klappte nicht. Ich spürte, wie ich endgültig die Balance verlor –

Jemand packte mich am Oberarm. Durch den Ruck wurde ich am ganzen Körper herumgerissen – und klammerte mich instinktiv an Jeff fest, der gerade dabei gewesen war, mich zu überrunden. »Scheiße«, stieß ich hervor. »Das war knapp.« Ich löste mich leicht von ihm, ließ ihn aber nicht los, als ich peinlich berührt zu ihm hinaufsah. »Ich glaube, aus mir wird doch keine Eisprinzessin mehr.«

»Übung macht den Meister!«, beharrte er – bis er meinen Blick sah. »… aber das kann warten.« Er nahm meine Hand in seine. »Komm, das kriegen wir hin.«

Ich wollte protestieren, aber da hatte Jeff mich schon wieder mit sich gerissen. Diesmal ließ er mich nicht mehr los, sondern zog sanfte Kreise um die Eisfläche. Obwohl ich absolut keine Kontrolle über meinen Körper hatte, schaffte er es irgendwie, mich an den anderen Läufern vorbeizubugsieren.

»So gefällt mir das viel besser«, keuchte ich, nachdem wir fünf Runden unbeschadet überstanden hatten. Mein Puls war in den letzten Minuten in die Höhe geschossen. Ich hätte nie gedacht, dass es so anstrengend sein könnte, sich übers Eis ziehen zu lassen.

»Wollen wir einen Zahn zulegen?«, fragte Jeff abschätzig.

»W-was?«, stieß ich hervor. »Noch schneller?«

Jeff grinste. »Das war noch gar nichts!« Während er bis gerade eben noch behutsam übers Eis geglitten war, setzte er plötzlich zum Sprint an. Ein erschrockenes Keuchen entwich meinen Lippen, als er mich ruckartig mit sich riss. Immer und immer kürzer wurden die Abstände, in denen er einen Fuß vor den anderen setzte. Die Luft zog nur so an meinem Gesicht vorbei und spielte mit meinen Haaren.

Mein Herz schlug immer schneller – erst vor Panik, dann aber vor Freude. »Das macht Spaß!«, rief ich, ehe wir plötzlich eine scharfe Kurve beschrieben.

Die Fliehkraft ließ mich ausscheren und beinahe das Gleichgewicht verlieren, doch Jeff hatte mich fest im Griff. Er ließ mich nicht los. Er blieb an meiner Seite.

Die Zeit, in der wir unsere Runden drehten, fühlte sich wie eine halbe Ewigkeit an, obwohl es genauso gut auch nur zehn Minuten hätten sein können.

Als mein Keuchen mein Lachen immer häufiger unterbrach, wurden wir langsamer. »Ich bin k.o.«, seufzte ich.

Jeff rutschte vor mich und hielt mich mit beiden Händen an den Oberarmen fest, um mich gefahrlos zum Stehenbleiben zu bewegen. »Willst du eine Pause oder die Schlittschuhe zurückgeben?«

»Puh, kommt drauf an.« Ich schlang meine Arme um seinen Hals und schmiegte mich mit dem ganzen Körper an ihn. »Ich fürchte, meine Kraft reicht nur noch dafür«, sagte ich leise.

Jeff hielt mich fest, aber nicht wie vorhin, als ich eine Gefahr für mich selbst und andere dargestellt hatte. Sondern so, als wollte er in diesen Sekunden an keinem anderen Ort sein und mit keinem anderen Menschen. Er lehnte seine Stirn gegen meine, und obwohl die schiere Anstrengung mich schon reichlich aufgewärmt hatte, löste seine Nähe eine ganz andere Hitze in mir aus.

»Ich hoffe«, raunte er, »du findest, dass das hier keine ganz furchtbare Idee war.«

»Quatsch!« Ich ließ meine Hände zu seinen Wangen gleiten. »Es hat großen Spaß gemacht.«

Wir lächelten einander an, und damit war es nur noch Formsache, dass unsere Lippen einander auf halber Strecke begegneten. Und da standen wir, mitten auf der Eisfläche mit unzähligen Menschen, die uns umkreisten, und vergaßen die Welt um uns herum. So lange, bis ein abfälliges Zischen an unsere Ohren drang, dass wir im Weg stünden.

Jeff zuckte nicht mit der Wimper. »Lust auf einen kleinen Strandspaziergang?«

»Und wie!«

Wir watschelten zur Rückgabe und wurden unsere Schlittschuhe los. Ich war leicht verschwitzt und wollte nicht wissen, wie mein Gesicht aussah. Wahrscheinlich war meine Schminke hoffnungslos verschmiert. »Gibt es hier irgendwo eine Toilette?«, fragte ich und durchwühlte meine Handtasche nach Puder, Eyeliner und Mascara. »Ich muss mein Make-up auffrischen.«

»Nein«, entgegnete Jeff gelassen. »Weil du gut aussiehst, so, wie du gerade bist.« Er ließ keinen Widerspruch zu, sondern nahm meine Hand und zog mich geradewegs zurück nach draußen.

Es war ein komisches Gefühl, wieder in meinen Stiefeln zu stecken, aber auf dem kurzen Fußmarsch in Richtung Santa Monica Beach gewöhnte ich mich schnell daran. Die leichte Meeresbrise fühlte sich nach all der Bewegung umso kälter an.

Eine Weile blieb es still zwischen uns, und ich durchsuchte meinen gedanklichen Fragenkatalog nach einem Einstieg für Small Talk. »Wie geht es deiner Mom?«

Er runzelte die Stirn. »Das ist eine seltsame Frage.«

Mein Magen zog sich zusammen. *Fuck.* Hatte ich mich damit schon verraten? »Ich meine«, korrigierte ich schnell. »Was macht sie beruflich? Du weißt gefühlt alles über meine Eltern und ich überhaupt nichts über deine.« Zumindest nicht über diesen Elternteil.

»Sie arbeitet in einem Laden für Tierbedarf«, antwortete er.

»Oh! Habt ihr Haustiere?«

»Nein. Die Stelle war einfach nur frei.«

In diesem Moment hätte ich mich am liebsten selbst geohrfeigt. Bis ich Jeff Moreno getroffen hatte, hatte ich mich für die perfekte Journalistin gehalten, aber bei ihm schaffte ich es, von einem Fettnäpfchen ins nächste zu treten. »Wie geht es ihr damit, dass du Football spielst? Seht ihr euch noch oft?«

»So oft es geht«, antwortete er. »Sie lebt am anderen Ende der Stadt. Wenn das Training es zulässt, besuche ich sie.«

»Das ist schön. Ich sehe meine Eltern vielleicht einmal im Monat – wenn's hochkommt. Und bestenfalls nur, wenn ich einen Beweis im Gepäck habe, warum Journalismus eben doch das richtige Studienfach für mich ist.«

Jeff schenkte mir einen verwunderten Seitenblick. »Welche Beweise wären das?«

Ich zuckte die Achseln. »Alles, was zeigt, dass ich Erfolg darin habe.« Wie zum Beispiel eine Story über den Vater eines Football-Spielers, der wegen Vergewaltigung und Mord im Gefängnis verrottete … »Meine Eltern haben hohe Erwartungen an mich«, fuhr ich zögerlich fort. »Sie werden nie einverstanden damit sein, dass ich Journalistin werde. Aber je erfolgreicher ich darin bin, desto mehr werden sie sich vielleicht eines Tages damit abfinden.«

»Wow«, sagte Jeff trocken. »Das Einzige, was meine Mutter von mir erwartet, ist, dass ich glücklich bin.«

Ich musste lächeln. »Ich wünschte, meine Eltern würden auch so denken.« Jeffs Mom konnte so was von stolz auf sich sein. Sie musste eine tolle, herzliche Frau sein, die noch dazu ihren Sohn perfekt erzogen hatte. Jeff und ich waren so verschieden. Doch er tat mir gut – das hatte ich vom ersten Moment an gespürt. »Ich –« Ich stockte, als mir auffiel, dass Jeff schon wieder sein Handy in der Hand hielt.

Als er meinen Blick auf sich spürte, sah er auf. »Entschuldige«, sagte er sofort und steckte es wieder ein.

Ich runzelte die Stirn. Wartete er auf einen Anruf? »Alles okay?«

»Ja.« Er rang sich ein Lächeln ab, aber in der dürftigen Straßenbeleuchtung war ich mir nicht sicher, wie aufrichtig es war.

Der Strand kam schnell in Reichweite. Wir gingen noch ein Stück an der Promenade entlang, ehe wir durch den Sand marschierten und kurz vor dem Ufer stehen blieben. Obwohl die Temperaturen hier deutlich niedriger waren als im Ortskern, zog Jeff seine Jacke aus und legte sie vor unsere Füße. »Wir können uns ein bisschen hinsetzen, wenn du willst.«

Gut, dass er so groß war und seine Jacke dementsprechend auch – auf diese Weise hatten wir beide darauf Platz. Natürlich nur, wenn wir ganz dicht nebeneinandersaßen.

Der Santa Monica Pier lag in einiger Entfernung. Er war vor allem im Sommer allzeit belebt, hatte zurzeit aber geschlossen und sah in der Schwärze der Nacht aus wie ein verlassener Rummelplatz.

Der Pazifik war vergleichsweise ruhig. Die Wellen – soweit ich sie erkennen konnte – waren nicht mehr als leichte Bewegungen des eiskalten Wassers. Sie drangen als leises Rauschen an meine Ohren.

»Wie stehst du zum Thema Erfolg?«, fragte ich schließlich. »Hast du irgendwelche größeren Ziele?«

Jeff hatte beide Hände hinter sich in den Sand gestemmt. »Zum Beispiel?«

»Du bist Runningback«, erklärte ich. »Eine wichtige Position, keine Frage. Aber warum bist du nicht Quarterback geworden?«

»Sind wir hier schon wieder bei einem Interview?«, fragte Jeff belustigt.

Ich verdrehte die Augen. »Es ist ehrliches Interesse!«

»Na schön. Nein«, antwortete er nachträglich. »Als Runningback habe ich die Ehre, bei jedem Spiel zum Zug zu kommen. Wäre ich Quarterback, müsste ich jedes Mal auf der Bank sitzen und hoffen, dass Vaughn eine schlechte Leistung abliefert und ich ihn ablösen darf.«

»Nicht, wenn du ihn überholt hättest«, gab ich zurück. »Wenn du Top-Quarterback geworden wärst.«

Jeff lächelte leicht. »Ich glaube, Vaughn hätte ein ziemliches Problem damit gehabt, wenn ich Top-Quarterback geworden wäre.«

Ich schnaubte. »Na und? Wir alle müssen uns holen, was uns zusteht.«

»Ja, schon, aber …« Er zuckte die Achseln. »Ich bin gut auf meiner Position«, erwiderte er nachdenklich. »Also wozu nach etwas anderem streben? Schließlich«, fügte er verheißungsvoll hinzu, »hat der Coach mir nach dem Touchdown im letzten Match zwei Tickets für das Spiel der Rams am Wochenende spendiert. Hast du Sonntag schon was vor?«

Ich grinste. Jeff ließ wirklich nichts anbrennen. »Dafür müsste ich glatt ein paar Termine absagen. Meine Sekretärin gibt dir zeitnah Bescheid, ob es klappt.«

»Das nehme ich als Ja.« Er berührte mich am Kinn. »Ich komme dich wieder abholen. Und wenn du keine Zeit hast, nehme ich einfach deine Sekretärin mit.«

Ich sog scharf die Luft ein. »Arsch!«, kicherte ich und schlug seine Hand weg. »Und ich dachte wirklich, das zwischen uns wäre echt!«, sagte ich theatralisch und meinte damit viel mehr, als ich vorgab. Ich konnte nicht mehr leugnen, dass ich etwas für Jeff empfand – obwohl es mir überhaupt nicht ähnlich sah, mich Hals über Kopf zu verlieben. Gleichzeitig konnte ich nicht erwarten, dass es ihm genauso ging. Und das machte mir große Angst.

Es war stockfinster, und die Lichter der Eisfläche schimmerten weit entfernt. Einzig die Straßenlaternen der Strandpromenade leuchteten schwach in unsere Richtung. Trotzdem konnte ich deutlich erkennen, wie sich etwas an Jeffs Lächeln veränderte – ehe sich ein fast schon zärtlicher Unterton in seine Stimme schlich: »Das ist es.«

Er hatte nicht die geringste Ahnung, was diese drei Worte in mir auslösten. Sie brachten mein Herz zum Höherschlagen und lösten eine wohlige Gänsehaut auf meinen Armen aus, die mich – gemischt mit der Kühle der Nacht – leicht erschaudern ließ.

Jeff entging das nicht. »Ist dir kalt?«, fragte er.

War es nicht, aber ich wäre bescheuert, wenn ich das sagen würde. Stattdessen nickte ich und lehnte mich an ihn, als er einen Arm um mich legte.

»Wir können wieder gehen, wenn du –«

»Nein!«, sagte ich schnell. »Nein, so ist es perfekt.«

Das stimmte nicht ganz. Perfekt wurde es erst, als ich den Kopf drehte und der allgegenwärtigen Magie zwischen uns ihren Lauf ließ.

Jeffs Lippen landeten auf meinen, und ehe ich mich versah, saßen wir eng umschlungen nebeneinander, bis kein Blatt Papier mehr zwischen uns gepasst hätte. Wieder wurde mir heiß, aber diesmal lag das ganz allein an dem Mann an meiner Seite.

Seine Berührungen und Bewegungen waren hingebungsvoll, aber zurückhaltend – und forderten mich dazu heraus, selbst den nächsten Schritt zu machen.

Keine Menschenseele bewegte sich auf unserem Strandabschnitt, und selbst wenn, könnten wir unter einem Hochsitz der Lifeguards Schutz suchen. Wir könnten es hier und jetzt tun.

Aber anstatt ihm seine Kleidung vom Leib zu reißen, ließ ich die Bewegungen meiner Lippen langsamer werden, bis ich mich schließlich sanft von ihm löste. In der Dunkelheit konnte ich kaum mehr als seine Silhouette und das Weiß seiner Augen erkennen.

Vorsichtig strich er mir über die Wange. »Alles in Ordnung?«, fragte er besorgt.

Ich musste lächeln. »Ja«, flüsterte ich, und es kam mir so vor, als hätte ich das, was ich in meinem Inneren spürte, noch nie zuvor für einen anderen Mann gefühlt. »Es ist alles in bester Ordnung.«

Jeff war anders als die anderen. Und auf einmal kam es mir so vor, als würde er damit auch mich verändern. Ich wollte nicht nur eine weitere Nacht mit ihm. Ich wollte einfach alles von ihm. Nicht nur jetzt, nicht nur heute, sondern auch morgen und übermorgen und an allen anderen Tagen, die darauf folgten.

Ich konnte nur hoffen, dass es ihm genauso ging. Und der einzige Weg, das mit Sicherheit herauszufinden, war, nicht das zu tun, was unsere Körper begehrten, und darauf zu hoffen, dass sein Herz mich genauso sehr wollte.

Jeff strich mir mit dem Daumen über die Wange. »Gut«, sagte er leise und ließ keinen Zweifel daran, dass er im anderen Fall alles in seiner Macht Stehende getan hätte, um das zu ändern.

Die restliche Zeit über starrten wir einfach nur aufs weite Meer hinaus, er einen Arm um mich gelegt, ich eine Hand auf seiner, die in seinem Schoß lag, unsere Finger ineinander verschränkt. Die Stille legte sich wie ein Schleier auf uns, und obwohl ich sie normalerweise verabscheute, hatte sie jetzt etwas Angenehmes an sich.

In diesem Moment wurde mir klar, dass ich mich in Jeff verliebt hatte. Oder in anderen Worten: Ich war einfach nur glücklich.

Ich wusste, dass das hier schnell, vielleicht zu schnell ging. Aber Jeff hatte mich in eine Achterbahn der Gefühle einsteigen lassen – und die war inzwischen voll in Fahrt gekommen. Selbst wenn ich es gewollt hätte, hätte es jetzt keinen Ausstieg mehr gegeben.

Ich redete mir ein, dass es okay war, dass ich so fühlte. Dass es diesmal anders war als mit Vaughn und DeAndre und anderen Männern. Weil *Jeff* anders war.

Ich wollte etwas Ernstes mit ihm. Ich wollte ihn niemals mit einer anderen Frau sehen. Ich wollte, dass ich *seins* war. Und ich hoffte, dass er das spürte.

Der Abend verflog viel zu schnell, und wir machten uns auf den Rückweg. In dem Moment, in dem wir in seinen Wagen stiegen – der glücklicherweise nicht abgeschleppt worden war –, bildete sich eine Frage in meinem Hinterkopf, die ich mich erst zu stellen traute, als Jeff vor meinem Wohnblock parkte.

Ich versuchte, sie so beiläufig wie möglich klingen zu lassen, indem ich eine Hand auf den Türgriff legte. »Du kommst wahrscheinlich nicht mit rein, oder?«

Jeff lächelte leicht. »Nicht, wenn du mich nicht hereinbittest.«

Seine Antwort überraschte mich – im positiven Sinne. »Okay. Würdest du mir die Ehre erweisen und mit reinkommen?«, fragte ich förmlich.

Er legte den Kopf leicht schief. »Ich weiß nicht«, antwortete er gedehnt. »Ich denke, ich muss zuerst meine Sekretärin –«

Ich lachte und öffnete die Tür. »Komm schon!«

Die zweite Welle der Unsicherheit erfasste mich schließlich, als ich meine Wohnungstür aufsperrte. Den Schlüssel noch immer im Schloss, wandte ich mich zu ihm um. »Und wann hast du vor, wieder zu gehen?«, fragte ich unsicher. Falls er geplant hatte, mich wieder mitten in der Nacht zu verlassen, wollte ich zumindest mental darauf vorbereitet sein.

Als Jeff eine Braue hob, wurde mir klar, dass man diese Frage auch gut in den falschen Hals bekommen könnte. Doch das tat er nicht: »Sobald du mich rauswirfst.«

Ich versuchte, mir meine Erleichterung nicht anmerken zu lassen. »Okay.«

Wir traten ein, und ich warf einen Blick auf die Uhr. Es war halb eins. »Kaffee?«, fragte ich und steuerte bereits auf meine Küchenzeile zu.

»Gern.« Ein Grinsen lag in seiner Stimme. Jeff atmete Kaffee. Bei seinem Leben, das offensichtlich nur aus dem Studium, der Bachelorarbeit und dem Training bestand, war das auch kein Wunder. Er ließ die Finger von Alkohol und glich das, was Vaughn und die anderen Woche für Woche in sich reinschütteten, mit Koffein aus.

Mir fiel etwas ein. »Oh.« Ich wandte mich zu ihm um. »Ich hab noch eine Packung Zahnbürsten hier.« Es war klar, dass das, was ich als Nächstes sagen würde, wenig mit Jeffs Mundhygiene zu tun hatte, weshalb ich mich vor seiner Antwort fürchtete. Denn wie auch immer sie ausfiel – sie würde einfach alles verändern. »Willst du eine haben?«

Jeff lächelte. »Klingt gut.«

»Großartig.« Ich versuchte, nicht zu sehr zu strahlen, lächelte aber in mich hinein, als ich mich der Kaffeemaschine zuwandte. Eine Zahnbürste bedeutete, dass er vorhatte wiederzukommen. Und wieder. Und wieder …

Aber *warum* wollte er das?

Unsicherheit stieg in mir auf. Ich öffnete den Deckel der Kaffeekanne und legte einen Filter ein. »Du datest normalerweise keine Frauen wie mich, oder?«, fragte ich zaghaft, während ich ein paar Löffel Pulver hineinschaufelte.

Jeff runzelte die Stirn. »Was meinst du?«

Ich wandte den Blick ab und konzentrierte mich darauf, Wasser in die Kanne zu füllen. »Na ja«, hob ich an. »Du weißt ja, dass ich schon mit Vaughn zusammen war. Und mit DeAndre.« Eine Beziehung war kürzer und liebloser gewesen als die andere – aber es waren trotzdem Beziehungen gewesen. »Und …« Ich stöhnte, weil ich kaum glauben konnte, dass ich das Thema anschnitt, und stellte die Kanne auf die Wärmeplatte. »Ich genieße bestimmt einen gewissen Ruf in eurem Team.« Und auf dem ganzen Campus.

Jeff antwortete nicht, sondern wartete offensichtlich darauf, dass ich weitersprach.

»Ich kann mir nicht vorstellen, dass das normalerweise der Typ

Frau ist, mit dem du dich abgibst.« Ich schaltete die Maschine an. »Und deshalb …« Ich stockte. Weil Jeff einfach keine Anstalten machte, mich zu unterbrechen und aus meiner Qual zu erlösen, drehte ich mich frustriert zu ihm um. »Was findest du an mir?«, brach es schließlich einfach aus mir heraus, bevor ich es verhindern konnte.

Jeff blinzelte. »Dasselbe könnte ich dich auch fragen.«

Ich stutzte. »Was?«, übertönte ich das Klacken und Plätschern der Kaffeemaschine.

Er lehnte sich gegen meine Küchenzeile. »Ich gehöre auch nicht gerade zu deinem Beuteschema«, erklärte er, obwohl ich ihm gerade zwei andere Footballer genannt hatte, mit denen ich eine Vergangenheit hatte. Doch dann fuhr er fort: »Ich habe nicht viel. Keine übergroße Familie, keine besondere Clique, und gerade genug Geld, um über die Runden zu kommen.« Er sah mich nachdenklich an. »Vaughn fährt einen BMW, ist der beliebteste Student auf dem Campus und könnte dir wahrscheinlich die ganze Eisfläche kaufen, wenn du ihn darum bitten würdest. Er –«

»Vaughn ist ein Idiot«, brummte ich. Aber seine Antwort hatte mich überrascht. Ich hatte mich die ganze Zeit über so gefühlt, als würde ich nicht in Jeffs Liga spielen. Keine Sekunde lang hatte ich daran gedacht, dass es ihm andersherum genauso gehen könnte. »Das ist der große Unterschied zwischen euch beiden. Er ist ein Idiot, und du …«, ich brach ab, bevor ich zu kitschig werden konnte, »… nicht«, endete ich wenig eindrucksvoll.

Jeff grinste schief. »Du bist heute also mit nach Santa Monica gekommen, weil … ich kein Idiot bin«, fasste er zusammen.

Betont gleichgültig zuckte ich die Achseln. »Ist doch ein guter Grund, oder?«

Belustigt schüttelte er den Kopf. »Ich schätze schon.«

»Also?« Abwartend sah ich ihn an. »Was ist deine Antwort?«

Jeff dachte kurz nach. »Ich hab dich um das Date gebeten, weil …« Er lächelte leicht. »Weil der Kaffee hier echt gut ist.«

Ich musste lachen. »Wirklich? Du nutzt mich nur für meinen Kaffee aus?«

Abwehrend hob er die Hände. »Schuldig.«

Ich biss mir verspielt auf die Unterlippe. »Jammerschade«, antwortete ich und schlenderte zu ihm hinüber. »Aber wer sagt, dass du dir deinen Kaffee heute schon verdient hast?«

Jeffs Brauen schossen in die Höhe. »Wie bitte?«

»Ich würde dir ja gern welchen anbieten, aber …« Ich seufzte theatralisch. »Leider erfüllst du die Mindestanforderungen nicht. Ich werde ihn wohl oder übel ohne dich trinken müssen. Außer …« Ich sah ihn von unten herab an. »Du kannst mich doch noch davon überzeugen, dass du würdig bist.«

Obwohl Jeff versuchte, eine ernste Miene zu bewahren, hoben sich seine Mundwinkel leicht. »Ich schätze«, sagte er leise, »dann sollte ich das schleunigst tun.« Als seine Finger meine fanden, sandte er ein altbekanntes Kribbeln durch meinen Körper. Sanft zog er mich näher an sich heran, beugte sich zu mir herunter und küsste mich zärtlich.

Ich stellte mich auf die Zehenspitzen, um ihm etwas entgegenzukommen, und legte beide Hände auf seine Brust. Sogar durch den Stoff seines Oberteils hindurch konnte ich die Muskeln, die sich dort befanden, nur zu deutlich spüren. Neben diesem großen, breitschultrigen Mann kam ich mir wie eine zarte Elfe vor, die seinen starken Griff brauchte, um nicht von einem Windhauch davongeweht zu werden. Und Jeff tat mir den Gefallen: Eine Hand an meiner Wange, eine auf meinem Rücken, sorgte er dafür, dass ich genau dort blieb, wo ich hingehörte: bei ihm.

»Habe ich ihn mir schon verdient?«, raunte er an meinen Lippen.

»Noch lange nicht«, hauchte ich und lehnte mich tiefer in den Kuss hinein.

Sein Griff um mich versteifte sich, und Jeff drückte mich umso fester an sich, sodass ich spüren konnte, wie sich etwas in ihm regte. Genauso wie in mir. Das Kribbeln war inzwischen überall – und es verlangte nach mehr.

Ich schlang meine Arme in dem Moment um seinen Hals, in dem er mich einfach in die Luft hob. Blitzschnell drehte er sich um die eigene Achse und setzte mich auf der Arbeitsfläche meiner Küchenzeile ab – ohne dass unsere Lippen sich auch nur einen Sekundenbruchteil voneinander gelöst hätten.

Seine Zungenspitze fand meine, und von da an war es nur noch eine Frage von Sekunden, bis ich das Gefühl für Raum und Zeit verlor. Es gab nur noch Jeff und mich und die Reibung zwischen unseren Körpern.

Bis er sich wieder von mir löste und mich am Nacken davon abhielt, die Distanz zu seinen Lippen zu überbrücken. »Wie sieht es jetzt aus?«, fragte er lauernd. Er wollte mich provozieren, und ich liebte es.

»Da musst du dich schon mehr anstrengen«, presste ich hervor, obwohl ich kaum mehr einen klaren Gedanken fassen konnte.

Jeff gehorchte sofort. Er ergriff den Saum seines Oberteils und zog es über seinen Kopf. Dann riss er mich mit einem Ruck an den Hüften näher an sich heran. Ich schlang Arme und Beine um ihn und wir machten nahtlos dort weiter, wo wir aufgehört hatten.

Mein Atem ging nur noch flach. Mein Herz raste, und jede von Jeffs Berührungen, die von meinen Schultern zu meinen Armen und schließlich meine Beine hinauf wanderten, jagte wohlige Schauer über meinen Rücken. Wo auch immer er über meine Haut oder den Stoff meiner Kleidung strich, sehnte eine andere Stelle meines Körpers sich nach derselben Aufmerksamkeit. Gleichzeitig konnte ich deutlich spüren, wie etwas zwischen seinen Beinen größer wurde, das nach *meiner* Aufmerksamkeit verlangte.

Am Rande meines Bewusstseins fiel mir auf, dass der Kaffee längst fertig war. Aber um den ging es schon lange nicht mehr.

Ich hatte mir vorgenommen, es heute ruhiger angehen zu lassen – weil ich wollte, dass das zwischen uns mehr war als nur Sex. Aber jetzt mit seinen Lippen auf meinen, seinen starken Armen um meinen Körper und der Tatsache, dass wir uns nicht mehr am Strand befanden, wo uns jede Sekunde ein Obdachloser auflauern könnte, geriet mein Widerstand jäh ins Wanken.

Ich wollte ihn. Ich wollte ihn so sehr, nicht zuletzt, weil ich mir jetzt sicher sein konnte, dass er mich nicht wieder allein lassen würde.

Was als Nächstes zwischen uns passierte, war unausweichlich.

Ich rutschte von der Arbeitsfläche. Ich schaffte es gerade so, seine Hose zu öffnen, ehe Jeff mir das Kleid regelrecht vom Körper riss. In dem Moment, in dem seine Jeans auf dem Boden landete, hob er mich abermals hoch und warf mich aufs Bett, wo er mich in einer fließenden Bewegung um meine Leggings und meinen Slip erleichterte. Diesmal hatte er das Kondom schon parat. Ich wusste nicht, wie, aber er schaffte es, den Gummi mit einer Hand abzurollen, während er mich mit der anderen beschäftigte.

Obwohl ich es kaum erwarten konnte, wieder mit ihm zusammen zu sein, hielt ich ihn im letzten Moment zurück. »Ich glaube«, flüsterte ich, »jetzt sollte *ich* mir meinen Kaffee verdienen.«

Jemand wie Vaughn würde niemals darauf eingehen. Es wäre ihm völlig egal, was ich wollte. Er würde sich niemals von einer Frau dominieren lassen, weil es sein Ego nicht zuließ. Aber schließlich hatten wir erst vor ein paar Minuten festgestellt, dass Jeff kein bisschen wie er war.

Seine Mundwinkel hoben sich leicht. Dann drehte er sich langsam auf den Rücken und zog mich mit einem Arm auf sich.

Ich hätte nie für möglich gehalten, dass unser zweites Mal noch schöner sein könnte als das erste. Nach dem Ärger und der Hoffnung und der Unsicherheit der letzten beiden Tage konnte ich mich einfach fallen lassen und das Geschenk, das Jeff mir machte, in vollen Zügen genießen.

Er hielt seine Augen geöffnet, verengte sie aber in den Momenten, in denen meine Bewegungen ihn zum Seufzen brachten. Das hier war mein Tempo, mein Kommando, meine Führung – und er stand darauf.

Was ich dabei völlig außer Acht ließ, war, dass Jeff immer noch ein Football-Spieler war. Er dachte strategisch – und war verdammt beweglich. Sogar von seiner Position aus schaffte er es irgendwie, die Oberhand an sich zu reißen und mich schier um den Verstand zu bringen. Spätestens als sich seine Finger immer tiefer in meine Hüften bohrten und einen wohligen Schmerz durch meinen Körper sandten, wusste ich, dass es ihm genauso ging. Und ich allein war dafür verantwortlich. Ich fühlte mich stark und mächtig, weil ich einen 1,90 Meter großen Mann dazu bringen konnte, meinen Namen zu seufzen. Aber vor allem war ich einfach nur glücklich.

Am Ende trank keiner von uns Kaffee – weil wir das Bett nicht einmal mehr verließen.

Ich wachte mitten in der Nacht neben ihm auf. Ich lag auf der Seite, und Jeff hatte von hinten die Arme um mich geschlungen. Seine Wärme war allgegenwärtig, und seine bloße Berührung sorgte dafür, dass sie zeitgleich in meinem Inneren aufstieg. Einmal mehr verfluchte ich ihn dafür, nach dem ersten Mal so schnell verschwunden zu sein und mir diesen Moment genommen zu haben. Dafür kostete ich ihn jetzt umso mehr aus, indem ich mich enger an ihn schmiegte und spürte, wie er mich leicht an sich drückte.

Ich hatte ihm eine Frage gestellt und keine Antwort darauf bekommen. Er hatte mir eine Frage gestellt, und ich hatte ihm auch keine Erklärung geliefert. Vielleicht deshalb, weil es keine gab.

Jeff und ich ergaben keinen Sinn. Aber inzwischen war mir klar geworden, dass nicht alles Schöne einen Sinn ergeben musste. Und das war völlig in Ordnung.

5. Kapitel

Ich erwachte nicht, weil mich mein kreischender Digitalwecker mit einem Ruck aus dem Schlaf riss, sondern weil ich einen Blick auf mir spürte. Träge hob ich die Lider – und sah in Jeffs braune Augen. Sein bloßer Anblick ließ mich sofort hellwach werden.

Er lag auf der Seite, den Kopf auf die Hand gestützt, als wäre er schon länger wach, und lächelte leicht. »Guten Morgen.«

»Hi«, sagte ich verschlafen, während die Schmetterlinge in meinem Bauch ebenfalls wieder zum Leben erwachten. Er war hier. Ich konnte es kaum glauben. Noch weniger, als er sich zu mir beugte und mir einen sanften Kuss gab.

Als er sich von mir löste, blieben unsere Gesichter nur einen Spaltbreit voneinander entfernt. Er hätte wie bei einem billigen One-Night-Stand aufstehen und verschwinden können, bevor ich aufwachte. Doch stattdessen war er geblieben und sah mich mit einem Ausdruck in den Augen an, der meine Haut zum Kribbeln brachte.

Wir teilten einen tiefen Blick, und ich spielte mit dem Gedanken, ihn wieder vollends zu mir herunterzuziehen –

Dann setzte der Wecker ein. Genauer gesagt schrie er mich an wie ein besessenes Mädchen aus einem Horrorfilm – ein Geräusch, das einem bis ins Mark fuhr und das sogar mein Herz zum Stolpern brachte.

Erschrocken zuckte Jeff zurück und starrte den Wecker auf meiner Kommode an wie den Teufel persönlich.

»Tut mir leid!« Ich lehnte mich zur Seite und schlug mit voller Wucht auf das Gerät, aber es streikte mal wieder.

»Interessanter Weckruf«, murmelte Jeff und lehnte sich in die andere Richtung, als befürchtete er, sein Trommelfell könnte platzen.

»Ich habe Probleme damit, früh aufzustehen«, erklärte ich verlegen und schaffte es erst beim dritten Versuch, den Wecker abzustellen. Erschöpft und mit wie wild klopfendem Herzen sackte ich in die Kissen zurück. Ich sollte das Teil wirklich anders einstellen.

»Musst du zur Arbeit?«, fragte Jeff, als ich mich schwerfällig aufrichtete.

Ich spürte einen Stich in der Brust. »Ja, leider«, gab ich zu, obwohl ich den Morgen viel lieber mit ihm verbracht hätte. »Ich weiß auch nicht, warum ich mir das jede Woche antue.« Okay, das war vielleicht nicht ganz richtig. Ich tat es, weil das Geld schließlich von irgendwoher kommen musste. Die Enttäuschung meiner Eltern hielt sich zum Glück so weit in Grenzen, dass sie trotzdem noch für meine Miete aufkamen – aber um alles andere musste ich mich selbst kümmern. Ich sparte auf einen neuen Laptop und einen Kurztrip nach Vegas mit ein paar High-School-Freundinnen, die ich schon viel zu lange nicht mehr gesehen hatte. Und die nächste große Party war auch nicht weit.

Aber ich wollte nichts davon aussprechen. Was für einen Eindruck würde das auf einen so bodenständigen Mann wie Jeff machen? Abgesehen davon, dass sein Stipendium sein einziges Einkommen war und er sich wahrscheinlich nichts davon leisten könnte. Ich wollte ihm nicht unter die Nase reiben, dass das Schicksal mich zur Tochter reicher Eltern gemacht hatte. Ganz abgesehen davon, dass ich in seinen Augen so viel mehr war als das.

»Also …« Ich zögerte. Ich wollte ihn nicht eiskalt rauswerfen, ihn aber auch nicht bitten zu bleiben, wo ich doch sowieso auf dem Sprung war. »Fühl dich wie zu Hause«, vermied ich es, mich zu entscheiden, und schälte mich aus dem Bett.

Ich verschwand mit einem Satz Klamotten im Bad und sprang kurz unter die Dusche, frisierte meine Haare und trug frisches Make-up auf. Aus dem Wohnbereich drang kein Laut zu mir durch, und ich riet, dass Jeff sich angezogen hatte und gegangen war. Das war vollkommen okay, schließlich war es jetzt nicht mitten in der Nacht, unmittelbar nachdem wir miteinander geschlafen hatten. Außerdem hatte er bestimmt auch Termine. Eine morgendliche Sonder-Trainingseinheit bei Coach Black zum Beispiel. Oder –

Als ich aus dem Badezimmer kam, ertönte ein Zischen aus Richtung Küche, begleitet von einem Geruch, bei dem mir das Wasser im Mund zusammenlief.

Ich traute meinen Augen nicht, als ich Jeff, der gerade etwas in einer Pfanne briet, vor meinem Herd erspähte.

»Oh, hey«, begrüßte er mich beiläufig. »Ich dachte, ich mache Frühstück. Magst du Rührei?«

Ich bekam den Mund nicht mehr zu. Ich hatte noch nie vor der Arbeit gefrühstückt, weil ich lieber zehn Minuten länger schlief. Wer hätte gedacht, dass ich auch beides haben konnte? »Ich –« Ich stockte. »Du …« Ich war nicht in der Lage, auch nur einen Ton herauszubringen. Gleichzeitig war mein Kopf voll von wild durcheinanderströmenden Gedanken. *Was für ein Mann …*

Jeff schenkte mir einen unsicheren Blick. »Oder hättest du die Eier noch für was anderes gebraucht?«

Endlich riss ich mich selbst aus meiner Schockstarre. Ich lächelte. »Ich liebe es.«

Wenn ich mich an einem Freitag nicht besinnungslos betrank, arbeitete ich samstags von morgens bis nachmittags im Coffeeshop. Da am Wochenende keine Vorlesungen stattfanden, war der Campus ziemlich leer. Es verschlug nur Leute hierher, die an Gruppenprojekten arbeiteten oder zu Trainings mussten. Da viele College-Athleten entweder vor oder nach den Einheiten hier für einen Kaffee oder Snack aufkreuzten, kannte ich ihre Sportpläne inzwischen ungewollt auswendig.

Jeff brachte mich zur Arbeit, nahm sich einen Kaffee mit und verabschiedete sich mit einem Kuss. Ich fühlte mich wie in einem kitschigen Film, aber ich vermisste ihn jetzt schon und konnte unser nächstes Date kaum erwarten.

Das Los Chicos hatte trotz seines Namens rein gar nichts mit mexikanischem Kaffee oder Essen zu tun. Soweit ich wusste, war nicht einmal der Inhaber ein Latino. Es war ziemlich klein, und manch einer würde es als geradezu vollgestopft mit Tischen und Stühlen bezeichnen, aber das machte einfach das Flair aus. Abgesehen davon, dass die meisten sowieso »to go« bestellten, weil sie nur auf dem Weg zu Vorlesungen oder nach Hause hier vorbeikamen.

Chris war eine Ausnahme. Er hing hier herum, weil es keinen Unterschied machte, ob er seine Hausarbeiten und Artikel zu Hause oder im Café schrieb – bis auf die Tatsache, dass er hier den ein oder anderen Kaffee spendiert bekam. Er saß an seinem Lieblingstisch in der Ecke. Von dort aus konnte er die Menschen auf dem Campus durchs Fenster beobachten, ohne dass sie ihn sehen konnten. Seinen Laptop vor sich und den Blick auf den Bildschirm gerichtet, hatte er die Stirn in Falten gezogen, als würde er gerade etwas lesen.

Ich spielte mit dem Gedanken, bei ihm vorbeizuschauen, als eine sechsköpfige Gruppe Frauen aus dem Uni-Cheerleading-Team *Song Girls* zur Tür hereinschneite, die mich hier mehrmals die Woche beehrte.

Ich hatte nichts gegen die *Song Girls* – aber obwohl sie sozusagen schon zur Uni-Kultur gehörten, war es sehr schwierig, mit ihnen warmzuwerden. Sie waren eine eingeschworene Truppe, die die Außenwelt wie durch eine unsichtbare Barriere von sich abschirmte. Es war zudem verdammt schwer, einmal eine allein zu erwischen – etwa für ein Interview –, weil plötzlich eine ganze Herde von ihnen auftauchte und die professionelle Atmosphäre in null Komma nichts zerstörte.

»Hi!«, begrüßten sie mich im Chor und gaben eine nach der anderen ihre Bestellungen auf. Da ich am Wochenende allein war, stieg mein Stresspegel leicht an, aber die Frauen schnatterten so konzentriert miteinander, dass sie dabei wahrscheinlich ohnehin das Gefühl für Raum und Zeit verloren.

Sobald ich einen To-go-Becher abstellte, hielt die jeweilige Cheerleaderin brav ihre Karte an das Lesegerät.

»Hey, Caroline.« Jede von ihnen kannte mich, aber ich hatte mit keiner von ihnen besonders viel zu tun. Deshalb überraschte es mich umso mehr, was Tiffany, eine großgewachsene Brünette, als Nächstes sagte: »Ich schmeiße heute eine Party in meiner Bude. Kommst du auch?«

Ein Teil von mir war schon fast stolz darauf, dass sie mich einlud. Wie viele meiner Kommilitonen war sie verunsichert, was mich betraf. Allein wegen meines Namens wussten sie, dass meine Eltern Geld hatten – und verstanden nicht, weshalb ich dann in einem

Campus-Café arbeitete. Allerdings hatte es wohl niemanden genug verstört, um mich danach zu fragen. War vielleicht auch besser so. Dass ich es mir wortwörtlich nicht leisten konnte, mit den anderen Reichen abzuhängen, würde sie vermutlich nur noch mehr verwirren.

»Wohnst du nicht in einem Studentenwohnheim?«, fragte ich erstaunt.

»Doch.« Lässig zuckte sie die Achseln. »Und das ganze Wohnheim feiert mit.«

»Ob sie wollen oder nicht«, fügte Jessica, die ihre glänzendschwarzen Haare zum Dutt gebunden hatte, kichernd hinzu.

»Also – bist du dabei?«

Offensichtlich machte ich auch in Schürze und mit Café-Kappe einen geeigneten Eindruck, um auf ihre Party zu kommen. Weshalb ich auf keinen Fall absagen würde. Eine Cheerleader-Party konnte nur der absolute Knaller werden. »Kann Chris auch mitkommen?« Ich nickte in Richtung seines Tisches, ohne dass mein Freund auch nur aufsah.

»Klar«, erwiderte Tiffany überschwänglich. »Solange ihr beiden nicht auf der Suche nach einer skandalösen Story seid.«

Ich grinste. »Gibt es denn einen Skandal, den wir finden könnten?«

Anstelle einer Antwort verfiel die Gruppe in kollektives Kichern – eines, das mir verriet, dass ich die Antwort vielleicht gar nicht wissen wollte. »Bis dann, Cary!«

Stirnrunzelnd sah ich ihnen hinterher und fragte mich, wann der Spitzname, den mir ein paar der Football-Spieler gegeben hatten, bis zu ihnen durchgedrungen war.

Ich erkundigte mich gar nicht erst, ob Chris mitkam, denn das würde er. Stattdessen schrieb ich eine Nachricht an Jeff – Tiffany würde sicher nichts dagegen haben, wenn ich einen Footballer mitbrachte.

Später steigt eine Party bei Tiffany. Lust, mit mir hinzugehen?

Die Antwort ließ nicht lange auf sich warten: *Nein. Tut mir leid.*

Natürlich nicht. Obwohl mich die Antwort nicht überraschen sollte, spürte ich einen Stich in meiner Brust. Gleichzeitig fühlte ich mich, als hätte ich einen schlechten Einfluss auf Jeff. Er war so anständig, so gut – und ich?

Okay, versuchte ich, mein Gewissen zu beruhigen, indem ich die Verständnisvolle gab. *Dann hab einen schönen Abend. Und bis morgen? :)*

Ein Teil von mir hoffte, dass er mir einen Gegenvorschlag für heute machen würde, doch stattdessen schenkte er mir nur ein *Bis morgen.*

Also gut. Dann bedeutete das wohl Party bei Tiffany.

Die Cheerleader hatten nicht untertrieben, als sie angekündigt hatten, dass das ganze Wohnheim mitfeiern würde. Als Chris und ich das Gebäude betraten, sahen wir keine Wohnungstür, die nicht sperrangelweit geöffnet war. Hinter jeder von ihnen erspähten wir Wohnbereiche und Küchen, in denen Studenten grüppchenweise zusammenstanden. Alle paar Schritte dröhnte eine andere Musikrichtung lautstark an unsere Ohren, sodass für alle Geschmäcker etwas dabei war.

Aufgrund der unerwartet offenen Atmosphäre – und der Tatsache, dass zwischenzeitlich ganze Gangabschnitte von Menschen versperrt waren –, dauerte es eine Weile, bis wir uns zu Tiffanys Wohnung vorgearbeitet hatten. Die war allerdings so überfüllt, dass wir die Gastgeberin nicht fanden und uns einfach am Angebot bedienten.

Chris und ich hatten jeder zwei Sixpacks Bier mitgebracht. In der Küche angekommen, stellten wir aber fest, dass wir definitiv die falschen Vorräte aufstockten. Es gab Cola, Limonaden und Säfte – dazu alle möglichen Arten von Schnaps, die großzügig in die Gläser gekippt wurden. Obwohl die Feier noch nicht lange gehen konnte, lief sogar schon ein Mann – ich erkannte ihn als Baseball-Spieler – zwischen den plaudernden Grüppchen hin und her und goss ihnen Wodka aus der Flasche direkt in die Münder.

Ich hatte mich ungewohnt zugeknöpft gekleidet. Zuerst hatte ich zu einem bauchfreien Top gegriffen, es dann aber gegen Skinny Jeans und Shirt mit tiefem Rückenausschnitt getauscht. Vorn gab es also nichts zu sehen. Schließlich war Jeff nicht da, um sich an mir sattzu–

Wow. Er beeinflusste mich jetzt schon mehr, als ich erwartet hatte – und das, obwohl er überhaupt nicht hier war.

Wir bedienten uns an Rum und Cola und suchten die Menge nach Tiffany ab. Der Größe der Küche nach musste die Wohnung für etwa sechs Leute ausgelegt sein. In dem schmalen Gang gab es vier angrenzende Türen, von denen nur eine – die vermutlich zum Bad führte – geschlossen war. Alle anderen waren weit geöffnet und offenbarten noch mehr Menschen, die schlimmstenfalls nicht einmal diejenigen kannten, auf deren Betten sie saßen. Als wir Tiffany in einem davon erspähten, wollten wir uns zu ihr durchkämpfen, kamen aber nicht weit.

»Hi«, ertönte eine Stimme zu unserer Rechten.

Zeitgleich wandten wir uns um und sahen die junge Frau an, die sich uns genähert hatte. Sie musste in etwa in meinem Alter sein, aber ich hatte sie noch nie gesehen – was zumindest schon mal bedeutete, dass sie keine Athletin war.

Ihr Blick war allein auf Chris gerichtet. »Bist du ein Freund von Tiffany?«

Ich unterdrückte ein Grinsen. Inzwischen war es ein Running Gag geworden zu zählen, wie viele Frauen Chris anbaggerten, weil sie ihn für hetero hielten. Nicht zuletzt, weil mir das auch passiert war und ich mich mit jedem Mal ein bisschen besser fühlte.

Ich löste mich von den beiden, schaffte es aber auch diesmal nicht, zur Hausherrin durchzudringen, weil ich von Jessica aufgehalten wurde.

»Uuund?«, fragte sie viel zu lang gezogen. Sie trug ein Top, das gerade so ihre Brüste bedeckte, eine schwarze Jeans und hatte einen dunklen Kapuzenpullover um ihre Hüften geschlungen. »Wie läuft es mit Nummer 26?«

Die Frage traf mich unvorbereitet. »Ähm« war das Einzige, was ich spontan rausbekam. Es gab nur einen Menschen, den sie damit meinen konnte. »Es läuft gut.« Wie viel wusste sie überhaupt? Und woher?

Mein Blick zuckte zu Chris.

»Warum hast du ihn nicht mitgebracht?«, bohrte Jessica weiter.

»Er muss an seiner Bachelorarbeit schreiben«, erwiderte ich. Er hatte vorgestern kurz davon erzählt, und ich vermutete, dass er vor dem Finalspiel so viel wie möglich davon abarbeiten wollte.

Kriminologie – mit einem Mal leuchtete mir ein, warum er dieses Studienfach gewählt hatte. Ein mulmiges Gefühl machte sich in mir breit. Ich hatte bei unserem Date tatsächlich vergessen können, was ich über seinen Vater erfahren hatte – aber der Effekt hielt leider nicht für immer.

»Ich hab gehört, ihr seid jetzt offiziell ein Paar«, fuhr sie eifrig fort und beunruhigte mich damit noch mehr. Wo zur Hölle hatte sie das denn gehört? »Ich freu mich so für dich.« Sie hob eine Braue. »Allerdings dachte ich, du wärst nicht so der Typ für Beziehungen.«

Sooft ich Menschen auch mit Fragen löcherte, so sehr hasste ich es, wenn jemand den Spieß umdrehte. Seit ich angefangen hatte zu studieren, war das ständig passiert. Man fragte mich über meine Eltern und ihre Firma aus – und über mein Geld, wenn man sich traute. Früher in der High School war das kaum vorgekommen, weil ich auf eine teure Privatschule gegangen und ich dort nicht annähernd die reichste Unternehmertochter gewesen war.

Immerhin war es zur Abwechslung erfrischend, nicht wegen meiner Eltern im Mittelpunkt zu stehen, sondern wegen etwas, das ich mir selbst erarbeitet hatte: Jeff.

»Jason hat erzählt, dass Nummer 26 gar nicht so schlecht auf dem Feld ist.« Allmählich fragte ich mich, ob sie so auf seiner Nummer herumritt, weil sie seinen Namen vergessen hatte.

»Du bist jetzt mit Jason zusammen?«, fragte ich verwundert.

Ihr Blick wirkte verunsichert. »Manchmal«, gab sie zurück, und ich verstand sofort. »Aber wie ist das mit –« Sie stockte.

»Jeff«, half ich ihr auf die Sprünge.

»Du sollst erst durch ihn wissen«, sagte sie mit verheißungsvollem Blick, »was ein *Höhepunkt* wirklich bedeutet.«

Mir klappte die Kinnlade herunter. »Sorry«, unterbrach ich sie, »aber woher weißt du überhaupt von uns?«

Sie blinzelte. »Na«, sie hielt ihr Handy hoch, »von Twitter.«

Mein Herz setzte einen Schlag aus. Wieder sah ich zu Chris hinüber. *Das kann nicht sein verdammter Ernst sein.*

»Entschuldige mich bitte.« Ich machte auf dem Absatz kehrt und marschierte auf Chris zu. Bei ihm angekommen, riss ich ihn grob am Arm zu mir herum und befreite ihn damit von der Frau, die ihn nach wie vor zutextete.

»Wa–«

»Tweetest du über Jeff und mich?«, fragte ich scharf.

»Nicht unter Klarnamen!«, kam seine Antwort wie aus der Pistole geschossen. Sein Cola-Mixgetränk hatte inzwischen eine so ungewohnt helle Farbe, dass mir das Mischverhältnis Sorgen bereitete. Offenbar war er von dem wodkafanatischen Baseball-Spieler nicht verschont geblieben.

»Und du findest, dass Nummer 26 ein guter Deckname ist?« Ich zog die Brauen zusammen. »Was ist überhaupt meiner?«

»Nicht so wichtig«, winkte er betont gleichgültig ab.

»Das werden wir ja sehen.« Ich kramte in meiner Handtasche nach einem Handy.

Chris stöhnte. »Es ist CJ! Einfach nur CJ, okay?«

Ich hielt inne und starrte ihn ungläubig an. »Wow. Du läufst ja geradezu über vor Kreativität.« Ich schüttelte den Kopf. »Warum zur Hölle schreibst du über uns?«

»Es waren nur drei oder vier Tweets! Und ich dachte wirklich, dass niemand dahinterkommt«, verteidigte er sich. »Weißt du, wie viele CJs wir auf dem Campus haben?« Er seufzte. »Das weißt du genau«, nahm er dann noch mal Anlauf. »Sportjournalismus ist ein stark umkämpftes Feld. Und wenn ich dort nicht lande, dann –«

»Müssen es eben Klatschmagazine sein«, seufzte ich. Wir hatten schon oft genug über unsere Berufsaussichten gesprochen. »Und du glaubst, dass Campus-Gossip eine gute Referenz für dich ist?«

»Du weißt doch, was sie sagen: Es gibt keine schlechte PR. Dasselbe gilt übrigens für Nummer 26 und dich.« Ein Blitzen trat in seine Augen. »Oder wovor hast du Angst?«

»Vor rein gar nichts«, blockte ich ab. »Ich glaube nur nicht, dass Jeff so viel Aufmerksamkeit will.« Genauer gesagt wusste ich es mit Bestimmtheit. Er hatte ja nicht mal Instagram. Und ich wollte nicht, dass er nur wegen mir in ein Rampenlicht gedrängt wurde, das er nicht ausstehen konnte – und wenn es nur auf Twitter war. »Könntest du also bitte in Zukunft über andere Pärchen am Campus schreiben?«

Chris zog sein Handy heraus. »Also gut«, lenkte er ein. »Die Tweets haben sowieso nicht die Reichweite gehabt, die ich mir erhofft hatte.«

»Danke!«, brummte ich und nippte lustlos an meinem Getränk.

»Was ist los?«, fragte Chris. »Amüsierst du dich nicht?«

»Ach …« Ich zuckte die Achseln. Jetzt, buchstäblich Sekunden nach der Twitter-Nummer, würde ich mit ihm bestimmt nicht über meine Gefühle reden.

Jeff fehlte mir. Jeff fehlte *hier*. Vielleicht hatte er in so kurzer Zeit schon auf mich abgefärbt – weil mir das hier nicht annähernd so viel Spaß machte wie erwartet. Die Musik hallte schmerzhaft in meinem Kopf wider, und mein Mixgetränk schmeckte nach Pappe. Außerdem freute ich mich so sehr auf morgen, dass ich dieser Party überhaupt nichts abgewinnen konnte.

Chris zog mich noch eine Weile mit. Wir unterhielten uns mit Menschen, die ich, er oder niemand von uns kannte. Dabei kamen uns so einige Storys zu Ohren, für die ich mich aber ausnahmsweise nicht interessierte. Nicht zuletzt, weil das meiste nur Klatsch und Tratsch war und damit sowieso nicht zu unserem Ressort gehörte.

Während bei Chris der Alkohol in Strömen floss, fiel mir zwei Stunden später auf, dass ich immer noch an meiner inzwischen warm gewordenen Rum Cola nippte. Das war der Moment, in dem ich beschloss, dass es Zeit war zu verschwinden.

Je früher ich schlafen ging, desto schneller würde ich Jeff wiedersehen.

Zufällig entdeckte ich Tiffany genau dann, als wir uns anschickten, ihr Stockwerk zu verlassen. Sie stand mit ein paar anderen Frauen an der Treppe und sah deutlich erheitert aus. »Hi, Cary!«, trällerte sie. »Schön, dass du hier bist.«

»Ich muss leider schon wieder los«, meldete ich mich ab.

Tiffany riss entsetzt die Augen auf, als würde es sie auch nur im

Geringsten jucken. »Schon? Bist du dir sicher?« Sie sah auf ihre silberne Armbanduhr. »Vaughn ist noch gar nicht hier!«

Ich runzelte die Stirn. »Was hat das denn mit mir zu tun?«

»Oh.« Sie schlug sich eine Hand vor den Mund. »Er hatte nach dir gefragt. Ich dachte, ihr hättet euch für heute hier verabredet.« Sie schenkte mir ein verlegenes Lächeln.

Ich lachte, hatte aber das Gefühl, dass man meine Verwirrung heraushörte. »Das wüsste ich aber.« Vielleicht hatte ich sein Ego angekratzt, weil ich ihm nicht wie angekündigt geschrieben hatte. »Richte ihm Grüße von mir aus.«

Tiffany wirkte jetzt aufrichtig gelangweilt. »Okay, mach ich.«

Obwohl ich nur ein paar Blöcke entfernt wohnte, brachte Chris mich nach Hause, bevor er zur Party zurückkehrte. »Was ist eigentlich aus dem Artikel über Jeff geworden?«, fragte er mich an meiner Haustür angekommen. »Hast du dich schon entschieden?«

»Ich denke schon«, antwortete ich zögerlich, die Hand auf meiner Türklinke. »Ich … kann das nicht bringen.«

»Verstehe ich.« Er nickte bedächtig. »Auch wenn dir damit gehörig was durch die Lappen geht.«

»Ich weiß«, stöhnte ich. Auch wenn ich Chris nichts vom Inhalt des Artikels erzählt hatte, ahnte er zumindest, in welche Journalisten-Sphären das Ganze mich beamen könnte. »Warum muss es gerade er sein? Hätte nicht irgendjemand anderes –« Ich verstummte, bevor ich zu viel verraten konnte. »Ach, was auch immer.«

»Niemand zwingt dich, ihn zu veröffentlichen.« Chris zuckte die Achseln. »Du kannst ihn genauso gut zurückhalten und sehen, wie die Sache zwischen euch läuft. Wenn er ein krummes Ding mit dir abzieht, kannst du dich so bei ihm rächen.«

Ich grinste. »Wow, Chris. Ich wusste nicht, welche düsteren Energien in dir stecken.«

Seine Brauen schossen in die Höhe. »Düster? Ich würde eher berechnend sagen. Aber gern geschehen.«

Ich dachte noch über seine Worte nach, als ich längst im Bett lag. Ich war fest davon überzeugt, dass Jeff es ernst mit mir meinte – und ich mit ihm. Deshalb konnte ich den Artikel unmöglich veröffentlichen oder auch nur irgendjemandem zeigen. Weil ich Jeff nicht verlieren wollte.

Seit unserem ersten Date vor zwei Tagen könnte ich nicht glücklicher sein. Und doch kamen mir Zweifel. Wie ernst konnte das zwischen uns werden, solange Jeff mich weiterhin belog, was seinen Vater betraf? Solange ich *ihn* darüber belog, dass ich schon längst Bescheid wusste?

Und dann kamen mir die vielen Male in den Sinn, in denen Jeff nervös nach seinem Handy gegriffen hatte. Manchmal hatte er ernst gewirkt, manchmal eher beunruhigt. Am Anfang war es mir kaum aufgefallen, doch inzwischen wurde ich das Gefühl nicht los, dass noch viel mehr dahintersteckte, als ich ahnen konnte.

6. Kapitel

Wenn es einen Tag gab, an dem ich definitiv nicht über unsere Geheimnisse nachdenken sollte, dann war es der darauffolgende Sonntag, an dem Jeff mich vormittags mit dem Auto abholte, um das Spiel der Los Angeles Rams anzusehen.

Was Sportmannschaften in L.A. betraf, waren aller guten Dinge zwei. Wir besaßen zwei Basketball-Teams in der NBA, zwei College-Football-Teams in der NCAA, zwei Baseball-Teams in der MLB, zwei Eishockey-Teams in der NHL (wenn man Anaheim noch zur Region Los Angeles zählte) und nicht zuletzt zwei NFL-Teams: die Rams und die Chargers.

Hätte Coach Black Jeff Karten für die Chargers geschenkt, hätte die Geste nicht annähernd so viel Wert gehabt. Das Team war vor einigen Jahren aus San Diego hierhergezogen, aber immer noch nicht zu Hause. Oft bekamen sie nicht mal das Stadion voll, und die meisten Besucher schienen immer für das andere Team zu sein – egal welches.

Die Rams dagegen waren viel beliebter – oder zumindest durchschnittlich beliebt. Ihr Erfolg in der NFL hielt sich in Grenzen, und sie wurden nicht so sehr gehypt wie die Seattle Seahawks oder die San Francisco 49ers. Während die Trojans das Stadion so gut wie immer voll bekamen, ganz gleich, wie sie performten, hingen die Besucherzahlen der Rams von ihrem Spielerfolg ab. In den letzten Wochen hatten sie sich ganz gut geschlagen, weshalb wir so kurzfristig bestimmt keine Tickets mehr bekommen hätten.

Das heutige Spiel fochten sie gegen die Dallas Cowboys aus, und ich hatte kein gutes Gefühl bei der Sache – doch die Hoffnung stirbt bekanntermaßen zuletzt.

Weil ich die Leihgebühr für die Schlittschuhe gezahlt hatte, wollte Jeff sich revanchieren – und meinte es etwas zu gut. Er kaufte eine überdimensionale Portion Nachos und zwei riesengroße Becher

Cola Light, die ich nicht mal innerhalb des dreistündigen Spiels leeren könnte.

Das SoFi Stadium war noch brandneu und die Heimat beider Teams. Auch die Trojans hatten hier schon einmal im Rahmen des LA Bowls gespielt – einer Meisterschaft, an der College-Teams aus dem Westen des Landes teilgenommen hatten.

Alles hier sah noch neu aus – das Stadion erstrahlte in den schönsten Farben, und die Sitze waren noch nicht fleckig und zerkratzt. Wir suchten unsere Plätze und sahen dabei zu, wie sich das Stadion um uns herum nach und nach füllte. Ich konnte aber nicht verhindern, dass ich Jeff immer wieder verstohlene Seitenblicke zuwarf.

Ich liebte es, mit ihm zusammen zu sein. Meine letzte feste Beziehung war schon eine Ewigkeit her, sodass ich mich erst noch daran gewöhnen musste, ihm vor dem Schlafengehen *Gute Nacht* zu schreiben und dass ich ihn zur Begrüßung küssen durfte. Aber ich konnte nicht genug davon bekommen.

»Warum gerade Sport?«, fragte Jeff plötzlich.

Irritiert sah ich ihn an. »Wie bitte?«

Er nahm einen Schluck aus seinem Becher – er trank immer ohne Deckel und Strohhalm. »Warum hast du dich gerade für Sportjournalismus entschieden? Du bist hier schließlich in L.A. Warum schreibst du nicht über Make-up«, zählte er etwas unsicher auf, »Klamotten und Hollywoodstars?«

»Wer weiß?«, seufzte ich. »Vielleicht bleibt mir nach dem Abschluss sowieso nichts anderes übrig als das.« Ich dachte kurz nach. »Sport war schon immer ein Teil meines Lebens«, erzählte ich dann. »Elternbedingt natürlich. Ich bin gefühlt in den Sportstadien von L. A. aufgewachsen … aber gleichzeitig ein ziemlicher Bewegungslegastheniker.« Ich war schon froh, wenn ich zwei Yogapositionen am Stück hinbekam, ohne das Gleichgewicht zu verlieren.

»Du hättest es auch mit Sportmanagement versuchen können«, gab Jeff zu bedenken. »Das hätte deinen Eltern vielleicht besser gefallen.«

Ich nickte langsam. »Noch ein Grund mehr, es nicht zu tun«, scherzte ich. »Aber mir ging es nicht nur um den Sport, sondern auch um den Journalismus. Ich interessiere mich für die Menschen hinter den perfekten Fassaden. Und für Geschichten.« Ich lehnte mich zurück und ließ meinen Blick über das immer voller werdende Stadion schweifen. »Hinter jedem steckt eine Geschichte. Und es macht Spaß, sie ans Tageslicht zu befördern und die Menschen, zu denen sie gehören, damit vielleicht aus einem ganz anderen Blickwinkel zu sehen als zuvor.«

Als ich den Kopf drehte, sah Jeff mich nachdenklich an. »Was ist meine Geschichte?«

Mir lief ein eiskalter Schauer über den Rücken. »Du bist leider eine ziemlich harte Nuss«, sagte ich und versuchte, dabei locker zu klingen. Er hatte nicht die geringste Ahnung, dass ich längst dahintergekommen war. Und wenn es nach mir ginge, sollte das auch so bleiben. »Aber falls du vorhast, das zu ändern …« Ich kramte in meinem gedanklichen Standard-Fragenkatalog. »Was hättest du gemacht, wenn du nicht so gut im Football gewesen wärst?«

»Definitiv nicht studiert«, erwiderte er trocken. »Ohne das Stipendium hätte ich mir keine zwei Monate leisten können.«

Unwillkürlich tastete ich nach seiner Hand. Jeff war ein typisches Arbeiterkind. Niemand in seiner Familie hatte je studiert. Ich fragte mich, ob das Studium ihm leichtfiel – neben den vielen Trainings blieb bestimmt nicht allzu viel Zeit, um sich darum zu kümmern.

»Keine Ahnung, was sonst aus mir geworden wäre«, gab er zu. »In der Schule war ich in etwa in allem gleich schlecht. Ich kann mir leichter Spielzüge merken als für Prüfungen lernen.«

»Hattest du ein Lieblingsfach?«

»Nicht direkt«, gab er zu. »Aber …« Seine Miene erhellte sich, als würde er sich an etwas erinnern. »In der Middle School haben ein paar Lehrer freiwillig Zusatzkurse für sozial benachteiligte Schüler angeboten.« Völlig unverblümt sprach er etwas aus, das anderen nicht leicht von den Lippen gehen würde, und stellte mir damit einmal mehr seine unglaubliche Stärke unter Beweis. Ein leichtes Lächeln umspielte seine Lippen, als er in eine längst vergangene Zeit zurückdachte. »Mein Musiklehrer hat mir private Klavierstunden gegeben. Wir hatten einen Flügel im Musikzimmer der Schule. Mir selbst einen anzuschaffen wäre viel zu teuer gewesen. Also habe ich in jeder freien Minute darauf gespielt.« Er machte eine Pause. »In der High School gab es dieses Programm nicht mehr. Stattdessen wurden wir dazu gezwungen, uns in allen möglichen Sportarten zu versuchen. Und so bin ich in Football reingerutscht.«

Ich strich mit dem Daumen über seinen Handrücken. »Dann ist ja alles genau so gekommen, wie es kommen sollte.«

»Ich schätze schon.« Er senkte den Blick. »Ich hoffe nur, dass es so weitergeht.«

Ich konnte ihn verstehen. Der NFL-Draft, bei dem die College-Spieler rekrutiert wurden, war im April, also in vier Monaten. Ich wollte mir nicht ausmalen, wie nervenzerreißend die Aussicht jetzt schon für ihn war. »Ich bin mir sicher, dass du gute Chancen hast.« Ich lehnte mich an seine Schulter. »Und ich werde zu jedem deiner Spiele kommen. Sogar, wenn du nicht für die Rams oder die Chargers spielst.« Ich zögerte. »Wobei ich auch wirklich hoffe, dass du nicht für die Rams oder die Chargers spielen wirst.«

Jeff lachte leise. »Wir werden sehen.«

Kurz darauf begann das Spiel. American Football war im Grunde wie Schach – nur brutaler. Das angreifende Team hatte vier Versuche Zeit, um zehn Yards in Richtung des Gegners zurückzulegen. Im Optimalfall wurde der Ball also vom Quarterback zu einem der Offensivspieler gepasst, der daraufhin in Richtung Gegner rannte. Bestenfalls schaffte er die zehn Yards in einem Lauf, meistens wurde er jedoch vorzeitig abgeblockt oder zu Boden gerissen.

Sollten die zehn Yards nach vier Versuchen nicht geschafft sein, bekam die andere Seite das Angriffsrecht. Der letzte Spielzug wurde also meistens für einen Kick benutzt: Je weiter der Ball flog, desto weiter weg würde das gegnerische Team in der Anfangsphase beginnen, und desto größer wäre die Strecke, die es zurücklegen müsste, um die Endzone zu erreichen – also den Bereich, der einem Touchdowns und damit Punkte bescherte.

Das Spiel verlief im ersten Viertel ziemlich ausgewogen. Die Rams stellten sich in etwa so gut an wie in den letzten Wochen, doch nennenswerte Highlights blieben aus – ebenso wie Punkte.

In einer der unzähligen kurzen Werbepausen, die man nur daran erkannte, dass sich rein gar nichts auf dem Spielfeld tat, checkte ich mein Handy und las eine Nachricht von Chris.

Du hast gestern das Beste verpasst! Jessica und Tiffany sind sich gegenseitig an die Gurgel gegangen! Der Hammer.

Ich schnaubte. *Ach, davon gibt es doch bestimmt Videos.*

Chris war gerade online, weshalb er sofort antwortete.

Und wie es die gibt.

Ein paar Sekunden später schickte er mir eine Datei.

Und ganz zufällig habe ICH gefilmt.

Grinsend steckte ich das Handy weg. Ich würde mir den Clip zu Hause ansehen, wenn Jeff mich nicht dafür verurteilen konnte, dass ich mich am Leid anderer ergötzte.

Zur Halbzeitpause strömten beide Teams ins Innere der Arena. Sie dauerte genau zwölf Minuten, weshalb ich schon kurz vorher aufstand, um nach der nächsten Toilette Ausschau zu halten.

Das Gelände war riesig, angeblich sogar größer als Disneyland, doch glücklicherweise befand sich die nächste Frauentoilette in unmittelbarer Nähe meines Blocks. Trotzdem schaffte ich es auf dem Rückweg irgendwie, auf der kurzen Strecke von einem bekannten Gesicht aufgehalten zu werden.

»Vaughn«, begrüßte ich ihn. »Hi.«

»Cary.« Er lächelte sein gewinnendes Lächeln. »Du auch hier?« Seinem Tonfall nach wirkte er ganz und gar nicht erstaunt, mich zu sehen.

»Klar. Bis zu eurem nächsten Match dauert es schließlich noch eine Weile.«

»Richtig.« Er sah sich auf dem Gang um, während unzählige Menschen in beiden Richtungen an uns vorbeiströmten. »Hey, ich hab dich gestern bei der Party vermisst.«

»Ach ja.« Ich machte eine wegwerfende Handbewegung. »Ich musste heute früh raus«, fädelte ich meine gestrige Story wieder auf. »Arbeiten.«

Er runzelte die Stirn. »Du arbeitest sonntags doch gar nicht.«

Das weiß er noch? »Heute schon.« Verdammt, schon wieder eine Ausrede, die alles andere als wasserdicht war. Aber für Vaughn würde sie allemal reichen. »Ich hab eine Schicht getauscht.«

»Verstehe.« Er ließ nicht durchscheinen, ob er mir glaubte oder nicht. »Und jetzt? Sag bloß, du bist mit Jeffy hergekommen?« Während mein Spitzname ein Ausdruck der Zuneigung war, klang die Verniedlichung von Jeffs Namen wie purer Spott.

Ich spürte einen Stich in meiner Magengrube. Es überraschte mich, dass sogar er Chris' blödem »USC-Inside«-Account bei Twitter folgte. »Stimmt«, antwortete ich locker. »Er hat von Coach Black –«

»Ich weiß«, unterbrach er mich ohne Reue. Er berührte mich am Kinn. »Ein ziemlicher Abstieg, findest du nicht?«

Ich wusste genau, dass er nicht etwa von den Rams sprach. Da ich geübt darin war, gute Miene zum bösen Spiel zu machen, lächelte ich freundlich. »Ich glaube nicht, dass ausgerechnet du das zu entscheiden hast.«

Seine Brauen schossen in die Höhe. »Nicht? Und das, obwohl du mich neulich für ihn versetzt hast?«

»Versetzt?«, wiederholte ich. »Wir waren nicht verabredet.«

Seine Miene wurde hart. »Das sehe ich anders.«

Ich blinzelte. »O...okay.« Obwohl er in Jeffs Alter war, wirkte er irgendwie jünger. Wie ein kleiner Junge neben einem richtigen Mann. Ich musste mich am Riemen reißen, um nicht genau so mit ihm zu sprechen.

Allerdings wusste ich auch nicht, was ich sonst sagen sollte. »Das ist deine Sache.« Ich wollte keinen Streit vom Zaun brechen, vor allem nicht wegen einer blöden schnellen Nummer, die Vaughn durch die Lappen gegangen war. »Du hast bestimmt einen Ersatz gefunden.«

»Habe ich«, sagte er geradeheraus. »Aber ich hätte meine Zeit lieber mit dir verbracht.«

»Sorry.« Ich verfluchte mich selbst dafür, das gesagt zu haben. Es gab absolut nichts, das mir leidtun musste.

»Schon gut«, setzte er dem Ganzen noch die Krone auf. Er musterte mich von Kopf bis Fuß, aber sein Blick blieb deutlich länger am Mittelteil hängen. »Vielleicht nächstes Mal.«

Mir wurde unbehaglich zumute. Ich verschränkte die Arme vor meinem Körper. »Tut mir leid, dich enttäuschen zu müssen, aber das mit Jeff und mir ist was Ernstes.« Es fühlte sich gut und vernichtend zugleich an, es laut auszusprechen. Andererseits wusste Vaughn wahrscheinlich schon längst über Twitter Bescheid. »Er ist mehr der Beziehungstyp, musst du wissen.«

In Vaughns Gesicht regte sich nichts. »Mag sein, dass er das ist«, sagte er schon fast höhnisch. »Aber du bist es nicht.«

Ich stutzte. »Woher willst du das denn wissen?«

»Ich kenne dich. Hab es schließlich zwei Monate mit dir ausgehalten.«

Meine Fingernägel bohrten sich durch mein Oberteil in meine Arme. »Und mich wie oft betrogen?«

Er schnaubte belustigt. »Die Frage gebe ich gern zurück.«

Entgeistert schüttelte ich den Kopf. »Kein einziges Mal! Zumindest nicht so wie du!«

»Siehst du?«, fragte er triumphierend. »Kein Beziehungstyp.«

Ich biss mir auf die Unterlippe. Ich hatte einfach nur pinkeln gehen wollen. Stattdessen stand ich jetzt hier und ließ mich von meinem Ex-Freund beleidigen.

Natürlich hätte ich auch davonrauschen können, aber so einfach war das nicht. Vaughn war der Star-Quarterback des Teams, und als Redakteurin bei der *Trojan Horse* war ich darauf angewiesen, ein gutes Verhältnis zu allen Spielern zu haben. Oder zumindest zu den wichtigsten. Ich konnte ihn nicht links liegen lassen. Aber ich hatte auch keine große Lust darauf, klein beizugeben und zu allem Ja und Amen zu sagen, was er von sich gab.

»Vaughn«, sagte ich mit fester Stimme. »Haben wir ein Problem miteinander?«

»Nein«, erwiderte er schroff. »Überhaupt nicht.«

Ein »Bist du eifersüchtig?« lag mir schon auf der Zunge, doch ich schluckte es im letzten Moment herunter. Ich kannte Vaughn gut genug, um zu wissen, welche Worte sich als Zündstoff für ihn entpuppen würden. »Gut«, würgte ich irgendwie hervor. »Dann sehen wir uns auf dem Campus.«

»Wir sehen uns.« Ehe ich ihn stehen lassen konnte, kam Vaughn mir zuvor und schritt an mir vorbei.

Unschlüssig sah ich ihm nach. Das war jetzt irgendwie unangenehm gewesen.

Als ich beim Platz ankam, hatte die zweite Hälfte schon begonnen. »Alles in Ordnung?«, fragte Jeff, als ich mich neben ihn fallen ließ. Mein Gesicht musste aussehen wie sieben Tage Regenwetter.

»Klar.« Ich wagte es nicht, ihn anzusehen, weil ich befürchtete, dass er in mir las wie in einem Buch.

Ich war froh, dass er nicht weiterbohrte – und noch viel mehr, als er trotz meiner abweisenden Haltung einen Arm um meine Schultern legte.

Meine Begegnung mit Vaughn lag mir wie ein Stein im Magen. Aber nicht einmal so sehr wegen dem, was er zu mir gesagt hatte. Es ging vielmehr ums Prinzip: Chris' Tweets über Jeff und mich ließen mich gerade am eigenen Leib erleben, wie es war, wenn Menschen über einen sprachen und Geschichten verbreiteten, ohne dass man etwas dagegen tun konnte.

Ich wollte auf keinen Fall, dass Jeff dasselbe widerfuhr. Der Artikel, so gut er auch geschrieben war, war für mich endgültig Geschichte.

Ich konnte mich kaum mehr auf das Spiel konzentrieren. Nicht nur wegen der Sache mit Vaughn, sondern auch, weil ich mich von Jeffs bloßer Berührung einlullen ließ. Ich konnte verdammt froh sein, ihn zu haben.

Ich verpasste nicht viel, denn nachdem die beiden Mannschaften in der ersten Hälfte in etwa gleich stark gewesen waren, schwächelten die Rams die restliche Spielzeit über und versemmelten eine Chance nach der anderen. Einmal sorgte der Quarterback für einen Interception: Der von ihm gepasste Ball wurde von einem Gegner abgefangen, wodurch die Rams nicht nur wertvolle Yards, sondern auch ihr Angriffsrecht verloren. Als die Dallas Cowboys auch noch einen Touchdown landeten, kippte die Stimmung im Stadion endgültig – genau wie meine, als ich mit Vaughn gesprochen hatte.

Viele der Zuschauer verließen das Spiel schon in den letzten zwei Minuten – es stand 21 zu 6, was nur noch durch ein Wunder aufzuholen wäre. Wir warteten, bis es wirklich vorbei war, und blieben dann noch etwas länger, um die erste Welle im Parkhaus auszusitzen.

»Okay«, zog Jeff sein Fazit, als wir schließlich aufstanden. »Das war enttäuschend.«

»Und wir wurden nicht mal von der *KissCam* eingefangen«, brummte ich.

Jeff warf mir einen Seitenblick zu. »Du weißt, wenn du mich küssen willst, musst du es einfach nur tun, nicht wahr?«

Ich lächelte. »Wenn du es schon *so* sagst ...« Ich streckte mich etwas und zog seinen Kopf zu mir herab. Weil das Stadion zu einem reinen Ameisenhaufen mutiert war, war nicht mehr als ein kleiner Kuss drin, aber ich hoffte, dass ich später noch mehr abstauben würde.

Auf dem Weg nach draußen warf ich einen Blick auf mein Handy. Diesmal stammte die erste Nachricht von meiner Mutter. Eine Einladung, gemeinsam Weihnachten zu feiern. Mein Magen zog sich bei dem bloßen Gedanken daran zusammen.

Jeff musste sehen, wie ich die Nase rümpfte. »Alles in Ordnung?«

»Wenn es in Ordnung ist, Weihnachten mit den beiden Menschen zu verbringen, die keine Gelegenheit auslassen, einen daran zu erinnern, dass man sie enttäuscht hat – dann ja«, brummte ich. »Alles in bester Ordnung.«

»Euer Verhältnis ist wirklich nicht das beste, was?«, fragte er mitfühlend.

»Na ja«, seufzte ich. »Meine Mom ist okay. Aber mein Dad ... es ist schwierig. *Wir* sind schwierig. Weihnachten ist ... eine absolute Katastrophe. Aber wenn ich nicht komme, macht es alles nur noch schlimmer.« Jetzt, wo sie nur *zutiefst enttäuscht* von mir waren, wollte ich nicht herausfinden, wie sie es mich spüren lassen würden, wenn sie *wirklich wütend* auf mich wären. »Also werde ich diesen Abend wohl oder übel über mich ergehen lassen müssen.« Auch wenn mir beim bloßen Gedanken daran übel wurde.

»Weißt du?«, sagte Jeff gedehnt. »Ich konnte schon immer gut mit Schwiegereltern.«

Ich schenkte ihm einen unsicheren Blick. »Was willst du mir damit sagen?«

Er zuckte die Achseln. »Was auch immer du möchtest.«

Unwillkürlich stellte ich mir vor, wie Jeff mit uns am Esstisch saß. Es könnte ganz nett werden – oder aber auch ein absoluter Reinfall. Wobei der Abend ohne ihn ein *garantierter* Reinfall werden würde …

»Verbringst du Weihnachten nicht mit deiner Familie?«, fragte ich.

»Doch«, widersprach er. »Ein paar Verwandte kommen uns besuchen. Aber schon am Vierundzwanzigsten. Also hätte ich am Fünfundzwanzigsten Zeit«, fügte er locker hinzu. »Falls du mich dabeihaben willst.«

Vorfreude und Verunsicherung rangen um die Oberhand über mein Denken. Vielleicht würde es ja die Stimmung heben, wenn ich einen talentierten Footballer als Begleitung dabeihätte. Dann wären sie nicht mehr ganz so enttäuscht von mir, weil sie erkannten, dass ich mein Leben nicht *wegwarf*, wie sie es gern nannten.

Andererseits – wollte ich Jeff diese Tortur wirklich antun? Wobei er sich eigentlich gerade selbst eingeladen hatte …

»Ja«, sagte ich zögerlich. »Ich meine … warum nicht? Sie würden sich sicher freuen, dich kennenzulernen.« Okay, wir befanden uns in einem ziemlich frühen Beziehungsstadium. Aber Weihnachten war nun mal Weihnachten. »Sie können auch total nett sein!«, bekräftigte ich. Außer zu mir. Manchmal. »Und wir werden auch nur zu viert sein. Mit dem Rest der Familie sind sie zerstritten.«

Als seine Gesichtszüge etwas entgleisten, wurde mir klar, dass das bei einem potenziellen Schwiegersohn alle Alarmglocken schrillen lassen musste. »Aber das auch nur, weil sie glauben, dass alle an ihr Geld wollen!«, versuchte ich, die Situation zu retten. Ich hakte mich bei ihm unter. »Bist du immer noch mit an Bord?«

»Ich«, antwortete er zögerlich, »schätze schon.«

»Ein Nein ist auch vollkommen okay!«, beteuerte ich. »Es wäre nicht schlimm.« Außer dass ich dann einen Abend allein mit meinen Eltern verbringen müsste. Streitgespräche mit meinem Dad vorprogrammiert. Wenn Jeff nur dabei wäre, könnte ich hoffen, dass sich mein Vater zumindest ein bisschen zurückhielt. Und vielleicht – nur vielleicht – würde alles ja überhaupt nicht so schlimm werden.

Er küsste mich im Gehen auf den Scheitel. »Ich komme gern«, beharrte er und schaffte es dabei, vollkommen aufrichtig zu klingen.

Ich musste grinsen. »Toll!« Mit einer Hand tippte ich eine schnelle Antwort an meine Mutter.

Ich bringe –

Mein Daumen erstarrte über der Tastatur. Ja – *wen* brachte ich zum Weihnachtsessen mit? Zögerlich machte ich weiter, während eine ungeahnte Nervosität in mir aufstieg.

Ich bringe meinen Freund mit.

Ich traute mich nicht, die Nachricht Jeff zu zeigen, bis wir beim Auto ankamen, riss mich dann aber am Riemen, weil ich sie sonst niemals senden könnte. Vorsichtig hielt ich ihm das Handy hin. »Kann ich das so abschicken?«

Wir hatten nie offiziell beschlossen, dass wir ein Paar waren. Natürlich sprachen die Indizien dafür, aber wir hatten uns bis jetzt noch nicht als Freund und Freundin bezeichnet. Und vielleicht wollte er das ja auch gar nicht. Vielleicht war er längst noch nicht so weit wie ich. Vielleicht mochte er mich überhaupt nicht so sehr …

»Kannst du«, sagte er und lächelte leicht.

Mein Herz machte einen Satz, und eine Welle der Erleichterung brach über mich herein. Plötzlich war meine schlechte Laune von der Diskussion mit Vaughn wie fortgespült. Nur eine letzte Sache blieb in meinem Hinterkopf haften.

»Willst du noch etwas bleiben?«, fragte ich, als wir vor meinem Wohnblock hielten. »Wir könnten uns was zu essen bestellen.«

»Ich kann nicht«, sagte Jeff, ohne den Motor abzustellen. »Tut mir leid.«

Ich lächelte. »Deine Mom oder die Bachelorarbeit?«

Jeff grinste schief. »Ein bisschen was von beidem.«

»Okay. Entschuldigung akzeptiert.« Ich wollte ihn nur flüchtig zum Abschied küssen, konnte aber nicht verhindern, dass mein Herz die Kontrolle übernahm und den Augenblick in die Länge zog.

Meine Hände fanden seine Wangen, und das Gefühl von seinen Lippen auf meinen spülte die Begegnung mit Vaughn endgültig aus meinem Gedächtnis. Es konnte mir egal sein, was er über Jeff und mich dachte. Denn für mich fühlte es sich wie das einzig Richtige an.

Ein Teil von mir hoffte, dass ich Jeff mit dem Kuss weichklopfte und er sich doch noch dazu hinreißen ließ, mitzukommen – aber leider blieb er diesmal standhaft.

Ich öffnete die Autotür. »Grüß sie von mir, ja?«

»Meine Mom oder die Bachelorarbeit?«

Ich kicherte. »Beide.« Ich stieg aus und drehte mich noch mal zu ihm um. »Meine Eltern können es kaum erwarten, dich kennenzulernen.«

Das war vielleicht etwas übertrieben. Schließlich hatte ich bisher keine Silbe über Jeff verloren. Aber er war ein anständiger Kerl – und noch dazu ein Football-Spieler. Mom und Dad hatten überhaupt keinen Grund, nicht von ihm begeistert zu sein.

Ich ging hinein und stellte mich kurz unter die Dusche, um meinen Kopf freizubekommen. Schließlich gab ich mir einen Ruck, um etwas zu tun, das ich schon viel zu lange aufgeschoben hatte. Ich schrieb eine Nachricht an Mike.

Hey, tippte ich. *Ich weiß, du wartest auf den Artikel über Jeff Moreno, aber ich fürchte, ich kann dir keinen liefern.*

Ein einsames Abendessen und die Nachberichterstattung zum heutigen Spieltag später kam schließlich seine Antwort.

Ich hab schon davon gehört.

Oh Mann. Er auch noch?

Die Neujahrsausgabe geht am 10.01. in den Druck. Wenn dein Name drinstehen soll, musst du dir selbst rechtzeitig eine neue Story suchen.

Das Schwerwiegendste konnte ich nur zwischen den Zeilen herauslesen: *Eine Story, die mich begeistert. Andernfalls war's das.*

Wenn es eine Sache gab, die Mike noch besser beherrschte als meine Eltern, dann war es die Kunst, einen unter Druck zu setzen. Den ganzen Abend über zermarterte ich mir den Kopf über eine Story, die sich besser machen würde als eine betrunkene Prügelei zwischen zwei Cheerleaderinnen – denn das war bis jetzt mein einziger Ansatzpunkt.

Und tatsächlich kam mir schon bald darauf eine Idee. Aber sie hatte rein gar nichts mit der *Trojan Horse* zu tun.

7. Kapitel

Ich verabredete mich am nächsten Tag mit Jeff. Seine Fitnesseinheit endete um fünf und meine Schicht im Coffeeshop um sechs, weshalb er mich von der Arbeit abholte.

Ich sperrte gerade ab, zwei Kaffee to go in einem Halter, als ich ihn aus der Ferne auf mich zujoggen sah. »Tut mir leid!«, keuchte er, als er gerade bei mir angekommen war. »Ich bin zu spät.«

Irritiert warf ich einen Blick auf mein Handy. »Es ist 17:59 Uhr.«

Unsicher sah er mich an. »Oh.«

Ich kicherte leise. Ich hielt den Kaffee ein Stück weit von mir weg, um Jeff zu küssen. Sofort legte er eine Hand an meine Wange. Nur er schaffte es, einen einfachen Kuss so sanft und doch so leidenschaftlich werden zu lassen, dass er meine Gefühlsachterbahn sofort von null auf hundert brachte.

Erst als wir uns voneinander lösten, musterte ich ihn von Kopf bis Fuß – und stutzte. Er trug nur Jeans und T-Shirt, und seine feuchten Haare standen wirr in alle Richtungen ab. »Ist alles in Ordnung bei dir?«, fragte ich und reichte ihm seinen Kaffee.

»Kommt drauf an.« Allmählich kam er wieder zu Atem. »Mein Mitbewohner hat wieder eine Party am Laufen.«

»An einem Montag?« Ich runzelte die Stirn und stellte mich auf die Zehenspitzen, um seine Haare glatt zu streichen. »Um sechs? Was stimmt nicht mit ihm?«

»Gute Frage«, brummte Jeff. »Ich konnte eine halbe Stunde lang nicht in mein Zimmer, weil zwei Kerle darin Sex hatten.«

Ich hätte mich fast an meinem Kaffee verschluckt. »Was?« Ich räusperte mich. »Und du hast sie nicht rausgeworfen?«

Jeff verzog keine Miene. »Sie hatten die Tür zugesperrt und haben sich nicht stören lassen.«

»Oh.« Mir kam eine Idee, und ich lächelte verheißungsvoll. »Heißt das, du willst heute lieber bei mir schlafen?«

Er seufzte. »Ich hatte gehofft, dass du das vorschlägst.«

»Wenn das so weitergeht«, riet ich ihm, während wir uns in Bewegung setzten, »solltest du dir dringend eine neue Wohnung suchen.«

»Geht nicht«, entgegnete er. Er nahm ganz beiläufig meine Hand, eine kleine Geste, die mein Herz aber sofort höherschlagen ließ. »Mein Stipendiengeber übernimmt die ganze Unterkunft – und entscheidet damit auch, wo ich zu leben habe.«

Ich schnaubte. »Unglaublich.«

»Wie auch immer«, winkte Jeff ab. »Wohin gehen wir?«

Ich hatte ihm natürlich nicht gesagt, was ich vorhatte, das widersprach dem Sinn und Zweck einer Überraschung. »Das siehst du, wenn wir da sind«, sagte ich geheimnisvoll.

Ein kaum merkliches Lächeln umspielte seine Lippen. »Da bin ich aber gespannt.«

Bis zur Thornton School of Music waren es von hier aus etwa fünf Minuten zu Fuß quer durch den Founders Park und weitere Anlagen, die fließend ineinander übergingen. »Das da drüben ist deine Fakultät, oder?«, war alles, was Jeff sagte, als ich ihn geradewegs ins Innere des Gebäudes führte. Entweder machte er nur einen auf ahnungslos, oder er hatte wirklich schon wieder vergessen, worüber wir gestern gesprochen hatten.

Umso köstlicher war der Moment, in dem ich zielstrebig auf eine der Türen im Erdgeschoss zusteuerte und in meiner Tasche kramte.

»Du hast einen Schlüssel für *dieses* Gebäude?«, fragte Jeff erstaunt. »Woher?«

»Einer aus dem Schach-Team studiert Querflöte«, erzählte ich. »Ich hab ihn mal interviewt, und er hat seinen Kumpel aus einer der Uni-Bands gefragt, der am Wochenende immer Poker spielen geht … gemeinsam mit dem Fakultäts-« Ich fing seinen verständnislosen Blick auf. »Ich habe Kontakte spielen lassen«, kürzte ich die Antwort ab, sperrte auf und ließ die Tür nach innen aufschwingen. »Voilà!«, sagte ich, weil ich das spanische Wort dafür nicht kannte.

Jeffs Augen weiteten sich, als ein kleiner, absolut leerer Raum zum Vorschein kam – mit einer Ausnahme: In seiner Mitte prangte ein riesiger Konzertflügel, dessen schwarze Oberfläche aufblitzte, als ich das Licht anschaltete. »Caroline«, sagte er. »Was –?«

»Du hast doch gestern davon erzählt, wie gern du Klavier gespielt hast. Und da du wahrscheinlich keinen Flügel als Weihnachtsgeschenk akzeptieren würdest« – nicht, dass ich gerade das Kleingeld dafür übrig gehabt hätte – »habe ich dir zumindest für heute einen organisiert.«

»Du bist unglaublich«, murmelte Jeff, ohne den Blick vom Klavier zu reißen. »Aber …« Er stockte. »Es ist schon so lange her. Ich hab wahrscheinlich alles verlernt.«

Ich zuckte die Achseln. »Wir haben den Raum drei Stunden lang für uns allein.« Den Rest der Woche über wäre er keine Sekunde lang frei, da die Weihnachtskonzerte erst noch bevorstanden. »Genug Zeit, um das ein oder andere nachzuholen.« Ich schloss die Tür hinter uns und ergriff seine Hand. »Komm!«

Ich zog ihn in Richtung Klavier und nahm ihm seinen Kaffee ab, damit er die Abdeckung öffnen konnte. Fasziniert strich Jeff über die Tasten, ohne eine davon herunterzudrücken. »Es ist wirklich lange her«, sagte er leise.

»Ich kann dir leider nicht helfen. Ich hab früher nur Geige gespielt.« Obwohl es in der Middle School Noten darauf gegeben hatte. Aber wenn die Eltern genug Geld für das nächste Schulkonzert gesponsert hatten, konnte man in Musik überhaupt nicht durchfallen.

»*Nur* Geige?«, fragte er. »Ist das nicht eines der schwierigsten Instrumente, die man lernen kann?«

»O ja«, murmelte ich, während ich seinen Kaffeebecher auf dem Boden abstellte. »Und rate mal, wer es nicht lange durchgehalten hat.« Um ihn nicht zu bedrängen, durchquerte ich den Raum und trat auf ein hohes Fenster zu, dessen oberes Ende beinahe bis zur Decke reichte. Die Fensterbank war groß genug, sodass ich mich mit angezogenen Beinen daraufsetzen konnte. »Lass dir ruhig Zeit.«

Auf der anderen Seite des Glases warf die Dezembersonne gerade ihre letzten schwachen Strahlen über den Horizont. Beim Gedanken daran, dass ich heute mit Jeff schlafen gehen würde, schlug mein Herz sofort höher.

Und doch gab es da eine Sache, die mich einfach nicht losließ.

Die sich in meinem Inneren festgekrallt hatte und hartnäckig dort hielt. Die sich erst vertreiben ließ, als der Flügel plötzlich einen Ton von sich gab.

Ich drehte den Kopf und beobachtete Jeff dabei, wie er zögerlich eine Taste nach der anderen ausprobierte – nicht wahllos, sondern nach einem bestimmten System, als versuchte er, sich an die Tonabfolge eines Liedes zu erinnern.

Ich nippte an meinem Kaffee und sprach kein Wort, um ihn nicht aus dem Konzept zu bringen. Stattdessen verfolgte ich gespannt, wie die Töne immer schneller aufeinanderfolgten, bis sie zu einer kleinen Melodie verschmolzen.

Jetzt verstand ich, warum der Flügel allein in diesem großen, leeren Zimmer stand: Die hohen Wände warfen den Klang zurück und ergaben ein schaurig-schönes Echo.

»Wie heißt das Stück?« Es kam mir irgendwie bekannt vor, vielleicht vom Geigenunterricht, aber das war schon viel zu lange her.

»Wenn ich das nur wüsste.« Er hielt kurz inne, spielte dann aber zögerlich weiter. »Da fällt mir ein -« Er unterbrach sich selbst. »Augenblick.« Er ging kurz in sich, ehe er ein anderes Lied anstimmte.

Tatsächlich kam mir auch das irgendwie bekannt vor –diesmal erinnerte ich mich sogar an den Titel. »Ist das … *Love Story?*«, fragte ich amüsiert. »Ich wusste nicht, dass du auf Taylor Swift stehst.«

»Es war einfach zu lernen!«, verteidigte sich Jeff und spielte nahtlos weiter.

Ich grinste. »Wenn du das sagst.« Fasziniert beobachtete ich ihn dabei, wie seine Finger über die Tasten flogen, als hätte er keinen Tag mit dem Spielen aufgehört.

Unwillkürlich stellte ich mir vor, wie sie mit mir wie auf einem Klavier spielten.

Ich bekam kaum mit, wie er plötzlich das Stück wechselte – erst als er schon mittendrin war. »Und was ist das?«, fragte ich zwischen zwei Schlucken Kaffee.

»Das«, er zuckte die Achseln, »denke ich mir gerade aus.«

»Wow.« Ich stand auf und schlenderte zu ihm hinüber. »Nicht schlecht.«

Er hielt inne und sah zu mir auf. »Willst du mitmachen?«

Verunsichert blickte ich von ihm zu den Tasten und wieder zurück. »Kann ich das denn?«

»Finden wir's raus.« Er rutschte auf dem Hocker zur Seite, sodass ich mich neben ihn setzen konnte.

Ich stellte meinen leeren Becher neben seinem ab, den er nicht mehr beachtet hatte – und das wollte was heißen –, und berührte ehrfürchtig eine der Tasten, sodass ein zarter Laut an meine Ohren drang. »Welche Note ist das?«, fragte ich.

Jeff schnaubte. »Ich habe keinen Plan.«

Ich kicherte. »Na ja«, lenkte ich ein. »Hauptsache, es kommt ein Ton raus.«

»Du sagst es.« Jeff probierte ein paar Tasten aus, bis er offenbar die richtige fand. »Die hier«, sagte er, nahm meine Hand und führte meinen Zeigefinger darauf. »Und mit der anderen …« Wieder testete er die Möglichkeiten, ehe er meine zweite Hand an die richtige Stelle führte. »Hier. Du musst sie gleichzeitig spielen.«

Ich tat wie geheißen.

»Genau so.« Er brachte seine eigenen Finger in Position. »Und ich mache jetzt das hier …« Er gab langsam eine Melodie vor, ehe er nach ein paar Tönen innehielt. »Und immer, wenn ich das hier spiele«, er wiederholte die letzte Melodie, »kommst du dran.«

Als er wieder von vorn anfing, lauschte ich auf meinen Einsatz und drückte die Tasten im richtigen Moment … ungefähr zumindest. Ohne abzusetzen, machte Jeff weiter, bis ich die Melodie wiedererkannte und etwas zu überschwänglich in die Tasten haute. Das Ganze wiederholte sich immer und immer wieder, und mit der Zeit gingen mir meine beiden Tasten so ins Blut über, dass ich mich auf das Lied konzentrieren konnte. Ich wusste nicht, ob Jeff sich das auch gerade ausgedacht hatte oder ob er sich daran erinnerte, aber es klang wunderschön.

»Wow«, sagte ich irgendwann und brachte ihn dazu, das Stück mit ein paar gezielten Tasten zu beenden. »Wer hätte gewusst, dass du so ungeahnte Talente hast?«

»Talent?«, mimte Jeff den Bescheidenen. »Ich glaube, das ist eine Beleidigung für diejenigen, die wirklich spielen können.«

»Wahrscheinlich hast du recht«, überlegte ich. »Ich hab früher gern gemalt. Gezeichnet. Gesungen. So wie alle anderen Mädchen auch. Aber ich glaube nicht, dass ich irgendetwas davon überdurchschnittlich gut konnte. Ich hab's einfach nur gern gemacht. Wobei man bei euch Sportlern meinen könnte, dass die beiden Sachen irgendwie zusammenhängen.«

Jeff reagierte nicht sofort. »Ich würde nicht sagen, dass ich Football liebe«, traf er mich dann völlig unerwartet.

»Warte.« Ich stutzte. »*Was?*«

Er ließ vollends vom Flügel ab und sah mir in die Augen – auf dieselbe Art und Weise, mit der er mich bei unserem ersten Treffen in den Bann gezogen hatte. Es erinnerte mich wie so oft an das, was er damals über meine Augen gesagt hatte: *Mit ihnen kannst du dir sicher sein, dass dein Gegenüber dir immer in die Augen sieht.* Aber wenn *er* es tat, bedeutete es mir mit Abstand am meisten.

Er war ein Football-Spieler mit Stipendium. Ich war etwas, das viele als verzogene Göre bezeichnen würden, und ärgerte mich regelmäßig darüber, nicht mehr von meinen Eltern gesponsert zu werden. Wir waren so verschieden wie Tag und Nacht. Aber Gegensätze zogen sich an – genauso wie sein tiefer Blick, in dem ich jedes Mal unterzugehen drohte.

»Ich bin schnell und wendig«, erklärte er ruhig. »Deshalb leiste ich auf dem Feld gute Arbeit. Der Coach sagt auch, ich sei widerstandsfähig. Ein zäher Brocken. Und das muss ich auch sein. Football ist ein brutaler Sport. Unnötig brutal, wenn du mich fragst. Und das …«, seine Schultern hoben sich, als er tief einatmete, »… ist einfach nicht meine Welt«, stieß er schließlich hervor. »Aber ich will Football spielen, um Geld zu verdienen … und meiner Mom ein besseres Leben ermöglichen zu können.«

»Das verstehe ich.« Je nachdem, in welchem Team er landete und welche Erfolge er mit ihm erzielte, müsste er wahrscheinlich nur ein paar Jahre in der NFL spielen, um dieses Ziel zu erreichen. »Aber auch Sportler dürfen Hobbys haben, weißt du?« Ich drückte auf eine beliebige Taste, um die Bedeutung meiner Worte zu unterstreichen.

Jeff lächelte. »Du hast recht. Danke, dass du mir das möglich ge-

macht hast. Ich hätte nie gedacht, dass ich das hier brauche, aber …
das tue ich.«

Seine Worte zauberten ein Prickeln auf meine Wangen – nicht
zuletzt, weil sie einen verräterischen Gedanken in mir aufsteigen ließen, der mich dazu brachte, sein Lächeln eine Spur zu breit zu erwi-
dern.

Er hob eine Braue. »Was ist?«

»Nichts!«, winkte ich schnell ab. Ich konnte es ihm unmöglich
sagen. Es klang viel zu kitschig, wenn man es aussprach, weshalb ich
hoffte, dass er die Bedeutung aus dem herauslesen konnte, was ich
tat: *Ich habe nie gedacht, dass ich dich brauche, aber das tue ich.* »Also«, wechselte ich das Thema, »was kann man auf diesem Teil noch
spielen?«

Wir sahen uns ein paar lahme Tutorials auf dem Handy an und
versuchten, sie zu zweit nachzuspielen. Wir schlugen uns nicht besonders gut, oder um ehrlich zu sein: *Ich* schlug mich nicht gut,
wann immer ich mehr als zwei Tasten auf einmal drücken musste.
Aber solange es für Jeff in Ordnung war, war es das für mich auch.
Und solange er es niemandem weitererzählte oder wie Chris bei
Twitter postete.

Diese blöden Tweets erinnerten mich an etwas, das ich am liebsten vergessen hätte.

Was Vaughn gestern in der Pause zu mir gesagt hatte, ging mir
einfach nicht aus dem Kopf. Teils, weil es mich ärgerte, teils, weil er
irgendwie recht damit gehabt hatte.

»Ich … muss dir noch was sagen«, gab ich mir schließlich einen
Ruck und hörte mitten im Stück auf zu spielen.

Jeff runzelte die Stirn. »Sag bloß, dass das deine ziemlich über-
triebene Art und Weise ist, mit mir Schluss zu machen.«

Ich wusste nicht, ob ich lachen oder entsetzt sein sollte – doch
dann sah ich, dass ein leichtes Lächeln seine Lippen umspielte, und
wählte Ersteres. »Du kennst mich«, spaßte ich. »Ich mache keine
halben Sachen.« Dann wurde ich wieder ernst. »Nein, es ist nur …
ich …« Ich wusste nicht, wie ich es in Worte fassen sollte. Dabei war
es doch ganz einfach. »Ich bin … eigentlich nicht so der Beziehungstyp.« Ich hatte mehr schnelle Nummern als Beziehungen gehabt,

und selbst wenn man Letztere aufsummierte, käme man auf ein kläglisches Ergebnis. Mehr als die Hälfte davon hatte nicht so lange gehalten wie meine Sandkastenbeziehung mit dem Nachbarsjungen. Eine traurige Bilanz. »Bin es nie gewesen«, schob ich nach. »Aber … das will ich ändern.« Ich hob den Blick und musste mit aller Kraft gegen die Unsicherheit ankämpfen, die in mir aufstieg. »Für dich will ich ein Beziehungsmensch werden.«

Nichts in Jeffs Miene ließ durchscheinen, dass ihn mein Geständnis auch nur im Geringsten beunruhigte. Zugegeben – die erste Hälfte hatte er gewusst. Schließlich hatte er mir in den letzten Jahren quasi dabei zugesehen, wie ich mich durch seine Teamkameraden gedatet hatte. Als ich darüber nachdachte, konnte ich es einmal mehr kaum glauben, dass er sich überhaupt auf mich einließ.

»Klingt gut für mich«, zerriss Jeff jäh meine Selbstzweifel und ersetzte sie durch pure Glücksgefühle. Er nahm meine Hand und drückte sie, und in diesem Moment wurde mir klar, dass ich die glücklichste Frau der Welt sein musste.

Ich schüttelte leicht den Kopf. »Du bist unglaublich«, flüsterte ich. »Weißt du das?«

Er grinste schief. »Ich habe nichts dagegen, wenn du mich daran erinnerst.«

In diesen Genuss kam er nicht. Stattdessen legte ich meine Hände in seinen Nacken und zog sein Gesicht zu mir herunter – in dem Moment, in dem er seine Arme um mich schlang und mich auf dem Hocker mit einem Ruck näher an sich heranzog.

Ich fackelte nicht lange, schwang ein Bein über ihn und setzte mich auf seinen Schoß. Meine Brust an seine gepresst, wanderten meine Hände über seine Wangen, seine Schultern, seine Arme, während seine meinen Po packten und mich beherzt noch enger an ihn drückten. Die bloße Nähe zu ihm ließ mich wünschen, wir würden nicht den kleinsten Fetzen Stoff am Leib tragen, und weckte das unbändige Verlangen in mir, genau dafür zu sorgen, damit ich ihn nicht länger *an* mir spürte, sondern *in* mir.

Wo mir das Liebesgeständnis vorhin noch viel zu kitschig gewesen war, gingen mir die drei magischen Worte erstaunlich leicht von den Lippen: »Ich will dich.«

Er drohte mich allein schon mit seinem Blick auszuziehen. »Ich will dich auch«, schnurrte er, ehe er sich umsah. »Aber …«

»Kein guter Ort«, stimmte ich ihm zu. Sex an einem Ort, der noch nackter war als man selbst, hatte absolut nichts Berauschendes an sich. »Schaffen wir es bis zu mir nach Hause?«

»Ich würde dich sogar bis zu dir nach Hause tragen, wenn ich müsste«, murmelte er an meinen Lippen.

Ich grinste. »Worauf wartest du dann no–« Ich stieß ein Quietschen aus, als Jeff mich plötzlich fester packte und mit mir aufstand. »Was tust du denn da?«, lachte ich und schlang meine Arme um seinen Hals, bevor er sich mit mir auf den Armen mehrfach um die eigene Achse drehte.

Zugegeben, er trug mich nur bis zur Tür, weil ich abschließen musste, um auch nur darauf hoffen zu dürfen, jemals wieder in diesen Raum gelassen zu werden. Dann liefen wir Hand in Hand bis zu mir nach Hause. Ich konnte mich im Nachhinein kaum an den Weg erinnern – nur daran, dass wir immer wieder abrupt anhielten und übereinander herfielen.

Einmal riss ich Jeff am Arm herum und verwickelte ihn in einen Kuss. Einmal packte er mich plötzlich und presste mich mit dem Rücken gegen die Wand des Gebäudes, an dem wir vorbeikamen. Unwillkürlich schlang ich meine Beine um ihn, und er hielt mich an meinem Po fest, während er seinen ganzen Körper an mich presste und flammend heiße Küsse auf meinen Lippen, meinen Kieferknochen und meinem Hals verteilte. Einmal landeten wir mitten im Park im Gras, ich auf ihm, fuhr mit den Händen unter sein Oberteil und verwickelte seine Zunge in einen Kampf auf Leben und Tod.

Ich hatte keine Ahnung, wie wir uns jedes Mal wieder voneinander losreißen konnten – aber selbstverständlich schafften wir es *nicht* bis nach Hause.

Als wir beim Los Chicos ankamen, sperrte ich kurz entschlossen auf. Es gab nur eine einzige Kamera im Eingangsbereich, und selbst wenn mein Boss die Aufnahmen checkte, würde er keinen Verdacht schöpfen. In den Prüfungsphasen kam ich oft außerhalb der Öffnungszeiten hierher, um zu lernen, manchmal auch mit Chris – und jetzt eben mit Jeff.

Es würde sich noch herausstellen, wer hier wem Nachhilfe gab.

Wir steuerten geradewegs auf die Tür zum Mitarbeiterbereich zu – einer Kammer mit Radio, Wasserspender und einer kleinen Couch. Jeff schloss die Tür hinter uns, dann gab es kein Halten mehr.

Wir machten uns nicht die Mühe, einander mehr Kleider vom Leib zu reißen als unbedingt nötig. Bevor ich auch nur darüber nachdenken konnte, Jeff zur Couch zu zerren, hatte dieser mich bereits gegen die Tür gedrückt und von den Füßen gerissen.

Das hier war anders als sonst. Es war ungezügelter, unkontrollierter, härter. Die Gefühle hatten sich schon viel zu lange angestaut und brachen einfach aus uns heraus. Unsere Lust traf in einer Explosion der Endorphine aufeinander. Ich spürte Jeff in all seiner Intensität, und als er seine Stirn an meine lehnte, war der Anblick seiner dunklen Augen, seiner leicht geteilten Lippen und der Klang seines abgehackten Atems beinahe zu viel für mich.

Es ging für uns beide schnell vorbei und ließ mich benommen vor Glücksgefühlen zurück. Als ich wieder einen klaren Gedanken fassen konnte, lag ich schwer atmend auf dem Sofa, wieder vollständig angezogen, während Jeff am Fußende saß, den Kopf auf der Rückenlehne und mindestens so sehr keuchend wie ich.

Erschöpft richtete ich mich auf. »Lust auf 'nen Kaffee?«

8. Kapitel

Die nächsten zehn Tage vergingen wie im Flug. Jeff und ich sahen uns fast jeden Tag. Mal holte er mich von einer Schicht im Los Chicos ab, mal brachte ich ihn zu seiner Vorlesung. Ich besuchte ihn bei seinem letzten Training vor den Weihnachtsferien und versuchte dabei, den stechenden Blicken auszuweichen, die Vaughn mir quer übers Spielfeld zuwarf. Ich hatte nicht mehr viel Zeit, einen Ersatzvorschlag bei Mike einzureichen, und zermarterte mir Tag und Nacht den Kopf darüber, doch die zündende Idee wollte einfach nicht kommen.

Ich beschloss, das Problem zumindest über Weihnachten beiseitezuschieben.

Am 25. Dezember holte ich Jeff am frühen Abend bei ihm zu Hause ab – und war fassungslos, als ich durch das verwahrloste Viertel am äußersten Rand von L.A. kurvte, in dem er aufgewachsen war. Würde er nicht hier wohnen, hätten mich keine zehn Pferde hierher bekommen. Da hätten wir letztens genauso gut die Metro um Mitternacht nach Santa Monica nehmen können. Die Gestalten, denen wir dort begegnet wären, wären mit etwas Glück nur seine Nachbarn gewesen.

Ich fuhr ein BMW-Cabrio in Stahlblau – eine Sonderanfertigung. Als ich vor dem grauen Betonblock hielt, in dem Jeffs Mom wohnen musste, öffnete er die Beifahrertür, stieg aber nicht gleich ein. Er hatte einen Rucksack geschultert, der an ihm geradezu mickrig wirkte. Einen Strauß Blumen in der Hand, musterte er mein Auto ausgiebig. »Wow«, sagte er. »Wie viel hat der gekostet?«

»Keine Ahnung«, antwortete ich. »War ein Geburtstagsgeschenk.« Sofort spürte ich einen Stich in meiner Brust. Ich hätte nie für möglich gehalten, einmal ein schlechtes Gewissen zu bekommen, weil ich reiche Eltern hatte. Aber beim Anblick von dem bröckelnden, finsteren Gebäude, in dem Jeff bis zu seinem High-School-Abschluss gelebt hatte, konnte ich einfach nicht anders.

»Ich hab den Wagen noch nie vor deiner Wohnung gesehen«, sagte er, während er sich neben mir niederließ, und drückte mir einen Kuss auf die Lippen.

»Ich muss ihn immer in einer Garage zwei Blocks weiter parken«, erklärte ich und fuhr los. »Am Straßenrand ist es zu gefährlich. Die Neider können es schließlich kaum erwarten, mit ihren Schlüsseln Beleidigungen in den Lack zu kratzen.«

Da ich Jeff *und* meine Eltern überredet hatte, dass dies hier ein zwangloses Abendessen werden würde, trug er eine schlichte lange Hose zu einem weißen Hemd. Ich hoffte, dass er die Klamotten nicht extra für heute gekauft hatte.

Ich wiederum hatte ein Kleid angezogen, das ich mir von meinem selbst erarbeiteten Geld geleistet hatte, um meinen Eltern unter die Nase zu reiben, dass sie sich mein Bankkonto sonst wohin stecken konnten.

Unsere Beziehung war immer noch etwas angespannt.

»Darf ich sagen«, hob er vorsichtig an, »dass ich Angst vor deinen Eltern habe?«

»Klar!«, gab ich zurück. »Das ist gut.«

Er runzelte die Stirn. »Ist es das?«

»Ja, es ist super.« Ich zuckte die Achseln. »Die habe ich nämlich auch. Aber meine Mutter beißt zum Glück nicht.«

Pause. »Und dein Dad?«, fragte er interessiert.

Als ich an ihn dachte, zog sich mir der Magen zusammen. »Der … hat es zumindest noch nie getan«, sagte ich zurückhaltend.

Jeff seufzte. »Ich kann mir vorstellen, dass er viel lieber jemanden an deiner Seite hätte, der deiner Schicht angehört.«

»Na ja«, erwiderte ich gedehnt. »Du spielst College-Football. Er kann sich selbst ausrechnen, dass es nur eine Frage von ein paar Jahren sein wird, bis du in meiner ›Schicht‹ angekommen bist.«

»Wir werden sehen.« Jeff wirkte nicht zuversichtlich – ob er meine Hoffnung in meinen Dad oder die auf seine zukünftigen sportlichen Erfolge anzweifelte, konnte ich nicht sagen.

»Also gut.« Ich dachte kurz nach. »Meine Mom ist ziemlich einfach gestrickt. Als Gastgeberin will sie ständig hören, wie toll alles ist – ihr Haus, die Kochkünste der Angestellten …«

»Ihr habt Angestellte?«, fragte Jeff irritiert.

Mein Mund klappte zu, und auf einmal war mir das Ganze unglaublich peinlich. Was mich gleich zum nächsten Punkt brachte: »Sie pumpt ihr Geld ständig in irgendwelche Charity-Projekte, weil ihr Vermögen ihr ein schlechtes Gewissen macht …«, zum ersten Mal konnte ich sie verstehen, »… und achtet inzwischen überhaupt nicht mehr darauf, ob sie da vielleicht nicht doch jemand über den Tisch ziehen will«, fügte ich verdrossen hinzu.

Jeff antwortete nicht. Womöglich hatte ihm die Sache mit den Angestellten die Sprache verschlagen. Was vollkommen okay war, solange er sich bis zum Ende der Fahrt erholt hatte.

Ich war froh, als wir Jeffs Heimatviertel hinter uns ließen. Ich verstand, warum ihm der Middle-School-Unterricht so viel bedeutet hatte. Wahrscheinlich hatte keiner seiner Nachbarn je auch nur ein Klavier zu Gesicht bekommen.

»Mein Dad hingegen«, fuhr ich fort, »ist schwierig. Ich würde dir gern Tipps geben, wie man am besten mit ihm umgeht, aber leider kann ich das selbst nicht mehr.«

»Du sprichst so gut wie nie von ihm«, bemerkte Jeff. »Ist irgendwas zwischen euch vorgefallen?«

»Jup. Meine Studienwahl. Falls ich heute dafür blöde Kommentare abbekomme«, warnte ich ihn vor, »versuch nicht, mich in Schutz zu nehmen. Ist besser so für dich.«

»Sonst noch etwas, das ich wissen sollte?«, fragte er trocken.

Ich dachte kurz nach. »Lassen wir die Sache einfach auf uns zukommen und hoffen auf das Beste.«

Meine Eltern lebten in einer dreistöckigen Villa auf einem kleinen Hügel in Beverly Hills. Die Außenfassade des Hauses war in einem hellen Beige gehalten und grenzte an eine Garage an, die an sich schon mehr als dreimal so groß war wie meine ganze Wohnung in Campusnähe. Auf ihrem Dach befand sich eine Sonnenterrasse mit direkter Verbindung zum ersten Stock des Hauses.

Eine breite Einfahrt schlängelte sich vom Gartentor, das sich auf Knopfdruck von selbst öffnete, bis zur Garage. Auf ihrer äußeren

Seite gab es einen gepflegten Rasen, der trotz der Dürrephase im Sommer in sattem Grün erstrahlte. Ich vermutete, dass Mom und Dad mit Kunstrasen nachgeholfen hatten. Ich war schon seit einer Weile nicht mehr hier gewesen und fühlte mich ziemlich erschlagen. Ich wollte gar nicht wissen, was Jeff gerade dachte.

Anstatt in die Garage zu fahren, parkte ich das Auto mitten in der Einfahrt, da heute sowieso niemand außer uns kommen würde.

Der Weg zur Tür wurde von mehreren kleinen, sorgfältig zurechtgeschnittenen Büschen gesäumt. Zwei mannshohe Zierbäume in Töpfen flankierten die bogenförmige Eingangstür, die sogar Jeff noch um einiges überragte.

Kaum dass wir auf die zwei Stufen zur Tür nach oben traten, wurde diese geöffnet. Zu meiner Überraschung nicht von einer Angestellten, sondern von Mom und Dad selbst.

»Hallo, ihr beiden!« Meine Mutter schien aus irgendeinem Grund aufgeregter zu sein als Jeff und ich zusammen. Ihr blond gefärbtes Haar reichte ihr bis zu den Schultern, und nachdem die besten und teuersten Anti-Falten-Cremes nicht angeschlagen hatten, besuchte sie seit fünf Jahren regelmäßig den Beauty-Doc, um ihre Haut straffen zu lassen. Sie trug ein hübsches Kleid, das sie zuletzt bestimmt auf einer Charity-Gala oder dergleichen angehabt hatte, und dazu Schmuck, der mich wahrscheinlich mehrere Monatsmieten kosten würde.

»Pamela Jenkins«, stellte sie sich herzlich vor und reichte meinem Freund die Hand. »Aber nenn mich Pam! Oh, die sind ja wunderschön!« Sie nahm den Strauß von Jeff entgegen, ohne dass er auch nur eine Silbe darüber verloren hatte, dass er für sie war. Ein typischer Mom-Move.

»Mr. Jenkins«, sagte Dad und musste damit natürlich alles kaputtmachen. Er besaß eigentlich graues Haar, das er aber regelmäßig schwarz nachfärben ließ, um jugendlicher zu wirken. Seine Stirn war in den letzten Jahren immer höher geworden, wodurch seine buschigen Brauen umso mehr aus seinem Gesicht herausstachen. Er trug Hemd und Anzughose, als erwartete er heute Geschäftspartner und nicht nur Jeff und mich. Sein eisblauer Blick zuckte von mir zu ihm und wanderte dort von Kopf bis zu den Füßen.

»Jeff Moreno.« Jeff straffte die Schultern, obwohl er meinen Dad sowieso um zwei Köpfe überragte. »Freut mich, Sie kennenzulernen.«

»Moreno«, wiederholte Dad, als er seine Hand schüttelte. »Ein Mexikaner?«

»Mütterlicherseits, Sir«, erwiderte Jeff, ohne mit der Wimper zu zucken, und ich warf meinem Vater einen warnenden Blick zu, dass er es dabei belassen sollte.

Ich hatte in meinem ganzen Leben nur selten Freundinnen und Freunde mit nach Hause gebracht. Bei den meisten hatte Dad sich absolut danebenbenommen. Da ich Jeff als meinen festen Freund angekündigt hatte, hoffte ich, dass er sich zumindest heute zusammenzureißen würde.

»Wir freuen uns so, dass ihr beide hier seid!«, jauchzte Mom förmlich. »Kommt doch herein, kommt herein!«

Dad schenkte Jeff einen letzten prüfenden Blick, ehe er sich in Bewegung setzte. Wir zogen unsere Schuhe und Jacken aus und folgten in einigem Abstand – nicht zuletzt, weil Mom sich ständig zu uns umdrehte, um etwas über die Blumen, Jeff, mich oder Weihnachten zu sagen, und damit den ganzen Verkehr aufhielt.

»Warum führst du deinen Jeff nicht erst einmal herum, Liebes?«, schlug sie vor. »Der Rostbraten sollte bald fertig sein!«

»Klar!«, nutzte ich kurzerhand die Chance, nicht zu dritt mit Jeff und Dad am Tisch sitzen zu müssen. Ich zeigte ihm das Erdgeschoss und sparte das Wohn- und Esszimmer dabei großzügig aus, ehe wir die breite Wendeltreppe nach oben stiegen. Ich beobachtete Jeffs Mimik genau, und obwohl er vermutlich krampfhaft versuchte, sich nichts anmerken zu lassen, schienen seine Augen mit jedem Raum größer zu werden. Vielleicht war es doch keine gute Idee gewesen, ihn mit den Designermöbeln, den Whirlpool-Wannen in den beiden Badezimmern, den furchtbaren Familienporträts im Flur und dem Sonnendeck auf einmal zu konfrontieren. Ehe wir in meinem Zimmer landen konnten, wurden wir jedoch nach unten gerufen.

Auf der Südseite des Gebäudes, wo auch unser großes Wohn- und Esszimmer lag, bestand die ganze Wand aus Fenstern, durch die man das Viertel und mehr überblicken konnte. Jetzt am Abend war es draußen stockfinster, und ein Meer aus Lichtern erstreckte sich am Fuße des Hügels.

Als wir eintraten, lief mir beim Geruch des Bratens schon das Wasser im Mund zusammen – doch mein Hunger wurde vom schieren Anblick des Essbereichs gedämpft.

Meine Mutter war verrückt nach der Farbe Weiß, weshalb der ganze Wohn- und Essbereich darin gehalten war. Sogar das wärmste Licht der unzähligen Deckenlampen wurde von den glänzenden Oberflächen schmerzhaft grell reflektiert.

Ich hatte mich in meiner Kindheit schon daran sattgesehen und verabscheute es, hier zu essen, weil ich mir vorkam wie in einem Krankenhaus – ganz zu schweigen von dem furchtbaren cremefarbenen Marmorboden!

Mom hatte ein paar halbherzige Versuche unternommen, das Haus weihnachtlich aussehen zu lassen, doch ich konnte deutlich sehen, dass sie irgendwo auf dem Weg vom Ess- zum Wohnbereich aufgegeben hatte. Hier hing ein vereinzeltes Jesus-Bild, da ein paar eingestaubte Sterne, und auf einer Kommode entdeckte ich ein paar rote Kerzen. Nach einem Weihnachtsbaum suchte man hier allerdings vergeblich.

Zu meiner Überraschung war der Tisch alles andere als reichlich gedeckt. Neben dem Rostbraten, den Mom gerade von der Küche aus hereintrug, gab es Kartoffelpüree und verschiedene Arten Gemüse. Mehr als genug für vier Personen, aber nicht annähernd so viel, wie unsere Haushälterin Nancy sonst auftischte.

»Wo ist denn das Personal?«, fragte ich, während meine Mutter den Braten vorsichtig in der Mitte des Tisches abstellte. Letzterer war so groß, dass Jeff und ich gefühlte Lichtjahre von den beiden entfernt saßen. Ich freute mich schon auf eine Unterhaltung, die nur aus Über-den-Tisch-Hinwegschreien bestand.

»Oh, denen haben wir über Weihnachten freigegeben«, sagte Mom. »Bezahlt, natürlich.«

»Für wie lange genau?«, bohrte ich misstrauisch nach.

Sie blinzelte verwirrt. »Na, bis morgen. Dann ist Weihnachten vorbei.« Wie großzügig. Ihr Blick fiel auf Jeff. »Oh – du bist doch bestimmt keiner von diesen *Vegetariern*, oder?«, fragte sie, als wäre das ein Wort aus einer anderen Sprache.

Jeff lächelte. »Ich esse alles.« Und wie er das tat. Es überraschte mich immer wieder, wie viel Sportler in sich hineinschaufeln konnten, ohne zuzunehmen.

»Ein Glück«, seufzte Mom erleichtert, als hätte mein Freund sie allein damit schon überzeugt.

Die erste Phase des Abends war mit Abstand die einfachste, weil wir die meiste Zeit mit Kauen verbrachten. Außerdem konnte mein Dad nicht bei Stille essen, weshalb er über einen Sprachbefehl das Radio anschaltete. Weihnachtsmusik drang aus mehreren Lautsprechern in allen Ecken und Enden des Wohnbereichs an unsere Ohren und nahm mir einen Teil meiner Anspannung.

Das Essen schmeckte großartig. Mom könnte sich das Geld für das Personal ruhig sparen, denn was ihre Kochkünste betraf, stand sie Nancy in absolut nichts nach. Insgeheim war ich aber froh, dass die Angestellten nicht hier waren. Sie hätten Jeff wahrscheinlich noch mehr verunsichert, als es ohnehin schon der Fall sein musste.

»Also, wie habt ihr beiden euch überhaupt kennengelernt?«, fragte meine Mutter. »In der Vorlesung?«

»Bei einem Interview«, entgegnete ich. Mein Blick zuckte zu Dad, der keine Miene verzog. »Jeff ist Runningback bei den Trojans.«

»Oh!« Mom lächelte freundlich. »Wie schön. Eine Berufsromanze.« Irgendwie schaffte sie es, dieses Wort auszusprechen, ohne es abgrundtief peinlich klingen zu lassen. Aber ich glaubte, sie hätte sich bei jedem Mann für mich gefreut – weil sie das im Gegensatz zu meinem Dad nicht verlernt hatte.

Meine Eltern waren ziemlich alt. Sie hätten gern noch mehr Kinder gehabt, aber das war aus biologischer Sicht nicht mehr drin gewesen – auch nach unzähligen künstlichen Befruchtungsversuchen nicht. Wäre Leihmutterschaft vor zwanzig Jahren schon in gewesen, hätte ich heute wahrscheinlich zehn Geschwister von zehn verschiedenen Leihmüttern.

So aber gab es nur mich. Mein Dad hatte seine Hoffnungen und Träume auf kein anderes Kind projizieren können, weshalb er schon früher scheinbar dauerhaft enttäuscht von mir gewesen war. Die Sache mit meinem Konto war nur die Spitze des Eisbergs.

»Spielst du auch aktiv?«, fragte er scharf.

Die Gabel auf den Teller gelegt, hielt Jeff inne. »In dieser Saison wurde ich in jedem Spiel eingesetzt.«

Dad verengte die Augen. »Und wie ist deine Quote?«

Ich wusste nicht, worauf er genau hinauswollte. Jeff offenbar auch nicht, denn er ratterte einfach herunter: »Zwölf Spiele, neunzehn gefangene Pässe, elf Touchdowns -«

»Im letzten Spiel auch wieder!«, ergänzte ich. »Die NFL wird sich im April um ihn reißen.«

»Wie viel bist du gelaufen?«, bohrte Dad weiter, als wäre das das absolute Qualitätsmerkmal eines Footballers.

»Ähm.« Jeff zögerte. »Zwischen siebenhundert und achthundert Yards vielleicht.«

Dad nickte bedächtig, und ich konnte es hinter seiner hohen Stirn förmlich rattern sehen, als er sich auf die Suche nach einem Detail machte, auf dem er herumhacken konnte. Als er keines fand, ging er zu einem weiteren Thema über, das sich vielleicht als Schwachstelle entpuppen könnte: »Und was studierst du, wenn ich fragen darf?«

»Kriminologie, Sir.«

Dads Brauen schossen in die Höhe. »Kriminologie.« Er nickte bedächtig. »Nicht schlecht.«

Ich erlaubte es mir, mich etwas zu entspannen. Die meisten anderen Studiengänge hätte er jetzt wahrscheinlich ausgiebig kommentiert – aber gegen Recht und Ordnung konnte nicht einmal er etwas einwenden.

Doch das bedeutete nicht, dass er die Sache auf sich beruhen ließ. »Und weshalb hast du dich gerade für diesen Studiengang entschieden?«

Jeff zögerte. »Ich bin in keiner guten Gegend aufgewachsen«, sagte er dann ausweichend. »Das prägt einen.«

Mein Magen krampfte sich zusammen. Ich kannte die Wahrheit – und das, ohne dass Jeff davon wusste.

Verdammt, Caroline, herrschte ich mich innerlich an. Irgendwann musste ich es ihm sagen. Doch das war es nicht, was mir Sorgen bereitete. Sondern die Tatsache, dass Jeff es mir immer noch nicht von sich aus gesagt hatte. Wie lange wollte er die Sache noch vor mir geheim halten?

»Ich verstehe.« Dad seufzte. »Ich wünschte, Caroline hätte auch eine derart rationale Entscheidung getroffen.«

Ich stöhnte. Damit begann dann wohl Phase zwei und die mit Abstand unangenehmste Zeit des Abends. »Wenn ich alles machen würde, was du mir sagst, wäre das alles andere als rational!« Ich nahm einen großen Schluck Rotwein, doch ich ahnte, dass seine Wirkung nicht früh genug einsetzen würde, um mich ohne jegliche Aggression durch das Essen zu bringen.

»Du bist in deinem letzten Jahr, nicht wahr?«, lenkte Mom wieder auf ein erfreulicheres Thema zurück. »Worüber schreibst du denn deine Abschlussarbeit?«

»Über den Einfluss des sozialen Milieus auf zukünftiges Gewaltpotenzial«, antwortete Jeff, obwohl ich gewettet hätte, dass der Titel seiner Arbeit mindestens doppelt so lang sein musste.

Mom wirkte gleichermaßen verblüfft wie fasziniert. »Ist das nicht ein ziemlich abstraktes Thema, mein Lieber?«

»Das ist es«, bestätigte er. »Ich wende es an einem realen Fall an.«

Plötzlich breitete sich Eiseskälte in mir aus. Das hier drohte in die ganz falsche Richtung zu gehen.

Dad zog die Brauen zusammen. »Welcher Fall?«

Jeff zögerte.

Sofort schaltete ich mich mit einem falschen Lachen ein. »Man könnte ja glatt meinen, *du* wärst jetzt unter die Reporter gegangen, Dad.«

Seine leicht angehobenen Mundwinkel sackten sofort herab. »Nicht einmal, wenn unser aller Überleben davon abhinge«, sagte er schroff. Er räusperte sich. »Falls es dir hilft«, bot er an. »Vielleicht findest du in unserer Bibliothek ja etwas Nützliches. Dort sind auch ein paar Klassiker zu psychologischen Themen vertreten.«

Jeff blinzelte. »Sie haben eine Bibliothek?«

Dad lachte. »Natürlich haben wir eine Bibliothek!«

»Dad«, brummte ich. Er war in eine reiche Familie hineingeboren worden und durch sein eigenes Business noch reicher geworden, sodass er nie ein Gefühl dafür hatte entwickeln müssen, wann Bescheidenheit aufhörte und Protzen begann.

»Was machen deine Eltern denn beruflich?«, fragte Mom und trat damit in die nächste Mine.

»Meine Mutter arbeitet im Einzelhandel«, antwortete Jeff. »Mein Vater ...«

Ich bemerkte, dass mein Herz schneller zu schlagen begonnen hatte.

»... ist bei einem Autounfall ums Leben gekommen, als ich noch klein war.«

Einen Augenblick lang herrschte Stille. »Ach du liebes bisschen«, flüsterte Mom. »Das tut mir sehr leid!«

Jeffs »Das muss es nicht« und alles, was danach kam, hörte ich kaum. Ich fühlte mich unwohl. Sogar mehr als unwohl. Erstens, weil sie ihn so ausfragten, und zweitens, weil ich wusste, dass Jeff log.

Natürlich war ich nicht davon ausgegangen, dass er gerade hier und jetzt, an Weihnachten, meinen Eltern gegenüber die Wahrheit sagen würde, aber ...

Ich konnte es kaum erwarten, von hier zu verschwinden.

Mom war inzwischen aufgestanden und kam gerade mit einem Tablett in der Hand zurück. »Möchte jemand Nachtisch? Ich habe Apfelkuchen gebacken.« Der süßliche Geruch stieg mir erst in die Nase, als sie das Tablett auf dem Tisch abstellte und den Kuchen anzuschneiden begann.

Obwohl ich randvoll war, wagte ich es nicht, Widerwort zu geben. Damit läutete sie Phase drei ein – oder auch die Phase, in der ich langsam dafür sorgen musste, dass wir uns abnabeln konnten, bevor irgendjemand ein falsches Wort sagte und der restliche Abend im Chaos unterging.

Im Gespräch beschränkte Dads Interesse sich allein darauf, dass Jeff Football spielte. Das war immerhin besser als gar nichts. Und, wenn ich ehrlich sein sollte, besser als alles, was ich mir ausgemalt hatte.

»Vielleicht«, hob Dad nach mehr Stücken Kuchen an, als gut für mich war, »wäre jetzt auch ein angemessener Zeitpunkt für die Geschenke.«

»Oh, natürlich!« Zu meiner Überraschung griff Mom einfach nur unter den Tisch und schob eine kleine Schmuckschachtel über die Tischplatte hinweg zu mir.

Ich öffnete sie und entdeckte darin eine Silberkette mit grünen Steinen. Vielleicht war das wirklich als nette Geste gemeint, doch alles, was bei mir ankam, war grenzenloser Spott. »Danke«, brummte ich.

»Gefällt sie dir nicht?«, fragte Dad scharf.

»Nicht so sehr wie das, was ich mir eigentlich wünsche«, knurrte ich, doch wie immer ging mein Vater nicht weiter darauf ein.

Ich hatte mit Jeff zusammen etwas für sie gekauft, aber ich hatte nicht vor, sie das wissen zu lassen: »Leider habe ich nichts für euch«, erklärte ich stattdessen, »weil ich *kein Geld* hatte, um euch was zu besorgen.«

Jeff schenkte mir einen verwirrten Blick und erinnerte mich daran, dass er keine Ahnung von meinem gesperrten Konto hatte. Wieder etwas, das ich nach zwei Wochen Beziehung vielleicht mal ansprechen sollte. Aber nicht, wenn ich es nicht unbedingt musste.

»Das ist nicht schlimm, Liebes«, sagte Mom. »Wir freuen uns schon darüber, dass ihr heute diesen Abend mit uns verbringt.«

Jeff räusperte sich. »Ich habe etwas für Sie.« Er beugte sich zu seinem Rucksack hinab und öffnete den Reißverschluss.

Entzückt schlug Mom sich eine Hand vor den Mund. »Erst die Blumen und jetzt auch noch ein Geschenk! Wie aufmerksam!«

Jeff zog zwei unverpackte Dinge aus dem Rucksack: Für Mom eine Schachtel mittelteurer Fair-Trade-Pralinen aus Südamerika, für Dad eine nicht ganz mittelteure Flasche Bourbon.

Da meine Eltern so unglaublich weit weg saßen, stand Jeff auf, um ihnen die Geschenke zu bringen – ein guter Zug, weil ich mich damit auch erheben konnte, und das war schon der erste Schritt zur Rettung nach oben.

Mein Vater bedankte sich nicht, bevor er das Etikett eingehend inspiziert hatte. »Nicht die beste, aber auch nicht die schlechteste Ware«, urteilte er dann. »Den sollten wir gleich öffnen.«

»Für mich heute nicht mehr«, klinkte ich mich aus, weil ich hier unten *wirklich* nicht mehr Zeit verbringen wollte als nötig.

Dads Blick zuckte zu Jeff.

»Danke, aber ich trinke nicht«, lehnte er höflich ab.

Mein Vater verengte die Augen. »Hattest du etwa ein Alkoholproblem?«

Jeff stutzte. »Ich bin Athlet.«

»Also gut.« Dad wirkte alles andere als zufrieden. »Dann gibt es wohl keinen Grund mehr, euch länger aufzuhalten.«

»Dein Bett ist frisch bezogen, Liebes«, ergänzte Mom in einem deutlich versöhnlicheren Ton. »Und du, Jeff, fühl dich wie zu Hause!«

»Danke, Mrs. -« Er stockte, als Mom ihm einen strafenden Blick zuwarf. »Pam«, korrigierte er sich.

»Einen schönen Abend euch«, verabschiedete ich sie und musste mich zusammenreißen, um Jeff nicht die Treppe nach oben zu zerren.

In meinem weitläufigen Zimmer erwarteten uns ein Kleiderschrank, ein Flachbildfernseher, eine Fensterwand und ein Schreibtisch, der während des Semesters wie leer gefegt dastand, weil ich alles Wichtige in meine Studentenbude mitnahm. Dazu ein riesiges Bett, in dem Jeff und ich uns die ganze Nacht im Schlaf umherwälzen konnten, ohne einander in die Quere zu kommen. Oder uns vor dem Schlafengehen miteinander umherwälzen konnten …

Ich ließ meine Handtasche auf den Parkettboden fallen und sank erschöpft auf mein Bett. »Das war anstrengend.« Ich blickte zu Jeff hinauf. »Aber du hast dich ziemlich gut geschlagen.«

Er zuckte die Achseln. »Das war nicht schwer. Deine Eltern sind sehr nette Menschen.«

Ich runzelte die Stirn. »Damit wärst du der erste Mensch auf Erden, der meinen Dad *nett* findet.«

»Er ist … direkt«, gab er zu, setzte sich neben mich und lehnte seinen Rucksack ans Bettgestell. »Aber wie soll man einen Menschen dafür verurteilen, ehrlich zu sein?«

»Glaub mir«, brummte ich. »Wenn man es versucht, ist es ganz einfach.«

Jeff strich mir eine Haarsträhne hinters Ohr. »Würde ein Weihnachtsgeschenk dich aufmuntern?«

»Oh!« Das hatte ich vor lauter Stress und Anspannung völlig vergessen. »Ja, warte.« Ich streckte mich nach meiner Tasche aus und zog sie über den Boden zu mir. Ich kramte eine kleine, quadratische Box daraus hervor. »Ich hatte kein Geschenkpapier«, sagte ich kleinlaut, als ich sie ihm hinstreckte. »Deshalb hab ich sie in Zeitungspapier eingepackt.«

Jeff lachte. »Passend für eine Journalistin.« Er hielt ein Päckchen von ähnlicher Größe und Form in der Hand. »Das ist für dich. Frohe Weihnachten, Cary.«

Ich lächelte. »Frohe Weihnachten.« Ich gab ihm sein Geschenk und nahm meines an mich. »Es ist so sauber verpackt«, staunte ich und drehte es in den Händen. »Das warst du doch nie selbst!«

Er lächelte schief. »Du weißt doch, dass ich ein Mann vieler Talente bin.«

O ja. Das wusste ich. Schließlich hatte er mir erst letztens am Klavier gezeigt, was er mit seinen Fingern machen konnte. Und kurz darauf im Los Chicos wieder.

»Ich bin gespannt.« Ein Teil von mir wollte das Geschenk am liebsten nie öffnen, weil es so schön eingepackt war. Aber als Jeff eifrig drauflosriss, tat ich es ihm gleich. Wir waren etwa zum selben Zeitpunkt fertig – und schauten beide dumm aus der Wäsche.

Erstaunt starrte ich die kleine Box in meinen Händen an, auf der eine Kaffeetasse abgebildet war – dann zu Jeffs Verpackung, die … auch zu einer Kaffeetasse gehörte.

Einen Augenblick lang blickten wir ratlos zwischen den beiden hin und her. Dann brachen wir in schallendes Gelächter aus.

Während seine feuerrot und mit dem Trojans-Logo verziert war, hatte er sich für mich eine pinke mit *Prinzessin*-Schriftzug ausgesucht. Damit passte sie perfekt zu meinem Bademantel und meinen Plüschschlappen.

Ich hätte Jeff gern etwas Teureres gekauft. Da ich gerade erst vom Los Chicos etwas Weihnachtsgeld bekommen hatte, wäre das auch drin gewesen. Aber ich kannte ihn inzwischen gut genug, um zu wissen, dass ich ihm damit nur ein schlechtes Gewissen gemacht hätte. Dass unsere Geschenke tatsächlich genau gleichwertig sein würden, hatte ich allerdings nicht erwartet.

»Danke.« Ich lehnte mich zu ihm und küsste ihn.

»Ich danke dir«, erwiderte er und gab mir einen zweiten Kuss, ehe ich mich ganz zurückziehen konnte. Auch danach blieben wir nur ein kurzes Stück voneinander entfernt, und der Ausdruck in seinen Augen nahm etwas so Intensives an, dass ich sogar das Blinzeln vergaß.

Die Schmetterlinge in meinem Bauch waren auch nach etwas mehr als zwei Wochen nicht weniger geworden. Im Gegenteil: Jeden Tag wurden es mehr und mehr, und in Momenten wie diesen drohte ich vor lauter Regenbogenflügeln zu explodieren.

Ich konnte es kaum fassen, was für ein Glück ich hatte. Ich hatte schon vorher gewusst, dass Jeff toll war. Aber jetzt, wo meine Eltern ihn zumindest nicht hassten, gab es absolut nichts mehr, was meine Gefühle für ihn untergraben könnte.

Jeff sah so aus, als wollte er einen weiteren Kuss anschließen, der nicht so bald enden würde, doch ich erhob mich im letzten Moment und stellte meine Tasse auf der Kommode ab. »Hilfst du mir mit dem Kleid?«, fragte ich unschuldig.

Eine Sekunde lang passierte gar nichts. Ich hörte, wie Jeff von der Matratze aufstand, und spürte einen Moment später seine warmen Hände an meinem Nacken. Sie strichen für einen Augenblick lang über meine Haut und ließen mich leicht erschaudern. Als Jeff den Reißverschluss hinten an meinem Kleid vorsichtig herunterzog, spürte ich ein Kribbeln am ganzen Körper.

»Du riechst so gut«, flüsterte ich, als ein Hauch seines Aftershaves in meine Nase stieg – einen Moment, bevor er einen gezielten Kuss in meine Halsbeuge drückte.

»Fertig«, wisperte er nahe an meinem Ohr und ließ von mir ab.

Ich wartete bewusst ein paar Sekunden, bis er sich wieder hingesetzt hatte. Dann strich ich mir das Kleid betont langsam von den Schultern. Ich drehte leicht den Kopf, um Jeff dabei zu beobachten, wie sein Blick mit dem Stoff abwärtswanderte. Ich ließ ihn meine

Oberarme hinabgleiten und hielt ihn einen Moment länger als nötig in meinen Armbeugen fest, ehe ich die Arme senkte und er meinen restlichen Körper freigab. Ich hatte mir für Weihnachten auch etwas gegönnt: ein neues Set knallroter Unterwäsche. Rot wie die Farbe der Trojans … und der Leidenschaft.

Als ich mich vollends zu Jeff umwandte, zuckte sein Blick zurück zu meinen Augen, doch der Ausdruck darin zeigte mir, dass es ihm verdammt schwerfiel, ihn dort oben zu behalten.

Jeff legte den Kopf leicht schief. »Was jetzt«, fragte er mit rauer Stimme, »Prinzessin?«

Es war ihm Antwort genug, als ich mich, nur in Unterwäsche bekleidet, auf seinen Schoß setzte, meine Arme um seinen Hals schlang und ihn küsste.

Sofort fuhren Jeffs Hände genau an die richtigen Stellen – die eine an meinen Po, an dem er mich enger an sich drückte, die andere an den Verschluss meines BHs, den er innerhalb weniger Sekunden öffnete. Ungeduldig zerrte er ihn von meinen Armen, ehe seine Lippen meinen Hals hinabwanderten, um meinen Brüsten zu geben, was sie verdient hatten.

Ich genoss es eine Weile, wollte aber verhindern, dass er sich seiner Position zu sicher wurde. Schließlich drückte ich ihn auf die Matratze, sodass ich immer noch auf ihm saß. Egal was heute passierte – ich wäre so was von oben.

Ich öffnete jeden seiner Hemdknöpfe einzeln und küsste ihn auf jede neue Stelle Haut, die ich damit freigab. Als ich ganz unten ankam, machte ich nahtlos mit seiner Hose weiter. Ehe ich sie ihm von den Hüften zerren konnte, fuhr Jeff mit der Hand in meine Haare – und zog mich damit bestimmt, aber schmerzlos, zurück zu seinem Gesicht. Der Kuss, den er mir gab, ließ ein Feuer in meinem Inneren auflodern, das allein er wieder löschen konnte.

Das ließ mich unvorsichtig werden. Ohne große Mühe rollte er uns einfach herum und war im nächsten Moment über mir.

Verdammt. Ich stemmte meine Arme gegen ihn und versuchte erfolglos, den Spieß wieder umzudrehen. »Lass mich –«

»Nein«, sagte er sanft, nahm meine Hände von seinem Oberkörper und pinnte sie links und rechts von meinem Kopf an die Matratze. »Nicht diesmal.« Ich wollte mich losreißen, aber er war zu stark.

Er war so stark …

Als er sich dann zu mir hinabbeugte und mich innig küsste, war es um mich geschehen. Bei Vaughn und anderen Männern hatte ich es gehasst, wenn sie mich nicht zum Zug kommen ließen. Doch ich stand drauf, wenn Jeff einmal den Dominanten raushängen ließ – weil er es nicht auf eine rücksichtslose, egoistische Weise tat. Selbst wenn er das Ruder an sich riss, stand ich immer noch im Mittelpunkt.

Bei ihm konnte ich mich fallen lassen. An nichts denken. Mich einfach nur gehen lassen. Mit jeder seiner Berührungen zeigte er mir, wie sehr er mich begehrte.

Er zog das volle Programm durch. Die Bewegungen seiner Hände und Lippen auf meinem Körper waren schnell, hitzig, leidenschaftlich – doch als er aufs Ganze ging, wurde er fast schon berechnend langsam, weil er wusste, dass er mich damit schnell um den Verstand brachte und um Erlösung betteln ließ. Irgendwann konnte ich vor Lust und Begierde keinen klaren Gedanken mehr fassen. Ich bedeckte meinen Mund mit dem Handrücken, weil schließlich meine Eltern hier wohnten, hatte aber das Gefühl, dass meine Seufzer umso lauter und unkontrollierter erklangen. Das alles hier war einfach perfekt.

»Ich«, entglitt es meinen Lippen, ohne dass ich es bewusst wahrnahm, »liebe dich.«

Als Jeff abrupt innehielt, hatte das nichts mehr damit zu tun, mich scharfzumachen. Ich fluchte innerlich. Das war zu früh gewesen. Viel zu früh. Erst stellte ich ihn meinen Eltern vor und jetzt das. Er musste sich eingeengt fühlen. Er konnte unmöglich schon so weit sein -

Das glaubte ich zumindest, bis ich die Augen öffnete – von denen ich gar nicht wusste, dass ich sie geschlossen gehabt hatte – und seinem Blick begegnete, in dem nichts als Wärme lag.

»Ich liebe dich auch«, raunte er und ließ die Gewissheit mit einem Paukenschlag zurückkehren, wie sehr ich ihn wollte.

Meine Hände in seinem Nacken verkrampften sich leicht. »Zeig es mir«, keuchte ich. »Zeig mir, wie sehr.«

Das tat er.

Am nächsten Morgen fühlte ich mich irgendwie unsicher auf den Beinen, als ich mich aus dem Bett schälte. Ich zog mir etwas Bequemes an und nahm die beiden Kaffeetassen mit in die Küche. Wenn er bei mir schlief, war Kaffee die einzige Morgenroutine, die wir gemeinsam hatten. Oft stand Jeff noch vor mir auf, um joggen zu gehen, während ich eine Stunde in meinem Handy herumscrollte. Ich hatte mich noch nie dazu hingerissen gefühlt, ihn zu begleiten, profitierte aber trotzdem davon, wenn wir hinterher zusammen in die Dusche stiegen.

Hier und jetzt in meinem Elternhaus wollte ich das Risiko nicht eingehen. Also blieb nur noch Kaffee.

In der Küche fand ich eine Notiz meiner Mom, dass Dad und sie spontan zum Brunch aufgebrochen waren.

Als ich mit zwei dampfenden Tassen zurück ins Zimmer kam, hatte Jeff sich halb aufgesetzt. »Seit wann stehst du vor mir auf?«, fragte er gleichermaßen verschlafen und verwirrt.

»Seit ich Lust auf Frühstück im Bett habe«, erwiderte ich.

Jeff schlug die Decke etwas zurück, damit ich neben ihn rutschen konnte, und ich reichte ihm seine neue Tasse. »Willst du fernsehen?«, fragte ich. In meiner Campus-Wohnung hatte ich überhaupt keinen Fernseher, weshalb es ein Luxus war, endlich wieder in einen Bildschirm starren zu können, der größer als mein Laptop war.

Jeff zögerte, obwohl es da überhaupt nichts zu zögern gab. »Ehrlich gesagt«, sagte er und klang plötzlich seltsam beunruhigt, »… muss ich dir etwas erzählen.«

Sofort begannen sämtliche Alarmglocken in meinem Hinterkopf zu schrillen. Ich widerstand dem Drang, von ihm abzurücken. *Er hat dich betrogen*, sagte eine Stimme in meinem Kopf, die es damals verpasst hatte, mich vor Vaughn zu warnen. Wenn er keine Zeit hatte, war er überhaupt nicht bei seiner Mom. Sondern bei einer –

»… über meine Familie«, drangen Jeffs Worte wie aus weiter Ferne an meine Ohren.

Für einen Moment war ich unglaublich erleichtert – bis mir mit einem Mal klar wurde, worauf er hinauswollte. Und dass ich schon längst darüber Bescheid wusste. Ich spürte, wie mir eine unangenehme Hitze in den Kopf schoss, und hoffte, dass ich nicht rot wurde. »Okay«, sagte ich mit belegter Stimme. Einen Augenblick lang spielte ich mit dem Gedanken, ihm zuvorzukommen, doch seine ernste Miene hielt mich davon ab. Er wollte sich etwas von der Seele reden – das konnte ich ihm unmöglich nehmen.

Ein paar Sekunden lang blieb er still. Dann begann er zu sprechen. »Mein Vater ist nicht tot.«

Ich versuchte erst gar nicht, überrascht oder bestürzt zu wirken, doch Jeff schien sich nicht daran zu stören, keine Reaktion zu ernten.

»Sein Name ist Clive Baxter. Und er sitzt im Gefängnis – schon seit mehr als zwanzig Jahren.« Er atmete tief ein, wirkte aber immer noch völlig ruhig und gefasst. »Er hat eine junge Frau überfallen, vergewaltigt und dann getötet. Wenn ich nach ihm gefragt werde, behaupte ich, er wäre gestorben, weil ich mir wünsche, es wäre wahr. Es tut mir leid, dass ich dich angelogen habe«, fuhr er fort. »Aber … ehrlich gesagt bist du die Erste, der ich das hier erzähle. Die Erste seit … verdammt vielen Jahren. Es war nicht fair, unsere Beziehung mit einer Lüge beginnen zu lassen – deshalb wollte ich damit aufräumen.«

Ich schluckte. »Das … ist viel zu verdauen«, gab ich zu und senkte den Blick, weil ich befürchtete, dass er meine eigene Unehrlichkeit in meinen Augen erkennen konnte.

»Ich weiß.« Er fuhr mit einer Hand über mein Haar. »Ich hoffe …, dass das nichts zwischen uns ändert.«

Erstaunt sah ich auf und ihn an. »Warum glaubst du das?«

Unsicherheit mischte sich in seine Miene. »Ich …« Er stockte.

Seine Hand verharrte mitten in der Bewegung, und ich nahm sie herunter, damit ich meine Finger mit seinen verschränken konnte. »Hör zu. Was ich gestern Nacht gesagt habe«, hob ich vorsichtig an, »war nicht nur im Eifer des Gefechts. Ich hab es wirklich so gemeint.« Ich befeuchtete meine Lippen. »Ich liebe dich. Und nichts, was du mir erzählst, könnte etwas daran ändern.« Und *das* war nichts als die Wahrheit.

Jeff lächelte gelöst, doch er konnte nicht annähernd so erleichtert sein wie ich. Endlich hatte er reinen Tisch gemacht. Endlich hatte er sich mir anvertraut. Endlich gab es nichts mehr –

Das stimmte nicht. Das stimmte überhaupt nicht. Weil ich ihm selbst immer noch eine Antwort schuldig war.

Irgendwie hatte ich mir diesen Morgen anders vorgestellt. Ich umklammerte meine Tasse fester. »Aber wenn wir schon dabei sind ... sollte ich dir vielleicht auch etwas sagen.«

Jeffs Miene verfinsterte sich leicht. »Okay?«

Ich holte tief Luft und bereitete mich innerlich auf das vor, was kommen würde. Was kommen *musste*. Das war ich Jeff schuldig.

Ich hab mich nach unserem Interview etwas mehr über dich informiert.

Nein, das war noch viel zu schön ausgedrückt.

Ich hab dich gestalkt. Dich durchleuchtet. Und deinen Dad. Was du mir gerade gesagt hast, wusste ich schon längst. Ich hatte nur nicht den Mumm, es dir zu sagen. Außerdem wollte ich abwarten, wie lange es dauert, bis du mir von selbst davon erzählst, und jetzt fühle ich mich furchtbar dafür.

Ab jetzt wäre es leicht. Alle Wörter waren schon in meinem Kopf ... in der richtigen Reihenfolge. Ich musste sie nur noch aussprechen ...

Doch ich konnte es nicht. Ich konnte einfach nicht. Weil ich nicht wusste, wie viel es von dem, was wir uns in den letzten zwei Wochen mühevoll aufgebaut hatten, zerstören würde.

Also entschied ich mich kurzerhand für eine andere Wahrheit. »Ich ... ich bin nicht annähernd so reich wie meine Eltern«, versuchte ich es galant zu umschreiben. Als Jeff nur umso irritierter dreinblickte, wurde mir klar, dass das nicht klappte. »Sie haben mein Bankkonto gesperrt«, ließ ich die Bombe platzen. »Schon in meinem ersten Semester. Weil ihnen meine Studienwahl nicht gefallen hat.«

Jeffs Augen weiteten sich leicht. »Wirklich? Einfach so?« Plötzlich blickte er drein, als würde er den gesamten letzten Abend infrage stellen – inklusive den Teil, in dem er meinen Vater *nett* gefunden hatte.

»Es ist nicht ganz so schlimm, wie es sich anhört«, lenkte ich ein. »Mom und Dad zahlen meine Miete und die Studiengebühren. Für alles andere – essen, reisen, shoppen – muss ich selbst aufkommen.« Ich zuckte die Achseln. »In etwa wie bei deinem Stipendium, könnte man sagen.«

»Das muss am Anfang schwierig für dich gewesen sein«, dachte Jeff laut. »Vom einen Tag auf den anderen ohne Geld dazustehen.«

Ich konnte kaum glauben, dass er auch nur den Hauch eines Mitgefühls für mich hatte. Dass er sich in meine Situation einfühlen konnte, obwohl er ein völlig anderes Leben lebte, zeigte mir einmal mehr, dass ich den richtigen Mann gefunden hatte. »Das kannst du laut sagen. Aber das war noch nicht mal das Schlimmste. Ich hab noch nie zuvor allein gelebt.« Ich seufzte. »Ich wusste nicht mal, wie man eine Waschmaschine bedient. Oder einen Toaster.«

Entgeistert starrte er mich an. »Einen Toaster!?«

Abwehrend hob ich die freie Hand. »Verurteile mich nicht, ja?« Ich nippte an meinem Caffè Latte. »Deshalb bin ich auch ein bisschen froh, dass alles so gekommen ist. Die Selbstständigkeit tut mir gut. Ein eigenes Leben zu führen, meine eigenen Entscheidungen zu treffen …«

»Selbst wenn deine Eltern nicht damit einverstanden sind?«, hakte er nach.

»Mhm.« Ich war froh, als er einen Arm um mich legte und die leicht unangenehme Stimmung der letzten Minuten beiseitefegte. »Ich find's toll, wenn sie stolz auf mich sind und so. Aber ich wurde nicht dazu geboren, ihnen alles recht zu machen.« Ich sah ihn an. »Ich bin froh, dass du ihnen so gut gefallen hast. Vor allem, weil ihnen meine Lebensentscheidungen normalerweise überhaupt nicht in den Kram passen.« Ich zuckte die Achseln. »Aber daran muss ich mich auf lange Sicht wohl einfach gewöhnen. Denn ich habe nicht vor, klein beizugeben.«

»Warte.« Jeff runzelte die Stirn. »Diese Option gibt es?«

»Na ja.« Ich trank einen Schluck Kaffee. »Wenn ich die letzten

Male richtig gehört habe, würde ich mein Konto wiederbekommen, sobald ich mich für BWL einschreiben oder bei Jenkins Enterprise einsteigen würde. Zum Glück komme ich inzwischen mit weniger Geld zurecht.«

»Aber das ist doch etwas Gutes, oder nicht?«, fragte Jeff. »Egal was kommt, du weißt, dass du immer einen Plan B hast. Und dass deine Eltern – auch wenn sie es vielleicht nicht direkt zeigen – immer hinter dir stehen werden. Für dich da sein werden, um dich aufzufangen.«

Ich schnaubte belustigt. »So, wie du es formulierst, klingt es fast nicht so, als würden sie mir ein Ultimatum stellen.«

»Jede Medaille hat zwei Seiten«, murmelte er und senkte den Blick zu der Kette, die er nur zum Duschen abnahm. »Wir müssen das, was wir haben, zu schätzen wissen, solange es noch da ist.«

9. Kapitel

Die Tage zogen vorbei, bis das neue Semester kurz bevorstand. Jeff und ich hatten Neujahr zusammen verbracht, und er hatte oft bei mir übernachtet – nicht zuletzt, weil sein Mitbewohner wirklich unzumutbar sein musste. Aber er fuhr auch oft nach Hause zu seiner Mutter. Obwohl ich sie nicht kannte, war ich ein klein wenig eifersüchtig auf sie. Ich hätte gern mehr von Jeff gehabt, aber dafür genoss ich die Zeit, die er mir schenkte, umso mehr.

Ich hatte frühmorgens schon einen Kaffee aufgesetzt, als Jeff an meine Tür klopfte. Wir wollten einen gemeinsamen Schreibtag einlegen – er würde an seiner Bachelorarbeit arbeiten und ich hoffentlich an meinem Artikel für die Printausgabe der *Trojan Horse*.

»Guten Morgen, Prinzessin«, sagte er, als ich ihn in meinem pinken Morgenoutfit empfing. Er küsste mich auf den Mund, ehe ich ihn hereinließ. »Bereit für die Schreib-Session?«

»Na ja«, seufzte ich, während ich zur Küchenzeile schritt und ihm eine Tasse Kaffee eingoss. Ich war froh, Jeff als Partner für konzentrierte Schreibtage zu haben. Chris, der normalerweise dafür herhalten musste, war über die Ferien zu Verwandten an die Ostküste gereist und würde erst am Freitag zurück sein. »Ich hab nur noch drei Tage, um den Artikel für die Printausgabe einzureichen, und es will einfach nicht laufen. Aber ich brauche unbedingt etwas, wenn mein Name darin auftauchen soll.«

Jeff runzelte die Stirn. »Was ist eigentlich aus unserem Interview geworden?«

Ich winkte ab. »Jetzt, wo auch der letzte Hinterwäldler über uns Bescheid weiß« – danke, Chris! – »käme das irgendwie komisch.« Ich nickte in Richtung Schreibtisch, auf dem mein aufgeklappter Laptop stand. »Ich bin übrigens fertig.«

Jeff hatte mich darum gebeten, den Theorieteil seiner Bachelorarbeit zu lesen. Ich war dafür letzte Nacht ein paar Stunden länger auf gewesen. »Und was sagst du?«, fragte er vorsichtig.

»Klingt, als wüsstest du, wovon du schreibst«, antwortete ich etwas unbeholfen. Ich hatte keine Ahnung von Kriminologie. Ich hatte ein paar Kommentare zu Tippfehlern und überlangen Sätzen hinterlassen und hoffte, dass es am Inhalt nichts gab, worüber man sich Sorgen machen musste.

»Kann ich dich was fragen?« In der Einleitung hatte Jeff ausführlich beschrieben, wie die Arbeit aufgebaut sein würde – und auch, dass er einige Beispielfälle aus der Region um Los Angeles hinzuziehen würde.

Jeff ließ sich auf meinem Schreibtischstuhl nieder. »Klar.«

»Hast du jemals mit deinem Dad gesprochen? Ich meine seit ... Du weißt schon.«

Jeff schüttelte entschieden den Kopf. »Nein. Und das werde ich auch nicht tun.« Er sah in Richtung meines Laptops. »Ich schreibe diese Bachelorarbeit, um endgültig mit ihm abzuschließen. Ein für alle Mal. Und das war es dann.«

»Hast du ihm denn nichts zu sagen?« Ich konnte mir nicht ausmalen, wie es sich anfühlen musste, in seiner Haut zu stecken – aber ich wollte ihn verstehen.

»Nichts, was er hören wollen würde.«

Das wiederum konnte ich nur zu gut verstehen. »Okay.« Ich stellte seine Tasse vor ihm auf dem Tisch ab. »Ich hab die kommentierte Version in meiner Cloud abgespeichert. Ich geh kurz duschen.« Ich war so müde, dass Kaffee allein mich niemals wach bekommen würde. »Du kannst sie dir ja schon mal anschauen.«

Ich hatte keine Ahnung, was zehn Minuten später auf mich zukommen würde.

Als ich zurück in den Wohnbereich trat, saß Jeff nach wie vor an meinem Schreibtisch, die Brauen zusammengezogen und auf seine Bachelorarbeit starrend, ohne auch nur zu blinzeln.

Ich lächelte. »Hast du -?«

»Was ist das?«, fragte Jeff tonlos.

Ich stutzte. »Was?« Ich versuchte, seinen Blick aufzufangen, doch er hielt seinen nach wie vor auf den Bildschirm gerichtet.

Plötzlich dämmerte er mir, dass es dabei nicht um *seine* Textdatei ging – sondern um etwas anderes, das er auf meinem Rechner gefunden hatte. »Schnüffelst du etwa in meinen Dateien herum?«, fragte ich verdattert.

»Nun«, knurrte er. »Ein Dokument mit dem Titel *JEFF MORENO* konnte ich leider nicht übersehen.«

Einen unendlich langen Moment kapierte ich nicht, worauf er hinauswollte. Dann fiel es mir plötzlich wieder ein – und mein Magen krampfte sich zusammen. »Hast du es aufgemacht?«, fragte ich fassungslos.

»Es steht *mein* Name darauf!« Er verengte die Augen. »Ist das dein Ernst, Caroline? Willst *du* jetzt wirklich diejenige sein, die sauer ist?« Die Wut zeichnete sich immer deutlicher in seinem Gesicht ab.

Mir wurde heiß und kalt zugleich. Wie sollte ich Jeff das nur erklären? Dass ich nach dem Interview doch etwas über ihn geschrieben hatte – aber nichts über das, worüber wir gesprochen hatten?

»Ich … Nein!« Mir fehlten die Worte, doch Jeff gab mir ohnehin keine Gelegenheit, mich zu verteidigen. »Ich habe nur -«

»Ich habe dir das im Vertrauen erzählt!«, warf er mir vor. »Und du hast nichts Besseres zu tun gehabt, als eine Story daraus zu machen?«

»So war es nicht!«, hielt ich dagegen. »Ich …« Ich stockte, als mir auffiel, dass ich den perfekten Zeitpunkt, ihm die Wahrheit zu sagen, längst verpasst hatte. Und dass ich es nur noch schlimmer machen würde, wenn ich es noch weiter aufschob. »Ich hab ihn am Tag nach unserem Interview geschrieben.«

In Jeffs Miene regte sich nichts. »Vor *einem* Monat?«, fragte er verständnislos. Sein Blick zuckte zum Bildschirm und wieder zurück. »Aber … wie konntest du …«

Ich starrte auf meine Füße. »Ich hab … ein wenig über dich recherchiert. Ein paar Kontakte spielen lassen …« Ich zuckte die Achseln. »Und einen Zeitungsartikel von damals gefunden.«

Ein harter Zug bildete sich um seinen Kiefer. »Du hast mir also nachspioniert.« Wieder sah er das Dokument an. »*Jeff Moreno*«, las er vor, »*scheint die Vorgeschichte seines Vaters so sehr geprägt zu haben, dass er im Spiel Vorsicht vor Nachsicht walten lässt: Er wird die aktuelle Saison als Spieler mit den wenigsten Tackles beenden.*« Er ballte eine Hand zur Faust. »Wer glaubst du, bist du, solche Schlüsse ziehen zu dürfen?«

»Ich war wütend!«, verteidigte ich mich, bevor es einfach so aus mir heraussprudelte: »Wir hatten den besten Sex der Welt, und dann bist du einfach so verschwunden! Hast du eine Ahnung, wie ich mich gefühlt habe?«

»Und weißt du, warum ich verschwunden bin?« Jeff stand eine Spur zu schnell auf, und mein Stuhl ging polternd zu Boden. Fast schon bedrohlich ragte er über mir auf, und ich verschränkte unwillkürlich die Arme vor meinem Körper. »Ich könnte es dir sagen«, zischte er, »aber wahrscheinlich machst du nur eine weitere Story daraus.«

Meine Schultern sackten herab. »Jeff, das ist nicht fair.« Meine Augen brannten leicht. Ich wollte mich nicht mit ihm streiten, aber leider war das nicht allein meine Entscheidung.

»Nicht fair?«, wiederholte er mit bebender Stimme. »Du weißt, dass mich so ein Artikel meine Karriere kosten könnte, oder?«

»Er ist nicht veröffentlicht!«, hielt ich dagegen. »Ich hab ihn nicht eingereicht, und das werde ich auch niemals tun!«

»Ein Spieler aus einer Brennpunktfamilie«, hörte er mir überhaupt nicht zu, »dessen Vater im Knast sitzt – und der das auch noch jahrelang geheim gehalten hat.«

»Okay!«, rief ich aus. »Okay, ich lösche ihn!« Ich riss den Laptop über den Tisch in meine Richtung, schloss das Dokument und löschte es mit *ENTF.* Dann klickte ich auf den Papierkorb meiner Cloud und verwarf ihn endgültig. »Siehst du?« Abwehrend hob ich die Hände. »Er ist weg.«

Jeff starrte mich finster an. »Das bedeutet nicht, dass es nie passiert ist. Dass es keinen Tag gegeben hat, an dem du diesen Artikel nicht veröffentlichen wolltest.«

»Es gab keinen Tag!«, beharrte ich. »Es waren vielleicht ein paar Stunden. Deshalb suche ich doch schon seit einer Ewigkeit nach einem neuen Thema!«

Langsam hob Jeff eine Hand und deutete mit dem Finger auf den Laptop. »Wenn das hier in die falschen Hände geraten wäre -«

»Ist es aber nicht!«, betonte ich. »Ich habe es gelöscht. Du hast es gesehen. Es ist aus der Welt. Weg. Für immer. Du hast absolut nichts zu befürchten.« Ich biss mir auf die Unterlippe. Ich wollte einfach nur, dass er mich in den Arm nahm und mir sagte, dass alles wieder gut war. Was sollte ich denn auch noch anderes tun, um ihn davon zu überzeugen, dass ich nichts Böses wollte? »Jeff, ich lie-«

»Du verstehst mich nicht. Ich *muss* Football spielen.« Er starrte auf den Boden zwischen uns. »Ich brauche das Geld. Für meine Mutter.«

»Das wirst du auch!«, bekräftigte ich. »Ihr wird es gut gehen! Du bist ein talentierter Spieler, die wählen dich locker in die NFL und dann kaufst du ihr ein Haus oder ein Auto oder eine Yacht oder -«

»Es geht nicht um eine verdammte Yacht!«, wurde er plötzlich so laut, dass ich verstummte. Tränen stiegen in meine Augen, doch er schien sie überhaupt nicht zu bemerken. Gleichzeitig bildete ich mir ein, dass auch seine Augen feucht zu schimmern begannen … Seine Schultern hoben sich bebend, als er tief durchatmete. Dann teilten seine Lippen sich aufs Neue: »Sie hat Krebs.«

Meine Gesichtszüge entgleisten, als die Bedeutung seiner Worte wie ein Blitzschlag in mich fuhr. »W-was?«, hauchte ich und konnte mich selbst kaum hören.

»Sie ist nicht versichert«, fuhr er mit rauer Stimme fort. »Sie bekommt keine Behandlung. Und bis ich in der NFL spiele, ist es wahrscheinlich schon zu spät.« Seine zu Fäusten geballten Hände waren so angespannt, dass das Weiße seiner Fingerknöchel hervortrat. »Ich werde die einzige Familie, die ich noch habe, verlieren.« Seine Stimme klang erstickt, aber er bewahrte die Fassung. »Und so, wie es aussieht, werde ich dann nicht einmal mehr dich haben.«

Eine einzelne Träne kullerte über meine Wange. Ich machte einen Schritt auf ihn zu und streckte die Hand nach ihm aus. »Jeff«, schluchzte ich.

»Nein«, schnitt seine Stimme so scharf durch den Raum, dass ich in der Bewegung erstarrte. In seinem Blick lag nichts als kalte, verzweifelte Enttäuschung. »Ich weiß überhaupt nicht mehr, wer du bist«, sagte er leise. »Aber vielleicht wusste ich das auch noch nie.«

Damit schulterte er seinen Rucksack und ging zur Tür.

»Jeff!« Am liebsten hätte ich ihn an der Schulter gepackt und zu mir herumgerissen, befürchtete aber, dass das alles noch schlimmer gemacht hätte.

Er beachtete mich nicht, sondern schlüpfte in seine Schuhe, riss seine Jacke vom Kleiderhaken und die Tür auf.

»Jeff, bitte«, beschwor ich ihn, und er blieb im Türrahmen stehen. »Wir können jetzt reden. Wir können jetzt darüber sprechen.« Ich schluckte. »Aber wenn du einfach gehst, dann ... dann weiß ich nicht, was das aus uns machen wird.«

Er wandte sich nicht zu mir um. Er sah mich nicht einmal an. Ein paar Sekunden lang verharrte er auf der Schwelle, als müsste er über meine Worte nachdenken. Als fehlte ihm nur noch ein letzter Anstoß, um sich am Riemen zu reißen und für das zu kämpfen, was wir uns im letzten Monat aufgebaut hatten. Um mir zu verzeihen und zuzulassen, dass ich ihm half, ihn tröstete, alles versuchte, damit es ihm besser ging. Um mich nach all der Zeit endlich vollends in sein Herz zu lassen.

Ich spürte einen Luftzug, als Jeff die Tür hinter sich ins Schloss zog.

Eine unendlich lange Zeit über stand ich einfach nur da und starrte die Tür an, durch die er gerade eben geschritten war. Dann verließ mich all meine Kraft. Ich sackte auf die Knie und weinte, wie ich noch nie zuvor geweint hatte. Ich konnte nicht begreifen, was gerade passiert war. Vor zwanzig Minuten war noch alles gut gewesen. Jeff hatte mich zur Begrüßung geküsst, und ich hatte dieselben Schmetterlinge im Bauch gespürt wie beim ersten Mal.

Und dann hatte sich einfach alles verändert.

Ich hatte einen großen Fehler gemacht. Ich hätte Chris' blöden Ratschlag nicht annehmen und diesen blöden Artikel niemals schreiben dürfen. Ich hätte nicht einmal Kate anrufen sollen. Ich hätte niemals in seiner Vergangenheit wühlen dürfen. Ich war sauer auf ihn gewesen – ja. Aber das war noch lange kein Grund gewesen, sein Leben zerstören zu wollen.

Und ich hätte die Sache auch niemals vor ihm geheim halten dürfen. Was hatte ich mir davon erhofft? Dass irgendwann Gras darüber wachsen würde? Dass es eines Tages ohnehin keine Rolle mehr spielte? Dass er es sowieso nie herausfinden würde? Tja, Newsflash für dich, Caroline, es kommt immer alles ans Tageslicht.

Jeff hatte nie über seinen Vater gesprochen, weil es wehtat. Es war in Ordnung gewesen, dass er es mir verheimlicht hatte. Doch was ich getan hatte, war vielleicht sogar unverzeihlich.

Seine Mutter hatte Krebs. Warum hatte er mir das nicht gesagt? Warum hatte er keine einzige Silbe darüber verloren?

Auf einmal verstand ich, warum er sie so oft besuchte. Als er die erste Nacht bei mir verbracht hatte, war er wahrscheinlich nicht einmal in seine Wohnung zurückgekehrt – sondern zu ihr gefahren. Weil sie ihn brauchte. Wann immer er mit ernster Miene auf sein Handy gestarrt hatte, hatte er auf ein Lebenszeichen von ihr gewartet. Weil er sich um sie sorgte.

In welchem Stadium war sie? Konnte sie überhaupt noch arbeiten? War sie schon ein Pflegefall? Wie konnte Jeff sich noch auf den Football oder eine Beziehung konzentrieren, wenn seine Mutter so krank war? Wie hatte er einen Monat lang kein einziges Mal auch nur durchscheinen lassen können, dass ihn etwas beschäftigte? Er hatte sich nie etwas anmerken lassen, und wenn ich doch Verdacht geschöpft hatte – wie bei unserem Date in Santa Monica –, hatte er es einfach überspielt.

Er war so stark. Er war so verdammt stark – aber in diesem Moment wünschte ich mir, er wäre es nicht. Denn jetzt fühlte ich mich wie eine furchtbare Freundin, weil es mir nicht aufgefallen war.

Aber das spielte keine Rolle. Denn ich war auch eine furchtbare Freundin.

Ich hätte den Artikel längst löschen können. Warum hatte ich das nicht getan? Vielleicht, weil mich Chris' Ratschlag auf Tiffanys Party doch ein Stück weit begleitet hatte. Weil ich ihn gern als Ass im Ärmel gehabt hätte für den Fall, dass meine Beziehung zu Jeff in die Brüche gegangen wäre.

In diesem Moment wurde mir klar, dass ich mich selbst völlig falsch eingeschätzt hatte. Jeff hatte mir gutgetan, das war ein Fakt, aber ich hatte mir eingeredet, dass ich durch ihn auch zu einem besseren Menschen geworden war.

Doch das stimmte nicht. Ich war immer noch genau dieselbe

Caroline wie zuvor. Mit dem Unterschied, dass ich sie inzwischen nicht mehr ausstehen konnte. Ich hatte den Mann hintergangen, der mich liebte.

Aber das war noch nicht das Schlimmste: In unserem ganzen Streit hatte ich kein einziges Mal gesagt, dass es mir leidtat.

10. Kapitel

Ich erlebte die Welt wie durch einen grauen Schleier – auch nachdem meine Tränen längst wieder getrocknet waren. Den ganzen Tag und den ganzen Abend versuchte ich, Jeff zu erreichen, doch er reagierte auf keine Anrufe und antwortete auf keine meiner Nachrichten – was umso mehr schmerzte, war, dass mir angezeigt wurde, wie er jede einzelne davon las. Er war nicht verhindert oder beschäftigt. Er war einfach nur wütend und entschied sich bewusst dazu, mir aus dem Weg zu gehen.

Das war der Grund, weshalb ich gar nicht erst versuchte, seine Studentenbude ausfindig zu machen, in der er womöglich sowieso kaum Zeit verbrachte. Ich wollte mich ihm nicht aufdrängen. Er zeigte mir deutlich, dass er nicht mit mir sprechen wollte, und ich ahnte, dass es ein Fehler wäre, ihn zu seinem Glück zwingen zu wollen.

Doch damit fühlte ich mich nicht unbedingt besser. Mir ging es furchtbar. Ich konnte die ganze Nacht nicht schlafen. Immer wenn ich gerade dabei war, ins Reich der Träume hinabzugleiten, bildete ich mir ein, dass mein Handy vibriert hatte. Ich fuhr hoch und riss es von meiner Kommode, entsperrte den Bildschirm – und sah, dass ich absolut nichts verpasst hatte. Ich hatte keine neue Nachricht bekommen, schon gar nicht von Jeff. Es war nicht so, dass er es nicht mehr länger aushielt und die Stille zwischen uns beiden durchbrechen wollte. Wahrscheinlich durchlebte er nicht einmal eine annähernd so schlaflose Nacht wie ich.

Schließlich hatte er auch nicht mit einem schlechten Gewissen zu kämpfen, das mit jedem Atemzug schwerer auf seiner Brust wog.

Er konnte mir nicht ewig aus dem Weg gehen, so viel stand fest. Spätestens wenn das neue Semester begann, würden wir einander wohl oder übel begegnen. Aber je mehr Zeit verstrich, ohne dass wir miteinander sprachen, desto mulmiger wurde mir bei der Vorstellung zumute, ihm auf der Campuswiese über den Weg zu laufen. Würde ich ihm überhaupt in die Augen sehen können?

Ich wurde aus meinem Trauertrott gerissen, als Mike mir ein GIF mit einer tickenden Uhr sendete. Ich hatte immer noch keinen Artikel für die Printausgabe eingereicht. Und nachdem ich wochenlang über Themen gebrütet hatte, war es plötzlich glasklar, worüber ich berichten würde.

Über Jeff Moreno.

Binnen weniger Sekunden wurde ich von einem Elan erfasst, wie ich ihn seit meinem ersten Tag bei der *Trojan Horse* nicht mehr gespürt hatte. Wenn ich schon nicht mit Jeff schreiben konnte, würde ich einfach über ihn schreiben.

Also setzte ich mich an meinen Computer und öffnete ein neues Dokument. Zuerst tippte ich standardmäßig *JEFF MORENO* als Überschrift ein, doch der bloße Anblick seines in Großbuchstaben geschriebenen Namens versetzte mir einen Stich in die Brust. Also änderte ich ihn um: *Nummer 26 – ein Football-Spieler abseits des Spielfelds.*

Was dann passierte, nahm ich kaum wahr. Meine Finger flogen über die Tastatur wie die von Jeff über das Klavier, als ich über genau diesen Tag schrieb. Mein Herz zog sich wehmütig zusammen, als ich an die Liebe zu seiner Mutter dachte – und darüber schrieb. Und meine Brust schwoll an vor Stolz, als ich mir vergegenwärtigte, dass Jeff ein Fan von Gerechtigkeit war. Er studierte Kriminologie nicht, um Polizist zu werden – sondern in gewisser Weise, um seinen Vater besser zu verstehen.

Nichts von dem, was er mir über seine Eltern erzählt hatte, erhielt Einzug in den Artikel. Ich ließ außen vor, dass Clive Baxter im Gefängnis saß, und behielt auch die Krankheit seiner Mutter für mich. Nicht zuletzt, weil ich die Neuigkeit selbst kaum verarbeiten konnte.

Nein, es war keine Neuigkeit. Sie war schon seit Wochen krank. Und er hatte sich nie etwas anmerken lassen. Weil er stark war. Genau darüber schrieb ich.

Ich schrieb von seinem Aufstieg – und zwar abseits dessen, was man auf der Mannschafts-Website über ihn herausfinden konnte.

Ich erzählte von seinem Musiklehrer in der Middle School, der ihm das Klavierspielen beigebracht hatte, das heute noch wie ein Zufluchtsort für ihn war. Davon, dass seine Mutter kein einfaches Leben in den USA gehabt hatte und Jeff alles daran setzte, das zu ändern. Nach außen hin kam er vielleicht ehrgeizig und zielstrebig rüber, aber in Wirklichkeit waren ihm die Menschen, die er liebte, viel wichtiger als er selbst. Er war ein guter Football-Spieler, doch in Wirklichkeit verabscheute er die Gewalt, die bei dieser Sportart auf der Tagesordnung stand.

Jeff Moreno war nicht einfach nur Jeff Moreno. Er war so viel mehr als das. Vielleicht sogar der facettenreichste Mensch, den ich kannte.

Er war nicht sein Vater. Und er war gut so, wie er war.

Und in dem Moment, in dem mir das einmal mehr klar wurde, war ich fest entschlossen, die Sache zwischen uns wieder geradezubiegen. Ich wusste nur noch nicht, wie.

Die nächsten drei Tage vergingen unglaublich zäh. Da ich frei hatte, übernahm ich mehr Schichten im Los Chicos, das trotz Ferien immer noch gut besucht war. Ich bekam kaum etwas von dem mit, was ich tat, und war überrascht von mir selbst, dass ich keine einzige Bestellung vermasselte, etwa indem ich versehentlich das ganze Zuckergefäß in den Kaffee kippte. Ich hatte heute selbst noch keinen getrunken. Ohne Jeff schmeckte er einfach nicht wie zuvor.

Da das Semester noch nicht begonnen hatte, war hier niemand im Stress. Anstatt To-go-Bestellungen abzugeben, kamen die meisten Kunden, um zu bleiben, was mir ganz recht war, weil ich dann noch ihr benutztes Geschirr abräumen musste und damit wenigstens irgendetwas zu tun hatte, das mich von Jeff ablenken konnte.

Ich hatte hauptsächlich angefangen, hier zu arbeiten, weil ich Geld brauchte und die School of Journalism und das Redaktionsbüro nicht weit von hier entfernt waren. Aber als Jeff mich bei unserem ersten Treffen danach gefragt hatte, hatte ich erwidert, dass man hier so einiges mitbekäme.

So zum Beispiel heute, als zwei Frauen in meinem Alter zur Tür hereinspazierten und mich mit einem Strahlen begrüßten. »Hey, Caroline! Wir sind Mary und Lara. Erinnerst du dich an uns?«

Ich zögerte. Ihre Gesichter und Namen kamen mir bekannt vor, aber ich wusste nicht, woher. Waren sie im Volleyball-Team, im Softball-Team oder -

»Aus dem Golf-Team!«, fügte die Schwarzhaarige der beiden hinzu.

Ach ja.

»Ich wusste gar nicht, dass du auch noch hier arbeitest.« Die Blonde – keine Ahnung, ob sie Mary oder Lara war – hatte die Stimme gesenkt. »Sind deine Eltern etwa pleitegegangen?«

Ein Zucken ging durch mein rechtes Augenlid. »Meinen Eltern geht es gut. Danke der Nachfrage.«

»Ach!«, winkte die andere ab. »So was machen doch viele reiche Eltern mit ihren Töchtern. Sie drehen ihnen den Geldhahn ab, bis sie eine Lektion fürs Leben gelernt haben.«

»Oh«, sagte die andere fast schon ehrfürchtig. »Wie aufregend.«

Ich räusperte mich. »Wollt ihr was trinken?«, fragte ich und klang dabei genauso schroff, wie ich es wollte. Mary oder Lara hatte eindeutig zu viele Hollywoodfilme gesehen.

»Zwei Latte macchiato, bitte!«, bestellten sie wie Zwillinge im Geiste. »Zum Hiertrinken.« Womit hatte ich das verdient?

»Ich bring sie euch an den Tisch«, teilte ich ihnen mit und wandte mich sicherheitshalber sofort ab, damit sie ihr Drehbuch über mein Leben nicht noch weiterspinnen konnten.

Ich schnaubte leise, während ich mich an die Arbeit machte. *Eine Lektion fürs Leben.* Als hätten meine Eltern auch nur ansatzweise so weit gedacht.

Am Rande meines Bewusstseins fiel mir auf, dass Jeff mich noch nie verurteilt hatte. Er hatte nie über mein Geld oder meine Familie oder deren Firma gesprochen – nicht, wenn ich nicht zuerst mit dem Thema angefangen hatte. Obwohl wir beide aus zwei Welten stammten, hatte er mich nie dafür an den Pranger gestellt, in meiner aufgewachsen zu sein.

Ich hatte ihm wirklich unrecht getan.

»Sie hat *hundertpro* mit dem Coach geschlafen!«, zischte Mary oder Lara – die Blonde – gerade so laut, dass sie es auch genauso gut hätte brüllen können. »Tiffany ist so ein Flittchen!«

»Ist so was überhaupt erlaubt?«, gab die andere zurück.

»Natürlich nicht! Wenn das rauskommt, ist Coach Keene ihren Job und Tiffany ihr Stipendium los!«

Ich konnte mich kaum auf die Tassen auf meinem Tablett konzentrieren, als ich mich ihnen näherte. Eine Cheerleaderin, die mit ihrer Trainerin schlief – vermutlich, um ihre Position im Squad abzusichern? Meine Güte, wenn das mal keine Knaller-Story wäre …

Mein Gedankengang brach abrupt ab – und wurde nahtlos durch einen anderen ersetzt: *Das könnte mich meine Karriere kosten*, hatte Jeff gesagt. Die geballte Macht seiner Worte erwischte mich jetzt, mehr als vierundzwanzig Stunden später, völlig unvorbereitet.

Er hatte recht. Wie viele Zeitungsartikel oder Blogposts hatten schon Karrieren beendet? Von Sportlern, Schauspielern, Regisseuren? Wann immer die Wahrheit kaltblütig ans Licht gebracht wurde, musste derjenige am meisten leiden, dessen Name dick und fett in der Überschrift stand. Oft hatten diejenigen es verdient – aber bei Weitem nicht immer. Manchmal waren sie die Opfer übereifriger Journalisten geworden, die ihren eigenen Erfolg über das Glück eines anderen Menschen gestellt hatten.

Und wollte ich wirklich so eine Journalistin sein?

Diese Frage hatte ich mir heute Morgen selbst beantwortet, indem ich einen völlig anderen Jeff-Moreno-Artikel verfasst hatte. Den einzig richtigen. Wenn er Mike nicht gefiel, war es mir völlig schnuppe. Dieser Beitrag war die einzige Präsenz, die ich in der Printausgabe haben wollte. Entweder diese oder gar keine.

Instinktiv machte ich einen Abstecher zu meiner Handtasche im Hinterzimmer und zog mein Handy daraus hervor. Keine neuen Nachrichten – abgesehen von Chris' obligatorischen Ostküsten-Updates und Nachfragen, ob Jeff sich schon bei mir gemeldet hatte. Aber kein Lebenszeichen von Jeff.

Seufzend begab ich mich wieder in den Verkaufsbereich. Die Sache mit Tiffany war verwerflich. Aber ich kannte nicht die ganze Geschichte – wie zuvor in Jeffs Fall. Und ich würde nicht denselben

Fehler zweimal machen und eine halb gare Story raushauen, die mehr Schaden anrichten als irgendjemandem helfen würde.

Mir lief ein eiskalter Schauer über den Rücken, als mir auffiel, dass man das genauso gut als eine Lektion fürs -

Gerade als ich zur Theke zurückgekehrt war, öffnete sich die Tür – und hereinkam der letzte Mensch, den ich gerade gebrauchen konnte.

Vaughn schenkte mir ein überlegenes Lächeln, während er durch das Café auf mich zustolzierte. »Einen Coffee to go.« Ich wusste nicht, ob ich ihn jemals das Wort *bitte* hatte sagen hören. Höchstens vielleicht im Zusammenhang mit »Könntest du dich bitte mal wieder abregen?«.

»Sofort.« Ich wandte mich ab und schritt zur Kaffeemaschine hinüber, die zum Glück weit genug weg war, um von dort aus keine vernünftigen Gespräche mit Kunden führen zu können.

»Wann machst du Schluss?«, versuchte Vaughn es trotzdem, und zwar so laut, dass auch die beiden Golferinnen es hören mussten.

Mir gefror das Blut in den Adern. Wie vom Donner gerührt drehte ich mich um und brauchte selbst dann noch eine schiere Ewigkeit, um zu begreifen, dass er nicht von Jeff und mir sprach – sondern vom Los Chicos und mir.

Ich räusperte mich, und auf einmal fühlte meine Kehle sich staubtrocken an. »In einer Stunde«, sagte ich. »Warum?«

Er verzog keine Miene. »Weil ich mich bei dir entschuldigen möchte«, sagte er. »Für das, was ich letztens zu dir gesagt habe.«

»Entschuldigung angenommen«, kürzte ich die Sache ab und holte seinen Becher aus der Maschine.

»Das glaube ich dir nicht.« Er lehnte sich gegen den Tresen. »Komm schon. Gegen einen kleinen Spaziergang zu Tommy Trojan wird doch nichts einzuwenden sein, oder?«

Irgendetwas sagte mir, dass er kein Nein gelten lassen würde. Tommy Trojan war die Statue unseres Maskottchens, die nur ein paar Gehminuten von hier entfernt stand. Und falls Vaughn mir frisch nach seiner Entschuldigung neue Dummheiten an den Kopf werfen sollte, würde ich einfach verschwinden. »Von mir aus«, lenkte ich ein, während ich seinen Becher vor ihm abstellte.

Vaughn grinste. »Na also.« Er zahlte mit Karte, nahm seinen Kaffee mit und ging seines Weges. Das erste Training für dieses Semester würde erst am Samstag stattfinden. Ich hatte keine Ahnung, weshalb er überhaupt hier war. Vielleicht tatsächlich nur wegen mir? Aber das klang nach eindeutig zu viel Aufwand für jemanden wie Vaughn.

Es überraschte mich, dass er den ersten Schritt zur Versöhnung machte. Genauer gesagt sah es ihm überhaupt nicht ähnlich. Vaughn stammte aus einer Bankiersfamilie und war es gewohnt, alles zu bekommen, was er wollte – so wie ich früher. Doch im Gegensatz zu mir wurde er immer noch fleißig von seinen Eltern gesponsert, und so überlegen ich mich ihm auch fühlen wollte, so neidisch war ich in Wirklichkeit. Wenn ich es nicht besser wüsste, würde ich sogar behaupten, dass er Leute bezahlte, um seine Hausarbeiten zu schreiben.

Nein, ich wusste es nicht besser. Er machte das ganz bestimmt.

Jedenfalls hatte er mich letzten Monat haben wollen, und ich hatte ihm das verwehrt. Da er noch unzählige andere Nummern – teilweise nicht mal mit Namen, sondern mit Haarfarben – in seinem Handy gespeichert hatte, gab es keinen Grund für ihn, mir hinterherzulaufen. Offenbar musste ich eine der wenigen sein, die in der Lage waren, sein stählernes Ego wirklich anzukratzen.

Beim Schichtwechsel trat ich mit gemischten Gefühlen vor die Tür. Es war ein ziemlich warmer Nachmittag für Januar, und das Sonnenlicht brach stellenweise durch die Wolken durch. Ich hatte erwartet, dass Vaughn es sich längst anders überlegt hatte, doch da stand er, die Hände in den Hosentaschen, und wartete auf mich.

Zögerlich näherte ich mich ihm. »Zu Tommy Trojan?«

»Zu Tommy Trojan.« Er wirkte viel zu selbstbewusst dafür, um sich bei mir zu entschuldigen, und irgendwie begann ich zu ahnen, dass das sowieso nur ein Vorwand gewesen war.

»Also«, hob er gedehnt an. »Wie waren die Ferien? Hattest du eine schöne Zeit?«

»Mhm.« Wenn es eines gab, was ich mit Sicherheit wusste, dann dass Vaughn kein Fan von Small Talk war. Weil er sich in den meisten Fällen überhaupt nicht für die Antworten auf seine Fragen interessierte.

»Mit Jeff?«

Ich verdrehte die Augen und blieb stehen. »Wenn das schon wieder eines dieser Gespräche werden soll, dann -«

»Hey!« Abwehrend hob er die Hände. »War nur eine Frage.« Seine Miene verfinsterte sich. »Obwohl mir da ein Gerücht zu Ohren gekommen ist …«

Meine Mundwinkel sackten in den Keller. Abrupt blieb ich stehen. »Chris?«, fragte ich tonlos.

»Jessica«, widersprach er zu meiner Überraschung. »Aber nicht auszuschließen, dass sie es über eine lange, lange Kette aus Studenten indirekt von Chris erfahren hat.«

Natürlich hatte sie das. Entweder das oder Mike hatte irgendwie davon Wind bekommen und die Story sofort als überdimensionale Schlagzeile auf unsere Website gesetzt.

»Stimmt es denn?«, fragte Vaughn. »Habt ihr euch getrennt?«

Das gehörte nicht mehr zum Small Talk, und ich wusste, dass ihn das brennend interessierte. Genauso wie mich. Ich hatte keine Ahnung, ob wir uns getrennt hatten, und wollte auch nicht mehr darüber nachdenken als nötig. »Nächstes Thema.«

Ich setzte mich wieder in Bewegung, und Vaughn machte es mir nach. Ein paar Sekunden gingen wir einfach nur nebeneinander her, als hätte er tatsächlich nur genau dieses Thema für den Spaziergang eingeplant und stünde jetzt mächtig auf dem Schlauch.

Ich wiederum konnte nicht verhindern, dass mich eine neue Welle der Hilflosigkeit erfasste. Ich hatte keinen Kontakt zu Jeff und keine Ahnung, wie ich es wiedergutmachen sollte. Eine Entschuldigung hätte vielleicht gestern noch gereicht – aber jetzt wäre sie nie und nimmer genug, um die Sache zu vergessen.

Irgendwie fühlte es sich so an, als würde ich Jeff hintergehen. Andererseits redete ich mir ein, dass er nicht so war wie andere Männer und mir niemals verbieten oder vorhalten würde, dass ich einen kurzen Spaziergang mit einem seiner Team-Kollegen einlegte.

Nach einem kurzen Fußmarsch kam Tommy Trojan in Sichtweite. Wir blieben vor ihm stehen. »Okay«, sagte ich und faltete meine Hände ineinander. »Da wären wir.«

Tommy Trojan war – wie der Name schon sagte – eine Trojaner-Statue inklusive Helm, Schwert und Schild. Das offizielle Maskottchen war eigentlich ein weißes Pferd namens Traveler, aber wenn die Trojans wählen müssten, würden sie sich immer wieder für Tommy entscheiden. Für das Football-Team der USC war er das absolute Wahrzeichen, weshalb er auch als Schrein bezeichnet wurde. Die Bronze-Statue war nicht nur überlebensgroß, sondern auch mehreren Football-Spielern nachempfunden worden, die irgendwann in den 20er- oder 30er-Jahren hier gespielt hatten. Ich hatte keine Ahnung, warum Vaughn mit mir gerade hierher hatte gehen wollen, kam dann aber zu dem Schluss, dass er sich wahrscheinlich insgesamt weniger Gedanken über das hier gemacht hatte, als ich ihm zuschreiben wollte.

Vaughn nickte in Richtung einer Parkbank. »Wollen wir uns setzen?« Da es nicht wie eine Frage klang, folgte ich ihm dorthin. Ich wollte mich in einigem Abstand zu ihm dort niederlassen, aber er setzte sich so breitbeinig hin, dass ich mich neben die Bank hätte fallen lassen müssen, um das hinzubekommen.

»Also gut«, begann er, den Blick auf den Trojaner in wenigen Schritten Entfernung gerichtet. »Nun zu meiner Entschuldigung.«

Ich hatte noch nie jemanden eine Entschuldigung so einleiten gehört.

»Es tut mir leid, was ich im Stadion zu dir gesagt habe«, begann er. »Ich hatte mich nicht im Griff. Ich war …«

Eifersüchtig?

»… wütend.«

»Das ist mir aufgefallen«, brummte ich.

»Ich weiß, zwischen uns ist nicht alles gut gelaufen, Cary«, hob er an. »Und ich weiß auch, dass es zum Teil meine Schuld ist …«

Zum Teil? Ich war kurz davor, ihn anschnauzen, riss mich dann aber am Riemen. Was damals gewesen war, konnte mir jetzt vollkommen egal sein. Sollte er doch sagen, was er wollte.

»… aber ich will dich immer noch in meinem Leben haben. Und

ich hatte Angst, dass Jeffy dafür sorgen könnte, dass es nicht mehr so ist.«

Ich schnaubte. »Was für ein Schwachsinn.« Nach unserer Trennung hatte ich ohnehin schon nicht mehr viel mit Vaughn zu tun gehabt. Weniger war für eine Uni-Sportjournalistin und den Uni-Football-Star kaum möglich.

»Ich weiß«, interpretierte er meine Worte falsch. Er hob einen Arm, und für eine Schrecksekunde glaubte ich, er wollte ihn um meine Schultern legen, dabei stützte er ihn nur auf der Rückenlehne hinter mir ab. »Aber ist es dir nicht auch aufgefallen? Du warst auf keiner Party in den Ferien.«

»Und du offensichtlich auf jeder?«, fragte ich scharf.

Er schenkte mir einen verwirrten Blick, als könnte er die Kritik in meinem Tonfall nicht nachvollziehen. »Wir haben uns alle gefragt, wo du bist. Und dann ist uns eingefallen, dass Jeffy ja einen auf abstinent macht und dich deshalb wahrscheinlich auch nicht trinken lässt.«

Ich runzelte die Stirn. »So ist das nicht!«, verteidigte ich ihn. »Ob du's glaubst oder nicht, wir hatten einfach andere Dinge vor.«

Vaughn sah schon fast mitleidig auf mich herab. »Natürlich.«

Ich stöhnte. »Du bist doch -« Ich verstummte, als ich mein Handy in der Handtasche vibrieren hörte. Mein Herz setzte einen Schlag aus. Ich vergaß, was ich gerade hatte sagen wollen, und kramte das Telefon heraus.

Jeff, es musste Jeff sein. Das hier war ein Wink des Schicksals. Er meldete sich den ganzen Tag nicht bei mir, aber sobald ich fünf Minuten mit Vaughn verbrachte, führten unsere Wege uns wieder zusam-

Derjenige, der mir eine Nachricht geschickt hatte, entpuppte sich nur als Mike.

Ich bin nicht ganz überzeugt.

Mein Magen krampfte sich zusammen. Verdammt. Verdammt, verdammt, verdammt. *Nicht ganz überzeugt* bedeutete nicht einfach *nicht ganz überzeugt.* Es bedeutete: *Lass dir was Besseres einfallen, sonst wirst du deinen Namen in der Print-Ausgabe höchstens im Editorial finden.*

Ich atmete tief durch, ehe das Wirrwarr aus Gefühlen, das in mir aufstieg, Oberhand nehmen konnte. Ich wollte wütend sein, aber die aufstrebende Journalistin in mir war enttäuscht von sich selbst. Mike war ein guter Chefredakteur. Er konnte hervorragend einschätzen, welche Storys bei welchem Publikum ankamen – und welche nicht. Ich wusste, dass ich gerade dabei war, seine Ablehnung persönlicher zu nehmen, als ich es sollte, weil es dabei um Jeff ging.

Ich war stolz auf meinen Beitrag gewesen – aber nur, weil ich ihn im Kontext zu der vorherigen Version gesehen hatte. Im Vergleich dazu war er um Längen besser. Aber das war nicht dasselbe wie objektiv *gut*.

»Cary?«, erinnerte Vaughn mich daran, dass er auch noch da war.

»Gleich«, murmelte ich. *Ich schreibe ihn um*, bot ich Mike an.

Die Nachricht wurde sofort gelesen – und schließlich beantwortet: *Ich weiß nicht recht.*

Ich schluckte. *Ich weiß nicht recht* bedeutete, frei übersetzt: *Vergiss es. Der ist nicht mehr zu retten. Das* Sports-Illustrated-*Praktikum geht an Chris.*

Ich konnte mich noch gut an das letzte Meeting erinnern. Mike hatte betont, dass Jeff vielleicht nicht der Quarterback, aber doch der heimliche Starspieler der Trojans war. Heimlich, weil er in seiner vierjährigen Karriere noch kein einziges Interview gegeben hatte – niemandem. Entsprechend hohe Ansprüche hatte Mike also an den ersten Bericht gehabt, der über ihn veröffentlicht werden sollte. Und offensichtlich erfüllte ich die einfach nicht.

Ich atmete bebend ein. Es gab jetzt zwei Möglichkeiten: Erstens, ich fand eine Ersatzstory. Ich hatte sogar eine im Hinterkopf – nämlich die, in die Lara und Mary mich ungewollt eingeweiht hatten. Aber hatte ich dieser Art von Artikeln nicht erst vor einer Stunde abgeschworen?

Und auch wenn Mikes Ablehnung mich schmerzte, hatte sich meine Meinung nicht geändert. Denn was würde Jeff von mir denken, wenn er meinen Namen in so einem Klatschartikel las?

Also blieb nur noch zweitens übrig. Und zweitens lautete: Das war es dann wohl.

»Alles in Ordnung?«, fragte Vaughn behutsam.

Ich sah ihn nicht an, sondern starrte unentwegt auf das Handy-display, das sich längst wieder verdunkelt hatte. »Nope.«

Pause. »Kann ich … irgendwas für dich tun?«

Ich blinzelte nicht einmal. »Nope.«

»Cary.« Sein sanfter Unterton, begleitet von einer Fingerspitze an meinem Kinn, ließ mich zu ihm aufsehen. »Sprich mit mir.«

Ich lehnte mich in die andere Richtung und warf mein Handy zurück in meine Handtasche. »Es ist Mike. Wenn es nach ihm geht, kann ich die Printausgabe knicken.«

»Verstehe«, antwortete er, klang aber wie das absolute Gegenteil. »Und das ist schlecht?«

»Es ist furchtbar!«, brach es aus mir heraus. »Wir haben drei Printausgaben im Jahr. Das bedeutet, ich habe nur drei Chancen, meinen Namen in eine blöde Ausgabe zu bekommen. Letztes Mal hat es nicht geklappt, weil Stacey Edwards nicht zum Interview auf-gekreuzt ist, und vorletztes Mal war mein Beitrag keine Viertelseite lang!« Ich atmete tief durch, beruhigte mich aber nicht. »Das hier war verdammt noch mal meine Chance für eine ganze Seite!« Ich ballte die Hände zu Fäusten. »Hast du eine Ahnung, wie *sehr* ich diese ganze Seite brauche?!«

»Jetzt schon«, murmelte Vaughn. Ich spürte, wie sein Arm auf der Lehne nach vorn rutschte und sich doch noch um meine Schul-tern legte. »Cary«, sagte er sanft. »Ich bin mir sicher, dass Mike sich das noch mal überlegen wird. Was auch immer du eingeschickt hast, war bestimmt großartig. Und das wird er auch noch kapieren.«

Erstaunt richtete ich den Blick auf ihn. So positive Töne war ich aus seinem Mund nicht gewohnt. Sollte Vaughn sich über Weih-nachten wirklich verändert haben?

»Meinst du?«, fragte ich, obwohl ich Mike gut genug kannte, um zu wissen, dass das nie passieren würde. Doch es tat gut, sich das Gegenteil von jemand anderem einreden zu lassen, solange es noch nicht zu spät dafür war.

»Das tue ich.« Er lächelte ein weiches Lächeln. »Du bist großar-tig, Süße. Das weißt du doch.« Sein Daumen strich leicht über meine

Schulter. Dann drückte er mich plötzlich an sich, beugte sich zu mir herab und -

»Vaughn!« Entsetzt schubste ich ihn von mir weg (was nicht besonders gut klappte) und sprang auf die Füße (was schon besser funktionierte).

Er blinzelte. »Was?« Er sah mit einem Dackelblick zu mir auf, als wüsste er wirklich nicht, was er gerade falsch gemacht hatte.

Ich verschränkte die Arme und drehte mich halb von ihm weg. »Tut mir leid, aber ... ich will das mit Jeff wirklich wieder geradebiegen.« Auf einmal fühlte ich mich nicht mehr wohl in meiner Haut. Die Sonne ging allmählich unter. Es war so was von Zeit zu gehen.

Vaughn lehnte sich lässig auf der Bank zurück. »Ohne zu wissen, was genau passiert ist«, wechselte er zu seinem gewohnt überheblichen Tonfall, »habe ich nicht das Gefühl, dass das klappen wird.«

»Das hast du ja wohl nicht zu beurteilen!«, knurrte ich.

»Komm schon, Cary.« Er legte den Kopf schief. »Ich kenne dich. Wenn er dich gelassen hätte, hättest du was auch immer schon längst mit ihm geklärt. Aber das tut er nicht. Richtig?«

Ich presste die Kiefer aufeinander. Seit wann war er so gut in so etwas? Er hatte recht. Alles, was ich wollte, war, diese Sache zwischen Jeff und mir aus der Welt zu schaffen. Wenn er mich doch nur lassen würde ...

Die Verzweiflung brach so plötzlich über mich herein, dass ich meine Selbstbeherrschung über Bord warf. »Er reagiert auf keine Anrufe oder Nachrichten. Ich hab keinen Plan, wo auf dem Campus er wohnt, und sein Elternhaus ...« Ich erschauderte. Wahrscheinlich würden mich seine Nachbarn erschießen, bevor ich auch nur in seine Nähe kam. »Und ich kann ihm ja wohl kaum in eurem Training auflauern.«

»Nope, Coach Black würde dich umbringen«, stimmte Vaughn mir zu. »Zuschauer sind in Ordnung, Drama nicht. Aber ich hab eine bessere Idee.« Er griff in seine Hosentasche und zog einen Schlüsselbund heraus.

Stirnrunzelnd beobachtete ich ihn dabei, wie er gezielt einen kleinen Anhänger aus dem Ring herausschob. Dann stand er auf und hielt ihn mir hin.

»Was ist das?«, fragte ich. Es war eine Art Halter für einen Chip, alles in Rot und mit dem Trojans-Logo darauf. Man schob ihn hinein, damit er einrastete und man ihn mit sich herumtragen konnte, ohne ihn zu verlieren.

»Der ist fürs Gym«, antwortete Vaughn. »Wenn gerade kein Training ist, kann man einfach jeden von uns dort finden.«

»Außer dich«, erwiderte ich grinsend.

Er lächelte leicht. »Ich bin hier.« Er nahm meine Hand und legte den Anhänger hinein. »Also kannst du zu ihm gehen.«

Ich blinzelte. »Wirklich?« Ich blickte auf den kleinen Gegenstand hinab. »Du gibst mir deinen Zugangschip?«

Die USC hatte zwei universitätseigene Fitnessstudios. Eines davon war den Uni-Athleten vorbehalten, damit sie trainieren konnten, was und wann sie wollten. Mit dem Chip konnte ich auch ohne diesen Status eintreten, ohne dass es jemandem auffiel.

»Unter einer Bedingung.« Er hielt den Chip immer noch fest. Seine Finger müssten sich nur ein klein wenig lösen, um ihn vollends in meine Hand zu übergeben – doch da gab es eine letzte Hürde zwischen uns. »Ich will, dass du auf die Party am Freitag kommst.«

Ich zögerte. »Vaughn …«

»Hey«, sagte er in beschwichtigendem Ton. »Es ist die Semesteranfangsparty. Die kannst du doch unmöglich verpassen wollen, oder? Und ich glaube, ich bin nicht der Einzige, der dich dort gern sehen würde.«

Mein Blick zuckte vom Zugangs-Chip zu seinem Gesicht und wieder zurück. Schließlich gab ich mir einen Ruck. »Von mir aus.« Wenn das mit Jeff nicht wieder hinhaute, könnte ich mich dort zumindest besinnungslos trinken.

Vaughn ließ den Schlüssel zum Gym vollends in meine Hand gleiten und lächelte. »Dann bis Freitag, Cary.«

11. Kapitel

Mit meiner Sporttasche und dem Chip bewaffnet betrat ich das Gym, das vom Los Chicos aus am entgegengesetzten Ende des Founders Parks lag. Es war ein kleines, schmuckloses Gebäude – aber mit zwei Stockwerken ziemlich groß für ein Fitnessstudio. Ich hoffte, dass Jeff gerade dort war. Denn was sollte ich machen, wenn er es nicht wäre? Warten und hoffen, dass er seine Trainingssession nicht schon um vier Uhr morgens beendet hatte? Nach Hause gehen und am nächsten Tag einen zweiten Versuch starten? Und am übernächsten, wenn es sein musste?

Unsinn, redete ich mir ein. Ich kannte Jeff gut genug, um zu wissen, wann er seinen Frühsport antrat. Nämlich um Punkt sieben Uhr. Jetzt war es sieben Uhr dreißig. Er musste einfach hier sein.

Als ich durch die Eingangstür trat, wurde ich von einer ungeahnten Nervosität erfasst. Ich gehörte hier nicht her und spürte das mit jeder Faser meines Körpers. Auf der gegenüberliegenden Seite des Raums – unmittelbar neben der Schranke – befand sich die Rezeption. Ein dicklicher Mann mit Schnurrbart saß dort auf seinem Stuhl und klickte sich lustlos durch seinen Computer.

Ich hatte keine Ahnung, wie streng die Sicherheitsvorschriften waren – und welche Daten man auf dem Chip gespeichert hatte. Würde, sobald ich ihn an die Scanvorrichtung hielt, Vaughns Bild auf dem Bildschirm des Rezeptionisten auftauchen? Würde er es beachten? Würde er feststellen, dass ich das absolute Gegenteil von Vaughn war?

Was, wenn er mich festhielt? Den Sicherheitsdienst rief? Die Polizei? Was, wenn sie mich rauswarfen?

Ich atmete tief durch und riss mich am Riemen. Mit einer Maske der Selbstsicherheit und schnellen Schritten durchquerte ich den Raum. Wenn ich eine gute Journalistin werden wollte, durfte ich vor Undercover-Aktionen nicht zurückschrecken. Und selbst wenn ich geschnappt wurde, könnte ich immer noch behaupten, ich hätte die Sicherheitsvorkehrungen für die *Trojan Horse* getestet. Eine Uni-Zeitschrift war in dieser Hinsicht eine Universalausrede.

Doch mit jedem Schritt, den ich machte, wurde meine Unsicherheit größer. Wie verhielt man sich unauffällig? Sollte ich den Mann an der Rezeption anlächeln oder ihn keines Blickes würdigen? Sollte ich den Chip zielstrebig gegen die Vorrichtung halten oder eher zögerlich? Ging ich zu schnell? Atmete ich zu laut? *Warum* atmete ich so laut?

Die Entfernung, die mich von der Schranke trennte, fühlte sich an wie ein Marsch durch Wackelpudding. Mein Gedankenstrom ebbte ab, als ich in meine Hosentasche griff und -

Der Chip entglitt meinen Fingern und landete mit einem leisen Klirren auf dem Boden.

Mir brach der kalte Schweiß aus. Ich spürte einen prüfenden Blick auf mir, als ich mich betont ruhig bückte und den Chip aufhob. Mit etwas Glück starrte der Kerl nur meine Rückseite an und dachte sich nichts dabei, dass er mich hier noch nie gesehen hatte, weil ich überhaupt keine Uni-Athletin war und hier absolut nichts verloren hatte …

Ehe ich mich versah, stand ich wieder und hielt den Chip gegen die dafür vorgesehene Fläche. Darüber befanden sich zwei Lämpchen – das grüne leuchtete auf, während das gelbe erlosch. Gleichzeitig ertönte ein Klicken vor mir, und als ich versuchte, durch die Schranke zu gehen, gab sie nach und ließ mich durch.

Erleichtert beschleunigte ich meinen Schritt …

»Hey, Miss«, ertönte eine tiefe Stimme hinter mir.

Abrupt blieb ich stehen. Meine Nackenhaare stellten sich auf und ließen einen Schauer meinen Rücken hinabrinnen. Was sollte ich tun? Laufen? Zurückkommen? So tun, als würde ich ihn nicht hören?

In einer mechanischen Bewegung drehte ich mich um. »Ja?«

Der Rezeptionist hatte seinen Platz verlassen – doch zu meiner Überraschung war er nicht auf meiner Seite der Schranke herausgekommen, sondern auf der in Richtung Eingangstür. Wollte er mir damit den Fluchtweg abschneiden? Wollte er mich -

»Sie haben da noch was fallen lassen«, erklärte er sachlich und hob etwas vom Boden auf. Er richtete sich auf und hielt mir meinen Hausschlüssel entgegen.

»Oh, verdammt«, zischte ich und beeilte mich, zur Schranke zurückzugehen. Er tat es mir gleich und reichte mir meinen Schlüssel über sie hinweg. »Vielen Dank!«

Der Mann brummte nur etwas Unverständliches und schlurfte auf seinen Platz zurück.

Das wäre also schon mal geschafft.

Ein Teil von mir wollte durch den kurzen Gang in den Trainingsbereich schlendern und sich sofort auf die Suche nach Jeff machen. Aber ohne Sportkleidung würde ich da drinnen auffallen wie ein bunter Hund – und ich wollte nicht doch noch einen Rausschmiss provozieren, vor allem nicht, weil ich damit auch Vaughn in die Sache hineinziehen würde.

Also bog ich brav in die Damenumkleide ab und zog meine engen Sportleggings im Schneeleoparden-Look und ein pinkes Top an – in diesem Outfit schaffte ich es, sportlich auszusehen, ohne es wirklich zu sein.

Dann kam der schwierigste Teil. Ich schloss meine Tasche weg und betrat über den Gang den Trainingsbereich. Draußen war es noch finster, weshalb mir das Licht hier drinnen irgendwie grell vorkam. Sogar um diese Uhrzeit war schon verdammt viel los. In dem Meer aus Trainingsgeräten, das sich um mich herum erstreckte, war fast keines frei. Wollten die alle etwa schon wieder ihren Weihnachtsspeck abtrainieren?

Auf den ersten Blick sahen die Männer und teilweise sogar die Frauen alle gleich aus: groß, muskulös, schwitzend. Ich musste jeden einzelnen Körper, den ich sah, genau abscannen, ehe ich mich dem nächsten zuwandte – nicht zuletzt deshalb, weil ich die Gesichter oft vor lauter Hanteln, Stäben und Gewichten nicht erkennen konnte.

Ich brauchte geschlagene zwanzig Minuten – nicht zuletzt, weil ich aus Verzweiflung mehrere Runden drehte, um ganz sicherzugehen und zu realisieren, dass Jeff nicht hier war. Aber schließlich gab es noch ein zweites Stockwerk.

Ich marschierte die Treppen nach oben und landete im Cardio-

Bereich. Obwohl es hier mindestens so voll war wie unten, erspähte ich Jeff auf den ersten Blick.

Mein Herz sackte eine Etage tiefer. Auf einmal fühlten sich meine Beine schwer wie Blei an, und ich hoffte aus irgendeinem Grund, dass er mich nicht bemerken würde. War ich überhaupt schon bereit für eine Aussprache? Könnte ich es ertragen, wenn er mich wieder mit demselben Ausdruck in den Augen ansah wie beim letzten Mal?

Sei stark, bläute ich mir ein. *Du hast es vermasselt, also bringst du es gefälligst auch wieder in Ordnung.*

Entschiedenen Schrittes ging ich auf ihn zu. Er joggte locker auf einem Laufband, ein Paar Kopfhörer in den Ohren, den Blick starr geradeaus gerichtet – bis ich vor ihm stehen blieb. »Jeff, wir müssen reden«, ratterte ich die Worte herunter, die ich mir die ganze Nacht feinsäuberlich zusammengedichtet hatte.

Jeff trug ein Paar kardinalroter Trojans-Shorts, die ihm bis zu den Knien gingen, und ein graues Muskelshirt. Er fragte mich gar nicht erst, wie ich hier reingekommen war – vielleicht weil ihn seit der Sache mit dem Klavierzimmer nichts mehr überraschte. Ein paar Sekunden lang sah er mich an, dann wandte er seine Aufmerksamkeit wieder der gegenüberliegenden Wand zu, ohne auch nur eine Silbe gesagt zu haben.

»Jeff«, sagte ich leise, um nicht mehr Aufmerksamkeit auf uns zu ziehen als nötig, und ohne zu wissen, ob er mich überhaupt hören konnte. »Bitte sprich mit mir.«

Jeff atmete vollkommen ruhig, als hätte er gerade eben angefangen zu laufen. »Erst wird trainiert«, erwiderte er trocken. »Dann wird geredet.«

Ich war so verdattert, dass mir die Worte fehlten. Auf diese Reaktion war ich definitiv nicht vorbereitet.

Hilflos sah ich mich um. Ich konnte mich hier doch unmöglich hinsetzen und weiß Gott wie viele Stunden darauf warten, dass Jeff fertig wurde. Obwohl ich es auch irgendwie verdient hatte, dass er mich hinhielt. Er schickte mich zumindest nicht weg – und das war doch schon mal ein gutes Zeichen, oder?

In dem Moment, in dem ich die erste Beklommenheit überwunden hatte, wurde mein Ehrgeiz aktiviert. Er wollte also Sport machen. Wahrscheinlich hatte er diese Regel nur aufgestellt, weil er ahnte, dass ich die Geduld verlieren und wieder von hier verschwinden würde. Aber das konnte er so was von knicken. Ich würde ihm beweisen, wie wichtig mir das hier war.

Also stieg ich kurz entschlossen auf das Laufband neben ihm. Ich hatte schon seit Ewigkeiten auf keinem mehr gestanden und es tunlichst vermieden, im Freien joggen zu gehen, weshalb ich ein kleines bisschen aus der Übung war. Aber da Jeff auch nur ein lockeres Tempo anschlug, war das hier vielleicht nur sein Warm-up, und er würde bald damit aufhören.

Das dachte ich zumindest, bis er fünf Minuten später das Tempo erhöhte. Ich war so verwirrt, dass ich es ihm gleichtat und mir beinahe die Füße vom Band gerissen wurden. Ich fing mich wieder und mobilisierte all meine Energie, um die Geschwindigkeit zu halten. Ich war nicht annähernd so schnell wie Jeff, aber ich wollte ihm schließlich nicht beweisen, dass ich genauso sportlich war wie er.

Erst als Jeff kurz darauf plötzlich wieder langsamer wurde, begriff ich, dass er keine normale Session machte, sondern Intervalltraining: Er schaltete in bestimmten Zeiträumen auf Sprint und wieder zurück auf Joggen – so, wie er sich in einem Football-Match auch bewegen würde.

Er atmete etwas schwerer und schneller als zuvor, wirkte aber immer noch fit – im Gegensatz zu mir, die schon kurz davor war, einfach stehen zu bleiben und sich vom Band werfen zu lassen.

Sogar mein Ehrgeiz war dahin. Ich war einfach nur völlig fertig.

Irgendwie schaffte ich es, in einem Tempo weiterzujoggen, in dem ich wahrscheinlich auch schnell hätte gehen können, während ich mir einredete, dass bestimmt noch niemand auf dem Laufband gestorben war.

Erst nach einer halben Stunde sah ich, dass Jeff auch noch Gewichtsmanschetten an den Füßen trug. Der Mann war absolut verrückt – und ich verdammt froh, als er endlich die Abkühlphase einleitete.

Als das Band schließlich anhielt, stoppte ich auch meines. Mein Herz hämmerte in meiner Brust – nicht nur, weil das hier verdammt anstrengend gewesen war, sondern auch, weil der schwierige Teil nur aufgeschoben, aber nicht aufgehoben worden war.

Jeff nahm seine Ohrhörer heraus, von denen ein Hauch von Hip-Hop an den Rand meines Bewusstseins drang. »Wie viele Liegestütze schaffst du?«

Ich blinzelte. Woher kam das denn jetzt? »Von den Knien aus?«

Er zögerte. »Wenn es sein muss«, lenkte er ein.

»Ah.« Ich dachte kurz nach. »Genau eine.«

Ich konnte Jeff deutlich ansehen, dass er ernst bleiben wollte. Doch er versagte kläglich, als er einem leichten Lächeln Einzug in sein Gesicht erlaubte. Er stieg vom Laufband, schritt zu einer Säule und kam dort mit Desinfektionstüchern wieder. Er reichte mir eines davon, ehe er über sein Gerät wischte. »Weiter geht's«, sagte er dann und ließ mich einfach stehen.

»Ähm«, rief ich ihm hinterher. »Und wann reden wir miteinander?«

»Wenn wir fertig sind«, gab er über die Schulter zurück, ohne langsamer zu werden.

Ich beeilte mich, mein Laufband zu reinigen und ihm zu folgen – und fragte mich gleichzeitig, was ich mir da nur eingebrockt hatte.

Wir warfen die Tücher beim nächsten Mülleimer weg und näherten uns einer Vorrichtung an der Wand, die im Grunde nur aus einer Querstange bestand. »Du Push-ups«, sagte er, »ich Pull-ups.«

Ich straffte die Schultern. »Wie viele?«, fragte ich.

»Zwölf.«

Zwölf? Zwölf war … schwierig, aber nicht unmöglich. Schaffbar. Für die Liebe konnte man doch alles schaffen, oder?

Die Matte unter der Pull-up-Stange bot viel mehr Platz, als Jeff zum Stehen brauchte, weshalb ich mich noch in drei Schritten Sicherheitsabstand daraufknien konnte.

»Los!«, befahl er und zog sich an der Stange hoch. Zeitgleich begann ich mit meiner Übung. Sofort ging ein Knacken durch meine Arme und Schultern – ich hatte seltsame Knochen –, doch ich ließ mich nicht beirren.

Ich war immer noch erschöpft und außer Atem vom Laufen,

aber irgendwie schaffte ich es, fünf Liegestütze ohne Probleme hinter mich zu bringen. Dann wurde es schwieriger. Meine Bewegungen wurden steifer, schwerfälliger, anstrengender. Jedes Mal, wenn ich mich hochdrückte, durchlebte ich eine neue Ebene der Qual, und bei Nummer neun brach ich zusammen.

Jeff ließ von der Stange ab und kam auf dem Boden auf.

Warte, was? Er ist schon fertig? Sofort richtete ich mich auf und tat so, als hätte ich mein Soll auch geschafft. »War ja gar nicht so schwer«, sagte ich lässig.

Er hob eine Braue, kommentierte meine Leistung aber nicht. Vermutlich hatte er mir die ganze Zeit über bei meinen kläglichen Versuchen zugesehen. Ein paar Atemzüge später richtete er endlich das Wort an mich: »Am Anfang«, sagte er, »war es hart. In der High School war ich mit Abstand der schnellste Runningback und hier einer der langsamsten. Ich habe in den Ferien vor dem Studium hart trainiert, aber mir ist schon in der ersten Woche klar geworden, dass ich noch mindestens eine Schippe drauflegen muss.«

Wie gebannt beobachtete ich ihn, während er seine Arme ausschüttelte. Auch wenn er mich immer noch hinhielt, war ich einfach nur froh, dass er noch mit mir sprach.

»Beim College-Football angenommen zu werden ist nur der erste Schritt. Man darf nicht nachlassen. Keinen einzigen Tag lang.« Er holte tief Luft. »Also gut. Dasselbe noch mal.« Er griff wieder an die Stange.

Meine Kinnlade klappte herunter. »W-warte!«, brach es aus mir heraus. »Noch mal?«

»Wir machen fünf Sets«, teilte er mir eine Spur zu spät mit. »Jetzt fünfzehn.«

Entgeistert schüttelte ich den Kopf. »Das ist doch -«

»Los!« Damit fing er einfach wieder an – und er war verdammt schnell.

Ich warf mich förmlich auf den Boden und vertiefte mich in meine Liegestütze. Diesmal versuchte ich gar nicht erst, bis ganz zum Boden zu kommen, sondern konzentrierte mich darauf, sie so schnell wie möglich zu machen. Trotzdem brannten meine Arme, und ich kam nur auf zehn, bis Jeff schon wieder fertig war.

»Du musst auf deine Atmung aufpassen«, riet er mir. »Einatmen, wenn du runtergehst, ausatmen, wenn du dich nach oben drückst.«

»Werden meine Arme dadurch auf wundersame Weise stärker?«, fragte ich schroff. Vielleicht hätte ich doch einfach BWL studieren sollen.

Jeff lächelte schief. »Du wirst den Unterschied bemerken.«

In der kurzen Pause schüttelte ich verzweifelt meine Arme aus und stellte fest, dass ich sie kaum mehr heben konnte. Es ging viel zu schnell weiter – einfach nur, weil es weiterging. Meine Oberarme brannten, als ich sie wieder einer Tortur aussetzte, für die sie einfach nicht gemacht waren. Ich schaffte genau sechs Push-ups, bevor Jeff sein Set und damit auch meines beendete.

Mein Trizeps fühlte sich an, als hätte jemand mit einem Hammer darauf eingeschlagen. Hätten wir nicht einfach auf dem Laufband bleiben können?

Nach der nächsten Pause machte ich genau drei Liegestütze, bevor nicht nur meine Arme, sondern auch mein Kopf kapitulierte und ich einfach aufhörte. Stattdessen sah ich Jeff dabei zu, wie er sich immer und immer wieder hinaufzog, bis sein Kinn sich über der Stange befand, und dann wieder hinabsinken ließ. Er sah angestrengter aus, schnitt aber nicht annähernd dieselben Grimassen wie ich, als ich noch wirklich versucht hatte, auf die zwölf Liegestütze zu kommen.

»Okay«, keuchte er, als er sich wieder auf den Boden hinabließ. »Ich denke, das reicht.«

Ich runzelte die Stirn. »Waren das nicht erst v-« Sofort verstummte ich, als mir klar wurde, dass ich gerade dabei war, mein Leben freiwillig zur Hölle zu machen.

Jeff verzog keine Miene. »Ich will dich nicht überanstrengen.«

Mein Kopf musste inzwischen tomatenrot angelaufen sein, und meine Arme taten so sehr weh, dass es mein Ego überhaupt nicht interessierte, was Jeff sagte. »Können wir jetzt reden?«, fragte ich ohne große Hoffnung.

»Nein.«

Stattdessen führte Jeff mich durch eine Odyssee aus Kniebeugen (die er springend absolvierte), Seilspringen (bei dem ich mehr als einmal fast hinfiel) und Hantelübungen (mit denen ich so lange gut klarkam, bis Jeff auffiel, dass ich nur zwei Pfund pro Arm benutzte, und er mir kurzerhand mehr auflud).

Als ich völlig fertig war und hoffte, dass *wir* damit auch endlich fertig wären, ging es zum Kopfende der Halle, wo eine dicke Weichbodenmatte lag. Ich hatte keine Ahnung, für welche Übung die gut sein sollte – vor allem nicht, als er mir befahl, mich daraufzusetzen.

Ich schenkte ihm einen unsicheren Blick, doch er schien keine Witze zu machen. Ich musste mein Bein wie bei einem Pferd über die Matratze schwingen, um hinaufzuklettern. »Und jetzt?«, fragte ich ihn verwirrt, während Jeff seelenruhig um mich herumging, bis er an der Wand angekommen war. Anstatt mich anzusehen, hatte er seine Aufmerksamkeit einmal mehr auf die andere Seite der Halle gerichtet.

Instinktiv drehte ich den Kopf – und sah, dass von hier aus ein fast doppelt so breiter Gang zwischen den Trainingsgeräten hindurchführte. Plötzlich dämmerte mir, was gleich passieren würde.

Die Matte unter mir erbebte leicht, als Jeff mit einem Mal die Arme dagegenstemmte – und dann ging es auch schon los.

Er fing langsam an, nahm aber mehr und mehr Fahrt auf, bis er mich scheinbar mühelos durch das ganze Fitnessstudio schob.

»Woohoo!«, rief ich aus, als ein Fahrtwind an meinem Gesicht vorbeizog und Jeff mich in rasendem Tempo durch die Halle bugsierte.

»Crunches!«, zischte er, und ich beeilte mich, damit anzufangen. Zumindest waren es keine ganzen Sit-ups – dachte ich, bis mein Bauch zu brennen begann, noch ehe wir auf der anderen Seite angekommen waren.

Als er auch gegen Ende nicht abbremste, ahnte ich plötzlich, dass das hier meine Strafe werden könnte – indem er mich samt Matratze mit voller Wucht gegen die Wand schleuderte.

Doch zum Glück kam es nicht so weit. Im letzten Moment blieb Jeff stehen und ging um die Matte herum, während er seine Schultern und Beine lockerte. Durch den Sport zeichneten sich die Muskeln an seinen Gliedmaßen noch stärker unter seiner Haut ab. Der bloße Anblick beschwor ein leichtes Kribbeln in meiner Magengrube herauf – bis ich mich daran erinnerte, dass Jeff offiziell immer noch sauer auf mich war und ich keine Ahnung hatte, wohin unser gemeinsames Workout uns noch führen würde.

Jeff schob mich noch dreimal quer durch die Halle, ehe er entschied: »Das war's.«

Meine Schultern sackten nach einem letzten halbherzigen Crunch auf die Matte. »Meine Güte«, stieß ich hervor und zwang mich dazu, mich aufzusetzen. »Selbst wenn du nicht gedraftet wirst, könntest du immer noch als Personal Trainer arbeiten.« Zu spät fiel mir auf, was für einen Stuss ich gerade von mir gab. »Ähm.« Entschuldigend lächelte ich ihn an. »Ich meine, nicht dass ich auch nur einen Moment daran glauben würde, du könntest nicht gedraftet werden …« Unsicher fummelte ich an meinem T-Shirt herum. »Tut mir leid, Jeff.«

»Schon vergessen«, brummte er.

»Nein!«, hielt ich ihn zurück, bevor er sich abwenden konnte, und rutschte auf der Matte in seine Richtung, bis meine Füße kurz über dem Boden baumelten. Ich hatte mir so viele Worte, wenn nicht gar eine ganze Rede zurechtgelegt, um mich bei Jeff zu entschuldigen. Doch in den letzten Stunden waren sie alle in meinem Schweiß ertränkt worden, bis nur noch ein einziger Satz übriggeblieben war: »Was letztens passiert ist, tut mir auch leid.«

Ein paar nervenzerreißende Sekunden lang sah Jeff mich einfach nur nachdenklich an. Dann sagte er: »Ist schon okay.«

Mein Herz machte einen Satz. »W-wirklich?«

»Ja«, seufzte er. »Ich meine …« Er zögerte, als wäre er sich selbst nicht sicher, was er sagen wollte. »Ich war sauer, weil du den Artikel geschrieben hast. Aber du hast ihn nicht veröffentlicht.« Hilflos zuckte er die Achseln. »Also wäre es unfair, dir noch länger böse zu sein.«

Ein Lächeln breitete sich auf meinem Gesicht aus – bis mir etwas auffiel. »Warte«, unterbrach ich meine eigene Euphorie. »Wenn du mir sowieso verzeihst, warum hast du mir das nicht gleich gesagt? Warum musste ich erst *das hier* mitmachen?« Ich beschrieb eine ausschweifende Handbewegung durch die Halle.

Jeff grinste. »Sag bloß, die Bewegung hat dir nicht gutgetan.«

Heftig schüttelte ich den Kopf. »Ich hätte zweimal fast gekotzt! U-und …«, stammelte ich, »ich dachte, du hasst mich!«

Seine Mundwinkel sackten leicht herab. »Ich könnte dich nie hassen, Cary«, sagte er ernst. »Dafür liebe ich dich zu sehr.«

Mein Herz drohte in meiner Brust zu schmelzen. »Jeff«, hauchte ich und stand auf wackeligen Beinen auf. Ich konnte nicht verhindern, dass meine Augen feucht wurden – und das vor versammelter Mannschaft! »Ich liebe dich auch.«

Als er auch nur die geringsten Anstalten machte, seine Arme auszubreiten, schlang ich meine um ihn und drückte ihn verzweifelt an mich. Die letzten Tage waren die Hölle gewesen, doch binnen eines Sekundenbruchteils wurde ich in den siebten Himmel gebeamt.

Ich war verschwitzt, meine Haare waren klatschnass, und ich roch alles andere als nach Rosen, und doch war dieser Augenblick einfach nur perfekt.

Jeff hauchte einen Kuss auf meinen Scheitel und löste sich leicht von mir. »Wir sollten duschen gehen.«

»Zusammen?«, fragte ich verheißungsvoll, ohne von ihm abzulassen.

Zu meiner Überraschung nickte Jeff. »Klar. Wenn dir die anderen fünf, zehn Männer nichts ausmachen, die uns dabei zusehen werden.«

Ich erschauderte. »Oh.«

Es war nicht mal zehn Uhr, und doch hatte ich schon einen verdammt erfolgreichen Tag hinter mich gebracht. Ich hatte mich mit Jeff versöhnt – und gleichzeitig genug Sport gemacht, damit ich mir das nächste halbe Jahr über einreden konnte, dass ich keinen brauchte.

»War das dein normales Trainingsprogramm?«, fragte ich auf dem Weg zu den Umkleiden.

»Nein«, antwortete er sofort. »Ich habe es an dich angepasst.«

Ich schenkte ihm einen schiefen Blick. »Was soll das denn heißen?« Unsportlich zu sein war eine Sache – aber dafür bemitleidet zu werden eine ganz andere!

Jeff schnaubte belustigt. »Wenn du das fragen musst, können wir nächstes Mal gern testen, wie du dich mit einer Langhantel schlägst.«

Ich folgte seinem Blick zu einer der vielen Vorrichtungen und rümpfte die Nase. »Mein Gott, bitte nicht.«

Ich beeilte mich unter der Dusche und beim Anziehen wie noch nie zuvor. Denn so gut unser Gespräch auch gelaufen war, befürchtete ein Teil von mir, dass Jeff schon abgehauen sein könnte, sobald ich aus der Umkleide käme. Auch wenn er mir gesagt hatte, dass er mir verzieh, machte das nichts von dem rückgängig, was geschehen war. Ich konnte nur dafür sorgen, dass mein Fehler an Bedeutung verlor.

Früher hatte ich immer erwartet, dass andere Männer um mich kämpften. Exemplare wie Vaughn hatten sich nie dazu hinreißen lassen, weshalb unsere Beziehung keine zwei Monate überstanden hatte.

Aber jetzt war es anders. Ich wollte mit Jeff zusammen sein. Und je tiefer ich in mich hineinhorchte, desto sicherer war ich mir, dass ich alles dafür tun würde, damit das auch so blieb.

Mein Herz raste, als ich mich in Richtung Tür bewegte. Die Hand auf der Türklinke zögerte ich eine Sekunde länger als nötig. Was, wenn Jeff nicht im Gang auf mich wartete? Wenn er nur behauptet hatte, mir zu vergeben, damit ich ihn in Ruhe ließ? Wenn er sich aus dem Staub gemacht hatte und jetzt alles noch viel schlimmer war als zuvor?

Ich schluckte. Langsam drückte ich die Klinke hinunter, öffnete die Tür und sah – nichts.

Das musste nichts bedeuten. Vielleicht stand er etwas abseits. Also verließ ich die Umkleide mit meiner Sporttasche, sah nach links und rechts und -

Nichts.

Eine tiefe Beklommenheit machte sich in mir breit. Ich hatte es gewusst.

Aber vielleicht war er noch hier. Vielleicht wollte er nur nicht im Weg stehen, während er auf mich wartete. Vielleicht stand er an der Rezeption …

Doch als ich mich in diese Richtung bewegte, erkannte ich sofort, dass der Rezeptionist allein war. Abgesehen von vereinzelten Athleten, die gerade rein- oder rausgingen, war niemand da. Auch Jeff nicht.

Ich blieb stehen. Meine Tasche rutschte von meiner Schulter und kam mit einem dumpfen Geräusch auf dem Boden auf.

Er war weg. Natürlich war er das.

Ich hatte versagt. Ich hatte den mit Abstand aufrichtigsten, menschlichsten, *echtesten* Mann gehabt, den ich je kennengelernt hatte. Und hatte gerade mal einen Monat gebraucht, um ihn zu verlieren.

»Wolltest du etwa ohne mich gehen?«, erklang eine vertraute Stimme in meinem Rücken. Ich fuhr herum – und wusste nicht, wie mir geschah.

Jeff Moreno kam lockeren Schrittes auf mich zu, die Haare geföhnt, frische Kleidung angezogen und einen verwirrten Ausdruck im Gesicht.

»Du bist noch hier?«, brach es aus mir heraus, bevor ich auch nur einen klaren Gedanken fassen konnte.

»Ja«, erwiderte er irritiert. Er sah zu meiner Kabine und wieder zurück zu mir. »Wenn ich gewusst hätte, dass du dich auch schnell fertig machen kannst, wenn du nur willst …«

»Du Idiot!«, fuhr ich ihn an und sprang förmlich in seine Arme. »Du blöder Idiot«, murmelte ich an seiner Brust, während der Schrecken, den er mir eingejagt hatte, erst nach und nach abzuflauen begann.

»Was … hab ich denn gemacht?«, fragte er verunsichert und strich mir über den Rücken.

Ich musste leise lachen. Meine Gefühle überschlugen sich geradezu. Sie kamen in allen erdenklichen Farben, Formen und Facetten. Doch als ich den Blick hob und in seine braunen Augen sah, war da plötzlich nur noch eines: Liebe. Und wo Jeff war, würde auch immer Liebe sein.

12. Kapitel

Ich war froh, dass Jeff mit zu mir nach Hause kam. Ein Teil von mir befürchtete immer noch, er könnte mir entgleiten, sobald er woanders hinging. Und ich wollte keine dieser blöden Liegestütze umsonst gemacht haben.

Auch wenn uns zu Hause ein ernstes Thema erwartete.

Ich setzte Kaffee auf und brachte meine Wäsche und unsere Sportklamotten in den Keller zur Waschmaschine. Als ich die Wohnung wieder betrat, befüllte Jeff gerade zwei Tassen. Damit gab es nichts mehr zu tun, außer zu sprechen.

Er nahm seinen Platz auf dem Stuhl ein und ich meinen auf dem Bett. »Also«, begann ich zaghaft. »Deine Mom hat Krebs, ja?« Ich schluckte. »Seit wann …?«

»Wir wissen es seit einem halben Jahr.« Er starrte in seine Tasse hinein. »Darmkrebs. Drittes Stadium«, erzählte er. »Überlebensrate etwas mehr als …« Er atmete bebend ein. »… fünfzig Prozent. Und ohne Behandlung …«

»Jeff -« Mein Herz brach zeitgleich mit seiner Stimme. Ich machte Anstalten aufzustehen, aber er hielt mich mit einem Kopfschütteln davon ab.

»Sie ist nicht versichert«, sprach er weiter. »Das war sie nie. Und ich auch nicht, bis ich das Stipendium bekommen habe.« Er machte eine Pause, und ich umklammerte verzweifelt meine Kaffeetasse und versuchte, die Fassung zu bewahren. Ich konnte und wollte mir nicht ausmalen, was wäre, wenn meine Mom so krank werden würde. Oder mein Dad. Egal was zwischen uns vorgefallen war. Krebs war einfach nicht fair.

»Es gibt ein paar wenige staatliche Programme, die einen Teil der Behandlungskosten übernehmen«, sagte er langsam, als kostete ihn jedes Wort die größte Überwindung. »Aber die sind völlig über-

157

füllt. Die Wartelisten sind lang. Und meine Mutter steht ganz unten. Bis sie drankommt …« Er verstummte.

Ich presste die Kiefer aufeinander, als sich nicht zum ersten Mal in den letzten Tagen Tränen in meine Augenwinkel schoben.

Jeff nahm den Anhänger in die Hand, den er um den Hals trug – und ließ ihn aufschnappen. Als ich mich etwas vorbeugte, sah ich, dass er darin das Schwarz-Weiß-Foto einer jungen Frau aufbewahrte, der er wie aus dem Gesicht geschnitten war.

»Deshalb muss ich Football spielen. Mehr denn je. Wenn ich nur genug Geld hätte, könnte ich ein privates Therapieprogramm für sie bezahlen. Die haben keine Wartelisten. Wer bereit ist zu zahlen, wird sofort aufgenommen.«

»Aber …« Ich wagte es kaum, etwas einzuwerfen. »Der Draft ist erst im April, und die Saison geht erst im September los …«

»Ich weiß.« Er schluckte merklich. »Was soll ich sonst machen? Es ist meine einzige Chance.« Die Verzweiflung ließ seine Stimme höher werden. »Es ist *ihre* einzige Chance!« Ich sah erst, dass seine Hände zu beben begannen, als der Kaffee in seiner Tasse überschwappte und auf seine Hose tropfte.

»Jeff.« Entschieden stand ich auf, nahm ihm die Tasse ab und stellte sie gleichzeitig mit meiner auf den Tisch. Dann kniete ich mich vor ihn und nahm seine Hände in meine. »Ich … ich könnte meine Eltern fragen«, schlug ich vor. »Sie spenden ständig für gute Zwecke.« Oder Zwecke, die sich als absoluter Fake entpuppten. »Sie würden sich sicher freuen, dich zu unterstützen!«

Jeff schnaubte freudlos. »Hast du eine Ahnung, wie viel die Zulassung zu so einem Programm kostet?«

Ich biss mir auf die Unterlippe. Bevor ich einen Fehlversuch wagen konnte, schüttelte ich stumm den Kopf.

Er sah mich unbewegt an. »Dreihunderttausend Dollar.«

Meine Gesichtszüge entgleisten, während meine Hände sich um seine verkrampften. Wie vom Donner gerührt starrte ich ihn an und wiederholte die Zahl immer und immer wieder in meinem Kopf, ohne sie wirklich fassen zu können. »Dreihundert …«, flüsterte ich, »…tausend?« Ich schluckte. »Was machen die da drinnen?«, stieß ich wütend hervor. »Magie wirken? Einem ewige Jugend zaubern?«

»Es sind neuartige Gentherapien. Sie könnten sie heilen«, antwortete er mit fester Stimme. »Wenn sie weiterhin stark bleibt und ich in die NFL aufgenommen werde … dann … können sie ihr helfen.«

Auf einmal fühlte ich mich, als würde jegliche Kraft meinen Körper verlassen. Ich lehnte meine Stirn gegen unsere Hände und suchte verzweifelt nach einem Ausweg, fand aber keinen. So gut es meinen Eltern auch ging – sie konnten unmöglich dreihunderttausend Dollar lockermachen, nicht zuletzt, weil sie den Großteil ihres Geldes in Immobilien und Aktien gesteckt hatten. Dafür müssten sie sich schon an einem Firmenkonto bedienen – und könnten dann dichtmachen und sich vor Gericht dafür verantworten.

Und vor allem würden sie es nicht für eine fremde Migrantin tun. Egal wie sehr sie Jeff an Weihnachten ins Herz geschlossen hatten.

Ganz gleich, wie man es drehte und wendete – seine Zukunft hing am seidenen Faden. Genau wie die seiner Mutter. »Das Finalspiel«, flüsterte ich. »Du musst sie alle von dir überzeugen. Einfach alle.« In der Stille, die auf unsere Worte folgte, hörte ich nichts als unsere schweren Atemzüge. Sogar mein Nachbar von oben verhielt sich ausnahmsweise ruhig.

Langsam blickte ich auf und küsste seinen Handrücken. »Und das wirst du auch«, sagte ich. Ich stand auf und sah ihm tief in die Augen. »Das weiß ich. Und du auch. Okay?«

Jeffs Miene verriet mir etwas, das er mir noch nie zuvor gezeigt hatte: dass ein Teil von ihm schon jegliche Hoffnung verloren hatte. »Okay?« Jeffs und meine Verzweiflung schlugen völlig unvermittelt über mir zusammen. Ich konnte nicht verhindern, dass ich anfing zu schluchzen. Meine Knie wurden weich, und ich sank auf seinen Schoß, schlang die Arme um ihn und vergoss die Tränen, die ich einfach nicht mehr bei mir behalten konnte.

Jeff drückte mich an sich, grub sein Gesicht in mein Haar und atmete tief ein, als wäre mein Geruch der letzte Anker, der ihn in dieser Welt hielt. »Es tut mir leid, dass ich es dir nicht schon früher gesagt habe«, murmelte er.

In einer abgehackten Bewegung schüttelte ich den Kopf. »Es gibt absolut nichts, was dir leidtun müsste.«

Ein paar Sekunden lang verharrten wir in dieser Position, und ich konzentrierte mich voll und ganz auf das Schlagen meines Herzens und Jeffs Atem, die mich allmählich beruhigten.

Dann berührte er meine Schultern und sorgte dafür, dass ich etwas von ihm abrückte. Seine Miene war ernst. »Da ist noch etwas, das ich dir schon längst hätte sagen sollen.«

Mir wurde mulmig zumute. »Okay?«, sagte ich zaghaft, während ich die Hände in meinem Schoß faltete und mit dem Schlimmsten rechnete.

Doch plötzlich lächelte Jeff. »Du bist wunderschön.«

Verdattert starrte ich ihn an. »Wa-« Dann fiel es mir auf einmal wieder ein. Es fühlte sich an, als wäre seitdem eine Ewigkeit vergangen.

Du weißt selbst, wie du aussiehst.

Mir würde es aber nichts ausmachen, das aus deinem Mund zu hören.

Ein andermal.

Ich musste grinsen. »Da hast du mich ganz schön lange hingehalten.« Aber es bedeutete mir viel. Sehr viel sogar – weil ich gerade eben einfach furchtbar aussehen musste. Nach dem Sport hatte ich mich nicht mehr geschminkt aus Angst, Jeff zu verpassen. Ich war völlig fertig und verheult. Und trotzdem sah ich in seinen Augen, dass er es ernst meinte. Jedes einzelne Wort davon.

Ich war froh, ihn wiederzuhaben. Gleichzeitig hatte ich das ungute Gefühl, dass die nächste Zeit nicht einfach für uns werden würde. Das Finalspiel war keine zwei Wochen entfernt. Und an diesem Tag würde sich einfach alles ändern.

Zumindest was meine Beziehung zu Jeff betraf, kam ich mir am Freitag so vor, als wäre alles gut.

Bis der Benachrichtigungston meines Handys mir verriet, dass eben doch nicht alles gut war. Vaughn hatte sich bei mir gemeldet: *Bis heute Abend!*

Ich fluchte innerlich. Nach dem Stress und den aufwühlenden

letzten Tagen hatte ich die Semesteranfangsparty schon wieder völlig verdrängt.

Ich hatte Vaughn gesagt, dass ich kommen würde. Natürlich war ich ihm nichts schuldig, aber … er hatte mir dabei geholfen, mich mit Jeff zu versöhnen. Also war ich ihm in gewisser Hinsicht doch etwas schuldig. Nicht zuletzt seinen Gym-Chip.

Aber das waren eindeutig zu wenige Gründe, um zu kommen. Nicht zuletzt, weil ein Teil von mir befürchtete, Vaughn würde das irgendwie als Date fehlinterpretieren. Außer …

»Du, Jeff«, hob ich an. Ich lümmelte mit meinem Laptop auf meinem Bett, während er an meinem Schreibtisch an seiner Bachelorarbeit schrieb. »Hast du Lust, auf die Semesteranfangsparty zu gehen?«

Er schenkte mir einen überraschten Blick. »Wie kommst du darauf?«

Berechtige Frage. Jeff war kein Partygänger. Er trank schließlich keinen Alkohol, und ohne war es verdammt schwer, die Menschen auszuhalten, mit denen man sich dort zwangsläufig abgeben musste. »Weil ich gehört habe, dass DJ Toxic auflegt«, schob ich halbherzig hinterher. »Er ist ziemlich gut.«

Jeff wirkte etwas überfordert mit der Situation. »Du kannst ruhig gehen«, sagte er. »Es macht mir nichts aus.«

»Aber …« Er steckte mich mit seiner Beklommenheit an. »Ich will nicht ohne dich gehen.«

Er hob eine Braue. »Warum nicht?«

»Na ja, weil …« Ich stockte. »Ich will dich nicht allein lassen.« Unsicher sah ich ihn an. Jetzt, wo ich das von seiner Mom wusste, konnte ich doch unmöglich rausgehen und mich amüsieren, während er sich Tag und Nacht Sorgen um sie machte.

Jeff stieß einen tiefen Seufzer aus. »Genau deshalb habe ich es dir nicht früher erzählt.« Etwas Trauriges trat in seinen Blick. »Weil ich wusste, dass du mich dann nur noch so ansehen würdest.«

Ich blinzelte. »*So?*«

»Cary«, sagte er fest. »Zwischen uns hat sich nichts verändert, okay? Wenn du auf die Party gehen willst, geh. Wenn nicht, dann nicht. Aber bleib nicht wegen mir zu Hause.«

Ich biss mir auf die Unterlippe. »Ich denke darüber nach«, murmelte ich.

Am Rande meines Bewusstseins erinnerte ich mich an Vaughns Vorwurf, Jeff würde mich auf keine Party gehen lassen. Da hatte er's! Jeff war nicht annähernd so eifersüchtig oder einengend, wie er ihn hinstellen wollte. Aber wie sollte ich es ihm beweisen, wenn ich nicht zur Party kam?

Wer sagt, dass du ihm etwas beweisen musst?

Verdammt. So kam ich einfach nicht weiter.

In diesem Moment schrieb Chris mir eine Nachricht – fast so, als hätte er sich mit Vaughn abgesprochen: *Kommst du heute? Ich glaube, da stehen noch ein paar unausgesprochene Sachen zwischen uns.*

Damit war es besiegelt.

Die Semesteranfangsparty wurde in einem großen Saal in einem der älteren Gebäude abgehalten, die eigens für besondere Veranstaltungen reserviert waren – wie zum Beispiel Konzerte, Bälle oder eben von der Uni genehmigte Saufgelage. Mir wurde schnell klar, dass ich was verpasst hätte, wäre ich nicht gekommen. Absolut jeder war hier, wenn auch unterteilt in private Cliquen. Ich entdeckte das Baseball-Team, die Cheerleader, das Volleyball-Team und natürlich Kommilitonen aus meinem Studiengang, die genau wie ich allein schon studienfachbedingt immer überall zu sein hatten.

Wir kauften uns Getränke an der Bar, die eindeutig besser schmeckten als die Mix-Plörre auf Tiffanys Party, und hielten uns dann am Rand des Saals auf, um die Lage zu checken.

Die Halle war größer als ein Football-Feld, was für unsere Uni auch so was von nötig war. Tatsächlich waren wir viel zu viele, um eine Party für die ganze Universität abhalten zu können – normalerweise wurden die Feiern innerhalb der verschiedenen Fakultäten durchgeführt. Die Semesteranfangspartys waren die einzige Ausnahme und dementsprechend begehrt. Man hatte sich schon vor ein paar Monaten Tickets kaufen müssen, doch die größte Hürde dabei war nicht der Preis gewesen, sondern die Frage, ob man überhaupt eines abbekam. Sie waren innerhalb von fünf Minuten online ausverkauft gewesen. Für die Redaktion der *Trojan Horse* waren zum Glück vorab ein paar Tickets abgezwackt worden.

Um die Stimmung anzuheizen, wurden von DJ Toxic abwechselnd Chart-Songs und Dance-Klassiker aufgelegt. Natürlich wurde nicht sofort das beste Pulver verschossen – dennoch juckte es mich schon jetzt in den Füßen, und ich konnte es kaum erwarten, dass sich die ganze Uni in der Mitte des Saals versammelte und tanzte, als gäbe es kein Morgen. Was manche von uns sich sicher wünschten, da am Montag das neue Semester mit all seinem Grauen beginnen würde.

»Nummer 26 hat wohl wieder keine Lust gehabt?«, fragte Chris betont beiläufig.

»Nein«, blockte ich ab. »*Jeff* hat zu tun.«

»Und deshalb kommt er nicht zur wichtigsten Party des Jahres«, fuhr er fort. »Nicht mal dir zuliebe?«

Ich schnaubte. »Warum sollte ich ihn denn zwingen wollen?«

Abwehrend hob er die freie Hand. »Ich mein ja nur!«

Ich spürte einen Stich des Ärgers in der Magengrube. Würde Chris die Wahrheit über Jeff kennen – auch nur einen kleinen Teil davon –, würde er sich solche Kommentare sparen.

Wenn er nicht mit seiner Bachelorarbeit beschäftigt war, dann mit seiner todkranken Mutter. Ich wollte mir nicht vorstellen, wie viel Zeit er in ihre Pflege investierte.

Ich stutzte. Ich hatte keine Ahnung, wie man einen kranken Menschen pflegte. Eine meiner Großmütter hatte irgendwann Krebs bekommen, aber zu diesem Zeitpunkt war sie mit meinen Eltern schon so zerstritten gewesen, dass niemand einen Gedanken an sie verschwendet hatte. Der Krebs von Jeffs Mom war erst vor ein paar Monaten diagnostiziert worden. Musste er sie überhaupt pflegen? Wie schlimm ging es ihr? Und wie schnell würde es bergab gehen?

All diese Fragen hätte ich ihm längst stellen können, aber die blanke Wahrheit war, dass ich mich einfach nicht traute. Ich fühlte mich hin- und hergerissen. Einerseits wollte ich eine fürsorgliche Freundin sein, die für ihn da war, mit der er über alles reden konnte und die sich um ihn kümmerte. Andererseits wollte ich nicht diejenige sein, die ihn ständig an die wahrscheinlich furchtbarste Sache in seinem Leben erinnerte. Nicht zuletzt, weil er mir sowieso schon vorgeworfen hatte, dass ich ihm komische Blicke schenkte. Aber was sollte ich tun? Wie konnte ich die richtige Balance finden, ohne in seiner Wunde zu bohren oder teilnahmslos zu wirken?

Ich ließ meinen Blick schweifen und entdeckte das Football-Team in dem Moment, in dem Vaughn zu mir herübersah. Ein leichtes Lächeln auf den Lippen, nickte er mir begrüßend zu.

Wow. Dafür, dass er so versessen darauf gewesen war, mich heute zu sehen, kümmerte er sich erstaunlich wenig darum, dass ich jetzt hier war.

»Also«, hob Chris vorsichtig an. »Die Sache mit den Tweets tut mir leid.«

Ich runzelte die Stirn. »Deshalb wolltest du, dass ich komme?« Zugegeben, ich hatte bei seiner Nachricht ein viel größeres Drama erwartet. »Ist doch Schnee von gestern.«

Etwas Vorsichtiges mischte sich in Chris' Blick. »Bist du dir sicher?«

Ich zuckte die Achseln. »Klar.« Ich sah ihn schief von der Seite an. »Du hast sie doch alle gelöscht, oder?«

»Natürlich!«, beteuerte er. »Sie sind alle weg. Versprochen!«

»Gut.« Ich hatte sauer auf ihn sein wollen, hatte es aber nicht lange durchgehalten. Mein Stress mit Jeff und die Sache mit Vaughn hatten mich zu sehr aus dem Ruder laufen lassen. Inzwischen war ich einfach nur froh, Chris als Freund an meiner Seite zu haben.

Wir hingen mit Jessica und Tiffany ab, die wieder die besten Freundinnen zu sein schienen. Ich war froh, dass ich es nicht mal in Erwägung gezogen hatte, über die beiden zu schreiben. Einerseits, weil die Sache sich noch vor dem Druck der Printausgabe sowieso wieder erledigt hatte, andererseits weil auf einmal die vage Vorahnung in mir aufstieg, dass sie die Sache einzig aus dem Grund abgezogen hatten, um am Campus ins Gespräch zu kommen. Eine Story im *Trojan Horse* hätte ihnen damit nur in die Hände gespielt. *Berechnende Biester.*

Nach einem ewigen Hin und Her und mehreren gescheiterten Pitches hatte ich es aufgegeben, es noch in die Druckversion schaffen zu wollen. Ich war jedoch froh, nicht über die beiden geschrieben zu haben – denn diese Geschichte wäre am Ende noch schlimmer gewesen als die Situation, in der ich jetzt steckte: ganz ohne Präsenz in der Printausgabe.

Keine Präsenz in der Print-Ausgabe.

Diese Vorstellung knockte mich noch vor dem Alkohol aus. Im Nachhinein würde ich mich an die Zeit danach kaum erinnern können. Irgendwann fand ich mich inmitten einer tanzenden Partymeute wieder. Auch Vaughn war da. Er befand sich genau neben mir, ließ mir aber den Raum, den eine vergebene Frau verdient hatte.

Ich schwitzte. Meine Kehle war trocken, weil ich mein Glas irgendwann irgendwo abgestellt und vergessen hatte. Ich war heiser, weil ich so viele Lieder mitsang, wie ich nur konnte. Ich war völlig außer Atem, weil Jessica mich zu einem Dance Battle herausgefordert hatte. Keine Ahnung, wer von uns beiden gewonnen hatte.

Jeff war nicht da, aber inzwischen war ich darüber hinweg. Ich hatte die Zeit meines Lebens.

So lange, bis Vaughn mir irgendwann eine Hand auf den unteren Rücken legte und mich mit sanftem Druck an den Rand der Tanzenden bugsierte. »Hey«, sagte er vorsichtig. »Du siehst heute nicht besonders glücklich aus.«

Ich blinzelte. »Was? Ich amüsiere mich prächtig!« Erst jetzt realisierte ich, wie viel Alkohol ich schon intus hatte. Die Worte kamen mir nur schwer über die Lippen.

Vaughn ließ nicht locker. »Haben Jeffy und du es nicht hinbekommen?«

Ich blinzelte. »Doch, klar.« Sofort durchwühlte ich meine Handtasche nach Vaughns Gym-Chip, erinnerte mich dann aber, dass ich ihn schon vorhin zurückgegeben hatte.

Stirnrunzelnd sah er sich um. »Warum ist er dann nicht hier?«

»Ach.« Ich zuckte die Achseln. Der Bass der Musik wummerte so dumpf in meinen Ohren, dass ich mich selbst kaum verstand. Ich wurde lauter: »Du weißt doch, wie er ist. Partys sind nichts für ihn. Und Alkohol. Und Musik.« Ich kicherte leise, weil ich die Vorstellung davon auf einmal urkomisch fand.

»Komm schon, Cary.« Vaughns Miene war todernst. »Das kann

doch nicht alles sein.« Besorgnis mischte sich in seinen Blick. »Ist irgendetwas vorgefallen?«

Ich schüttelte den Kopf – ein Fehler, weil sich die Welt um mich herum sogar dann noch weiterdrehte, als ich schon längst wieder damit aufgehört hatte.

Vaughn musste das bemerkt haben, denn plötzlich lagen seine großen Hände auf meinen schmalen Schultern. »Ich weiß, wir hatten in letzter Zeit ein … gemischtes Verhältnis. Aber du kannst mit mir über alles reden.« Er lächelte leicht. »Das weißt du doch, oder?«

Es bereitete mir Mühe, zu ihm hinaufzusehen. Mein Kopf sackte auf einmal auf die Seite, und ich musste grinsen. »Jaaa.«

Seine Brauen schossen in die Höhe. »Also?«

»Es ist gar nichts!«, winkte ich ab. »Jeff«, mein Mund fühlte sich auf einmal unglaublich träge an, »kümmert sich nur um seine Mom.«

Er schnaubte belustigt. »Was soll das denn heißen?«

»Sie ist krank.« Das grelle Licht, das von der Discokugel reflektiert wurde, blendete mich, sodass ich für einen Moment die Augen schloss. »Sie hat –« Ich stockte. Ein winzig kleiner Teil von mir, dessen Vernunft noch nicht von Alkohol betäubt worden war, warnte mich davor weiterzusprechen. Jeff hatte mir monatelang nicht davon erzählt. Ich konnte es nicht jetzt bei nächstbester Gelegenheit weiterverbreiten.

Er hatte aufgehört, mit mir zu reden, weil ich einen Artikel über ihn geschrieben hatte, ohne ihn zu veröffentlichen. Wenn ich jetzt auch nur eine falsche Silbe sagte, würde ich ihn für immer verlieren. Und obwohl ich kaum mehr etwas um mich herum wahrnahm, konnte ich umso deutlicher spüren, dass ich das auf keinen Fall wollte.

»Ähm.« Mir fiel ein, dass ich einen angefangenen Satz in der Luft hängen gelassen hatte. »Sie hat eine Krankheit.«

Vaughn runzelte die Stirn. »Was für eine Krankheit denn?«

Als ich jetzt zu ihm hinaufsah, wusste ich nicht, ob mir übel oder schwindelig wurde oder vielleicht auch beides zur selben Zeit. »'ne Grippe.« Ich entschied mich für Übelkeit und schob mich an ihm vorbei. »'tschuldige. Ich muss mal für kleine …«

Im Nachhinein hatte ich keine Ahnung, ob ich den Satz überhaupt beendet hatte. Irgendwie fand ich mich auf der Frauentoilette wieder, über ein Klo gebeugt, doch trotz des üblen Geruchs, der hier in der Luft lag, wollte mein Brechreiz einfach nicht kommen.

Fehlalarm.

Irgendwie unzufrieden verließ ich die Kabine, wusch mir die Hände und wischte die schwarzen Make-up-Ränder unter meinen Augen weg. Ich ignorierte die Frau, die in diesem Moment den Raum betrat, so lange, bis sie hinter mir stehen blieb und sich als ganz schön groß entpuppte.

Erst als ich den Blick auf sie richtete, fiel mir auf, dass die Frau Vaughn war. »Was willst'n du hier?«, fragte ich überrascht. Hatte ich die falsche Toilette betreten? Ich sah mich kurz um, konnte aber keine Pissoirs entdecken. »Ich glaub, du bist hier falsch.«

Als kümmerte ihn das kein wenig, legte er seine Hände auf meine Schultern. »Weißt du noch, als du mich gefragt hast, ob ich dich vermisse?«

Mein rechtes Augenlid zuckte. »Nein«, antwortete ich, weil ich mich aus dem Stegreif wirklich nicht daran erinnern konnte.

Vaughn beugte sich zu mir herab und küsste meinen Scheitel. »Es stimmt«, raunte er, während sein warmer Atem sich auf meinem Schädel breitmachte. »Ich vermisse dich, Cary. Sehr sogar.« Seine Hände wanderten meine Schultern herab – ehe sich seine Arme um meinen Körper schlangen.

Ich gab einen erschrockenen Laut von mir. Einen Augenblick lang hing ich schlaff in seinem Griff. Dann packte ich seine Arme und wollte mich aus ihnen herauswinden – keine Chance. »Was -«

»Du und ich«, seine Lippen waren auf einmal ganz nahe an meinem Ohr, »gehen jetzt in eine der Kabinen. Und machen das, wonach du dich schon seit Monaten sehnst.« Er kam mir immer näher, bis seine Zähne an meinem Ohrläppchen zogen.

Es war nicht heiß. Es tat einfach nur weh.

»Sonst noch Wünsche?«, schnaubte ich und machte keine Anstalten, mich in Bewegung zu setzen.

»Cary.« Seine Stimme klang wie das tiefe Knurren eines Löwen.

»Jeff ist eine Lusche. Er weiß doch gar nicht, wie er mit einer Frau wie dir umzugehen hat!«

»Das glaubst auch nur du!«, zischte ich und riss an seinen Armen, aber sogar betrunken war er noch zu stark für mich.

»Ich kenne dich, Caroline«, säuselte er. Seine Alkoholfahne wehte mir in die Nase. »Besser als du selbst. Ich weiß, wie ich dich zum Höhepunkt bekomme.«

Hatten wir damals im selben Bett geschlafen? Verwechselte er mich mit einer anderen Caroline? Oder mit einer der Frauen, mit denen er mich in den knapp acht Wochen Beziehung betrogen hatte? Ich fühlte mich jedenfalls alles andere als angesprochen. »In deinen Träumen.«

»Komm schon, Caroline«, raunte er heiser. »Ich will dich. Ich will dich nur noch dieses eine Mal, dann kann Jeffy dich haben.« Ehe ich mich versah, ließ er mich los, wirbelte mich herum – und presste seine Lippen auf meine.

Ich wollte entsetzt aufschreien, doch das Geräusch wurde von seiner Zunge erstickt, die sich sofort in meinen Mund schob. Verzweifelt wollte ich ihn von mir wegstoßen – und scheiterte wieder. Anstatt von mir abzurücken, packte er mich und drückte mich grob nach hinten.

Mein Rücken landete auf der nassen Ablage zwischen zwei Waschbecken, mein Hinterkopf stieß unsanft gegen den Spiegel. Schmerz zuckte durch meinen Schädel, und für einen Moment nahm ich überhaupt nichts mehr wahr – bis das Licht meines Bewusstseins mit einem Mal wieder angeknipst wurde. In der Sekunde, in der Vaughn sich an meiner Hose zu schaffen machte.

»Hör auf!«, stieß ich hervor, doch er ließ sich nicht beirren.

Stattdessen wurden seine Bewegungen immer abgehackter, seine Miene immer wütender, sein Atem immer schwerer. »Schnauze!«, rief er aus, riss meinen Gürtel auf und zerrte an meinem Hosenbund. Er stand zwischen meinen Beinen, und obwohl ich mich wehrte, konnte ich nicht verhindern, dass er meine Jeans bis zu meinen Knöcheln zog.

Dann machte er aber den Fehler, einen Schritt zurückzutreten. Ich wusste nicht, was ich tat, als ich beide Beine anzog, sie ihm samt

Hose entriss und mit den Füßen ruckartig in seine Richtung stieß. Was ich zuerst für seine Magengrube hielt, waren in Wirklichkeit seine Kronjuwelen.

Vaughn schrie auf vor Schmerz – dann mischte sich der pure Zorn in seine Miene. »Du verdammtes Miststück!«

»Was zur Hölle passiert hier?«, drang plötzlich eine ganz andere Stimme an meine Ohren – eine, die mindestens so wütend klang wie die von Vaughn.

Zeitgleich rissen wir die Köpfe herum und entdeckten Chris, der in der Tür aufgetaucht war. Im Ernst – hatte ich mich doch in der Toilette geirrt?

»Nichts, das dich etwas anginge«, fuhr Vaughn ihn an. »Also verpiss dich zurück zu deinen Schwuchtel-«

Ich nutzte die Chance, um mich aufzurappeln, wagte es aber nicht, zu Chris zu stürzen, weil ich befürchtete, dass Vaughn mir den Weg abschneiden würde.

Mein Freund ließ ihn reden. Seelenruhig zog er sein Handy heraus und richtete die Kamera auf Vaughn. »Vaughn Schmitt«, übertönte er ihn dann mühelos. »Sehe ich das richtig, dass du hier in die Frauentoilette gekommen bist, um deine Ex-Freundin zu vergewaltigen?«

Vaughn riss die Augen auf. »Vergewaltigen?« Heftig schüttelte er den Kopf und kam drohend auf ihn zu. »Pack das beschissene Handy weg, Chris Baker, oder ich werde es dir in deinen verbrauchten Arsch -«

»Das ist ein Livevideo bei Instagram«, klärte Chris ihn nüchtern auf. »Also nur zu, das treibt die Klickzahlen in die Höhe.«

Vaughn erstarrte mitten in der Bewegung. »Du verdammter -«

»Wow, hundertzwanzig Zuschauer schon! Wink doch mal in die Kamera, Vaughn Schmitt aus dem Football-Team der Trojans!«

»Es ist absolut nichts passiert!«, rief Vaughn aus und schenkte mir einen kurzen, warnenden Blick. »Rein gar nichts!«

Chris machte einen Ausfallschritt zur Seite, ehe Vaughn an ihm vorbei aus dem Raum stürmte. Als er das Handy herunternahm, wich seine gefasste Miene einer des Entsetzens. »Ist alles okay?« Ich bildete mir ein, dass seine Stimme bebte.

Ich kam auf die Füße, zerrte meine Hose nach oben und spürte erst jetzt, wie nass mein Rücken und mein Po geworden waren. »J-ja. Danke.« Ein dicker Kloß bildete sich in meinem Hals, und ich war froh, als Chris die Distanz zu mir überbrückte und mir eine Hand auf die Schulter legte. »Du … willst wahrscheinlich nach Hause gehen, oder?«

Stumm nickte ich.

Chris bot mir seinen Arm an, und ich hakte mich bei ihm unter. Er bugsierte mich erst aus der Toilette und dann am Rand der Halle entlang bis zum Ausgang. Die ganze Zeit über hielt ich den Blick starr zu Boden gerichtet. Falls Vaughn noch hier war – was ich ihm eindeutig zutrauen würde –, wollte ich ihn keinesfalls sehen.

»Zum Glück ist Jeff nicht hier gewesen«, brummte Chris. »Dann wäre Blut geflossen, das hundert Putzkräfte nicht weggeschrubbt bekommen könnten.«

Einerseits hatte er recht. Andererseits wünschte ich mir gerade nichts sehnlicher, als in Jeffs Armen zu liegen und seine Wärme, seinen Schutz um mich herum zu spüren.

Als wir nach einem Abstecher zur Garderobe endlich an die frische Luft kamen, fühlte die Nacht sich kälter als jede andere zuvor an. Ich fröstelte trotz Jacke, doch gleichzeitig kam ich mir so vor, als würde mein benebelter Verstand sich etwas klären. »Danke«, sagte ich.

»Das hast du schon gesagt«, erinnerte Chris mich.

»Das war im Affekt.« Noch immer blickte ich meine Füße an. »Diesmal meine ich es wirklich.« Ich befeuchtete meine trockenen Lippen. »Woher wusstest du …?«

»Ich hab gesehen, wie er dich von der Tanzfläche geführt hat«, erklärte er. »Das hat mir schon nicht gefallen. Als du dann aufs Klo gegangen bist, hab ich den Kerl nicht aus den Augen gelassen. Na ja … vielleicht ein, zwei Sekunden lang. Aber dann war er weg, und … ich hab mir so was schon gedacht«, fügte er seufzend hinzu. »Tut mir leid, dass dir das passiert ist, Cary.«

»Das muss es nicht«, wehrte ich ab. »Ich hätte es besser wissen müssen. Ich …« Ich stockte. »Ich hab mich vorgestern mit Vaughn getroffen«, gestand ich ihm kleinlaut.

Abrupt blieb Chris stehen und ich zwangsläufig auch. »Du hast *was?*«

Erschrocken riss ich die Augen auf. »Nicht *so!*«, versicherte ich ihm schnell. »Er hat mich vom Los Chicos abgeholt, und wir sind spazieren gegangen. Wir waren keine halbe Stunde zusammen! Er wollte unbedingt, dass ich heute komme, und … ich hab es wirklich für eine freundschaftliche Einladung gehalten.«

»Eine freundschaftliche Einladung«, wiederholte Chris unbeeindruckt. Ein harter Zug bildete sich um seinen Kiefer. »Warum zur Hölle hast du das gemacht? Du weißt doch, wie er drauf ist!«

»Ja.« Ich schluckte. »Jetzt weiß ich es jedenfalls wieder.«

Chris atmete tief durch. »Es ist nichts passiert.« Er klang eher so, als wollte er sich selbst damit beschwichtigen anstatt mich. »Es ist alles gut. Komm!« Er zog mich weiter, und ich war froh, dass meine Wohnung keine zwanzig Gehminuten von hier entfernt lag.

»Das Video«, hob ich vorsichtig an. »Was sollen wir damit machen?« In meinem Kopf gab es nur eine richtige Antwort auf diese Frage, doch gleichzeitig erfüllte sie mich mit einer Unsicherheit, die meine Knie weich werden ließ. Alles, was ich brauchte, war Chris' Zustimmung …

Doch er zögerte. »Tut mir leid. Ich hab überhaupt kein Video gemacht.«

Entgeistert sah ich ihn an. »Was?«, fragte ich mit dünner Stimme. Die Gewissheit traf mich wie ein Schlag: Es gab kein Video. »Du hast da gestanden und dabei zugesehen und keine Beweisaufnahme gemacht?« Ich konnte Vaughn nicht verpfeifen. Nicht beim Dekan, nicht bei der Polizei. Weil mir niemand glauben würde. »Was für ein Journalist bist du?«, brach es aus mir heraus, während mich ein neuer Schub der Verzweiflung erfasste.

Das Lächeln, das er mir schenkte, hatte etwas Verzweifeltes an sich. »Hey, es musste schnell gehen, und ich war unvorbereitet, okay?« Seine Mundwinkel sackten herab. »Ich … ich war einfach nur froh, dass ich nicht zu spät war.«

Ich starrte auf meine Füße, die mich Schritt für Schritt von Vaughn forttrugen. »Und ich erst.«

Chris begleitete mich bis hinein, wirkte aber selbst dann noch hin- und hergerissen. »Soll ich hierbleiben?«, fragte er behutsam. »Oder willst du lieber allein sein?«

Ich schluckte. »Ich ... ich weiß nicht, was ich will.«

Seine Gesichtszüge wurden weich. »Komm her.« Er streckte die Arme aus, und ich ließ mich, ohne zu zögern, in sie hineinfallen. Er strich zärtlich über meine Haare und drückte mich fest an sich. »Du bist so stark, Caroline«, murmelte er.

Ich begriff nicht, was er meinte. Ich hatte es nur dank ihm ge- schafft, mich nicht von Vaughn vergewaltigen zu lassen. Das hatte nicht im Geringsten etwas mit meiner eigenen Stärke zu tun.

Vielleicht sprach er von der Tatsache, dass ich nicht weinte. Ich hatte noch keine einzige Träne vergossen, und meine Augen fühlten sich so trocken an, dass ich nicht glaubte, dass sich in nächster Zeit etwas daran ändern würde.

Womöglich war der Alkohol schuld. Er hatte meine Sinne und Gefühle betäubt – entweder er oder das traumatische Erlebnis, dem ich gerade ausgesetzt gewesen war.

Von allen Menschen auf Erden musste ich ausgerechnet an Jeffs Vater denken. An Clive Baxter. Er hatte einer Frau bei einer Party aufgelauert und sie vergewaltigt und ermordet. So sehr mich die Neuigkeiten auch schockiert hatten, so weit entfernt hatten sie sich angefühlt. Sie waren kaum greifbar für mich gewesen – bis jetzt, wo Vaughn mir beinahe etwas angetan hätte.

In diesem Moment schlug die Gewissheit mit einem Boxhand- schuh auf mich ein. »Mein Gott, Vaughn«, hauchte ich an Chris' Brust. »Das hätte ich nicht einmal von ihm erwartet.«

»Ich weiß.« Mein Freund streichelte mir über den Rücken und ließ mich nicht los – auch dann nicht, als ein unregelmäßiges Beben durch meinen Körper ging. Als sich doch noch eine Träne aus mei- nem Augenwinkel quälte. Als ein Schluchzen meiner Kehle entwich, gefolgt von einem weiteren. Als sich mein Griff um seinen Körper verstärkte und die pure Verzweiflung meine Brust zu zerreißen drohte.

»Kannst«, mein eigener abgehackter Atem schnitt mir das Wort ab, »du … bleiben?«, würgte ich gerade noch hervor, ehe mir die Luft wegblieb.

»Natürlich«, sagte Chris sanft. Dann ergriff er mich bei den Schultern und drückte mich etwas von sich weg. »Jetzt gehen wir dich abschminken, dann trinkst du ein Glas Wasser, und dann wird geschlafen. Okay?«

Ich nickte. »Klingt nach 'nem Plan.«

»Nach einem verdammt guten sogar.« Chris legte mir beide Hände auf die Wangen, um meine Tränen mit den Daumen fortzuwischen. »Glaub mir«, sagte er leise. »Morgen sieht die Welt schon wieder ganz anders aus.«

13. Kapitel

Die Welt sah am nächsten Tag nicht ganz anders aus. Genauer gesagt fühlte sie sich wie ein noch schwärzerer Ort an als zuvor. Denn jetzt hatte ich einen klaren, wenn auch schmerzenden, dröhnenden Kopf und konnte mir nicht einmal einreden, dass ich das mit Vaughn nur geträumt hatte – weil ich Chris auf meinem Fußboden schlafend vorfand.

Es war wirklich passiert. Vaughn hatte wirklich …

Ich schluckte und atmete tief durch, ehe ich aufs Neue die Fassung verlieren konnte. Chris hatte mir gestern eingeredet, dass ich ach so stark sei. Also musste ich dafür sorgen, dass ich es auch tatsächlich war.

Nachdem er aufgewacht war und mich noch zehnmal gefragt hatte, ob auch wirklich alles in Ordnung sei, ließ er mich allein und völlig ratlos zurück.

Was in aller Welt sollte ich jetzt tun? Nicht mit Vaughn, sondern mit Jeff. Ich wollte es ihm erzählen, weil es mich belastete. Gleichzeitig aber auch nicht, weil ich nicht wollte, dass es *ihn* belastete.

Es war ein Fehler gewesen, auf diese Party zu gehen. Ich wünschte, Jeff hätte auch nur den kleinsten Versuch unternommen, mich davon abzuhalten. Doch dafür war er einfach zu gut. Ich wollte ihn dafür hassen, konnte es aber nicht. Weil es schlicht nur einen Mann gab, der meinen Hass verdient hatte: Vaughn Schmitt.

Jeff war zum Abendessen vorbeigekommen – also spät genug, damit ich überhaupt wieder in der Lage war, Nahrung aufzunehmen, ohne mich sofort übergeben zu müssen. Da die Weihnachtspause vorbei war, musste Jeff wieder zu seiner strengen Saisondiät übergehen – alles von Fleisch über Gemüse bis hin zu Kartoffeln musste abgewogen werden, damit er von jedem ja genug, aber nicht zu viel bekam.

Es machte Spaß, mit ihm zusammen zu kochen. Er war ein geschickter Gemüseschnippler, und zu zweit ging die Vorbereitungsarbeit viel schneller.

Während das Essen in einer überdimensionalen Pfanne brutzelte, schlang Jeff von hinten die Arme um mich. Eine liebevolle Geste, in der ich mich normalerweise sicher und geborgen fühlte.

Jetzt kam es mir so vor, als würde Vaughn mich wieder von hinten packen, bevor er mich umdrehte und auf das Waschbecken presste.

Ich hatte den halben Tag mit dem Gedanken gespielt, Jeff die Sache zu verheimlichen. Als er mich gefragt hatte, wie die Party gewesen war, hatte ich ihn mit einem einfachen »Toll!« abgespeist. Aber irgendwann war ich zu dem Schluss gekommen, dass ich das einfach nicht konnte. Ich hatte Jeff schon einmal etwas vorenthalten – und mit jeder Stunde, die verstrichen war, ohne dass ich reinen Tisch gemacht hatte, hatte ich mich schrecklicher gefühlt. Dieses Erlebnis wollte ich definitiv nicht noch einmal durchmachen.

Jeff hatte mir von seiner Mutter erzählt, obwohl er geahnt hatte, dass er damit etwas in mir auslösen würde, das er nicht mehr rückgängig machen konnte: ein Gefühl tiefster Sorge und Hilflosigkeit. Ich wollte ihm das andersherum nicht antun, wusste aber gleichzeitig, dass das der falsche Ansatz war. Schließlich war das eine Geste des reinsten Vertrauens.

Ein plötzlicher Panikschub überkam mich, und ich wand mich hektisch aus der Umarmung.

»Was -« Als ich herumfuhr, mischte sich die pure Sorge in Jeffs Miene. »Cary, ist alles in Ordnung?«, fragte er vorsichtig.

Ich stützte mich mit beiden Händen an der Arbeitsfläche ab. Auf einmal fühlte ich mich schwach, kraftlos – sowohl körperlich als auch geistig. Meine Kehle wurde trocken, und meine Lippen fühlten sich taub an, als ich die entscheidenden Worte formte: »Ich muss dir was sagen.«

Jeffs Augen weiteten sich. Nicht nur das, seine Gesichtszüge entgleisten förmlich.

Dass er so sehr erschrak, erschreckte mich noch mehr. Wusste er es etwa schon?

Plötzlich begriff ich, dass ich auf dem falschen Dampfer war – oder genauer gesagt er. Er konnte nicht wissen, was passiert war. Und »Ich muss dir was sagen« klang nicht so, als wäre ich beinahe ... Ich konnte nicht einmal daran denken. Stattdessen hörte ich mich wahrscheinlich eher so an, als hätte ich etwas verbockt. Als wäre ich so betrunken gewesen, dass ich mich seinem nächstbesten Team-Spieler an den Hals geworfen hatte.

Dabei war das absolute Gegenteil der Fall gewesen.

Abwehrend hob ich die Arme. »Es ist nichts passiert!«, bläute ich ihm sofort ein. »Okay? Bevor ich weiterspreche – es ist absolut nichts passiert.« Ich erinnerte mich vage daran, dass Vaughn genau diese Worte in Chris' Handykamera gesprochen hatte, bevor er abgedampft war, und erschauderte leicht.

Jeff schluckte merklich. »Okay.«

Ich lehnte mich gegen die Arbeitsfläche, weil ich sonst befürchtete, mich nicht mehr auf den Beinen halten zu können. Meine zweifarbigen Augen fanden den Boden, und von da an schaffte ich es nicht mehr, den Blick zu heben. Ich brachte es nicht über mich, ihn anzusehen, weil ich Angst hatte, dass meine Gefühle mich dann übermannen würden. Ich wollte nicht schon wieder vor ihm weinen. Es war ohnehin schlimm genug, dass ich ihm davon erzählen musste. »Auf der Party ...«, krächzte ich. »Ich war betrunken. Es war schon spät. Ich bin auf die Toilette ... und ...« Ich schluckte. »Vaughn ...«

»Was?«, fragte Jeff tonlos. Seine Stimme war mit einem Mal so tief, als wüsste er bereits, was ich ihm gleich sagen würde. »Was hat Vaughn getan?«

»Er wollte mich ...« Ich biss mir so fest auf die Zunge, dass ich davon zusammenzuckte. »Er hat ...« Ich konnte nicht. Ich konnte es einfach nicht aussprechen.

»Cary.« Jeffs Stimme bebte. Er legte seine Hände fest auf meine Schultern. »Sprich mit mir. Bitte. Was hat er getan?«

Eine einzelne Träne schob sich aus meinem Augenwinkel und rollte über meine Wange. »E-er ...« Ich wurde von meinem eigenen Schluchzen unterbrochen.

Bitte zwing mich nicht dazu, es auszusprechen.

Das tat er nicht. »Hat er … dir wehgetan?«

Ich presste die Kiefer aufeinander, während die Verzweiflung in meinem Inneren neue Ausmaße annahm. Ich bereute es, damit angefangen zu haben. Ich wollte nicht mehr darüber reden. Denn dann wäre nichts mehr wie zuvor – auch nicht zwischen Jeff und mir.

Aber jetzt gab es kein Zurück mehr. »Er wollte …«, hauchte ich. »Chris hat es verhindert.«

Auf meine Worte folgte eine eisige, undurchdringliche Stille, die nur vom Brutzeln unseres Abendessens und dem Wummern der Musik unterbrochen wurde, die mein Nachbar aus dem höheren Stockwerk ständig aufdrehte. Die Zeit schien stillzustehen, doch in Wirklichkeit wusste ich, dass Jeffs Gedanken in diesen Sekunden rasten – mindestens so sehr wie mein Herz.

Mein Kopf fühlte sich träge an. Jetzt, wo es raus war, fühlte ich einfach gar nichts mehr. Nichts außer einer tiefen Traurigkeit, dass es so weit hatte kommen müssen.

Eine gefühlte Ewigkeit verstrich, ehe Jeff vollkommen nüchtern das Wort erhob: »Ich bringe ihn um.«

Ich riss den Blick hoch. »Nein!«, sagte ich fest. Ein Teil von mir hatte irgendwie gehofft, dass er so etwas sagen würde – weil das zeigte, dass es ihm nicht gleichgültig war. Aber genau dieser Teil hatte jetzt auf einmal Angst, dass er es ernst meinte. »Ich hab es dir erzählt, weil ich ehrlich zu dir sein wollte.« Wo ich gerade noch alle Mühe gehabt hatte, meine Gefühle im Zaum zu halten, war jetzt meine alte Stärke zu mir zurückgekehrt. »Mir ist nichts passiert. Und du, Jeff Moreno, musst an deine Karriere denken.«

»Aber nicht mehr als an dich!«, stieß er hervor. Ein harter Zug hatte sich um Jeffs Kiefer gebildet.

»Doch!« Ich berührte seine Hände, die noch immer auf meinen Schultern lagen. »Football ist gerade wichtiger als ich, okay? Das Finalspiel ist alles, worauf du dich konzentrieren musst. Und ich glaube nicht, dass Coach Black dich spielen lassen wird, wenn du Vaughn umbringst!« Ich rang mir ein Lächeln ab, aber es erreichte Jeff nicht. »Bitte«, beschwor ich ihn. »Mach nichts Unüberlegtes.«

Ich hätte es ihm nicht erzählen dürfen. Vor allem: Warum hatte ich es *jetzt* getan? Hätte ich nicht bis nach dem Finale warten können?

Jeff wandte den Blick ab. Seine Hände rutschten von meinen Schultern, und er ballte sie in quälender Langsamkeit zu Fäusten. »Es tut mir leid«, flüsterte er.

Ich stutzte. »Was?«

»Ich war nicht da.« Er atmete tief durch. »Er hätte dir fast etwas angetan, und ich war nicht da.«

»Deshalb ist es nicht deine Schuld!«, widersprach ich. »Sondern allein seine. Außerdem hätte er immer einen Weg gefunden …« Ich verstummte, als mir klar wurde, dass das nicht die beste Strategie war, um Jeff zu beruhigen. »Jeff.« Ich berührte ihn an der Wange und zwang ihn dazu, mich anzusehen. In seinen braunen Augen lag ein Schmerz, der unerträglich für mich war. »Mir geht es gut. Und mir wird es noch besser gehen, wenn du dir keine Sorgen um mich machst.« Als ein leicht verbrannter Geruch in meine Nase stieg, ließ ich meine Hand zur Pfanne schnellen und zog sie ruckartig von der Herdplatte. »Und dir selbst keine Vorwürfe«, fügte ich hinzu. Ich stellte mich auf die Zehenspitzen, um ihm eine lose Haarsträhne aus dem Gesicht zu streichen. »Tu es für mich.«

Jeffs Miene war immer noch wie versteinert. Er sah mir in die Augen, als versuchte er, in ihnen zu erkennen, wie ich nur so ruhig bleiben konnte. Obwohl die Antwort auf der Hand lag: Ich tat es für ihn. Weil er sich auf das Wesentliche konzentrieren musste – seine Karriere und nicht zuletzt seine Mom.

Langsam nickte er. »Okay.« Seine Stimme war nicht mehr als ein Hauch, aber es reichte aus, um mir zu zeigen, dass er es auch so meinte.

Ich lächelte gelöst. »Na also.« Ich küsste ihn, doch seine Reaktion kam mir zögerlich vor. Er musste das Ganze erst mal verarbeiten. Das verstand ich. »Komm«, schlug ich vor. »Lass uns essen, bevor es angebrannt *und* kalt ist.« Und dann tat ich das, was ich am besten konnte: Ich redete. Ich redete über Gott und die Welt, über Netflix-Serien und Journalisten in Gefangenschaft, über Sportnachrichten und meinen Hass auf Klatschmagazine – über alles, was mir in den

Sinn kam, egal wie unsinnig oder seltsam es war. Hauptsache, ich konnte Jeff damit ein kleines bisschen ablenken.

Ich war die glücklichste Frau auf Erden, als er mir kurz darauf endlich wieder ein Lächeln schenkte.

Er hatte es gut aufgenommen. Natürlich hatte er das. Jeff war nicht wie die anderen Football-Spieler. Was er gesagt hatte, war einfach nur aus dem Affekt entstanden. Er war kein wilder Stier in der Haut eines Menschen, der nur auf den nächstbesten Grund wartete, jemanden windelweich zu prügeln. Er war ein Mann. Erwachsen. Reif. Er wusste, wann man eine Sache am besten auf sich beruhen ließ. Es gab absolut keinen Grund zur Beunruhigung.

Das glaubte ich zumindest in diesem Moment.

Am Sonntag fand das nächste Training statt, zu dem ich Jeff begleitete. Das Howard Jones Field befand sich im westlichen Teil des Campus nur wenige Gehminuten von meiner Fakultät entfernt. Man erreichte den Platz, indem man durch einen antiken Torbogen schritt. Die Umkleidekabinen und Duschen befanden sich in einem Nebengebäude. Jeff gab mir einen Kuss, bevor er in diese Richtung abbog. »Du kannst jederzeit gehen, wenn du dich langweilst«, erinnerte er mich.

Ich grinste. »Werde ich nicht.«

Während er sich umziehen ging, schritt ich auf den Platz, hielt mich jedoch ganz am Rand auf. Der Trainingsplatz war ein klassisches Football-Feld inklusive Tor – die Turnierspiele wurden allerdings in der Los Angeles Memorial Sports Arena südlich des Campus ausgetragen.

Die Bande um das Feld herum war ganz im *Trojan*-Rot gehalten und zeigte in goldenen Buchstaben und weißen Lettern, wie viele der unzähligen College-Football-Meisterschaften sie schon gewonnen hatten. Mittendrin prangte ein überdimensionales »FIGHT ON!«

Ich bewegte mich an ihr entlang und auf Coach Black zu, der schon da war und sich mit ein paar anderen Coaches unterhielt. Das Training wurde zum Großteil in mehreren Gruppen abgehalten, weshalb immer mindestens vier von ihnen vor Ort waren.

Es überraschte mich nicht, dass ich nicht die einzige Zuschauerin war. Mit Betonung auf *Zuschauerin* – die Freundinnen von ein paar der anderen Football-Spieler waren auch hier. Jessica war nicht unter ihnen.

Dafür entdeckte ich in einiger Entfernung Chris. Ein Lächeln stahl sich auf mein Gesicht. »Hey!« Ich beschleunigte meinen Schritt und ging auf ihn zu.

Chris grinste. »War klar, dass du auch kommen würdest.«

Ich reckte das Kinn. »Natürlich. Ich will das Team schließlich unterstützen.« Ich zog die Brauen zusammen. »Aber was machst *du* hier?«

»Ich soll nachher Coach Black interviewen«, erklärte er. »Für einen Bericht auf unserer Website.«

Ich stutzte. »Warum hat Mike mich nicht gefragt? Ich bin doch sowieso hier.«

Chris schenkte mir einen vorsichtigen Blick. »Vielleicht … hat er das einfach vergessen«, antwortete er hilflos.

»Oder«, entgegnete ich trocken, »er ist so enttäuscht von meinem Ersatzartikel, dass er mir nie wieder irgendwelche Aufträge geben wird.« Und sein Vitamin B für das Praktikum bei der *Sports Illustrated* könnte ich dann wohl auch vergessen.

»Ach«, winkte Chris ab. »Nie wieder klingt etwas hart, findest du nicht? Er kriegt sich schon wieder ein.«

Ich riss die Augen auf. »Also ist er wirklich sauer auf mich?«

Auf einmal wirkte Chris wie ein verängstigtes Reh. »Das habe ich nicht gesagt.«

»Du hast auch nicht gesagt, dass es nicht so ist!« Ich fluchte. »Was soll ich denn jetzt machen? Ich komme nicht in die Printausgabe und, wenn es nach Mike geht, nie wieder irgendwohin.« Mir drehte sich der Magen um, als ich mir eine Zukunft bei einem lokalen Käseblatt ausmalte. »Bitte nicht«, murmelte ich.

»Hey, Kopf hoch!« Chris legte mir eine Hand auf die Schulter. »Du bist doch jetzt auch hier. Also können wir genauso gut deinen Namen zusätzlich druntersetzen.«

Ich musste lächeln. »Wirklich?« Ich war so gerührt, dass ich zu schmelzen drohte. »Du bist der beste Freund, den man sich -«

»Sag so was nicht!«, unterbrach er mich theatralisch. »Sonst bilde ich mir noch was drauf ein.«

Ich lachte leise. »Wie du willst.«

Die Football-Spieler betraten in kleinen Grüppchen das Feld. Sie waren in voller Montur – inklusive Helm und enger Sporthose –, weshalb man sie auf den ersten Blick nur anhand ihrer Hautfarbe und Trikotnummer voneinander unterscheiden konnte. Mein Herz machte einen Satz, als ich die 26 erspähte.

»Nun.« Chris lehnte sich gegen die Bande, sah aber so aus, als wäre er kurz davor, sich hinzusetzen. »Ich schlage vor, ich hole in einer halben Stunde Kaffee, du eine Stunde später, und dann wechseln wir uns immer weiter so ab.«

Ich musste lachen. »Klingt nach einer Überlebensstrategie.« Normalerweise durfte ein College-Football-Training nicht mehr als drei Stunden dauern, aber Coach Black überzog diese Zeit nur zu gern. Wie viele Coaches war er ein purer Sadist und verdiente auch noch massig Geld damit, einen Haufen Zwanzigjähriger durch die Gegend zu jagen. Für Jeff und die anderen würde das Training die reinste Hölle werden, für uns als Zuschauer aber vielleicht ein kleines bisschen öde.

Nach einer Teambesprechung ging es auch schon los. Ihr Warm-up war das Einzige, was kurz und schmerzlos war. Sie gingen im Gleichschritt, während sie abwechselnd das Knie an ihren Oberkörper zogen, ehe sie zu Ausfallschritten wechselten – nur um dann das Tempo zu erhöhen und mehrere Runden um das Feld zu joggen.

Chris und ich hatten uns inzwischen ins Gras gesetzt und quatschten über das anstehende Semester, während wir ihnen dabei zusahen, wie sie ihre Kreise zogen. Ich war froh, dass die Spieler ihre Helme trugen, denn selbst wenn Vaughn – natürlich mit der Nummer 1 – in meine Richtung sehen würde, würde ich es zumindest nicht bemerken.

»Fällt es dir nicht schwer, hier zu sein?«, fragte Chris irgendwann. »Ich meine, wegen Vaughn …«

»Vaughn ist mir egal«, entgegnete ich. Ich hatte mich dazu entschlossen, mich von dem, was passiert war, nicht unterkriegen zu lassen – nicht zuletzt Jeff zuliebe. Ich würde stark sein, und das sollte auch jeder sehen. »Ich habe keinen Grund, mich vor ihm zu verstecken.« Und solange Jeff bei mir war, würde mir auch nichts passieren. »Auch wenn ich mich immer noch frage, was wir wohl mit einem Video hätten machen können ...«, murmelte ich.

Ich spürte Chris' Seitenblick auf mir. »Tut mir leid«, sagte er und klang dabei vollkommen ehrlich. »Ich hätte noch etwas schneller schalten müssen. Aber ...« Er verstummte.

Ich drehte den Kopf und sah, dass seine Miene einen nachdenklichen Ausdruck angenommen hatte. »Was?«

Er winkte ab. »Egal. Vergiss es. Nichts, was du hören willst«, ergänzte er, als ich eine Braue hob.

»Klar«, brummte ich. »Teaser es an und hülle dich dann in Schweigen.« Ein paar Sekunden verstrichen. »Raus mit der Sprache!«, drängte ich ihn schroff.

Chris wandte den Blick ab. »Dein Artikel«, begann er dann leise. »Dein *ursprünglicher* Artikel über Jeff Moreno. Du hast mir nie erzählt, was drinstand, aber ich bin mir sicher, dass er nicht davon gehandelt hat, dass er in seiner Freizeit in einer Möwenaufzuchtstation jobbt. Sondern es war etwas Schlimmes.« Er blinzelte nicht einmal, als wollte er auf gar keinen Fall eine noch so kleine Veränderung in meiner Miene verpassen – weshalb ich mich bemühte, meine Gesichtsmuskeln im Zaum zu halten. »Etwas, das seine Football-Karriere vielleicht ganz schnell beenden könnte.«

Ich biss mir auf die Unterlippe. *Verdammt, Caroline!*

Chris runzelte die Stirn und zeigte mir damit, dass ihm die Reaktion nicht entgangen war.

»So schlimm ist es nicht -«, hob ich an, aber er wollte es überhaupt nicht hören.

»Fest steht«, fuhr er in versöhnlichem Ton fort, »dass es etwas Belastendes war. Vielleicht nicht so belastend wie das, was auf der Party passiert ist, aber ...« Er zuckte die Achseln. »Jedenfalls hast du dich gegen eine Veröffentlichung entschieden. Weil du ihn liebst, schätze ich. Und du deshalb nichts Böses willst. Schon gar nicht seine Zukunft verbauen.«

Ich schnaubte teils belustigt, teils ungeduldig, weil ich immer noch keinen Plan hatte, worauf er hinauswollte. »Gut analysiert.«

»Und jetzt beziehen wir die Sache mal auf Vaughn.« Wieder zögerte er, als kämen wir nun endlich zum schwierigen – und interessanten – Teil. »Wenn das, was letztens passiert ist, ans Licht käme … Wenn es eine solche Aufnahme wirklich gegeben hätte und du einen stichhaltigen Beweis gehabt hättest, könnte das ganz bestimmt *seine* Karriere zerstören.«

Ich runzelte die Stirn, während eine böse Vorahnung in mir aufstieg. »Und weiter?«, fragte ich tonlos.

Chris schien mich gar nicht zu hören. »Natürlich, die besten Sportstars haben noch ganz andere Skandale überstanden. Ich meine, sieh dir mal Tiger Woods an. Aber die Situation hat sich in den letzten Jahren drastisch geändert, findest du nicht? Eine versuchte …« Er sprach es nicht laut aus. »Kein NFL-Team würde ihn mit dieser Vorgeschichte draften wollen. Allein schon aus Imagegründen nicht.«

Auf einmal fühlte ich mich unwohl in meiner Haut. Ich verschränkte die Arme vor meiner Brust. »Und weiter?«, fragte ich gereizt.

Chris zuckte nicht mit der Wimper. Stattdessen sah er mich direkt an. »Wenn es ein Video gäbe«, fragte er ruhig, »und du alles damit machen könntest, was du willst … würdest du es veröffentlichen? Würdest du ihn an den Pranger stellen in dem Wissen, dass er damit seine gesamte Zukunft verliert?«

Entgeistert starrte ich ihn an, während mein Unwohlsein ganz neue Ausmaße annahm – und sich unversehens in Wut verwandelte. Ich atmete bebend ein. »Du tust gerade so«, zischte ich, »als hätte er das nicht verdient.« Wollte Chris damit wirklich sagen, dass Vaughn mit allem ungeschoren davonkommen durfte, nur weil er Quarterback war? Dass ich Mitleid mit ihm haben sollte?

Vaughn war ein Bankierssohn. Er bekam immer alles, was er wollte – und hatte mir am Freitag gezeigt, dass er es sich notfalls auch mit Gewalt holen würde. Er war das absolute Gegenteil von Jeff. Und inzwischen war ich mir nicht einmal mehr sicher, ob man ihn überhaupt als guten Menschen bezeichnen konnte.

»Ich glaube nicht, dass er gar keine Konsequenzen verdient hätte«, verteidigte Chris sich – oder ihn? »Aber vielleicht wäre das, was ihm blühen würde … nicht verhältnismäßig«, stieß er in einem halben Seufzer hervor. »Es ist schließlich nichts passiert -«

Ich spürte einen Stich in meiner Brust. »Nur weil du dazwischengegangen bist!«, sagte ich eine Spur zu laut. Aus dem Augenwinkel sah ich, wie mehrere Frauenköpfe sich in unsere Richtung drehten. »Wenn du nicht gewesen wärst«, fuhr ich leiser fort, »hätte nichts und niemand ihn davon abgehalten, mich zu …«

Ich stockte, als meine Augen sich mit brennenden Tränen füllten. Tränen, die ich in jener Nacht nicht vergossen hatte, weil ich zu betrunken und zu geschockt von dem gewesen war, was ich erlebt hatte. Jetzt aber war ich nüchtern und bei klarem Verstand – und leider auch emotionaler, als ich es sein wollte. Ich konnte kaum glauben, wie Chris so etwas zu mir sagen konnte. Ich verstand es nicht – und eigentlich wollte ich es auch gar nicht verstehen.

»Ich weiß«, versuchte Chris mich zu beschwichtigen. »Worauf ich hinauswill«, nahm er erneut Anlauf, »ist, dass wir Journalisten sind, Caroline. Wir haben eine Macht, der wir uns bewusst werden müssen. Mit dem, was wir erzählen und schreiben, können wir Berge versetzen.« Er sah mich fest an. »Wir wollen Sportreporter werden, keine Klatschreporter, richtig?«, zog er dann sein Ass aus dem Ärmel. »Also müssen wir aufpassen, was wir von uns geben. Dieses hypothetische Video zeigt doch nur -«

»Du«, spuckte ich ihm entgegen, »kannst dir dein hypothetisches Video sonst wohin schieben.« Ich richtete meinen starren Blick auf das Spielfeld.

Chris fixierte mich weiterhin, und ich konnte seine Beklommenheit förmlich spüren. Ich wartete nur noch darauf, dass seine Ohren umklappten wie bei einem traurigen Hund. »Caroline …«

»Ich will jetzt wirklich nicht mit dir reden«, stieß ich jede einzelne Silbe betonend hervor.

Abwehrend hob er die Hände. »Okay. Dann nicht.«

Wenn ich etwas perfektioniert hatte, dann war es eisiges Schweigen. Ich sprach kein Wort mehr mit Chris, sondern konzentrierte mich stattdessen voll und ganz auf die Spieler – und in regelmäßigen Abständen auf mein Handy. Dabei sah ich, dass Chris live vom

Training tweetete, und hätte fast rein aus Gewohnheit ein Herz dagelassen. Im letzten Moment hielt ich mich zurück.

Als Chris Kaffee holen ging, brachte er mir einen mit. Ich haderte mit mir, akzeptierte ihn dann aber, und wir sprachen wieder miteinander. Ich konnte ihm nicht lange böse sein – aber das, was er gesagt hatte, spukte mir wie ein Albtraum im Hinterkopf herum. Ich hatte ihm nicht dafür vergeben, und ich wusste auch nicht, ob ich es je könnte.

Die Trojans rannten. Sie rannten so unglaublich viel, dass mir schon vom Zusehen der Schweiß ausbrach und ich erleichtert war, als Coach Black sie in Gruppen für einen Zirkel aufteilte und damit auch etwas Abwechslung in die Sache brachte.

Eine Gruppe beschäftigte sich mit sogenannten *Pop-up-Dummys* – etwa mannshohen, aufblasbaren roten Säulen, die die Spieler einen nach dem anderen rammen sollten und die sich sofort wieder aufrichteten. Später machten sie dasselbe mit ihren Teamkollegen, die sich nur mit einem Handschild, zusätzlich zur normalen Ausrüstung schützen konnten.

Die Nächsten schoben Schlitten im Eiltempo durch die Gegend – nur um sie kurz darauf in die entgegengesetzte Richtung zurückzuziehen. Wieder andere waren mit mehr Burpees und Liegestützen zugange, als ich in meinem ganzen Leben schaffen könnte. Sie krochen über den Boden, als wären sie beim Militär, sprangen auf einem oder beiden Beinen oder beschrieben schnelle, trippelnde Schritte und wechselten hastig die Richtung, wann immer ihr Coach ihnen das Kommando dazu gab.

Zumindest mussten die Zuschauer keine Angst haben, von einem Ball getroffen zu werden, denn von denen konnte ich keinen einzigen weit und breit erkennen.

Jeff schlug sich gut. Nein, noch mehr als das: Er war in Topform. Nicht einmal die Tatsache, dass er sein Trainingsprogramm vor drei Tagen für mich ›angepasst‹ hatte, hatte etwas daran ändern können. Ich hoffte nur, dass er später noch genug Energie für mich übrig hatte.

Vaughn hingegen war … ganz in Ordnung. Da ich früher öfter bei Trainings gewesen war, wusste ich, wie er aussah, wenn er sein

Bestes gab. Jetzt aber wirkte er irgendwie angeschlagen. Schlapp. Im Laufe der ersten zwei Stunden hatte er sich von jedem Coach mindestens einmal anschreien lassen. Es geschah ihm ganz recht. Vielleicht brauchte ich überhaupt keine Beweismittel, um seine Karriere zu zerstören, weil er das auch ganz allein schaffte.

Ein Teil von mir – ein winzig kleiner – rechnete damit, dass er nicht in Form war, weil ihn das schlechte Gewissen plagte. Dass er nach dem Spiel auf mich zukommen würde. Dass er sich bei mir entschuldigen würde, so, wie er sich für sein Machogehabe beim Spiel der Rams entschuldigt hatte. Weil er betrunken gewesen war und sich nicht im Griff gehabt hatte und doch kein ganz so schlechter Kerl war.

Aber das tat er nicht.

Jeff war derjenige, der am Ende zu uns kam. Er atmete schwer, und als er den Helm abnahm, klebten ihm seine schweißnassen Haare an den Schläfen. »Ihr seid noch hier«, stellte er fest und drückte mir einen Kuss auf die Lippen, kaum dass ich aufgestanden war.

Ich grinste triumphierend. »Ich hab's dir doch gesagt.«

Jeffs Blick zuckte zu den sechs Kaffeebechern, die zwischen uns im Gras lagen. »Waren Hilfsmittel erlaubt?«, fragte er amüsiert.

»Und wie sie das waren«, brummte Chris, der sich zwischenzeitlich die Folge irgendeiner Teenie-Serie auf Netflix angesehen hatte.

»Bleibt ihr hier?«, fragte Jeff, während die anderen Spieler als Rudel an uns vorbeizogen. »Ich bin in zwanzig Minuten fertig.«

»Ich hoffentlich auch mit Coach Black, wenn ich Glück habe.« Chris erhob sich schwerfällig und schüttelte seine Beine aus. »Er hat ziemlich miese Laune heute.«

»Ach.« Jeff zuckte die Achseln. »Eigentlich ist er selten besser drauf.«

Chris stöhnte. »Das ist doch – hey!« Er sah in Richtung Coach Black, der Anstalten machte, den Platz zu verlassen. »Der will mich doch auf den Arm nehmen, oder? Coach Black!«, rief er ihm zu, ehe der sich in Richtung Gebäude aufmachen konnte. »Wie wäre es mit zehn Minuten für ein kurzes Gespräch?«

»Na dann viel Spaß.« Jeff hauchte mir einen Kuss auf die Stirn, ehe er den anderen Spielern folgte.

Coach Black, dessen Hautfarbe zu seinem Namen passte, drehte sich um und fixierte uns. Ich hatte selten persönlich mit ihm zu tun gehabt, aber in seinem Blick lag eine Härte, unter der ich zu Stein erstarren wollte. »Ach ja.« Obwohl er nur murmelte, besaß seine Stimme eine so hohe Grundlautstärke, dass sie trotzdem bis an unsere Ohren drang. »Da war ja was.«

Chris setzte ein breites Lächeln auf, und wir überbrückten die übrige Distanz zu ihm.

»Also gut«, brummte der Trainer. »Schieß los.«

»Coach Black«, begann Chris, und ich zog mein Handy aus der Tasche, um eine Aufnahme mitlaufen zu lassen und mich ein kleines bisschen weniger überflüssig zu fühlen. »Das Finalspiel steht kurz bevor. Wie schätzen Sie die heutige Leistung des Teams ein?«

»Ganz passabel.«

Stille.

Chris räusperte sich. »Glauben Sie, dass die Trojans fit für das Finale sind?«

»Wird sich zeigen.«

Ich widerstand dem Drang, mich wegzudrehen, und war einfach nur froh, dass Mike mir den Job nicht gegeben hatte. Es gab gute Interviewpartner, die von sich aus ihre ganze Lebensgeschichte breittraten – die meisten Uni-Athleten gehörten dazu –, und dann gab es noch Menschen wie Coach Black, denen man nicht einmal etwas aus der Nase ziehen könnte, wenn man einen Haken mitbrachte.

Das Blitz-Frage-Antwort-Spiel hielt jedoch keine zwei Minuten an. Nicht, weil Chris die Fragen ausgingen – er war bestens vorbereitet –, sondern weil sie jäh unterbrochen wurden.

»Coach!«, drang eine Stimme aus weiter Ferne an unsere Ohren. Wir drehten die Köpfe und erblickten Wayne, einen der Reserve-Linebacker, der auf uns zu gerannt kam. Und damit meinte ich nicht, dass er joggte – er rannte! »Wir haben ein Problem, Coach!«

Coach Blacks Miene verfinsterte sich. »Was für ein Problem?« Er sah nicht so aus, als würde er sich Sorgen machen, sondern als rechnete er fest mit etwas, das ihm seine Laune noch mehr verderben würde als ohnehin schon.

»Schmitt und Moreno«, keuchte Wayne sichtlich erschöpft von der extra Laufeinheit, und blieb vor uns stehen. »Sie sind ausgetickt!«

Mein Herz machte einen Satz.

»Was soll das heißen?«, fragten der Coach und ich gleichzeitig, ehe er eine wegwerfende Handbewegung machte und sich in Bewegung setzte. »College-Football«, glaubte ich, ihn murren zu hören, als würde er sich hier nicht eine goldene Nase verdienen, während all seine Spieler leer ausgingen.

Ein ungutes Gefühl machte sich in mir breit. Jeff und Vaughn – das konnte einfach nicht gut gehen.

Ich wollte ihm folgen, aber Chris legte mir eine Hand auf die Schulter. »Das klingt nicht wie eine Party, bei der du mitmachen willst.«

Entgeistert blickte Wayne dem Coach hinterher. »Wieso geht er so langsam!?«, stieß er unter zusammengepressten Kiefern hervor.

»Hey!«, zog ich seine Aufmerksamkeit auf mich. »Was zur Hölle ist da drinnen passiert?«

Wayne blinzelte, als hätte er Chris und mich erst jetzt bemerkt. »Ähm.« Er kam allmählich wieder zu Atem. »Die beiden sind aufeinander losgegangen.«

»Was?«, krächzte ich. Jeff? Unmöglich. Vaughn musste …

Oder …

Ich erinnerte mich an Jeffs steinernen Gesichtsausdruck, als ich ihm von der Semesteranfangsparty erzählt hatte. Er hatte ruhig und gefasst auf mich gewirkt – aber im Nachhinein glaubte ich, einen Sturm unter seiner Fassade toben zu sehen.

Ich konnte es trotzdem nicht glauben. »Wer?« Ich schluckte. »Wer ist auf wen losgegangen?«

»K-keine Ahnung!«, gab Wayne entgeistert zurück. »Es spielt keine Rolle. Die anderen haben sie auseinanderbekommen, aber das bedeutet nicht, dass sie sich beruhigt haben. Der Coach muss unbedingt ein Machtwort -« Er unterbrach sich selbst, als er sich erneut nach Black umsah. »Er ist ja immer noch nicht drinnen!«, stöhnte er. »Sorry, ich muss -« Noch ehe er geendet hatte, fuhr er herum und lief ihm hinterher. »Coach!«, rief er. »Es ist dringend!«

Erst als ich zitternd einatmete, fiel mir auf, dass mein ganzer Körper zu beben begonnen hatte. Ich hatte die Kiefer fest aufeinandergepresst, und doch begannen meine Zähne zu knirschen. Ich konnte nichts dagegen tun. Mein Kopf war voll von Jeff. Was war da drinnen passiert?

»Hey.« Chris legte einen Arm um meine Schultern. Mit der freien Hand nahm er mein Handy an sich und stoppte die Aufnahme, die ich völlig vergessen hatte. »Es wird ihm schon gut gehen. Die Jungs sind doch nicht verrückt. Sie wissen, dass das Finale ansteht.«

Ich schnaubte. Er tat gerade so, als wäre das der einzige Grund des Teams, sich nicht gegenseitig in Stücke zu reißen.

Plötzlich stieg eine grausame Vorahnung in mir auf. Ich versteifte mich in Chris' Griff. Was, wenn genau das Vaughns Plan gewesen war? Das Finale stand kurz bevor – und damit Jeffs erste und vielleicht einzige Chance, in der NFL zu landen.

Wenn er keinen Deut klüger und vernünftiger war, als ich dachte, hatte ich Vaughns Ego gehörig angekratzt. Jeff hatte sich im Training verdammt gut geschlagen – ganz im Gegensatz zu ihm. Es würde mich nicht überraschen, wenn Vaughn das spätestens in der Umkleide zu Kopf gestiegen war. Und welche Rache wäre süßer als die, mit der er dafür sorgte, dass Jeff im Finalspiel ausfallen würde?

Mir wurde übel. »Bitte sag das noch mal«, flüsterte ich, als eine hysterische Angst sich mir breitmachte. »Sag, dass es ihm gut geht.«

Ich spürte Chris' besorgten Blick auf mir, konnte meinen aber nicht vom Gebäude mit den Umkleiden reißen. »Caroline …«

Obwohl ich ihn darum gebeten hatte, mir gut zuzureden, konnte ich alles, was daraufhin kam, nicht hören. Ich fühlte mich wie in Trance, wie in eine andere Atmosphäre gebeamt, in der ich an nichts anderes denken konnte als an Jeff.

So lange, bis er endlich das Gebäude verließ.

»Oh mein Gott«, hauchte ich. Ich wand mich aus Chris' Arm, überließ ihm mein Handy und stürzte in Jeffs Richtung. »Alles in

Ordnung?«, wollte ich rufen, konnte meine Stimme aber selbst kaum hören.

Jeff sah ziemlich ramponiert aus. Sein Gesicht und seine Arme waren von roten Flecken übersät, seine Lippen blutig, und auch wenn er kein blaues Auge davongetragen hatte, sah die Stelle über seinem Wangenknochen leicht geschwollen aus.

Als ich bei ihm ankam, ließ er seine Sporttasche fallen. Unsicherheit lag in seiner Miene. »Cary, es tut mir -«

»Was auch immer da drinnen mit Vaughn passiert ist«, unterbrach ich ihn, ohne nachzudenken. »Sag mir bitte, dass du gewonnen hast.«

Einen Augenblick lang starrte Jeff mich einfach nur überrascht an. Dann lächelte er leicht – das war Antwort genug.

»Gott sei Dank.« Sämtliche Kraft wich aus meinen Beinen, und ich fiel ihm um den Hals. »Das hat er verdient.«

»Cary«, hob er zaghaft an, drückte mich aber mindestens so sehr an sich wie ich ihn. »Ich habe angefangen.«

Mein Griff wurde fester. »Was?«, fragte ich tonlos.

»Er ...« Jeff zögerte. »Er hat mich provoziert. Er hat gesagt, er hätte dir bei der Semesteranfangsparty die Zunge in den Hals gesteckt.«

Ich sog scharf die Luft ein. Dieser verdammte ... »Ohne meine Zustimmung«, erinnerte ich ihn angespannt.

»Ich weiß«, seufzte er. »Ich glaube dir. Aber in diesem Augenblick ... konnte ich mich einfach nicht mehr beherrschen.«

Ich wollte mich geschmeichelt fühlen, doch in diesem Moment fiel mir etwas ein. Etwas, das genauso schlimm wäre wie jede Verletzung, die er bei der Prügelei hätte davontragen können.

Ich löste mich leicht von ihm, und mein Blick zuckte zum Gebäude, aus dem ein Spieler nach dem anderen getrottet kam. Vaughn konnte ich nicht unter ihnen ausmachen. »Was hat der Coach gesagt?«, fragte ich tonlos. »Darfst du ... darfst du noch spielen?«

Jeff nickte, und die Erleichterung erfasste mich so unvermittelt, dass ich mich kaum auf den Beinen halten konnte. »Aber er hat eine

Verwarnung ausgesprochen – an uns beide. Bis zum Finalspiel dürfen wir uns keinen Fehltritt mehr erlauben.«

»Na ja«, gab ich achselzuckend zurück. »Das dürfte nicht so schwierig sein, oder?«

Jeff senkte den Blick. »Tut mir leid«, sagte er. »Ich hätte nicht so aus der Haut fahren dürfen. Das sieht mir überhaupt nicht ähnlich.«

»Kein Grund, sich zu entschuldigen!« Ich lächelte. »Ich bin stolz auf dich.«

Als ich diesmal meine Arme um seinen Hals schlang, tat ich es, um ihn zu küssen. Von da an schlug die Stimmung verdammt schnell um.

Ich spürte seine Hand auf meiner Wange und stellte mir vor, wie er seine großen, harten Fäuste in Vaughns Gesicht versenkte …

Binnen weniger Sekunden breitete sich eine Hitze in mir aus, die Jeff durch jede meiner Poren spüren musste. Ich wollte, dass er mich packte, mich auf mein Bett warf und seine ungestillte Wut an mir ausließ. Ich wollte, dass er seiner Eifersucht nachgab. Dass er mich für sich beanspruchte und sich erst zufriedengab, wenn ich seinen Namen schrie.

Die Bewegungen meiner Lippen auf seinen wurden leidenschaftlicher, Jeffs Griff um mich fester, meine Zungenspitze testete ihre Möglichkeiten aus und wurde von seiner völlig überrumpelt. Meine Hand fuhr durch sein Haar, ein leichter Seufzer entglitt meinem Mund und -

Als mir mit einem Schlag klar wurde, dass ich kurz davor war, ihm an Ort und Stelle die Kleidung vom Leib zu reißen, machte ich mich von ihm los. »Schläfst du heute bei mir?«, fragte ich atemlos.

Jeffs Schultern hoben und senkten sich in abgehackten Bewegungen. »Ja.«

Aber das reichte mir nicht. »Jetzt?« Jeff war so stark und wild, und ich wollte, dass er mir diese Seite von sich im Bett unter Beweis stellte. Oder wo auch immer wir landen würden, wenn die Lust uns beide übermannte.

Genau diese Lust brannte so deutlich in Jeffs Augen, dass ich ahnte, dass wir es niemals nach Hause schaffen würden. »Mhm.«

»Leute«, stöhnte Chris, der inzwischen die Distanz zu uns überbrückt hatte.

Ich wandte mich zu ihm um, während Jeff meine Hand nahm. »Wir sehen uns morgen, ja?«, wimmelte ich Chris eilig ab und schenkte ihm ein entschuldigendes Lächeln, während er mir mein Handy zurückgab. »Du bist der Beste!«

»Ich weiß«, brummte er. »Ich weiß.«

Erst am nächsten Morgen wurde mir klar, warum Jeff mit mir nach Hause gekommen war. Okay, wir waren ziemlich heiß aufeinander gewesen. Aber da war noch etwas anderes. Obwohl ich gestern Abend seine Wunden einigermaßen versorgt hatte – wir hatten den Erste-Hilfe-Kasten aus seinem Auto benutzen müssen –, sah er immer noch übel zugerichtet aus. Vor allem die geschwollene Stelle unter seinem Auge beschwor beim bloßen Anblick Schmerzen in mir herauf.

In diesem Zustand hätte er gestern unmöglich zu sich nach Hause gehen können. Und ich wusste nicht, ob die Situation heute besser war. Was würde seine Mom dazu sagen, wenn sie seine Verletzungen sah?

»Zum Glück haben wir noch eine Woche frei«, murmelte ich. Ich lag neben ihm in meinem Bett, er einen Arm um meine Schultern, während ich sein geschundenes Gesicht betrachtete. »Andernfalls wären Vaughn und du das Gesprächsthema auf dem ganzen Campus.«

Jeff starrte an die Decke. »Glaubst du wirklich, dass wir es nicht ohnehin sein werden?«, brummte er.

Ich biss mir auf die Unterlippe. Ich hatte es vermieden, Chris' Twitter-Account zu checken, doch so sehr ich auch hoffte, er würde die Sache nicht an die große Glocke hängen, so wenig glaubte ich wirklich daran. »Und wenn schon«, beharrte ich. »Bis nächste Woche haben das alle schon längst wieder vergessen.« Ich ließ meine Finger über seine nackte Brust gleiten. »Und dann wirst du das Finale rocken und kannst dich bis April zurücklehnen … während wir die größte Afterparty schmeißen, die der Campus je gesehen hat!«

Jeff blickte finster drein.

Meine Schultern sackten herab. »Oder ... auch nicht«, murmelte ich mit einem Stich der Enttäuschung.

Doch Jeff schüttelte den Kopf. »Ich würde gern kommen«, erklärte er. »Aber ich kann nicht.«

Ich schnaubte belustigt. »Warum nicht? Weil du nach dem Spiel noch wichtige Termine hast?«

»Ich nicht«, entgegnete er und setzte sich umständlich auf. »Aber meine Mom.«

Ich stockte und tat es ihm gleich. »Oh.« Mir lagen unzählige Fragen auf den Lippen, angefangen mit der, ob sich ihr Gesundheitszustand verschlechtert hatte – aber dann würde man wohl kaum einen Arzttermin in zwei Wochen vereinbaren. Deshalb war ein »Was ...?« alles, was ich herausbekam.

»Sie muss zu einer Beratungsstelle für mittellose Krebskranke. Die werden sie dort über ihre Möglichkeiten informieren.« Er atmete tief durch. »Ich muss sie hinfahren und hoffen, dass irgendetwas Gutes bei der Sache herauskommt. Deshalb«, er richtete seine haselnussbraunen Augen auf mich, »kann ich nach dem Spiel nicht lange bleiben. Nicht, dass das irgendetwas bringen würde, aber ... es ist ihr wichtig. Und mir damit auch.«

Ich lächelte. »Hat dir schon mal jemand gesagt, dass du der tollste Sohn überhaupt bist?« Ich strich ihm über die Wange. »Ganz abgesehen davon, dass du der beste Freund überhaupt bist«, fügte ich grinsend hinzu.

Jeffs Mundwinkel hoben sich leicht. »Davon höre ich zum ersten Mal«, sagte er leise. »Aber irgendwie fällt es mir schwer, dir das zu glauben.«

Ich schwang mein Bein über seine, um auf seinem Schoß sitzen zu können. »Soll ich es dir beweisen?«, hauchte ich, nahm sein Gesicht in meine Hände und brachte meine Lippen ganz nahe an seine.

»Du kannst es versuchen«, raunte er, während sein Mund in einer hauchzarten Berührung über meinen strich. »Aber du wirst dich anstrengen müssen, um mich überzeugen zu können.«

»Lass dich überraschen«, flüsterte ich, während seine Hände sich unter mein Nachthemd schoben. »Ich habe so einige Waffen auf Lager.«

Ich hatte nicht die geringste Ahnung, dass ich bald eine ganz andere Art von Überzeugungsarbeit leisten müsste.

14. Kapitel

»Warum starren sie denn alle so?«, murmelte ich, als Jeff und ich durch den Founders Park schlenderten. Ich hatte keine Ahnung, wie viel Aufmerksamkeit Football-Spieler normalerweise bekamen, aber ich konnte schwören, dass sie nicht annähernd so sehr von Blicken durchbohrt wurden wie wir beide an diesem Montagmorgen.

»Ich sag's doch«, raunte Jeff. »Sie haben das mit Vaughn nicht vergessen.« Er machte eine Pause. »Genauso wenig wie Vaughn.«

Ein mulmiges Gefühl stieg in mir auf. Ich war nicht zu jedem der vergangenen Trainings gekommen, aber wenn ich vor Ort gewesen war, hatte ich deutlich gespürt, was für eine schlechte Stimmung in der Luft lag. Das Team schien sich in zwei Lager gespalten zu haben – diejenigen, die auf Vaughns Seite standen, und die wenigen, die sich trauten, auf der Gegenseite des Quarterbacks zu sein.

Coach Black war alles andere als zufrieden mit der Situation. Schließlich stand das Finale kurz bevor, und Football war immer noch ein Mannschaftssport. Er hatte das Team noch mehr angeschrien als sonst, und seine gellende Stimme hallte sogar jetzt in meinem Schädel wider. »Bis zum Spiel werden sie sich beruhigt haben.« Ich wusste nicht, ob ich damit Jeff oder mich selbst beschwichtigen wollte. »Spätestens wenn ihr gewinnt.«

Jeff schnaubte bloß. Es war der erste Tag des neuen Semesters, und man könnte meinen, dass jeder Student an dieser Universität sich heute vornahm, dass alles besser werden würde als im Herbst. Aber das bedeutete offenbar noch lange nicht, dass sie alles über Bord warfen, was in dieser Zeit passiert war.

Jeff war auf dem Weg in die Vorlesung, ich in das Redaktionsbüro der *Trojan Horse*, deren Printausgabe heute erschienen war. Ich versuchte, die Blicke, die unsere Kommilitonen uns auf dem Weg zuwarfen, zu ignorieren und mit belanglosem Geplapper zu überspielen, aber ich konnte sie nicht auf Dauer ausblenden. Nicht zuletzt, weil sie mich verwirrten.

Viele von ihnen sahen neugierig drein, andere fast schon irritiert, wieder andere verärgert, und das waren zu viele unterschiedliche Emotionen für meinen Geschmack. Konnte es hier wirklich noch um die Prügelei von letzter Woche gehen? Wie nachtragend konnte ein Haufen Zwanzigjähriger sein?

Ich sah Jeff von der Seite an. Oder war noch etwas vorgefallen? Etwas, von dem er mir nichts erzählt hatte?

Nein. Über die Phase des Lügens und Verschweigens waren wir eindeutig hinweg. Aber was war dann auf dem Campus los?

»Oh.« Jeff hielt mich an der Schulter zurück, als wir die Soziologiefakultät betraten, und brachte mich zum Stehenbleiben. »Da vorn ist mein Betreuer. Wartest du kurz?« Erst als er sich von mir gelöst hatte und einem älteren Mann hinterherjoggte, leuchtete mir ein, dass er von seiner Bachelorarbeit sprach.

Ich beobachtete Jeff dabei, wie er den Mann aufhielt und ihn in ein kurzes Gespräch verwickelte. Ich vermied es, den Blick schweifen zu lassen, weil ich das Gefühl hatte, dass mir das, was ich sehen würde, nicht gefiel.

Deshalb entdeckte ich Jessica nur, weil sie sich mit einem rasenden Tempo an den anderen vorbeischob und geradewegs durch den Gang auf mich zustürmte.

Einem natürlichen Fluchtinstinkt folgend sah ich mich nach den Toiletten um, reagierte aber nicht schnell genug.

»Cary!«, rief sie laut und stolperte zu mir. Sie hielt die Printausgabe der *Trojan Horse* in den Händen, und ich riet, dass sie sich nur eine gekauft hatte, weil sie hoffte, in irgendeinem Artikel abgelichtet worden zu sein. »Du bist der Wahnsinn!«

Ich blinzelte. »Ähm, danke«, erwiderte ich. Gleichzeitig stieg ein ungutes Gefühl in mir auf. »Aber was habe ich gemacht?«

Jessica grinste bis über beide Ohren. »Ich spreche von deinem Artikel, du Dummerchen!«

Ich stutzte. *Meinem Artikel?* »Aber -« Hatte Mike meine positiv-neutrale Story über Jeff doch abgedruckt? Plötzlich wurde ich von einem Anflug von Wärme erfüllt. Mike mochte vielleicht ein strenger Chefredakteur sein, aber er war auch mein Freund. Er wollte mich unterstützen, indem er dafür sorgte, dass ich in der neuen Ausgabe eine Plattform bekam.

Ich musste mich unbedingt bei ihm bedanken.

»Du bist einfach unglaublich!«, drang Jessicas Stimme wie aus weiter Ferne an meine Ohren. »Wart's nur ab, die großen Zeitungen des Landes werden dich bestimmt bald als Undercover-Reporterin wegrekrutieren!«

Ich konnte ihr nicht folgen. »Undercover?«, wiederholte ich vorsichtig.

»Sagt man das nicht so?«, fragte sie lässig. »Ich meine, mit einem Football-Spieler zusammenzukommen, nur um dann einen Bericht -«, plapperte sie drauflos – bis sie plötzlich verstummte und ihre Augen sich weiteten.

Am Rande meines Bewusstseins bemerkte ich, dass Jeff an meine Seite trat, wagte es aber nicht, mich ihm zuzuwenden, aus Angst, Jessica würde hakenschlagend wie ein Kaninchen die Flucht ergreifen.

»Oh«, krächzte sie. Sie runzelte die Stirn, während ihr Blick unaufhörlich zwischen uns beiden hin und her zuckte. »Das ist jetzt irgendwie seltsam.«

Ärger stieg in mir hoch. »Das kannst du laut sagen«, erwiderte ich gereizt. »Wovon zur Hölle sprichst du?«

»Ähm.« Jessicas sonnengebräunte Haut schien eine Nuance blasser zu werden. Inzwischen hatte sie sich dazu entschieden, nur noch Jeff anzustarren, was mich aber kein bisschen beruhigte. »Vielleicht sollten wir … ein andermal …«

Auf einmal spürte ich ein drohendes Ziehen in meinem Hinterkopf. Ich wusste nicht, ob es ein Frauen- oder Journalisteninstinkt war, aber feststand, dass er mich noch nie getäuscht hatte. Meine Wahrnehmung verblasste, bis nur noch die *Trojan Horse* existierte, die Jessica mit ihrer verkrampften Hand umklammert hielt.

Irgendetwas stimmte nicht.

»Jessica«, sagte ich trocken. »Gib mir das Magazin.«

»Ähm.« Sie machte einen unsicheren Schritt zurück – mehr als die Reaktion brauchte es nicht, um meinen Verdacht zu bestätigen. »Ich bin mir nicht sicher, ob -«

»Jessica!« Mit einem Satz war ich bei ihr und riss an der *Trojan Horse.*

Sie schrie auf und zerrte an der anderen Seite, und für einen Moment rechnete ich fest damit, dass das Magazin einfach in der Mitte reißen würde. Ich packte es mit der anderen Hand und zog es mit einem Ruck an mich – und aus Jessicas Fingern.

»Hey!«, rief sie aus, doch ich kümmerte mich nicht darum.

»Gibt es ein Problem?«, fragte Jeff verwirrt, was die Unruhe in meinem Inneren ins Unermessliche wachsen ließ.

Ich hoffe nicht, Jeff, dachte ich, während ich mich vorsichtshalber von Jessica wegdrehte und die *Trojan Horse* aufschlug. Meine Finger begannen zu zittern, und ich besaß nicht die Konzentration, um das Inhaltsverzeichnis zu scannen, weshalb ich einfach zum Sportteil übersprang – und groß und breit ein Foto von Jeff entdeckte, das auf einer Doppelseite prangte.

JEFF MORENO – Aufsteigender Football-Star oder Opfer seiner Wurzeln?

Meine Hände versteiften sich um das Magazin und drückten Falten in das Papier. Mein Herz setzte mehrere Schläge lang aus, und das allgegenwärtige Gemurmel der Menschen um uns herum verblasste im Nichts.

Das war nicht meine Überschrift. Und doch stand allein mein Name darunter. *Caroline Jenkins.*

Aber das war noch nicht alles.

Meine Knie wurden weich. »Oh mein Gott«, hauchte ich, als mein Blick über die Zeilen flog.

Jeff Moreno … Vater Clive Baxter … 1998 zu lebenslanger Haft verurteilt … Vergewaltigung und Mord an einer jungen Frau …

Ich las nicht weiter. Weil ich nicht mehr konnte. Und weil ich auch nicht musste. Weil jedes dieser Worte aus meiner Feder stammte. Ich hatte sie vor einem Monat geschrieben – vor einer gefühlten Ewigkeit –, als ich nach meiner ersten Nacht mit Jeff so durch den Wind gewesen war, dass ich viel tiefer in seinem Leben gegraben hatte, als ich es ihm jemals hätte antun dürfen.

Der Beweis dafür, dass ich sein Vertrauen missbraucht hatte, lag nun in unseren Händen. Aber da stand noch mehr. Noch viel mehr. Dinge, die definitiv nicht aus meiner Feder stammten – weil sie erst vor kurzem passiert waren.

Mannschaftstraining … Meisterschaftsfinale … mit Quarterback Vaughn Schmitt aneinandergeraten … handfeste Prügelei … Verwarnung durch Coach Shaun Black … Teilnahme steht auf dem Spiel.

Mein Magen krampfte sich zusammen, als mein Blick zu den letzten Zeilen sprang:

Jeff Moreno, unsere Nummer 26 des Football-Teams, hat uns diese Saison in keinem Spiel enttäuscht. Doch seine Wurzeln scheinen allmählich auf ihn abzufärben. Obwohl seine sportliche Leistung sehr gut war, bleibt abzuwarten, ob ein NFL-Team ihn angesichts seiner persönlichen Vorgeschichte draften wird. Die Trojan Horse *bleibt dran!*

Mir wurde schwindelig. Meine Finger begannen zu beben und meine Sicht zu verschwimmen. »Wer zur Hölle«, flüsterte ich mit zitternder Stimme, »war das?«

Auf einmal verstand ich, woher die Blicke auf dem ganzen Campus gekommen waren. Am ersten Semestertag ging die *Trojan Horse* weg wie warme Semmeln. Wer wusste schon, wie viele unserer Kommilitonen diesen Artikel bereits aufgeschlagen hatten?

Nun wussten sie alle Bescheid. Sie wussten einfach alles über Jeff.

Erst jetzt fiel mir auf, dass Jeff neben mir stand – und gerade dasselbe gelesen hatte wie ich. Erschrocken riss ich den Kopf herum. »Jeff, ich -« Ich verschluckte meine eigenen Worte, als ich seinen steinernen Gesichtsausdruck sah.

»Ähm, Leute?«, fragte Jessica mit hoher Stimme in unserem Rücken.

Abrupt klappte ich die *Trojan Horse* zu. »I-ich wusste nichts davon!«, stammelte ich hilflos. »Ich hatte keine Ahnung -«

»Komm mit«, unterbrach Jeff mich barsch. Dann packte er mich grob am Arm und zerrte mich einfach mit sich.

»Jeff!«, presste ich hervor. Ich versuchte, mich aus seinem Griff zu lösen oder ihn auch nur ein kleines bisschen zu lockern, aber er war zu stark – und unerbittlich. »Du tust mir weh!«

Er zog mich geradewegs in die Männertoilette und schlug die Tür hinter uns zu.

Unsicher sah ich mich um, während Jeff die gegenüberliegende Wand anstarrte. Sein Atem ging schwer. »Glaubst du wirklich, hier wäre ein guter Ort zum -«

Blitzschnell wirbelte Jeff herum. »Du hast gesagt, du hast ihn gelöscht!«, fuhr er mich an.

Mein ganzer Körper wurde steif. »Habe ich auch!«, beteuerte ich. »Du hast mir doch dabei zugesehen!«

»Und wie«, knurrte er und deutete auf die *Trojan Horse* in meiner Hand, »ist der identische Bericht dann in der Printausgabe gelandet?«

Eiskalte Verzweiflung stieg in mir hoch. »Ich weiß es nicht!« Ich schluckte, während brennende Tränen in meine Augen stiegen. »Ich habe keine Ahnung, das musst du mir glauben!«

Jeff schnaubte trocken. »Wie soll ich dir jetzt noch irgendetwas glauben?«

Ich stockte. Eine einzelne Träne löste sich aus meinem Augenwinkel. »Das meinst du nicht so«, flüsterte ich.

»O doch.« Ein harter Zug hatte sich um seinen Kiefer gebildet. »Ich meine jedes einzelne Wort davon. Genau wie du in deinem blöden Artikel!«, stieß er hervor. Ich bildete mir ein, dass in seinen Augen ein feuchter Schimmer lag, doch seine Miene zeigte nichts als Wut und Enttäuschung.

»Der ist nicht von mir!«, beteuerte ich. »Ich habe ihn gelöscht, ich schwöre es dir -«

»Verdammt!«, rief er so laut aus, dass ich zusammenzuckte, und warf die Arme in die Luft. »Habe ich denn keine anderen Probleme!?«

Das schlechte Gewissen drohte die Oberhand über mein Denken zu nehmen. Ein Schluchzen kroch meine Kehle herauf, doch ich schluckte es im letzten Moment herunter. Zu weinen würde nichts besser machen. Sondern nur noch schlimmer, wenn Jeff sich nicht einmal durch Tränen erweichen ließ. Er hatte jedes Recht dazu, sauer auf mich zu sein. Aber ich konnte es wiedergutmachen. Ich *würde* es wiedergutmachen!

»Jeff!«, beschwor ich ihn. »Ich kümmere mich darum! Ich finde heraus, wer es war und -«

»Zu spät!« Er ballte die Hände zu Fäusten. »Hast du dich schon mal auf dem Campus umgesehen? Jeder Zweite hat eure blöde Zeitung in der Hand!« Er atmete bebend ein. »Der Schaden ist angerichtet. Und es wäre niemals so weit gekommen, wenn du den Bericht gar nicht erst geschrieben hättest!«

Mein Herz brach in tausend Teile, die brennend heiß durch meine Brust stoben. »Jeff -«

»Es ist allein deine Schuld«, knurrte er. »Ich habe dir vertraut, und du -« Er stockte. Heftig schüttelte er den Kopf. »Ich bin fertig mit dir, Caroline.« Mit diesen Worten schob er sich an mir vorbei zur Tür.

»Jeff!« Ohne zu überlegen, fuhr ich herum, schlang von hinten meine Arme um ihn und klammerte mich an ihm fest. »Bitte.« Meine Stimme war nicht mehr als ein Hauch ihrer selbst. »Geh jetzt nicht. Lass uns darüber reden.« Inzwischen konnte ich das Schluchzen nicht mehr unterdrücken. »Bei einem Kaffee. Um Mitternacht. Oder lass uns nicht darüber reden. Lass uns nie wieder reden, wenn du das nicht willst. Aber *bitte* geh jetzt nicht.« Denn wenn er jetzt ginge, wäre es vorbei. Es wäre endgültig vorbei, und es gäbe nichts mehr, was ich dagegen tun könnte.

Jeff war verletzt, und zum Teil war es meine Schuld. Dieser Artikel war sein wahrgewordener Albtraum – und nicht zuletzt mein eigener. Denn ich hatte schon einmal am eigenen Leib erfahren, wie unerbittlich Jeff sein konnte, wenn er sauer auf jemanden war. Und das, was jetzt passiert war, war viel mehr als die bloße Tatsache, dass ich den Artikel geschrieben hatte: Inzwischen könnte jeder Einzelne auf dem Campus über ihn Bescheid wissen. So kurz vor dem Finalspiel, so kurz nach der Sache mit Vaughn …

Es war schlimm. Es war hart. Aber Beziehungen wurden oft auf die Probe gestellt. Das hier war der entscheidende Moment. Der Moment, in dem Jeff und ich beweisen mussten, dass wir stark genug waren, um diese Hürde zu überwinden. Gemeinsam. Weil wir einander liebten.

Ich liebte ihn. Ich liebte ihn so sehr, dass die bloße Berührung seiner Hände auf meinen meine Tränen abrupt zum Versiegen brachte. Das Gefühl seiner Haut auf meiner hatte etwas Tröstliches an sich. Es brauchte nicht mehr, um die stürmische Verzweiflung in meinem Inneren durch einen Sonnenstrahl reinster Hoffnung zu ersetzen.

So lange, bis er meinen Griff entschieden löste. Er sah mich nicht an, als er eine Hand auf die Türklinke legte. »Ich habe dir nichts mehr zu sagen.«

Eine ganze Weile starrte ich einfach nur die Tür an, durch die Jeff gegangen war. Die Vorlesungen hatten schon angefangen, weshalb zum Glück niemand auf dieser Toilette war, um mir beim Weinen zuzuhören. Außer jemand war schon vor uns hier gewesen und traute sich jetzt nicht mehr nach draußen.

Auf einmal kam ich mir so vor, als wäre Jeff nicht einfach nur gegangen – sondern als hätte er einen wichtigen Teil von mir einfach mitgenommen. Ich fühlte mich leer, ausgehöhlt, nutzlos.

Ich konnte kaum einen klaren Gedanken fassen. Weil ich nicht begriff, was passiert war. Sowohl während der letzten Minuten als auch in den letzten Wochen. Ich hatte den Artikel gelöscht. Ich hatte ihn aus meiner Cloud entfernt und dann in meinem Papierkorb gelöscht. Falls das nicht ausgereicht hatte, besaß ich einfach nicht das technische Wissen, um ihn endgültig auszuradieren. Aber wer wäre schon dazu in der Lage, einen mehrfach gelöschten Artikel irgendwie wiederherzustellen? Und wer würde all diesen Aufwand auf sich nehmen, ohne zu wissen, was ich überhaupt geschrieben hatte?

Nein. Es war unmöglich, dass jemand in meinem Papierkorb gewühlt hatte. Doch woher kam mein Bericht dann? Hatte jemand eine Sicherungskopie erstel-

Plötzlich fiel es mir wie Schuppen von den Augen. Die Sicherungskopie.

Ich hatte den Artikel im Redaktionsbüro geschrieben und zur Sicherheit eine Kopie in der Redaktions-Cloud abgespeichert. In meinem persönlichen Ordner – auf den außer mir nur eine einzige Person Zugriff hatte: der Chefredakteur.

Auf einmal war es nicht nur um mich herum vollkommen ruhig – sondern auch in mir drin. Die Stille erfüllte mich von den Haaren bis in die Zehenspitzen. Sie kam mit einer Gewissheit, die einen Teil von mir, der mich die letzten zwei Jahre am Leben erhalten hatte, endgültig absterben ließ.

Ich warf einen Blick in den Spiegel, ließ etwas Wasser aus dem Hahn über meine Finger laufen und wischte damit über mein ruiniertes Make-up. Doch meine Mascara verschmierte damit umso mehr, weshalb ich zu Klopapier greifen musste, um das Problem einigermaßen beheben zu können. Ich hatte immer ein Make-up-Kit für Notfälle dabei, aber ich holte es gar nicht erst heraus. Stattdessen hob ich die *Trojan Horse* auf, die mir irgendwann aus der Hand auf den Boden gefallen war. Dann stürmte ich aus der Männertoilette.

Mein Ziel hatte sich nicht geändert. Aber jetzt war ich aus einem ganz anderen Grund auf dem Weg ins Redaktionsbüro. Einem Grund, der mich so schnell laufen ließ, wie meine Absatzschuhe mich trugen.

Noch vor einer Woche hatte ich mit Chris darüber gesprochen, ob es fair wäre, die Zukunft eines Sportlers durch brisante Infos aufs Spiel zu setzen. Chris hatte Vaughn in Schutz nehmen wollen, einen Mann, der es definitiv verdient hätte, wenn er alles verlöre – ganz im Gegensatz zu Jeff, einem aufrichtigen Menschen, der sich seinen Erfolg hart erarbeitet hatte.

Und jetzt stand Jeffs Name groß und fett in der Printausgabe, während Vaughn mit einer weißeren Weste denn je über den Campus stolzierte.

Das Leben ist nicht fair, schoss es mir durch den Kopf, ehe mir schlagartig klar wurde, dass das hier nichts mit dem realen Leben zu tun hatte. Es war kein Zufall, kein Schicksal und kein Pech, die dafür verantwortlich waren, dass mein verworfener Artikel im Magazin stand.

Es war ein Mensch gewesen. Ein Mensch, der auf meinen Entwurf gestoßen war und sich bewusst dazu entschieden hatte, ihn zu veröffentlichen. Wohlwissend, welche Auswirkungen das für Jeff haben würde – und nicht zuletzt für mich.

Und obwohl ich mir in den letzten Minuten etwas anderes hatte einreden wollen, gab es nur einen einzigen Menschen, der dazu in der Lage gewesen wäre.

Mein Herz schlug mir bis zum Hals, als ich das Redaktionsbüro der *Trojan Horse* betrat. Nicht vor Nervosität wie an meinem ersten Tag, als ich mit Mike eine Art Vorstellungsgespräch geführt hatte. Als mir mein Kontozugang gerade erst gesperrt worden war und ich mich noch an mein neues Leben hatte gewöhnen müssen. Als ich mir jeden Tag eingeredet hatte, dass mein Traumberuf Journalistin das alles mehr als wert war. Als ich nicht die geringste Ahnung gehabt hatte, was dieser Wunsch eines Tages anrichten würde.

Ich stürmte in das Büro und konnte Mike unter den wenigen, die es am frühen Morgen schon hierher verschlagen hatte, sofort ausmachen. Er wies gerade zwei Erstsemester an, Kartons mit Printausgaben zu den Verkaufsstellen zu tragen – und hielt überrascht inne, als ich wutentbrannt auf ihn zusteuerte. »Caroline«, sagte er, als hätte er wirklich keine Ahnung, warum ich ihn gleich einen Kopf kürzer machen würde.

Es machte mich rasend. »Du!«, rief ich aus und ignorierte die Köpfe, die sich nach mir umdrehten. »Du hast mich verraten!«

Mike schnaubte belustigt. »So viel Dramatik am Morgen?«

Abrupt kam ich vor ihm zum Stehen. »Du hast meinen Artikel veröffentlicht. Den *falschen* Artikel!«, fügte ich hinzu, bevor er den nächsten blöden Kommentar abfeuern konnte. »Ohne meine Zustimmung! Bist du von allen guten Geistern verlassen?«

Mike ließ die Schultern hängen. Offenbar begriff er in diesem Moment, dass er die Situation nicht einfach so herunterspielen konnte. Er sah sich kurz um, ehe er dann in Richtung Kopierraum nickte. »Warum sprechen wir nicht -«

»Nein!«, schrie ich ihn an. »Wir sprechen *hier*, und wir sprechen *jetzt*, klar?«

Mike stöhnte. »Ist das wirklich nötig?«

Ich ballte die Hände zu Fäusten. Meine Finger schlossen sich umso enger um die *Trojan Horse*. »Ist es. Denn jeder hier«, sagte ich umso lauter, »soll hören, was du getan hast. Du«, ich hob einen drohenden Finger, »warst mit meinem Artikel nicht zufrieden. Aber anstatt die Sache auf sich beruhen zu lassen, hast du dich in meinem

Ordner umgesehen, den nächstbesten Artikel rausgefischt und unter meinem Namen abgedruckt!«

»Ja«, lenkte er zu meiner Überraschung ein. »Gern geschehen.«

Mir klappte die Kinnlade herunter. »Ist das dein verdammter Ernst?« Ich holte tief Luft. »Ich bin mit Jeff zusammen, und jetzt glaubt der ganze Campus, ich hätte ihm etwas vorgemacht!«

Mike verdrehte die Augen. »Sorry, aber bei eurem ständigen On-Off habe ich auch keinen Plan mehr gehabt, was bei euch gerade los ist.«

»On-Off?«, wiederholte ich fassungslos. »Es gab nie ein Off!« Ich schluckte, als ich Jeffs wütendes Gesicht vor mir sah. »Bis heute. Du verdammter -«

»Und was lernen wir daraus?«, unterbrach er mich schroff. »Berufliches und Privates zu trennen.« Er kniff die Augen zusammen. »Auch wenn du es gerade noch nicht checkst, habe ich dir einen Gefallen getan, Caroline. Und eines Tages wirst du mir dafür danken.«

Mir blieb die Spucke weg. Ich wollte weinen. Ich wollte schreien. Aber ich konnte nicht. Ich begriff nicht, wie Mike mir in die Augen sehen und so etwas sagen konnte, ohne zu erröten. Wir kannten uns seit über einem Jahr. Ich hatte zu ihm aufgesehen. Hatte ihn bewundert. Hätte alles für sein Lob getan.

Doch die Schlange hatte sich gehäutet, und ihre grünen Schuppen traten nun deutlicher hervor denn je.

Er hatte keine Ahnung, was er angerichtet hatte. Jetzt wusste jeder über Jeff Bescheid – oder glaubte es zumindest. Über seinen Vater. Und das, obwohl das nicht einmal die halbe Geschichte über Jeff war. Sie bedeutete rein gar nichts.

Aber davon stand keine Silbe im Bericht. Dafür war er nicht geschrieben worden – sondern, um der University of Southern California eine Meinung aufzuzwingen, die weder gerechtfertigt noch vernünftig war. Es war nicht fair. Es war einfach nicht fair …

»Hey. Caroline.« Ich hatte Mike eine ganze Weile angestarrt, sodass jetzt doch ein Hauch von Unsicherheit seine Miene zierte. Er hob beschwichtigend die Hände und machte mich damit umso wütender. »Wir sind informiert. Die News werden seine Teilnahme am

Finalspiel in einer Woche nicht beeinflussen. Im Sport sind nur sportliche Aspekte -«

»Vielleicht nicht seine Teilnahme«, schnitt ich ihm das Wort ab. »Aber was ist mit der Zeit danach? Was ist mit dem NFL-Draft? Was ist mit seiner gottverdammten Karriere?!«, rief ich aus.

Mike blinzelte. »Das ist eine Angelegenheit der NFL-Teams. Und findest du nicht«, fügte er nüchtern hinzu, »dass es nur fair ihnen gegenüber ist, alles über ihre potenziellen Spieler zu erfahren, bevor sie sie zu sich holen?«

Meine Mundwinkel sackten herab. »Das hast du nicht gerade wirklich gesagt«, flüsterte ich.

»Ich meine«, fuhr er munter fort, »wenn ich ein NFL-Manager wäre, würde es mich brennend interessieren, ob einer meiner Picks neulich einen Wutanfall in der Mannschaftskabine hatte. Oder dass sein Vater ein verurteilter Mörder -«

»Untersteh dich!«, zischte ich. »Du kennst Jeff nicht.« Am Rande meines Bewusstseins nahm ich wahr, dass ich am ganzen Körper zu beben begonnen hatte. Die Blicke, die mich bis eben von allen Seiten durchbohrt hatten, prallten jetzt einfach an mir ab. »Du hast nicht das geringste Recht, über ihn oder seine Familie zu sprechen. Oder zu *schreiben!*«

Mike stutzte, dann erhellte sich seine Miene jedoch. »Wenn du von der Überarbeitung deines Artikels sprichst«, erwiderte er gelassen. »Das war ich nicht.« Sein Blick zuckte hinter mich, und er lächelte. »Ah, du kommst gerade richtig!«

Ein kalter Schauer lief über meinen Rücken. Mit steifen Bewegungen drehte ich mich um – und blickte Chris entgegen, der in einiger Entfernung stehen geblieben war und so aussah, als wollte er gleich wieder durch die Tür nach draußen stürzen.

Die Zeit schien stillzustehen. Eine schiere Ewigkeit spürte ich nichts anderes als das Blut, das in meinen Ohren rauschte, und mein Herz, das schneller in meiner Brust schlug, als ich aushielt. »Du?«, hauchte ich.

Zögerlich kam Chris auf mich zu. »Cary, ich wollte dich vorwarnen, aber ich wusste nicht, wie.«

Fassungslos starrte ich ihn an. »Du hast den Artikel umgeschrieben?«

»I-ich habe hier und da etwas hinzugefügt«, gestand er.

Von allen Menschen ausgerechnet er.

»Aber, Cary, ich -«

»Warum?«, krächzte ich.

Chris stockte. Sein Mund öffnete und schloss sich wieder. Dann zuckte sein Blick für einen Sekundenbruchteil zu Mike. »Du weißt, warum«, murmelte er und rammte mir damit einen Dolch in die Brust.

Er hatte recht. Chris und ich sprachen ständig über Mikes Kontakte zu angesehenen Sportredaktionen. Bei jedem unserer Meetings köderte er uns mit einem begehrten Praktikumsplatz, den er an das beste Redaktionsmitglied vermitteln würde. Chris hatte immer wieder gesagt, dass er einfach alles für Mike schreiben würde, um einen zu ergattern. Ich hatte ihn unterschätzt, zu glauben, dass er nicht jedes einzelne Wort so gemeint hatte.

Erschüttert sah ich vom einen zum anderen, während dieselbe unbeschreibliche Wut in mir hochkochte, die Jeff vorhin gegen mich gerichtet hatte. »Wie konntet ihr nur? Ihr habt vielleicht sein Leben und das seiner Familie zerstört!«

Mike schnaubte. »Sein Vater hat eine Frau vergewaltigt!«, hielt er dagegen. »Findest du nicht, dass die Welt davon erfahren sollte?«

Das brachte die Blase zum Platzen. »Vaughn hat beinahe *mich* vergewaltigt!«, rief ich aus. Auf meine Worte folgte Stille, eine so undurchdringliche Stille, dass ich mir einbildete, Chris' Herz schlagen zu hören, als ich meinen starren Blick auf ihn richtete.

»*Du* wusstest das«, sagte ich, die entgeisterten Blicke um mich herum ausblendend. »Du hättest darüber schreiben können. Über ihn. Weil er im Gegensatz zu Jeff wirklich etwas Falsches gemacht hat. Aber das wäre eine Nummer zu groß gewesen, was? Eine Skandalstory über den Star-Quarterback, ganz ohne Beweise …« Meine Unterlippe bebte. »Das hätte auf dich zurückfallen können. Hätte deinen Ruf schädigen können. Und bei alldem geht es dir doch einzig und allein darum, nicht wahr? Um deinen bescheuerten Ruf.«

»Jetzt mach mal halblang«, zog Mike meine Aufmerksamkeit

wieder auf mich. »Fest steht, Caroline, *du* hast diesen Artikel geschrieben. Und du hast ihn aus einem Grund geschrieben. Weil er gut ist.« In einer versöhnlichen Geste breitete er die Arme aus. »Er ist sogar verdammt gut. Was für ein Chefredakteur wäre ich, wenn ich ihn nicht veröffentlichen würde?«

Ein paar Sekunden lang starrte ich ihn einfach nur an. Die Antwort lag so klar auf der Hand, dass ich kaum glauben konnte, dass er diese Frage wirklich gestellt hatte. »Ein verdammt schlechter Chefredakteur«, sagte ich trocken. Ich blinzelte kein einziges Mal, als ich ihm tief in die Augen sah und ihn mit einer Wahrheit konfrontierte, die mir selbst schon viel früher hätte auffallen müssen. »Aber ein verdammt guter Mensch.«

Mike runzelte die Stirn, doch er war es nicht mehr wert, dass ich ihm auch nur eine Sekunde meiner Zeit schenkte. Genauso wenig wie Chris. Und doch gewährte ich ihm ein paar mehr davon.

Auf einmal wurde mir einfach alles klar. Ich verstand, warum Chris, der mir noch vor kurzem einen Vortrag darüber gehalten hatte, dass wir nicht dazu da waren, die Karrieren von Sportlern zu zerstören. *Wir wollen Sportreporter werden, keine Klatschreporter, richtig?* Ich war so perplex gewesen, dass ich ihm diese Masche abgekauft hatte – obwohl ich ihn eigentlich viel besser kannte.

Chris, der sich nicht zu schade war, über die Beziehung seiner besten Freundin zu twittern, war der geborene Klatschreporter. Und im Gegensatz zu mir würde er für den Erfolg sogar über Leichen gehen. Er hatte mir davon abgeraten, die Sache mit Vaughn öffentlich zu machen, weil ich damit noch mehr Aufmerksamkeit bekommen hätte, als er sich jemals hätte erarbeiten können. Also hatte er mir ins Gewissen geredet – und sich selbst die Hände schmutzig gemacht.

Damit hatte er mich auf jede erdenkliche Weise verraten.

Ich klang vollkommen beherrscht, als ich ihn ansprach. Nichts von dem Orkan aus Wut, Enttäuschung und Verletztheit, der in meinem Herzen tobte, drang an die Oberfläche. Chris hatte gesagt, dass ich stark war. Und genau das würde ich ihm jetzt unter Beweis stellen.

»Ich wünsche dir, dass du eines Tages bei der *Sports Illustrated* landest«, sagte ich und meinte jedes Wort so. »Aber nicht als Journalist«, fügte ich hinzu, und seine Gesichtszüge entgleisten. »Ich wünsche dir, dass du dort dein restliches Leben Kaffee kochen wirst. Weil jemand wie du, der seine Freundin für seinen eigenen Vorteil verrät, nichts anderes verdient hat.«

Chris schluckte merklich. In seiner Miene lag ein Schmerz, der mir an jedem anderen Tag einen Stich versetzt hätte, mich jetzt aber nicht im Geringsten berührte. »Cary …«, hob er verzweifelt an.

»Nein.« Ich atmete tief durch und sah Mike und Chris ein letztes Mal an. Dann warf ich ihnen die *Trojan Horse* vor die Füße. »Ich habe euch nichts mehr zu sagen.« Mit diesen Worten drehte ich mich um und verließ das Redaktionsbüro auf dieselbe Weise, wie ich es beim ersten Mal nach meinem Vorstellungsgespräch getan hatte: mit hoch erhobenem Haupt und ohne einen Blick zurückzuwerfen.

15. Kapitel

Der nächste Knall ließ nicht lange auf sich warten. Noch am selben Tag wurde ich zum Dekan gerufen – gemeinsam mit Mike. Wir waren drauf und dran, uns den größten Ärger unserer Karrieren einzuhandeln. Während ich beim Schreiben der Originalversion penibel darauf geachtet hatte, keine falschen Anschuldigungen gegen Jeff zu erheben, hatte Chris keine Vorsichtsmaßnahmen walten lassen und damit einen großen Fehler gemacht. Schließlich waren wir alle Trojans und durften einander auf keinen Fall sabotieren. Die Enthüllungen und Vorwürfe im Artikel waren damit mehr als problematisch.

Und leider war es nicht Chris' Name, der unter der Überschrift stand, sondern meiner, weshalb ich diejenige war, die eine halbe Stunde im Büro des Dekans stehen – nicht sitzen – und die Standpauke ihres Lebens über sich ergehen lassen musste. Obwohl ich allen Grund dazu hatte zu widersprechen, tat ich es nicht.

Mike stand die ganze Zeit über neben mir, da er sich als Ressortleiter ebenfalls dafür verantworten musste. Ein Teil von mir rechnete damit, dass er die Situation erklären würde. Dass er zugeben würde, dass ich den Artikel nie eingereicht, er eigenmächtig gehandelt hatte und ihn so hatte umschreiben lassen, dass er gegen die Richtlinien der Campusmedien verstieß.

Doch das tat er nicht. Stattdessen nahm er die Tirade genauso schweigend hin wie ich. Dann entschuldigte er sich in aller Form und sah mich an, als erwartete er, dass ich die Schuld für etwas auf mich nahm, das ich nicht getan hatte.

Das tat ich. Denn ich wollte einfach nur, dass es vorbei war.

»Caroline«, ertönte seine Stimme in meinem Rücken, nachdem wir das Büro verlassen hatten. Ich ignorierte sie.

Als ich Mike mitgeteilt hatte, ich hätte ihm nichts mehr zu sagen, hatte ich das genau so gemeint. Nie wieder.

Ich erlebte die darauffolgenden Tage wie durch einen Schleier. Ich war allein, verlassen von meinem Freund und betrogen von meinen besten Freunden. Die meiste Zeit verbrachte ich wie in Trance damit, darüber nachzudenken, an welchem Punkt alles schiefgelaufen war. An dem Tag, an dem ich den Artikel in der Redaktions-Cloud gespeichert hatte?

Das wäre zu einfach. Vielleicht war es sogar gut gewesen, dass ich es getan hatte. Denn auf diese Weise hatte Mike mir jetzt sein wahres Gesicht gezeigt. Wäre das hier nicht passiert, hätte ich es zu spät oder womöglich nie erfahren.

Der Tag, an dem ich der Redaktion beigetreten war? Vielleicht schon eher. Schließlich war das der Moment gewesen, in dem ich mich freiwillig unter Mikes Fuchtel begeben hatte. Mike, ein Mensch, dem Erfolg wichtiger war als Integrität.

Während ich darüber nachdachte, wurde mir jedoch klar, dass ein Teil von mir genau das schon von Anfang an geahnt hatte. Wer sich für Journalismus entschied, musste eine gesunde Portion Menschenkenntnis mitbringen. Und als Absolventin einer Privatschule, in der ein Klassenkamerad falscher und heuchlerischer war als der andere, war ich perfekt darauf trainiert, das wahre Gesicht eines Menschen zu erkennen.

Ich hatte vom ersten Tag an gewusst, welcher Typ Mensch Mike war. Aber ich hatte das akzeptiert. Weil ich seine Eigenschaften für das Must-Have jedes Redakteurs gehalten hatte, der erfolgreich sein wollte. Vielleicht stimmte das ja auch.

Aber inzwischen hatten sich so viele Dinge geändert. Ich war nicht mehr die Caroline aus dem ersten Semester. Und das hatte ich nicht zuletzt Jeff zu verdanken.

Jeff, den ich bitter enttäuscht hatte.

Soweit ich mitbekommen hatte, hatte der Artikel wirklich keine Auswirkungen auf Jeffs Teilnahme am Finalspiel, und ich liebte Coach Black dafür. Dennoch hatte ich das Gefühl, dass niemand Jeff mit denselben Augen ansehen konnte wie früher. Genauso wenig wie mich.

Jeff ging mir gekonnt aus dem Weg. Um nicht zu sagen: Ich sah ihn überhaupt nicht mehr. Es war, als wäre er wie vom Erdboden verschluckt. Ich ahnte, dass das Football-Feld der einzige Ort wäre, an dem ich ihn zu Gesicht bekommen könnte. Ich wusste, dass ich mit dem Feuer spielte, wenn ich ihm zu sehr auf die Pelle rückte, doch schon am nächsten Tag war ich mit den Nerven so sehr am Ende, dass ich es nicht länger aushielt.

Den ganzen Vormittag grübelte ich darüber nach, was ich ihm sagen wollte. Wie ich ihm die Sache erklären wollte – möglichst logisch, sachlich, nachvollziehbar: Ich hatte den Artikel geschrieben, ich hatte ihn gelöscht, Mike hatte ihn in meiner Cloud gefunden, sein Schoßhündchen Chris damit beauftragt, ihn zu updaten, und hatte ihn in die Printausgabe gepackt.

Ich habe absolut nichts damit zu tun. Das musst du mir glauben. Ich liebe dich, und es tut mir leid. Wenn du uns noch eine Chance geben kannst, dann schaffen wir das irgendwie. Ich weiß es. Ich glaube an uns. Und ich glaube an dich.

Ich ertappte mich selbst dabei, wie ich mutterseelenallein in meinem Zimmer in Tränen ausbrach, als ich über die richtigen Worte nachgrübelte. So viel zum Thema »Sachlich«.

Ich versuchte, mich mit dem Gedanken zu beruhigen, dass es zwischen uns schon einmal gekracht hatte – wegen desselben blöden Artikels. Aber wir hatten es wieder hinbekommen. Jeff hatte mir verziehen. Und auch wenn es viel verlangt war, war ich mir sicher, dass er es ein zweites Mal tun würde.

Also atmete ich ein paar Mal tief durch, zog mir etwas Schönes an, richtete mein Make-up und meine Haare und machte mich auf den Weg. Ich hatte es gar nicht erst bei seiner Wohnung auf dem Campus versucht, weil ich mir vorstellen konnte, dass Jeff diese schwierigen Zeiten lieber bei seiner Mom verbrachte. Und sein Elternhaus war der letzte Ort, an dem jemand wie ich willkommen war, die vermeintlich Jeffs ganze Herkunft öffentlich gemacht hatte.

Am Trainingsgelände angekommen, wagte ich nicht, es auch zu betreten. Coach Black wusste über alles Bescheid, und da er Dramen auf dem Platz hasste, würde er mich am Ende höchstpersönlich wegjagen. Ich musste abwarten und Jeff im richtigen Moment auf dem Weg zur Umkleide abpassen.

Also blieb ich auf der Außenseite der Mauer, den Blick auf das gerichtet, was ich durch den Torbogen hinweg erkennen konnte, und gespannt auf die bellenden Kommandos von Coach Black lauschend. Mein Puls beschleunigte sich, als ich mir einbildete, dass es auf dem Feld ruhiger wurde – etwa eine halbe Stunde nach dem offiziellen Trainingsende. Mir wurde so schwindelig, dass ich mich an der Mauer abstützen musste. Gleichzeitig wurde ich von einer Übelkeit erfasst, wie ich sie noch nie zuvor gespürt hatte. Ich hatte all das schon mal getan: Ich hatte mich Jeff nach einem Streit gestellt und die Sache geklärt. Alles war wieder gut gewesen.

Er war niemand, der gern mit jemandem Stress hatte – ein friedfertiger Mensch. Ich war mir ganz sicher, dass er mir zuhören würde. Und dass die Liebe seine Wut im Keim ersticken könnte, wenn ich sie nur aufs Neue ans Tageslicht beschwor.

In diesem Moment bewegten sich die Spieler grüppchenweise auf der anderen Seite des Torbogens an mir vorbei. Mein Herz machte einen Satz, als ich Jeff erkannte. Er wurde von DeAndre und Wayne flankiert und trottete in Richtung der Umkleidekabinen.

»Jeff!«, wollte ich rufen, doch aus meiner Kehle drang nicht mehr als ein Krächzen, das ich selbst kaum hören konnte. Tapfer schluckte ich den Kloß in meinem Hals herunter und beschleunigte meinen Schritt. »Jeff!« Diesmal war ich laut genug – drei Köpfe drehten sich zeitgleich in meine Richtung.

Jeffs Miene versteinerte, als er mich sah, und jagte mir einen Dolch in die Brust. Seine Lippen bewegten sich, doch seine Worte drangen nicht an meine Ohren. DeAndre legte ihm eine Hand auf die Schulter, ehe beide den Blick abwandten und ihren Schritt beschleunigten.

Meine Schultern sackten herab. »Bitte!«, rief ich ihm hinterher und wurde ebenfalls schneller. Aus dem Augenwinkel glaubte ich, Coach Blacks Silhouette zu erkennen, doch offensichtlich war er zu beschäftigt, um mich als Störfaktor wahrzunehmen.

Ganz im Gegensatz zu Wayne. Anstatt Jeff zu begleiten, schnitt er mir den Weg zu ihm ab. »Lass es, Cary!«, sagte er mit hartem Unterton.

Widerstrebend blieb ich vor ihm stehen, konnte den Blick aber nicht von Jeff reißen. »Ich muss mit ihm reden!«, beschwor ich ihn. »Bitte, nur für zwei Minuten …«

Wayne schnaubte. Mit seinen knapp zwei Metern ragte er geradezu bedrohlich über mir auf. »Hast du nicht schon genug Schaden angerichtet?«

Ich presste die Kiefer aufeinander. »Genau deshalb bin ich doch hier!«, beharrte ich. »Um ihn wiedergutzumachen!« Die pure Verzweiflung krallte sich in meiner Brust fest, während Jeff sich zielstrebig auf die Umkleiden zubewegte, ohne sich noch einmal nach mir umzusehen. »Der Artikel –« Ich stockte. »Es ist nicht so, wie es aussieht. Und ich will das alles klären.«

Wayne lachte freudlos. »Du glaubst auch, dass du immer das bekommst, was du willst, oder?«

Seine Worte trafen mich wie ein Schlag. Weil es genau die waren, die ich bisher nur mit Vaughn in Verbindung gebracht hatte. War ich wie er? Wie Vaughn? »D-das ist nicht wahr!«, stieß ich hervor. »Ich will doch nur –«

»Caroline«, sprach er mich zum ersten Mal seit langer Zeit mit meinem richtigen Namen an. »Das hier ist keine Bitte, sondern eine Warnung, klar? Lass Jeff in Ruhe. Er musste durch dich schon genug mitmachen.« Sein Blick brannte sich in meinen. »Ich mochte dich. Jeder hier mochte dich. Aber wenn du zum Problem für Jeff wirst, werden wir zum Problem für dich. Verstanden?«

Ich war so fassungslos, dass ich kein Wort mehr herausbrachte, bis er sich abgewandt hatte und den anderen nach drinnen gefolgt war. Die Jungs mussten mich hassen. Ich war der Grund, weshalb Vaughn und Jeff aneinandergeraten waren – und dann war auch noch dieser Artikel unter meinem Namen veröffentlicht worden. Der bloße Gedanke daran ließ mich wünschen, ich würde vom Erdboden verschluckt werden.

Waynes Warnung hatte mich eingeschüchtert – aber nicht so sehr, als dass ich die Sache sofort auf sich hätte beruhen lassen können. Ich versuchte noch einige Male, Jeff zu erreichen, besann mich schon bald aber eines Besseren. Er war tief enttäuscht und hatte allen Grund dazu. Es gab nichts, was ich dagegen tun konnte – oder zumindest würde es alles nur noch schlimmer machen, wenn ich nachbohrte. Er brauchte Zeit, und die würde ich ihm geben.

Gleichzeitig kam es mir so vor, als würde ich mir selbst etwas vormachen.

Ich bin fertig mit dir, Caroline. Diese Worte waren eindeutig gewesen. Er hatte einen Schlussstrich gezogen. Und bei wie vielen Trennungen überlegte es sich derjenige, der gegangen war, schon anders?

Ich hatte Jeff verletzt und könnte es nie wiedergutmachen. Dennoch ertappte ich mich dabei, wie ich es trotzdem versuchte. Wie sich über Stunden hinweg ein einzelner Gedanke in meinem Unterbewusstsein formte und immer größer wurde. Klarer. Greifbarer. Bis er sich zu einem handfesten Plan entwickelte.

Die Menschen glaubten, dass sie jetzt alles über Jeff Moreno wussten. Doch seine Schattenseite war nicht viel mehr als das – eine Seite an ihm. Ich durfte nicht zulassen, dass der ganze Campus, wenn nicht sogar die ganze Welt, sich ein Urteil über ihn bildete, obwohl sie nur einen kleinen Teil von ihm gesehen hatte.

In ihm steckte noch so viel mehr. Mein zweiter Artikel über ihn hätte ein ganz anderes Licht auf ihn geworfen – ein besseres. Eines, das viel mehr der Realität entsprach. Mike hatte mich daran gehindert, ihn zu veröffentlichen – aber auf einmal wurde mir klar, dass ich meinen Chefredakteur überhaupt nicht dafür brauchte.

Es fiel mir nicht schwer, meine Vorlesungen zu schwänzen –weil ich Chris sowieso aus dem Weg gehen wollte – und stattdessen in einem Kopierraum zu verschwinden. Ich verteilte den einzig richtigen Artikel über Jeff in hundertfacher Ausfertigung in jedem Gebäude auf dem ganzen Campus. Das Gelände war riesig, und ich brauchte drei Tage, bis ich endlich zufrieden war – bis ich die Artikel an jedem Schwarzen Brett befestigt und in jedem Aufenthaltsraum deponiert hatte. Die Botschaft war klar: *Ihr kennt Jeff Moreno nicht. Denn er ist so viel mehr als sein Vater.*

Ich versuchte, mich nicht zu den Stoßzeiten in den Gebäuden zu bewegen, weil ich befürchtete, dass Dozenten oder Studentenvertreter mich auf frischer Tat ertappen könnten, wie ich den Campus zukleisterte. Doch es gab kaum eine Zeit, zu der niemand unterwegs war, sodass ich mich ständigen Blicken ausgesetzt fühlte. Auch wenn ich zuvor keine Unbekannte gewesen war, wusste jetzt selbst der letzte Student, wer ich war.

Sie hielten mich nicht auf. Sie sprachen mich nicht an. Doch immer, wenn ich mich auf den Weg nach draußen machte, einen Blick über die Schulter warf und meine Kommilitonen dabei erwischte, wie sie einen Schritt auf die Wand, den Spind oder das Fenster zumachten, an den ich den Artikel geklebt hatte, wurde ich von einer Genugtuung erfüllt, wie ich sie an keinem Tag unter Mikes Fuchtel verspürt hatte.

Doch selbst wenn mein Text dafür sorgen konnte, dass die anderen in Jeff einen besseren Menschen sahen, glaubte ich keine Sekunde daran, dass sie ihre Meinung über mich ändern würden. Obwohl ich nicht zuletzt wegen der horrenden Druckkosten alles Geld gebrauchen konnte, tauschte ich meine Schichten im Los Chicos, wo ich nur konnte. Ich wollte keine meiner Kommilitonen sehen, geschweige denn mit ihnen reden. Genau wie bei der Prügelei zwischen Jeff und Vaughn war die Studentenschaft in zwei Lager aufgeteilt: Die einen liebten mich für meinen Enthüllungsartikel, die anderen hassten mich für meine Herzlosigkeit. Ich selbst zählte mich zur zweiten Gruppe.

Ich fragte mich, wie ich jemals weitermachen sollte. Nicht nur, was Jeff betraf – sondern auch mein restliches Studium. Ich konnte Chris schließlich nicht für immer aus dem Weg gehen, weil das bedeuten würde, alle meine Kurse schwänzen zu müssen, und zwar für immer.

Zu meiner Überraschung kam mir diese Vorstellung überhaupt nicht so schlimm vor wie noch vor ein paar Wochen. Im Gegensatz zu dem Leben, der Zukunft, die ich mir seit Jahren für mich ausgemalt hatte.

Ich würde einen Abschluss in Journalismus machen, beim Sportsegment einer renommierten Zeitung einsteigen oder vielleicht sogar beim Fernsehen und würde mein Leben dem Sport und vor allem den Menschen dahinter verschreiben. Ich wäre mittendrin, würde NBA-Spieler interviewen, den *Super Bowl* live kommentieren, die neue Sportschuh-Kooperation eines Athleten unter die Lupe nehmen und vollends in die Welt des Sportjournalismus eintauchen ...

War das alles wirklich das, was ich wollte? Auf einmal fühlte mein Wunschtraum sich wie ein absoluter Witz an. Weil ich mir eine einzige rosarote Welt ausgemalt hatte, in der alle glücklich und zufrieden wären. Doch die letzten Tage hatten mir gezeigt, was guten Journalismus von schlechtem unterschied: Er war brutal, kalt, rücksichtslos. Er scherte sich nicht um die Gefühle anderer oder darum, welchen Schaden er bei den Menschen anrichtete, deren Namen die Titelseiten der Magazine zierten. Er kümmerte sich einfach nur um sich selbst: um ausverkaufte Zeitschriften, hohe Klickzahlen und Streaming-Raten. Die Sportler, die Schaden davontrugen, waren nebensächlich.

Das war das absolute Gegenteil von dem, was ich immer gewollt hatte. Ich konnte kaum glauben, wie naiv, wie blauäugig ich bisher durchs Leben gegangen war. Ich hatte gedacht, im Studium würde ich über mich hinauswachsen, würde eine selbstständige und starke Persönlichkeit werden, doch in Wirklichkeit war ich die ganze Zeit über dumm und geblendet gewesen.

Und jetzt war ich endlich aufgewacht.

Ich wusste nicht, wie mir geschah, als meine Mutter mich am Samstag – zwei Tage vor dem Finalspiel – zum Abendessen einlud und ich zusagte, ohne mit der Wimper zu zucken. Im Grunde hatte ich nichts Besseres zu tun. Meine Hausarbeiten ließ ich schleifen, meine Vorlesungen Vorlesungen sein, und für die einzige Schicht im Los Chicos, die ich nicht hatte verschieben können, hatte ich mich unbezahlt krankgemeldet. Den ganzen Tag über starrte ich abwechselnd an die Decke über meinem Bett und auf mein Handy in der Hoffnung, Jeff würde sich doch noch bei mir melden – aber das tat er nicht.

Was machte es also für einen Unterschied, ob ich ausnahmsweise bei meinen Eltern saß? Abgesehen davon, dass ich die letzten Tage kaum etwas gegessen hatte und mir die Aussicht auf ein von Nancy gekochtes Abendessen wie ein schöner Traum vorkam. Ganz im Gegensatz zu der Vorstellung, mit meinen Eltern an einem Tisch zu sitzen und mich einmal mehr ihren bohrenden Fragen und bissigen Bemerkungen zu stellen.

Ich ließ es trotzdem über mich ergehen. Immerhin sprachen sie noch mit mir – das konnte man von den meisten meiner Freundinnen am Campus nicht mehr behaupten. Und die paar anderen taten es definitiv aus den falschen Gründen – so wie Jessica.

Nach einer lustlosen Fahrt, einer halbherzigen Umarmung meiner Mutter und einem noch halbherzigeren »Hallo« an meinen Vater saßen wir einmal mehr an der langen Tafel, mein Dad und ich an gegenüberliegenden Enden, und warteten geduldig darauf, dass unsere Haushälterin die Vorspeise servierte.

Ich ließ den Small Talk an mir vorbeiziehen. »Wie geht es dir? Was macht dein Studium? Deine Arbeit?« Es war immer dasselbe, und wie immer erzählte ich so wenig wie möglich, um meinem Dad keine unnötige Angriffsfläche zu bieten.

Die Vorspeise war eine Karottensuppe, die besser schmeckte als alles, was ich seit einer Ewigkeit gegessen hatte. Aber nicht nur das: Sie fühlte sich nach »zu Hause« an. Als sie meine Zunge benetzte, wurde ich von einer wohligen Wärme und Geborgenheit erfüllt – ein Gefühl, nach dem ich mich seit Tagen sehnte und das mir Tränen in die Augen trieb.

Zum Glück saßen meine Eltern so weit von mir entfernt, dass ich sie wegblinzeln konnte, ohne dass sie es bemerkten. Was aber nicht verhinderte, dass sie unwissentlich alles noch schlimmer machten.

»Wie geht es Jeff?«, fragte Mom freundlich. »Er ist sicher schon ganz nervös vor dem Finale.«

»Mhm«, murmelte ich und schob teilnahmslos ein Stück Fleisch aus dem Hauptgang in meinen Mund. Er hatte sich nicht gemeldet. Er hatte sich immer noch nicht gemeldet. Warum nicht? Hatte er meinen Artikel nicht gesehen? Ihn nicht gelesen? Kümmerte es ihn nicht? Weil es nichts gab, was ich tun konnte, damit er mir verzieh?

War es endgültig zu spät für uns?

Während die pure Verzweiflung Besitz von mir ergriff, plauderte Mom einfach weiter: »Wie läuft es eigentlich zwischen euch? Du hast bei Instagram schon lange nicht mehr -«

»Wollt ihr nicht zur Abwechslung irgendetwas erzählen?«, fragte ich schroff. »Von eurem tollen Leben, euren tollen Spenden oder euren tollen Bilanzen?«

Mom blinzelte. »Liebes, ist alles in Ordnung? Du wirkst etwas gereizt.«

Was du nicht sagst. »Ich will nicht drüber reden«, blockte ich ab, ohne einen der beiden anzusehen.

»Noch weniger als sonst?«, fragte Dad vorwurfsvoll, als wüsste er nicht selbst ganz genau, warum wir miteinander auf Kriegsfuß standen.

»Also gut«, schlug Mom einen versöhnlicheren Ton an. »Es gäbe da tatsächlich etwas, worüber wir mit dir sprechen wollten.« Sie tupfte ihren Mund mit einer Stoffserviette ab und sah sich nach der Haushälterin um. »Nancy, meine Liebe. Würdest du bitte –?«

Obwohl sie ihren Satz nicht beendete, schien Nancy zu wissen, was zu tun war. »Natürlich.« Sie verschwand in die Küche, vermutlich um einen Nachtisch, Schnaps oder sonst was zu holen. Es war mir egal. Mir war einfach alles egal.

So lange, bis Nancy wiederkam, eine Zeitschrift in der Hand, die ich anhand des rot-goldenen Farbschemas sofort erkannte.

Ich riss die Augen auf. »Was zur …?«

Die Haushälterin legte die *Trojan Horse* vor meine Mutter auf den Tisch, die eine mit einer Haftnotiz vorgemerkte Seite aufschlug: die Doppelseite über Jeff.

Meine Kehle wurde trocken. »W-woher …« Mehr brachte ich nicht hervor, aber es war auch nicht nötig.

Mom lächelte. »Wir haben die *Trojan Horse* abonniert, Liebes. Schließlich wollten wir uns nicht entgehen lassen, wie du an deiner Universität Karriere machst.«

Mir blieb die Spucke weg. Ich konnte den Blick nicht von der Uni-Zeitung reißen, die Worte meiner Mutter kaum verarbeiten. Sie hatten sie abonniert? Schon von Anfang an?

In den letzten anderthalb Jahren hatte ich geglaubt, sie würden mich nicht unterstützen – abgesehen von den Lebenshaltungskosten, die sie für mich übernahmen. Doch auf einmal sah ich sie in einem völlig anderen Licht.

Nur weil ich meine Eltern nicht gesehen hatte, bedeutete das nicht, dass sie nicht die ganze Zeit über hinter mir gestanden hatten. Auch wenn sie meine Studienwahl nicht gut gefunden hatten, hatte sie das nicht davon abgehalten, mich aus angemessener Distanz zu beobachten und zu begleiten.

Sie waren vielleicht nicht zu einhundert Prozent stolz auf mich. Aber sie waren immer noch meine Eltern – und sie wären immer für mich da.

Ich wollte gerührt sein, doch im selben Moment wünschte ich mir, sie hätten es nicht getan. Denn der Artikel, den Mom gerade aufgeschlagen hatte, war der letzte, den sie jemals hätten sehen sollen.

»Das ist deine erste Doppelseite, Caroline«, lieferte Mom mir den letzten Beweis, dass die anderen Ausgaben der *Trojan Horse* auch irgendwo in diesem riesigen Haus herumlagen. »Wir sind stolz auf dich. Aber …« Sie zögerte. »Wir sind uns nicht ganz sicher, was dieser Artikel bedeutet. Für dich und Jeff.«

Ich wollte abfällig schnauben, brachte aber nicht mehr als ein Grunzen zustande. »Was es bedeutet?«, fragte ich leise. »Dass wir Geschichte sind.« Es war das erste Mal, dass ich es aussprach – und gleichzeitig das erste Mal, dass ich nicht versuchte, mir etwas anderes einzureden. Kein: *Er braucht nur etwas Abstand*, kein: *Es ist nur eine Beziehungspause*, kein: *Er wird sich schon wieder abregen.* Nichts davon. Sondern nur die kalte, harte Wahrheit.

»Das haben wir schon geahnt«, antwortete Mom zaghaft.

Dad lehnte sich mit verschränkten Armen zurück. »Ich war ohnehin nicht überzeugt von dem Kerl«, brummte Dad. »Er war so … nett.« Er rümpfte die Nase. »So aalglatt. Ich wusste, dass mit ihm irgendwas nicht stimmt. Definitiv keine Partie für dich. Aber jetzt wird mir alles klar.«

Meine Brauen schossen in die Höhe. »Wie bitte?«, zischte ich.

»Du sollst wissen, dass wir dich nicht verurteilen, Schätzchen«, beteuerte Mom. »Wenn man im Leben Erfolg haben will, muss man tun, was man tun muss. Da sprechen wir schließlich aus eigener Erfahrung.«

Verwirrt zuckte mein Blick von ihr zu Dad, der mit gönnerhaftem Unterton fortfuhr: »Einem Football-Spieler für eine Enthüllungsstory eine Beziehung vorzutäuschen, ist kaltblütig, berechnend und rücksichtslos.« Er lächelte. »Aber das sind genau die Eigenschaften, die man braucht, um in dieser Welt zu bestehen.«

Entgeistert starrte ich ihn an. Ich traute meinen Ohren kaum. »Nicht dein Ernst«, flüsterte ich, obwohl ich es besser wusste. Anderthalb Jahre lang hatte ich mir gewünscht, dass sie meinen Traumberuf akzeptierten. Dass sie stolz auf mich waren. Jetzt schien es endlich so weit zu sein. Sie waren stolz auf mich – aber das durften sie nicht sein. Nicht deswegen. Nicht wegen dieses verdammten Artikels, den ich niemals hätte schreiben dürfen.

Ich schluckte. »Dann wird es dich vielleicht erschüttern, zu hören, dass ich es nicht gewesen bin.«

Dad runzelte die Stirn. »Was soll das denn heißen? Da steht doch groß und fett dein Name.« Er beugte sich vor, um sich dessen selbst noch einmal zu vergewissern.

Ich ballte die Hände in meinem Schoß zu Fäusten. »Ich habe diesen Artikel geschrieben, als ich einen schlechten Tag hatte«, erwiderte ich und verfluchte mich selbst, als meine Stimme zu beben begann. »Ich habe ihn nie eingereicht. Mein Chefredakteur hat das hier auf eigene Faust gemacht!«

Ratlos blickte Mom von mir zur *Trojan Horse.* »Also stimmt das, was hier drinsteht, überhaupt nicht?«

»D-doch.« Die Verzweiflung entfaltete sich aufs Neue in meiner Brust, als ich an die Zeilen dachte, die sie gelesen hatten – jede einzelne davon hatte sich unwiderruflich in mein Gedächtnis eingebrannt. »Es … es stimmt, aber … ich wollte nie, dass jemand davon erfährt.«

Ich schloss die Augen, weil ich keinen anderen Weg sah, die Tränen aufzuhalten. »Dieser ganze Artikel ist ein Fehler. Genau wie mein ganzes Studium.« Ich schluckte. »Deshalb werde ich es abbrechen.«

Stille folgte auf meine Worte. Als ich die Augen öffnete, entdeckte ich zu meiner Überraschung keine Erleichterung – sondern nur Sorge und Unverständnis.

»Was?«, fragte Mom erschrocken. »Was redest du denn da, Caroline?«

»Weißt du, in welche Redaktionen wir dich mit dieser Referenz bekommen könnten?«, schob Dad hinterher, als wäre er auf einmal Feuer und Flamme, mich zu einer Top-Journalistin zu machen.

Zwei Jahre zu spät.

»Das weiß ich«, sagte ich trocken. »Weil manche Dinge auf dieser Welt einfach gehörig schieflaufen.« Ich atmete bebend ein. »Ich werde keine Journalistin werden. Weder für Sport noch für irgendetwas anderes.« Ich hatte den vagen Entschluss auf dem Weg hierher gefasst – doch jetzt war ich mir sicherer als je zuvor. Ich wollte niemals so werden wie Mike oder Chris. Und wenn das der einzige Weg war, ein gefeierter Redakteur zu werden, dann musste der Journalismus wohl oder übel ohne mich weiterexistieren.

Ohne. Mich.

Mom blinzelte. »Jetzt bin ich etwas ratlos.«

»O nein.« Enttäuscht schüttelte Dad den Kopf. »Sag bloß, du machst das nur, um diesen aggressiven Football-Spieler zu beeindrucken?«

»Frank!«, erhob Mom ein seltenes Wort gegen meinen Vater, wurde aber wie so oft nicht erhört.

Mein Herz begann, schneller und schneller zu schlagen. Meine Finger zuckten, und all meine Muskeln waren zum Zerreißen gespannt. Ich fixierte Dad und wünschte, ich könnte ihn mit meinem Blick durchbohren. »Ob du es glaubst oder nicht«, erwiderte ich mit fester Stimme. »Ich mache das für mich. Ich mache es für mich, weil ich einen großen Fehler gemacht habe und die Konsequenzen daraus ziehe. Weil ich hoffe, mir dann eines Tages selbst wieder in die Augen sehen zu -«

Abwehrend hob er die Hände. »Okay, wie du meinst. Lass mich dir einen Vorschlag machen«, fuhr er unbeirrt fort. »Du musst nicht studieren, Caroline. Du kannst gern bei Jenkins Enterprise einsteigen, bekommst den Zugriff auf dein Konto wieder und -«

Fassungslos starrte ich ihn an. »Das Konto interessiert mich einen Dreck!« Ich presste die Kiefer aufeinander. »Kapierst du es denn nicht? Ich liebe Jeff, und jetzt habe ich sein Leben zerstört!«

»*Sein Leben zerstört*«, wiederholte Dad und verdrehte die Augen. »Er wird darüber hinwegkommen. Und nach dem, was ich gelesen habe«, er tippte auf die Trojan Horse, »gehört jemand wie er sowieso nicht in die NFL.«

Damit brachte er das Fass zum Überlaufen. »Wie kannst du es wagen?«, rief ich aus und sprang so plötzlich vom Stuhl auf, dass er hinter mir umkippte und lautstark auf dem Boden aufprallte. »Du kennst ihn überhaupt nicht!«

»Sein alter Herr sitzt im Knast, und er hat sich kurz vor dem Finale mit dem Quarterback geprügelt«, schnaubte er. »Was muss ich noch über ihn wissen?«

»Dass er das für mich getan hat!«, stieß ich hervor. Als jetzt Tränen in meine Augen stiegen, lag das allein an der Wut, die sich wie ein heißer Feuerball in meinem Magen formte. »Alles, was er in den letzten Wochen getan hat, hat er für mich getan. Für mich und seine Mom.« Ich atmete tief durch. »Sie hat Krebs«, erzählte ich, ohne eine sichtbare Reaktion zu ernten. »Football ist der einzige Weg, mit dem Jeff auch nur darauf hoffen kann, ihre Behandlung bezahlen zu können. Und dieses *Wunderwerk* von Artikel«, stieß ich gehässig hervor, »könnte das alles kaputtmachen. Das wäre allein meine Schuld. Und es gibt nichts – absolut nichts! –, was ich dagegen tun kann!«

Dad lächelte freudlos. »Verlangst du jetzt etwa von uns, dass wir Mitleid haben? Sein Vater ist ein Verbrecher, und dieser Jeff ist mir auch nicht ganz koscher. Warum sollte ich mich da um seine Rabenmutter –«

Plötzlich wurde ich von derselben Ruhe erfüllt, die mich im Redaktionsbüro befallen hatte, als ich mich von Chris und Mike losgesagt hatte. Es war die Ruhe vor einem Sturm, den ich auch dieses Mal nicht abwenden konnte. »Jeff«, unterbrach ich Dad scharf, »ist der aufrichtigste, netteste und authentischste Mensch, den ich je gesehen habe. Er hat alles Glück dieser Welt verdient.« Ich schluckte. »Aber das könntest du nie verstehen. Schließlich bist du das absolute Gegenteil von ihm.« Mit diesen Worten riss ich meine Handtasche vom Stuhl neben mir und fuhr herum.

Ein weiterer wurde quietschend über den Boden gerückt, und

ich musste nicht raten, um zu wissen, dass es nicht der von Dad war.

»Caroline, Lieb-«

»Wag es nicht, mir hinterherzulaufen!«, kreischte ich über die Schulter und war froh, als ich in meine Schuhe und Jacke schlüpfen konnte, ohne dass mich jemand einholte. Ich stürmte aus dem Haus und schob mich durch den Verkehr von Los Angeles, bis ich in meiner Wohnung landete.

Ich war fertig. Mit jedem Einzelnen von ihnen. Mit Mike. Mit Chris. Mit Mom und Dad. Mit Journalismus. Mit einfach allem. Ich wollte nichts mehr davon. Alles, was ich wollte, war Jeff zurück. Aber in diesen Minuten wurde mir schmerzlich klar, dass das vielleicht nicht mehr passieren würde. Meine Eltern hatten mir demonstriert, wie viel der Artikel kaputtgemacht hatte – für ihn und damit auch für uns.

Auf einmal fühlte ich mich machtloser denn je. Doch heute gab es einen entscheidenden Unterschied: Ich würde nicht einfach klein beigeben und das Leben auf mir herumtreten lassen. Ich würde die Sache selbst in die Hand nehmen. Ich würde um Jeff kämpfen, wie ich noch nie um etwas in meinem Leben gekämpft hatte.

Aber vorher gab noch eine allerletzte Sache, die ich tun musste. Die ich schon längst hätte tun müssen.

16. Kapitel

Ich saß an meinem Laptop und schrieb. Ich schrieb es mir einfach von der Seele. So, wie ich mir die unbequeme Wahrheit über Jeff von der Seele geschrieben hatte. Nur, dass der Protagonist meiner neuen Story nicht weiter von ihm entfernt sein könnte.

Der Protagonist war ich.

Ich erzählte von meinem Traum. Davon, einmal als Sportjournalistin arbeiten zu wollen – die Geschichten hinter den Sportlern ans Tageslicht bringen und völlig andere Seiten an ihnen zeigen, die einem entgehen, wenn man sich allein auf ihre Statistiken konzentriert.

Und dann schilderte ich, wie mein Traum nach und nach in die Brüche gegangen war. Davon, wie mein Weg dorthin mich auf einen Mann treffen lassen hatte, der mich nachhaltig beeinflusst hatte. In den ich mich Hals über Kopf verliebt hatte. Und der mich dazu befähigt hatte, etwas zu sehen, wofür ich blind gewesen war.

Ich war mit einer rosaroten Brille herumgelaufen – nicht für Jeff, sondern für den Journalismus. Viel zu lange hatte ich die brutale Realität ignoriert, in die unzählige Athleten gestürzt wurden, viele davon zu Unrecht.

Der schwierigste Teil kam in der Mitte. Ich ließ ihn aus, hob ihn mir bis ganz zum Schluss auf, ehe mir klar wurde, dass er mir immer noch genauso schwerfiel. Die Protagonistin war ich, Caroline, und der Antagonist unsere Gesellschaft, in der billige Effekthascherei, Skandale und Sensationen mehr Wert hatten als ehrbarer, aufrichtiger Journalismus. Doch schon bald driftete ich in eine ganz andere Richtung ab – spätestens, als neben Jeff ein zweiter Nebencharakter hinzukam – einer, dem ich nie eine so große Bühne hatte bieten wollen. Aber nun hatte ich keine andere Wahl mehr.

Sein Name war Vaughn Schmitt, mein Ex-Freund, Star-Quarterback. Ein Mann, der es gewohnt war, alles zu bekommen – und der mehrfach von mir zurückgewiesen worden war. Wo andere aufgegeben hätten, hatte er weitergemacht – und mich mit Gewalt für sich beanspruchen wollen.

Ich schrieb über alles, über jedes noch so kleine Detail. Nur Chris' Namen ließ ich aus. Ich hatte das ungute Gefühl, dass er davon mehr profitieren würde, als ich es beabsichtigte.

Er hätte mir davon abgeraten, die Sache öffentlich zu machen. Schließlich hatte er mir schon beim Training eingebläut, dass Quarterbacks unantastbar waren und ihre Karrieren zu glanzvoll, als dass auch nur der kleinste Skandal sie beflecken dürfte.

Aber dann hatte Chris genau das Gegenteil von dem getan, was er gesagt hatte – um seinetwillen. Und bei dem, was ich jetzt tat, ging es nicht um ihn oder Vaughn oder Jeff, sondern einzig und allein um mich.

Deshalb fand ich den Titel auch überraschend leicht: *Der letzte Artikel von Caroline Jenkins.*

Ich war es inzwischen gewohnt, nächtliche Ausflüge auf den Campus zu unternehmen und sämtliche Gebäude mit meiner Botschaft zu überschwemmen. Doch diesmal ging ich noch einen Schritt weiter. Ich betrat das Bibliotheksgebäude und klebte die gläserne Tür zum Redaktionsbüro der *Trojan Horse* restlos mit dem Artikel zu.

Danach führten mich meine Füße zum Musikzimmer. Jeff und ich waren erst letzte Woche wieder hier gewesen, und ich hatte es verpeilt, meinem Kontakt den Schlüssel zurückzugeben. Eine halbe Stunde später saß ich noch immer am Klavier, ohne auch nur einen einzigen Ton gespielt zu haben. Ein Teil von mir wünschte sich, Jeff würde auf einmal durch die Tür kommen und wir würden das Duett unseres Lebens spielen, in dem er mir verzieh. Aber das hier war kein schnulziger Liebesfilm. Es war die Realität. Und daran musste ich mich wohl endlich gewöhnen.

Ich verließ meine Wohnung erst wieder, als zwei Tage später das Finalspiel anstand. Ich war nicht mehr in die Uni gegangen und hatte mich nicht in den sozialen Netzwerken eingeloggt. Ich wusste nicht, wovor ich mich mehr fürchtete: vor den Reaktionen über meinen letzten Artikel – oder davor, dass die Reaktionen ausblieben.

Eigentlich spielte es auch keine Rolle mehr. Denn wenn es eine Sache gab, die mir inzwischen klar geworden war, dann dass ich unmöglich hierbleiben konnte. In den letzten Wochen war zu viel passiert, als dass ich auch nur einen weiteren Tag in L.A. verbringen wollte.

Die Los Angeles Memorial Sports Arena war restlos ausverkauft, weshalb ich froh war, dass Jeff mir schon vor Wochen ein Ticket besorgt hatte. Noch dazu hatte ich meinen Presseausweis der *Trojan Horse* nicht zurückgegeben, was sozusagen die goldene Eintrittskarte in den für Besucher gesperrten Bereich war. Nicht nur die gegnerische Mannschaft aus Texas wurde dort mit ihrem Mannschaftsbus abgesetzt, sondern auch unser eigenes Team, nachdem man sie zehn Minuten vorher von einem Hotel in Downtown L.A. abgeholt hatte.

Die USC Trojans waren nicht einfach nur eine Football-Mannschaft. Sie waren ein Kult. Ein Kult mit festen Regeln, Gesetzen und Traditionen. Dazu gehörte auch, dass das Team zwei Stunden vor Anpfiff mit dem Bus einfuhr und durch die Menge wartender Fans marschierte – das alles unter Führung einer brennenden Fackel als Symbol dafür, dass die Arena schon zweimal für die Olympischen Spiele zum Einsatz gekommen war.

Die Mannschaft schüttelte Hände, gab High-Fives und ließ sich von den Fans jeder Altersstufe hochleben. Kein guter Zeitpunkt, um einen von ihnen abzufangen. Aus diesem Grund würde ich im Stadion auf sie warten.

Als ich den Eingangsbereich betrat, stand schon eine kleine Gruppe von der *Trojan Horse* bereit. Bewaffnet mit drei Kameras und einem Mikrofon – und angeführt vom letzten Menschen, den ich gerade sehen wollte.

»Caroline.« Bevor ich mir auch nur Gedanken darüber machen konnte, wie ich ihm am besten aus dem Weg ging, kam Chris geradewegs auf mich zu. »Was machst du hier?«

»Was geht's dich an?« Jetzt, wo ich mich entschieden hatte, abzubrechen, gab es keinen Grund mehr, weshalb ich zu Chris – oder irgendjemandem sonst – nett sein sollte. Am wenigsten zu denen, die es nicht verdient hatten.

Sein Blick zuckte von mir zum Fenster. Auf der anderen Seite konnte man den Mannschaftsbus erkennen, welcher gerade am anderen Ende des Fan-Meers zum Stehen kam. Die Eingangstüren waren weit geöffnet, sodass er lauter sprechen musste, um die schreienden Menschen dort draußen übertönen zu können: »Ich glaube nicht, dass Coach Black jetzt noch große Störungen zulassen wird.«

»Es ist keine Störung«, erwiderte ich trocken. »Sondern der letzte Versuch, meine Beziehung zu retten.« Ich trug ein rotes USC-Trikot – allerdings nicht mit der Nummer 26 darauf, weil ich befürchtet hatte, Jeff damit zu bedrängen. Ein goldener Schal rundete das Fan-Outfit ab.

Ein paar Sekunden sagte er nichts. »Könnte auch schwierig werden«, gab er dann ungefragt seine Meinung ab. »Außer … jemand beschäftigt Coach Black in der Zwischenzeit mit einem ungeplanten Interview.« Er winkte zweien seiner Kameraleute zu, damit sie auf Position gingen, hielt die dritte – Lexi – aber zurück.

Ich schnaubte. »Willst du jetzt so tun, als wärst du nur hierhergekommen, um mir zu helfen? Und nicht, um dir selbst zu helfen?«

Chris seufzte. »Mike hat uns geschickt, um noch ein paar Eindrücke für den Trojans-Imagefilm einzufangen. Aber … wenn es dir hilft, tu ich es umso lieber.«

»Na klar doch.«

»Da ist noch etwas«, ließ er sich nicht beirren. »Jeff soll in der Kabine interviewt werden. Mike wurde vom Uni-Präsidenten dazu verdonnert. Jeff soll die Möglichkeit bekommen, sich öffentlichkeitswirksam zu dei- *unserem* Artikel zu äußern«, korrigierte er sich kleinlaut.

»Was für eine versöhnliche Geste«, zischte ich abfällig. »Das macht es so was von wett, dass ihr ihn überhaupt erst veröffentlicht habt.«

»Cary -«

»Nenn mich nicht so«, unterbrach ich ihn scharf. »Nie wieder.«

Er stockte. »Caroline«, seufzte er mehr, als dass er es aussprach. »Ich weiß, ich hab's verbockt. Ich hab Mike gesagt, dass ich sein Vitamin B für das Praktikum nicht will.« Hilflos zuckte er die Achseln. »Was ich getan habe, kann ich nicht wiedergutmachen. Aber bitte erlaube mir, dass ich es zumindest versuche.«

Anstelle einer Antwort zuckte ich einfach nur die Schultern. Was auch immer er tun wollte – ich konnte ihn sowieso nicht daran hindern.

Die beiden Kameraleute hatten sich bereits auf ihre Posten begeben und filmten Bus und Menschenmenge aus unterschiedlichen Blickwinkeln. In den quälend langen Sekunden, die vergingen, nachdem der Motor abgestellt worden war und bis die Türen sich geöffnet hatten, begann mein Herz zu rasen.

Aus irgendeinem idiotischen Grund rechnete ich damit, dass Jeff überhaupt nicht unter den Spielern wäre. Mit jedem Herzschlag wuchs meine Anspannung ins Unermessliche.

»Dein Artikel«, sagte Chris, als die hintere Tür endlich aufschwang. »Ich habe mich geirrt. Du hast das Richtige getan.«

Ich begriff erst, wovon er sprach, als Vaughn als Erster aus dem Bus sprang. Es würde eine schiere Ewigkeit dauern, bis er hier ankäme. Ich hätte genug Zeit, um zu gehen und ihm nicht über den Weg zu laufen.

Aber dann würde mir Jeff durch die Lappen gehen, und das war es mir auf keinen Fall wert.

Als Vaughn einige Minuten später vor einer kleineren Gruppe Spieler den Eingangsbereich betrat, trafen sich unsere Blicke sofort – und sein aufgesetztes Gewinnerlächeln erstarb. Anstatt wie die anderen schnurstracks durch die Halle zu laufen, kam er geradewegs auf uns zu.

Ich widerstand dem Drang, einen Schritt rückwärts zu machen. Auch wenn ich erst am Wochenende das Redaktionsbüro mit meinem Artikel zutapeziert hatte, musste Vaughn inzwischen von meinen Aushängen erfahren haben. Ich hatte keine Ahnung, was seitdem passiert war, weil ich sämtlichen USC-Onlinekanälen entfolgt war. Aber der sprühende Zorn in seinen Augen war alles, was ich sehen musste, um zu wissen, dass mein Plan gefruchtet hatte.

Chris machte einen halben Schritt vorwärts, als wollte er sich schützend zwischen Vaughn und mich stellen. »Kamera 1 auf

Vaughn Schmitt«, sagte er laut, und Lexi wandte sich verwirrt zu uns um.

Der Quarterback wurde nicht langsamer. Er kam mir immer näher, immer und immer näher – und blieb abrupt vor mir stehen, sodass seine Schuhspitzen unangenehm auf meine drückten, sein Gesicht nur eine Haaresbreite von meinem entfernt war und sein Atem meine Stirn kitzelte. Aus vor Wut weit aufgerissenen Augen starrte er auf mich herab. »Dafür«, zischte er wie eine Schlange, »wirst du noch bezahlen.«

»Bezweifle ich«, sagten meine Lippen ohne mein Zutun und demonstrierten ein Selbstbewusstsein, das ich überhaupt nicht hatte. Ehe ich doch noch zurückzucken konnte, war der Moment verstrichen, und Vaughn stapfte mit den anderen zur Halle.

Die einen grüßten mich, die anderen ignorierten mich, und wieder andere warfen mir Dinge an den Kopf, die bei Frauen nur zu leicht Narben hinterlassen. Doch ich ließ es von mir abprallen. Jeff war alles, was zählte.

Wieder warf ich einen nervösen Blick aus dem Fenster – und mein Herz machte einen Satz, als ich Jeff erspähte. Er war als einer der Letzten aus dem Bus gesprungen und bildete mit zwei anderen das Schlusslicht – und mit Coach Black, der uns schon jetzt einen gehässigen Blick zuwarf.

Ich fluchte innerlich. Wie ein Bodyguard hielt er sich dicht bei Jeff, der den Fans nur kurz zuwinkte, dann aber stur geradeaus sah, als könnte er es kaum erwarten, im Stadion zu verschwinden.

Verzweiflung machte sich in mir breit. Das war meine erste und vielleicht einzige Chance, mit Jeff zu sprechen und zu versuchen, die Scherben aufzusammeln, in die Mike und Chris unsere Beziehung hatten zerbrechen lassen. Aber wie sollte ich an ihn herankommen?

Hilfesuchend sah ich zu Chris – und er lächelte. Dann ergriff er Lexi am Unterarm und zog sie nach draußen. »Hey, Coach Black!«, hörte ich ihn rufen. »Wie ist die Stimmung im Team?«

Der Trainer stöhnte nur genervt, blieb aber stehen, als Chris sich ihm förmlich in den Weg warf. Jeff und die letzten beiden Spieler gingen weiter und betraten den Eingangsbereich. Zum Glück war Wayne schon vorgegangen, weshalb ich mir eine winzige Chance ausrechnete, dass sich mir diesmal niemand in den Weg stellen würde.

Jeff hatte den Blick starr zu Boden gerichtet, die Stirn in Falten gelegt, und nahm mich überhaupt nicht wahr. Er ging einfach an mir vorbei, und mehrere quälend lange Augenblicke war ich nicht in der Lage, etwas zu tun oder zu sagen, bis es schon fast zu spät war und er in einem Bereich zu verschwinden drohte, in den man mich nicht einmal mit meinem lausigen Presseausweis lassen würde.

Auf unsicheren Beinen heftete ich mich an seine Fersen. »Jeff!«, rief ich und hoffte, dass ich damit nur seine Aufmerksamkeit erregte und nicht die des Coachs.

Erstaunt wandte er sich um, und meine Knie wurden sofort weich wie Pudding. Ich wurde langsamer und musste all meine Willenskraft aufwenden, um nicht stehen zu bleiben. Seine Gesichtszüge entgleisten leicht, doch er setzte sofort eine ernste Miene auf. Freude sah anders aus.

Ich schluckte. »Bitte, gib mir nur eine Minute.«

Entschieden schüttelte er den Kopf. »Sorry. Ich habe keine Minute.« Damit drehte er sich einfach wieder um und setzte seinen Weg fort.

Mein Herz drohte zu brechen. Er konnte mich doch nicht einfach so stehen lassen! Verzweifelt beschleunigte ich meinen Schritt. »Jeff, bitte!«, versuchte ich es ein letztes Mal. »Ich … ich verlasse Los Angeles«, brach ein Joker aus mir heraus, den ich nicht hatte ziehen wollen. Weil es unfair war. Manipulativ.

Und doch wurde meine Reue jäh weggespült, als Jeff abrupt innehielt. Langsam drehte er sich um und schenkte mir einen verwirrten Blick. »Wohin gehst du?«

Zögerlich hielt ich zwei Schritte von ihm entfernt an, und für einen Moment war ich einfach nur froh, dass er mich nicht wieder stehen ließ. »Ich … ich weiß es nicht«, gab ich zu und senkte den Blick. »Aber ich kann unmöglich hierbleiben … nach allem, was passiert ist.«

Als ich aufsah, erhielt er seine gefasste Miene aufrecht. »Das kann ich verstehen«, sagte er förmlich.

Obwohl er einen sanften Ton anschlug, stachen mir seine Worte mitten ins Herz. Er verlor keine Silbe darüber, dass er nicht wollte, dass ich ging. Er wollte mich nicht davon abhalten. War es in Ordnung für ihn?

»Ich … kann nicht einfach so von hier verschwinden«, sagte ich deshalb. »Nicht, bevor wir du mir die Chance gegeben hast, mich bei dir zu entschuldigen. Und dir zu erklären, was passiert ist. Mike hat den Artikel veröffentlicht, nicht ich! Ich habe hingeworfen, ich will auch nicht mehr Journalismus studieren, und ich habe keine Ahnung -«

»Ich weiß«, unterbrach er meinen Redeschwall. Er senkte den Blick. »Ich habe deinen … ›letzten Artikel‹ gelesen.«

Ich stockte. »Oh.«

Jeff nickte langsam, obwohl ich nichts gesagt hatte, was er bestätigen müsste. »Ich -« Er verstummte, und auf einmal wirkte er genauso verunsichert wie ich. »Es ist schade, dass es so weit gekommen ist«, sagte er dann leise.

»Finde ich auch«, schob ich zaghaft ein. »Vielleicht könnten wir ja einfach noch mal drüber reden.«

Ein paar Sekunden lang starrte Jeff auf seine Füße. Dann atmete er tief ein. »Okay«, lenkte er ein und sah sich nach seinen Teamkollegen um. »Aber nicht jetzt. Jederzeit, aber nicht jetzt.«

»Natürlich!« Ein Teil von mir bereute es, ihn jetzt so kurz vor dem Finale auch nur angesprochen zu haben. Das hier war seine letzte Chance, die NFL-Vereine von sich zu überzeugen. Er musste furchtbar angespannt sein. »Das kann bis nach dem Spiel warten.«

»Da kann ich nicht«, entgegnete er kurz angebunden, ohne mir eine Erklärung zu liefern.

Mein Magen krampfte sich zusammen. Er würde doch nicht auf die Afterparty gehen, oder? Für einen Moment fühlte ich mich verraten. Während er mit mir zusammen gewesen war, hatte er sich von jeder Fete ferngehalten, und jetzt ließ er ohne mich die Sau raus?

Doch dann fiel es mir wieder ein. Er ging auf keine Party – stattdessen würde er seine kranke Mutter zu diesem wichtigen Termin fahren. Ich verfluchte mich selbst dafür, dass ich das vor lauter Aufregung vergessen hatte.

»R-richtig.« Hilflos zuckte ich die Achseln. »Dann einfach ein andermal. Wann auch immer du Zeit hast.«

»Ja.« Jeffs Blick zuckte auf einen Punkt hinter mir, und ich ahnte, dass Coach Black gerade dabei war, Chris und sein Team abzuwimmeln. »Ich schreibe dir.«

»Klar.« Ich rang mir ein Lächeln ab. »Klingt gut.«

Jeffs Mundwinkel hoben sich leicht, doch in seinen Augen lag etwas Trauriges, das mich innerlich zu zerreißen drohte. »Bis dann.«

»Bis dann.« Erst als er sich von mir abwandte, konnte ich der leichten Trance entfliehen, in die er mich hineingezogen hatte. »Viel Glück!«, rief ich ihm hinterher, ehe Coach Black fluchend an mir vorbeistapfte.

»Abmarsch, Moreno!«, brüllte er förmlich. Dann verschwand Jeff aus meinem Blickfeld.

Er wurde nahtlos von Chris abgelöst. »Wie ist es gelaufen?«

Vor zehn Minuten hätte ich ihn wortlos stehen gelassen, aber ich hatte nur dank ihm meine zwei Minuten mit Jeff gehabt. Das machte die Sache mit dem Skandalartikel noch lange nicht wieder wett – aber es reichte für den Moment, um meinen Ärger auf ihn abzuschwächen. »Keine Ahnung«, murmelte ich. »Wird sich zeigen.«

»Gib der Sache Zeit«, riet er mir. »Lass ihn erst das Finale gewinnen – und dann kannst du dich daran machen, sein Herz zurückzuerobern.« Er grinste, und ich konnte nicht anders, als zu lächeln, obwohl ich es sofort bereute. »Wir streamen in einer halben Stunde live bei Instagram«, fuhr er fort, als wir zwangsläufig nebeneinander durch die Halle schritten.

»Was?«, fragte ich verwirrt.

»Na, das Interview mit Jeff. Sein Statement zu Du-weißt-schon-was.«

Meine Schultern sackten herab. »Ach ja.« Ich wusste nicht, ob ich es mir überhaupt ansehen wollte. Noch dazu machte ich mir Sorgen um Jeff. Er hatte gerade schon genug Probleme. Und jetzt musste er auch noch die richtigen Worte finden, um eine anonyme Masse aus Kommilitonen und NFL-Managern zu beschwichtigen, die sich vielleicht oder vielleicht auch nicht von meiner Story hatten beeinflussen lassen.

Aber Jeff war stark. Der stärkste Mensch, den ich kannte. Er würde das schaffen. Das war die einzige Sache, der ich mir gerade absolut sicher war.

Während Chris in einen Bereich abbog, dessen Zutritt für Besucher verboten war, wandte ich mich nach rechts in Richtung Zuschauerränge, kam jedoch nicht besonders weit.

»Cary!«, riefen mehrere schrille Stimmen in meinem Rücken und ließen mich erschaudern.

Als ich mich umdrehte, trabten Jessica und Tiffany auf mich zu. Als Cheerleaderinnen würden sie schon lange vor den Spielern auf das Feld treten, weshalb sie bereits jetzt in ihren Outfits herumliefen: knappe weiße Kleidchen mit einem USC-Schriftzug auf der Brust. »Was -«

Ich konnte nicht weitersprechen, denn im nächsten Moment fiel Jessica mir um den Hals. »Cary, ich bin so froh, dass du gekommen bist!«

Hilflos nahm ich sie in die Arme. »Und ich bin verwirrt«, murmelte ich, ehe ich mir einbildete, dass Jessica sogar zu schluchzen begann.

»Jessica!«, ermahnte Tiffany sie, doch auch ihre Stimme bebte. »Denk an dein Make-up!«

»Ach ja.« Widerstrebend löste Jessica sich von mir und rieb sich vereinzelte Tränen unter ihren Augen weg. »Wir haben deinen Artikel gelesen!«, erzählte sie. »Den Teil mit Vaughn!«

Beim Klang seines Namens zuckte ich kaum merklich zusammen. Meine Nacht-und-Nebel-Aktion hatte ich schon wieder völlig verdrängt. Mir wurde mulmig zumute, nicht zuletzt, weil ich Vaughns Gesicht wieder unmittelbar vor meinem sah, seinen Atem auf meiner Haut spüren konnte und seine Hände, die sich um meinen Hals schlossen …

»Es tut uns so leid, was passiert ist!«, bekräftigte Tiffany und ließ nicht zu, dass ich abwinkte. »Aber wir sind auch so, so stolz auf dich!«

Unbeholfen verschränkte ich die Arme vor meinem Körper. »Stolz?«, wiederholte ich ungläubig. »Es gibt keinen Grund, *stolz* auf mich zu sein.« Schließlich hatte ich alles ruiniert. Dass ich die Tür der *Trojan Horse* zugeklebt hatte, war nur ein letztes Aufbäumen gewesen, das jedoch nichts an den Tatsachen hatte ändern können.

Tiffany lächelte leicht. »Hast du denn keine Ahnung, was du damit ausgelöst hast?«

Jessica rümpfte die Nase. »Benutzt du kein Social Media mehr, oder was?«

Irritiert blickte ich zwischen den beiden hin und her. »Was?«

»Deine Story ist viral gegangen, Cary!«, fuhr Tiffany eifrig fort. »Irgendjemand hat sie im Netz geteilt, und inzwischen ist sie überall!«

Ich schluckte. »Überall?« Das hatte ich nicht gewollt. Ganz und gar nicht. Jetzt stand Jeff noch mehr im Rampenlicht als zuvor. Und nicht zuletzt ich selbst.

Ein ungutes Gefühl erfasste mich. Das war nie mein Plan gewesen. Aber jetzt gab es kein Zurück mehr.

»Hey!« Tiffany musste mir ansehen, dass meine Sicherungen kurz vor dem Durchbrennen waren. »Das ist gut! Es ist sogar unglaublich gut! Eine aus unserem Team, die nicht namentlich genannt werden möchte …«

»Es ist Lea!«, warf Jessica ein.

»… hatte auch schon so ein … Erlebnis mit Vaughn.«

Meine Augen weiteten sich. »Lea?«, flüsterte ich und dachte an die lebensfrohe Neunzehnjährige … die ich auf den letzten Partys nicht zu Gesicht bekommen hatte. Jetzt dämmerte mir plötzlich, warum.

»Nur dass niemand da war, um ihr zu helfen.« Jessica senkte den Blick. »Und wer weiß? Vielleicht ist sie auch nicht die Einzige, der so etwas schon mal passiert ist.« Sie atmete tief durch und fixierte mich wieder. »Sie wird ihn anzeigen. Und falls deine Story noch mehr Frauen dazu bringt, an die Öffentlichkeit zu treten, dann …« Sie zuckte die Achseln. »Dann haben sie vielleicht eine Chance.«

»Du sollst eines wissen«, sagte Tiffany mit belegter Stimme. »Wir werden Vaughn heute nicht anfeuern. Ganz gleich, für wie viele Punkte er sorgt.« In einer steifen Bewegung schüttelte sie den Kopf. »Wir werden keine Silbe über ihn verlieren, okay?«

Ich wusste nicht, was ich sagen sollte. Eine unverhoffte Wärme stieg so plötzlich in mir auf, dass es mir die Kehle zuschnürte und meine Augen so feucht werden ließ wie die von Jessica. Zögerlich nickte ich. »Okay.«

Jessica lächelte. »Wir schaffen das zusammen.« Dann fiel sie mir ein zweites Mal in die Arme – und blieb nicht allein. Tiffany kam ebenfalls dazu, und mehrere Sekunden lang waren wir ein Bündel aus Make-up, Haaren und Tränen in den Augen.

»Reiß dich zusammen, Jessica!«, fuhr Tiffany sie an, als Jessica wieder zu schluchzen begann, doch als sie sich von mir löste, glänzten auch ihre Augen feucht. »Wir müssen jetzt los«, entschuldigte sie sich. »Das Team feuert sich schließlich nicht von selbst an.«

Ich lächelte. »Viel Erfolg.«

»Brauchen wir nicht«, winkte Tiffany überaus bescheiden ab. »Wir sind schließlich die Trojans!«

Wir sind die Trojans.

Ihre Worte begleiteten mich bis zu meinem Sitzplatz und brachten mich dazu, mein Handy aus der Handtasche zu ziehen. Als ich den Bildschirm entsperrte, war meine Messenger-App im Vordergrund geöffnet und mit ihr die letzten Nachrichten, die ich mit meiner Mom gewechselt hatte. Sie hatte mir angeboten, sich mit Dad und ihr von der VIP-Lounge aus das Spiel anzusehen. Ich hatte nicht geantwortet. Erstens weil ich keine Ahnung hatte, warum sie überhaupt gekommen waren. Zweitens weil man von der Lounge aus einen ziemlich schlechten Blick aufs Spielfeld hatte, auf die Bildschirme angewiesen war und deshalb genauso gut von zu Hause aus zusehen könnte. Und drittens, weil ich keine Lust auf ihr billiges Versöhnungsangebot hatte.

Was Dad über Jeff gesagt hatte, war unverzeihlich. Und es war mir egal, wie er auf meine kalte Schulter reagierte. Ob er mir den Geldhahn endgültig zudrehen würde. Ob ich meine Miete von nun an selbst bezahlen musste – in welcher Stadt auch immer. Wenn es eine Sache gab, die ich in den letzten Wochen gelernt hatte, dann dass man niemandem Rechenschaft schuldig war außer sich selbst. Und solange ich an mich glaubte, musste es sonst niemand tun.

Bis zum Anpfiff dauerte es noch eine Weile, weshalb ich mir ein

Herz fasste und Instagram öffnete. Das Live-Video der *Trojan Horse* war das Erste, was mir dort ins Auge sprang. Ich riss mich am Riemen und tippte es an.

Ich wurde von einer ungeahnten Wärme erfüllt, als Jeffs Gesicht auf meinem Bildschirm auftauchte. Er hatte seine ganze Ausrüstung bis auf den Helm angelegt. Dem Hintergrund nach befand er sich in der Umkleidekabine. Seine Miene war todernst. Anstatt direkt in die Kamera zu blicken, sah er etwas an mir vorbei, und ich mutmaßte, dass er sich an Chris gewandt hatte.

»… über meinen Vater geschrieben wurde, ist wahr.« Durch den allgegenwärtigen Lärm um mich herum konnte ich ihn kaum verstehen und hielt mir das Handy näher ans Ohr, auch wenn ich dann nicht mehr gut auf den Bildschirm sehen konnte. »Er sitzt im Gefängnis. Ich habe ihn nicht mehr gesehen, seit ich ein Kind war, und habe auch nicht vor, etwas daran zu ändern.«

»Hast du denn seitdem etwas von ihm gehört?«, drang Chris' Stimme undeutlich an meine Ohren. »Weiß er, dass du Football spielst?«

»Es ist mir egal, ob er es weiß«, erwiderte Jeff nüchtern. »Oder ob er stolz auf mich ist. Der einzige Mensch, den ich stolz machen will, ist meine Mutter, die auch ohne ihn schon viel zu viel erleiden musste.«

»Was meinst du damit?«, bohrte Chris weiter, und die Dankbarkeit, die ich in der Eingangshalle für ihn empfunden hatte, war wie weggeblasen.

Untersteh dich.

Jeff verzog keine Miene. »Was ich damit meine, ist, dass ich nicht mein Vater bin. Mein Name ist nicht Jeff Baxter. Ich bin Jeff Moreno aus Los Angeles, Sohn einer mexikanischen Mutter und Football-Spieler der USC Trojans. Und wenn es Gott so will«, spielte er eine Karte aus, mit der er auch die letzten Zweifler auf seine Seite ziehen würde, »werde ich heute dabei helfen, den Sieg nach Troja zu holen.« Als er seinen Blick in die Kamera und damit direkt auf mich richtete, hatte ich auf einmal keine Zweifel mehr, dass er genau das tun würde.

17. Kapitel

Die zwei Stunden vor dem Spiel waren eine Show für sich. Das USC Orchester führte unseren offiziellen Fight Song auf. Die Cheerleader ließen uns eine schiere Ewigkeit S-O-U-T-H-E-R-N-C-A-L-I-F-O-R-N-I-A buchstabieren, die olympische Fackel wurde durchs Stadion getragen, Traveler, das Maskottchen, trabte eine Runde ums Feld – und dann erschienen unsere Spieler auf den Bildschirmen. Sie befanden sich im Tunnel, der aus dem Inneren des Stadions zum Spielfeld führte, dicht gedrängt zu einer Masse, und brüllten um die Wette, um sich gegenseitig anzuheizen. Die Zuschauer grölten, konnten die Spieler, deren Stimmen durch die Lautsprecher hallten, aber nicht übertönen. Nach drei Minuten durften sie endlich nach draußen – und stürmten unter tosendem Beifall aufs Spielfeld.

Das war der Augenblick, in dem ich nervös wurde. Ich hatte schon Dutzende Spiele der Trojans sowohl auswärts als auch zu Hause angesehen. Doch das hier war das erste Mal, seit ich Jeff kennengelernt hatte. Unter all der Schutzkleidung glichen sich die Spieler von meinem Platz aus wie ein Ei dem anderen. Auf den Trikots standen nur die Rückennummern, sodass ich verzweifelt nach der 26 Ausschau hielt, zunächst aber nur alle anderen 2er-Nummern erspähte, bis ich endlich Jeff entdeckte.

Als die Spieler die Köpfe zur Ansprache zusammensteckten, ebbte meine Anspannung nicht ab. Auch nicht, als Vaughn die Mannschaft anschrie und sie aus unzähligen tiefen Kehlen zurückschrien. Auch nicht, als ich mich umsah und nichts als zuversichtliche, glückliche Gesichter erblickte. Und schon gar nicht, als das erste Viertel um Punkt dreizehn Uhr begann.

Obwohl ich bei anderen Spielen kaum blinzeln konnte, schaffte ich es heute fast nicht hinzusehen. Jedes Mal, wenn die Spieler sich wieder einander gegenüber aufstellten und nur auf den entscheidenden Pfiff warteten, um sich aufeinanderzustürzen, spannte sich mein ganzer Körper an. Ich hatte nur Augen für Jeff und konnte kaum einen klaren Gedanken fassen. Jedes Mal, wenn er getackelt oder zu Boden gerissen wurde, verkrampften meine Hände sich umeinander – und das geschah ziemlich oft. Meine Anspannung fiel nicht einmal dann ab, wenn er unversehrt wieder aufstand, stattdessen wuchs sie mit jeder Minute und wurde unerträglicher, je öfter ich die Wiederholungen auf dem großen Bildschirm sah. So lange, bis ich mich fragte, wie ich diese drei Stunden und mehr nur überleben sollte.

Dabei schlugen sich die Trojans gut. Verdammt gut sogar. Zweimal fing Jeff den Ball sogar im letzten Moment mit einer Hand, und das so elegant, wie es Bewegungen im Football selten waren. Coach Black wurde oft über die großen Bildschirme gezeigt, ein dickes Headset auf dem Kopf, über das er per Funk Befehle an Vaughn weitergab. Nach jeder Runde kamen die Spieler zusammen. Bei einer Nahaufnahme sah man, wie Vaughns gelber Mundschutz lose an seinem Helm baumelte, als er in knappen Worten den nächsten Spielzug ans Team weitergab. Es überraschte mich, wie harmonisch sie zusammenarbeiteten – trotz allem, was in der letzten Woche vorgefallen war.

Beim nächsten Anpfiff warf Vaughn einen weiten Pass, wie nur er sie hinbekam. Der Ball schoss auf die Endzone zu. Jeff rannte so schnell, dass ihm schier Flügel zu wachsen schienen. Zeitgleich mit zwei gegnerischen Spielern sprang er in die Endzone – und ging mit dem Ball in den Händen zu Boden. Touchdown!

Die Menge jubelte, und den Trojans wurden sechs Punkte gutgeschrieben. Jeff rappelte sich auf, nur um den Football in den Boden zu pfeffern, ehe zwei Teamkollegen kamen und ihn umarmten. Danach eröffnete sich ihnen die Chance zum Field Goal – und der Kicker traf mühelos zwischen die beiden Pfosten, um den Trojans einen Extrapunkt zu bescheren.

Nach dem ersten Viertel stand es dennoch 13 zu 7 für Texas – nicht zuletzt, da Vaughn einen Interception verursacht hatte: Sein Ball wurde nicht von einem unserer Spieler, sondern vom Gegner gefangen, der nach einer atemberaubenden Hetzjagd in der Endzone ankam. Touchdown.

Zur Halbzeitpause holten wir jedoch rasant auf – nicht zuletzt, weil Jeff über vierzig Yards hinwegsprintete, einmal mehr einen Touchdown hinlegte und damit meine letzten Zweifel, er wäre unkonzentriert, beiseitefegte. Er war so was von gemacht für die NFL – und spätestens jetzt konnte das jeder sehen.

Dennoch war ich nach dem dritten Viertel nervlich am Ende. Mein Herz raste seit Stunden ohne Unterbrechung. Meine Handflächen waren klatschnass, egal wie oft ich sie an meiner Hose abrieb. Ich war so nervös gewesen, dass ich mir nichts zu trinken gekauft hatte, und meine Kehle fühlte sich trocken wie die Sahara an. Ich war erschöpft, ich war besorgt, und das, obwohl die Mannschaft uns bisher keinen Grund dazu gegeben hatte zu glauben, sie könnten das hier noch verlieren.

Ich wollte mich entspannen, aber ich erlaubte es mir nicht. Ich würde es erst glauben, wenn die letzte Minute verstrichen war. Wenn feststand, dass die Trojans gewonnen und Jeff seine persönliche Bestleistung erzielt hatte. Wenn es keinen Grund mehr gab, sich über seine Zukunft Sorgen zu machen. Wenn wir uns absolut sicher sein konnten, dass sein Weg ihn in die NFL führen würde. Wenn ich hoffen konnte, dass er damit einen Grund mehr hatte, mir zu verzeihen – und dass unsere Liebe noch eine Chance hatte.

Es war gut, dass ich die Erleichterung so lange wie möglich hinauszögerte. Denn im letzten Viertel passierte es.

Die letzten beiden hatten die Trojans mit 20:7 und 14:0 für sich entscheiden können. Texas' Rückstand schien kaum überwindbar – aber im Football war nun mal alles möglich.

Im Nachhinein konnte ich mich kaum an Details erinnern. Alles passierte so schnell. Der Pfiff erklang, Vaughn bekam den Ball und passte ihn in hohem Bogen zu Jeff.

Dieser fing den Ball im Rennen, setzte zum Sprint an – aber zu spät: Zwei gegnerische Spieler warfen sich auf ihn, rissen ihn zu Boden und rollten über ihn hinweg. Der Ball fiel, es wurde abgepfiffen. Die Texaner rappelten sich auf – doch Jeff blieb liegen.

Mein Herz setzte einen Schlag aus. Die Nummer 26 krümmte sich auf dem Boden. Binnen weniger Sekunden stürzten seine Teamkameraden herbei – einzig Vaughn hielt sich im Hintergrund – und raubten den Zuschauern die Sicht auf das, was passiert war.

Mein Mund wurde trocken. Das hier war kein Fußball. Hier täuschte man keine Verletzungen vor, um Zeit zu schinden. American Football war ein brutaler Sport – das hatte Jeff selbst gesagt. Wenn ein Spieler also auf dem Boden lag und sich nicht mehr regte, dann bedeutete es, dass etwas passiert war. Etwas Furchtbares.

Bitte steh auf, flehte ich ihn innerlich an. *Bitte steh wieder auf!* Aber er stand nicht auf.

Der Stadionsprecher meldete sich zu Wort und verkündete, dass die Nummer 26 der USC Trojans, Jeff Moreno, sich verletzt hatte. Gleichzeitig wurde die Wiederholung im Zeitraffer auf dem Bildschirm gezeigt. In dem Moment, in dem die Worte »Bein gebrochen« wie aus weiter Ferne an mein Bewusstsein drangen, sah ich, wie Jeffs Bein zwischen denen der gegnerischen Spieler eingeklemmt wurde, schief auf dem Boden aufkam – und schlaff in die Luft geworfen wurde, als Jeff sich über seinen Rücken abrollte.

Entsetzt schlug ich mir eine Hand vor den Mund. Mir wurde übel, und meine Augen begannen zu brennen wie Feuer. Die Menschen um mich herum schnappten nach Luft, andere fingen an zu kreischen. Erst nach unendlichen Sekunden wurde mir klar, dass ich selbst dazugehörte.

Die Bildschirme zeigten jetzt wieder Live-Bilder. Jeff kauerte noch immer auf dem Boden. Sein linker Unterschenkel stand in einem unnatürlichen Winkel von seinem Knie ab. Mehr und mehr Spieler versammelten sich um ihn herum, bis sogar Vaughn sich dazu herabließ, vermutlich weil er nicht als Einziger wegbleiben wollte. Dann kam der Krankenwagen, und keine zwei Minuten später war Jeff vom Spielfeld verschwunden.

Ich konnte nicht atmen. Ich konnte nicht denken. Ich nahm nichts um mich herum mehr wahr. Stattdessen starrte ich unentwegt den breiten Durchgang unter den Zuschauerrängen an, durch den der Krankenwagen das Spielfeld verlassen hatte.

Jeff.

Football ist unnötig brutal, hatte er gesagt. *Und das ist einfach nicht meine Welt. Aber ich will Football spielen, um Geld zu verdienen. Um meiner Mom ein besseres Leben ermöglichen zu können.*

Ich sah ihn vor mir liegen, in nur wenigen Schritten Entfernung. Sah sein seltsam verdrehtes Bein, als hätte man sämtliche Knochen daraus entfernt. Wie er mehrere Sekunden lang allein auf dem Boden lag und sich den Helm vom Kopf riss, sein Gesicht verzerrt vor unbändigen Schmerzen.

Wie hatte das nur passieren können?

Abrupt sprang ich auf die Füße. Ich musste zu ihm, und zwar sofort.

Das Spiel würde noch mindestens fünfzehn Minuten dauern, aber so lange konnte ich nicht warten. Ich konnte in meinen Fingerspitzen spüren, dass jede Sekunde zählte. Ich zwängte mich an den anderen Zuschauern vorbei und stürzte ins Innere des Stadions. Ich musste mehrere Blocks durchqueren, bis ich bei der Treppe ankam, die zu den Umkleidekabinen führte – und wurde von zwei Securitys aufgehalten. »Sie können da nicht rein!«

»Doch!« war alles, was mein verwirrter Verstand hervorbrachte. »Mein Freund, er … er ist verletzt!« Mir wurde schwindelig. Egal wie verzweifelt ich auch nach Luft schnappte – da war einfach keine mehr. Obwohl mein Herz raste, war mir kalt, so kalt …

Warum gerade Jeff?

»Miss, er ist -«

»Bitte, ich muss ihn sehen!«, flehte ich sie an und versuchte, mich an ihnen vorbeizuzwängen, wurde jedoch von vier Armen zurückgehalten. »*Bitte!*«

Dass mir die Tränen in Strömen über die Wangen liefen, bemerkte ich erst, als einer der Männer von mir abließ, während der andere mich umso dringlicher an den Schultern fasste. »Miss«, sagte er bestimmt. »Sie sind ins Krankenhaus gefahren. Es gibt hier nichts, was Sie für ihn tun können. Fahren Sie zum Krankenhaus. Dort werden Sie mehr erfahren.«

»K-Krankenhaus«, wiederholte ich. »Danke.«

Ins Krankenhaus. Die Verletzung war also genauso schlimm, wie sie ausgesehen hatte. Oder noch schlimmer.

Was würde sie für Jeff bedeuten?

Football war ein Kontaktsport. Verletzungen waren vorprogrammiert. Wann immer etwas Gröberes passierte, stellte sich sofort die Frage, ob der Spieler nur für ein paar Wochen oder eine Saison ausfiel – oder ob seine Karriere ein vorzeitiges Ende fand.

Obwohl ich zum Parkplatz rannte, wurde die Kälte auf meiner Haut unerbittlich. Ich sprang förmlich in mein Auto, war aber so durch den Wind, dass ich allein beim Ausparken beinahe gegen zwei andere Wagen stieß. Irgendwie schaffte ich es, das Auto ohne Unfall hinauszumanövrieren, und steuerte durch den Nachmittagsverkehr in Richtung des nächsten Krankenhauses, ohne zu wissen, ob man Jeff überhaupt dorthin gebracht hatte.

Auf halbem Weg an einer roten Ampel nahm ich mir einen Augenblick, um über das nachzudenken, was ich gerade tat. Dann fiel mir etwas ein.

Und ich änderte den Kurs. Anstatt zum Krankenhaus begab ich mich in das dunkelste, dreckigste Loch von L.A., in das mich normalerweise keine zehn Pferde bekommen hätten. Sondern nur Jeff – schon wieder.

Ich hielt vor seinem Wohnblock an und sah auf meine Handyuhr. Das Spiel musste schon seit einer Weile vorbei sein, aber ich verschwendete keine Zeit damit nachzusehen, ob wir gewonnen hatten. Das, was mit Jeff passiert war, überschattete einfach alles.

Ich stieg aus dem Wagen und rannte entschlossen die Stufen zur Eingangstür seines grau-fahlen Wohngebäudes hinauf. Der Security-Typ hatte recht gehabt. Es gab nichts, was ich für Jeff tun konnte – auch nicht, wenn ich ihm hinterherfuhr und stundenlang darauf wartete, zu ihm gelassen zu werden, nur damit ich doch noch abgewiesen wurde, weil ich keine Familienangehörige war. Aber ich konnte etwas für seine Mom tun – etwas, wozu er gerade nicht in der Lage war.

Jeff hatte keine große Hoffnung in diesen Termin gesteckt. Es war vergebliche Liebesmüh. Denn dort würde man ihr nicht helfen, sondern sie lediglich über ihre Möglichkeiten aufklären – und von denen gab es nicht viele. Aber für sie wäre er so früh wie möglich vom Spiel nach Hause gekommen, um sie dorthin zu fahren – weil er sie liebte. Und ich würde ihn jetzt in dieser Hinsicht vertreten – weil ich *ihn* liebte.

Ich hatte keine Ahnung, in welchem Stockwerk seine Mutter lebte. Deshalb musste ich an jeder Tür vorbeilaufen und das Klingelschild checken. Die Geräusche, die durch jede von ihnen an meine Ohren drangen, würde ich mein Leben lang nicht vergessen. Hinter der einen ertönten Schreie, bei denen ich mir nicht sicher war, ob sie von einem zu laut gestellten Fernseher oder einem echten, leidenden Menschen stammten. Das Stöhnen, das hinter der nächsten erklang, war hingegen eindeutig. Kurz vor einer weiteren wurde der strenge Geruch von Gras so penetrant, dass ich mir überhaupt nicht erst die Mühe machte, das Namensschild anzusehen, sondern mit angehaltenem Atem daran vorbeihetzte.

In jedem Stockwerk gab es fünf Wohnungen, und das ganze Gebäude ragte vier Stockwerke in die Höhe. Ich beschleunigte meinen Schritt – zumindest so lange, bis ich die erste Treppe genommen hatte und mein Herz umso heftiger in meiner Brust pochte. Ich hätte mehr als nur eine Zwangssportstunde bei Jeff nehmen sollen.

Der Name Moreno begegnete mir so unerwartet, dass ich beinahe an der Tür vorbeigelaufen wäre. Im letzten Moment machte ich einen Schritt rückwärts – und tatsächlich. Das war sie. Die Wohnung, in der Jeffs Mutter lebte und er viele Jahre seines Lebens verbracht hatte.

Eine geschlagene Ewigkeit stand ich einfach nur davor und starrte sie an. Musterte den Fußabtreter mit einem Cartoon-Hund darauf, dann den Fisch, der – vermutlich als christliches Symbol – in den oberen Türrahmen geritzt worden war. Ich atmete tief durch und war froh, dass die Grasfahne noch nicht bis in die dritte Etage vorgedrungen war. Dann hob ich die Hand und klopfte vorsichtig an die Tür.

Als wenige Sekunden später eine Frau öffnete, wusste ich sofort, dass sie Jeffs Mom war – und das, obwohl sie rein äußerlich das absolute Gegenteil von ihm war. Sie war klein, vielleicht 1,60 groß, und in ein langes Kleid gehüllt, das schlaff an ihrem dürren Körper herabhing. Sie war blass und die Haut in ihrem von braunen Haaren umrahmten Gesicht so dünn, dass ich einzelne Adern hindurchblitzen sehen konnte. Ihre eingefallenen Wangenknochen warfen Schatten in ihre Miene – zusätzlich zu denen unter ihren Augen.

In ihren Gesichtszügen lag etwas Hartes, Selbstbewusstes. Die Stärke einer Frau, die sich durch ihr Leben gekämpft hatte und nicht willens war, klein beizugeben – etwas, das ihr nicht einmal die schwerwiegendste Krankheit nehmen könnte.

Meine Lippen teilten sich und entpuppten sich als ebenso staubtrocken wie meine Kehle. »H-« Ich räusperte mich. »Hi.« Ich lächelte zögerlich, während eine unvermittelte Schüchternheit in mir aufstieg und mir beinahe den Atem raubte. »I-ich bin Caroline Jenkins. Jeffs -« Ich brach ab. *Ja, was bin ich überhaupt noch für ihn?*

»Seine Freundin?«, fragte sie höflich.

Meine Augen weiteten sich leicht. »Ja«, sagte ich erleichtert. »Seine Freundin.« Unwillkürlich fragte ich mich, ob man mir ansehen konnte, dass ich geweint hatte. Mein Make-up musste völlig verlaufen sein.

Falls ja, ließ Ms. Moreno es sich nicht anmerken. Sie strahlte. »Schön, dich endlich kennenzulernen«, sagte sie mit starkem spanischen Akzent. »Jeff hat mir schon so viel von dir erzählt!« Plötzlich senkten ihre Mundwinkel sich wieder. »Geht es ihm denn gut? Ich habe im Fernsehen gesehen, dass er hingefallen ist und ein Krankenwagen ihn mitgenommen hat, aber ich konnte die letzte halbe Stunde niemanden erreichen.«

»Äh, ja, ähm -« *Verdammt, Caroline, seit wann kommst du denn ins Stottern?* »Es ist alles halb so schlimm!«, versicherte ich ihr. Dieser Termin war verdammt wichtig für sie, und ich wollte nicht, dass sie sich um Jeff sorgte, wo ihre größte Sorge doch ihr selbst gelten sollte. »Das war eine reine Vorsichtsmaßnahme, aber sie müssen ihn erst noch untersuchen. Deshalb hat er mich gebeten, Sie zu Ihrem Termin zu bringen.«

»Oh, heißt das, ihr habt miteinander gesprochen?«

Verdammt.

»Wie geht es ihm? Was fehlt ihm denn?«

Verdammt, verdammt, verdammt. »Ähm, das haben sie mir nicht gesagt«, wich ich aus. »Ich glaube, er hat sich nur etwas verstaucht.«

Sie zog die Brauen zusammen. »Bist du dir sicher? Im Fernsehen hat es so ausgesehen, als ob -«

»Ganz sicher!«, beteuerte ich und zwang mich zu einem Lächeln, das nicht durchscheinen ließ, welche Angst ich um Jeff hatte. »Er ist ein zäher Brocken. Er wird wieder.«

Ms. Moreno nickte langsam. »Das denke ich auch.«

»Also«, lenkte ich das Gespräch wieder zurück auf sie. »Mein Wagen steht draußen. Wollen wir?«

Jeffs Mom schenkte mir einen langen Blick. »Ich hole meine Jacke.«

Ich konnte es kaum mitansehen, wie Ms. Moreno sich die Treppe nach unten quälte. Sie klammerte sich am morsch aussehenden Geländer fest und brauchte für jede Stufe eine halbe Ewigkeit. Einmal wollte ich ihr eine Hand anbieten, doch sie schenkte mir nur einen stolzen Blick, und ich zuckte zurück.

Umso erleichterter war ich, als sie endlich neben mir im Auto saß. »Es ist diese Adresse«, sagte sie und hielt mir einen Zettel hin. Ich tippte sie in mein Auto-Navi ein und fuhr los.

Eine ganze Weile herrschte Stille zwischen uns. Obwohl ich normalerweise kein Problem mit Small Talk hatte, fiel es mir jetzt unglaublich schwer. Wie konnte ich auch mit jemandem über das Wetter oder die Wirtschaft sprechen, der Darmkrebs im dritten Stadium und kein Geld für eine Behandlung hatte?

Glücklicherweise war sie diejenige, die irgendwann das Wort erhob. »Jeff ist ein guter Junge«, sagte sie langsam. »Ich hätte ihm gern bei diesem wichtigen Spiel zugesehen, aber er wollte, dass ich mich schone. Natürlich hätte ich auch ohne seine Erlaubnis kommen können, aber ich wollte ihn nicht beunruhigen. Was, wenn er mich zufällig sieht? Er könnte sich nicht mehr konzentrieren.«

»Ja.« Ich lächelte. »So ist er.«

»Er wollte mir sogar verbieten, es mir im Fernsehen anzusehen, aber das wollte ich mir nun wirklich nicht nehmen lassen. Allerdings verstehe ich jetzt, warum er es nicht wollte. Dieser Sport …« Aus dem Augenwinkel sah ich, wie sie den Kopf schüttelte. »Ich werde nie verstehen, was er daran findet.«

Ihre Worte brachen mir beinahe das Herz. Sie hatte nicht die geringste Ahnung, dass Jeff das alles nur für sie tat. Und nach allem, was passiert war, war ich ganz bestimmt nicht in der Position, sie darüber aufzuklären. Vielleicht war es besser so.

Eine Weile gab es wieder nur das Dröhnen meines Motors zwischen uns, ehe Ms. Moreno das Schweigen erneut brach. »Du weißt, zu welcher Art Termin du mich fährst, oder?«

Ich schluckte. Meine Kehle fühlte sich eng an, als ich antwortete: »Ja.«

»Was denkst du darüber?«

Ihre Frage überraschte mich – weshalb ich umso länger über eine Antwort nachgrübeln musste. »Ich denke«, erwiderte ich langsam, »dass das Leben nicht fair ist.«

Ms. Moreno lachte. »Das kannst du laut sagen. Aber die Dinge kommen, wie sie kommen. Wir können keinen Einfluss darauf nehmen. Und wenn der Herr mich schon früher zu sich holt, als ich geplant habe, dann soll es eben so sein.«

Ich erkannte eine Bewegung aus dem Augenwinkel und drehte den Kopf – um zu sehen, wie sie den goldenen Anhänger einer Kette unter ihrem Oberteil hervorzog. Es war derselbe wie der von Jeff. »Umso schöner, zu wissen, dass Jeff nicht allein sein wird, wenn es einmal so weit ist.«

Damit traf sie meinen wunden Punkt. Ich biss mir auf die Unterlippe. Offenbar hatte Jeff schon viel über mich erzählt – und den Teil mit unserer Trennung ausgelassen.

Oder hatten wir überhaupt keine Trennung hinter uns?

Meine Finger am Lenkrad begannen zu kribbeln. Er hatte nie die Worte *Ich mache Schluss* in den Mund genommen. Aber hatte *Ich bin fertig mit dir* nicht dieselbe Bedeutung? Was, wenn er es gar nicht so gemeint hatte? Es musste ihn wie ein Schlag getroffen haben, als ich angekündigt hatte, Los Angeles zu verlassen.

Der Anflug eines schlechten Gewissens stieg in mir auf – gleichzeitig war ich einfach nur verwirrt. *Verdammt, Jeff.*

Ich hatte selten eine Ahnung gehabt, was wirklich in ihm vorgegangen war, und wünschte mir einmal mehr, es wäre anders gewesen. Immerhin konnte ich mich jetzt mit dem Gedanken beruhigen, dass nicht einmal seine eigene Mutter ihn immer durchschauen konnte.

Ich riss mich aus meinen Grübeleien, als mir auffiel, dass ich Ms. Moreno noch eine Reaktion schuldig war. »Dann hoffen wir«, erwiderte ich zaghaft, »dass es noch lange nicht so weit sein wird.«

Sie schnaubte. »Machen wir uns nichts vor. Was auch immer mir die Leute dort sagen werden, es wird nichts an der Tatsache ändern, dass ich krank bin. Sie werden mir nicht helfen, weil sie es nicht können. Und die, die es können, werden es nicht tun, weil sie nicht wollen – weil ich sie nicht bezahlen kann. Auch zehn Beratungsgespräche werden nichts daran ändern, wie diese Welt funktioniert.«

Erstaunt zuckte mein Blick zu ihr. »Warum –« Ich stockte. Jeff hatte nicht an diesen Termin geglaubt. Aber ich wäre nie auf die Idee gekommen, dass es seiner Mom genauso ging. »Darf ich fragen, warum Sie dann überhaupt einen Termin vereinbart haben?«

Wir befanden uns inzwischen schon in der richtigen Straße. Ich musste nur noch eine Kreuzung überqueren, bis ich auf den Parkplatz des Beratungszentrums einbiegen könnte. »Ganz einfach«, erwiderte sie nüchtern. »Um meinem Sohn zu zeigen, dass ich noch nicht aufgegeben habe.«

Ich öffnete den Mund, doch ein paar Sekunden lang drang kein Ton daraus hervor. »Wegen Jeff?«, fragte ich ungläubig.

»Wegen ihm.« Ms. Moreno seufzte. »Er ist eine gute Seele. So, wie es sein Vater war, als ich ihn kennengelernt habe.« Mein Magen zog sich beim bloßen Gedanken an Clive Baxter zusammen – nicht zuletzt, weil mein durcheinandergewirbeltes Unterbewusstsein ihn sofort mit Vaughn in Verbindung brachte. Und er war der Letzte, an den ich gerade denken wollte. »Jeff sorgt sich sehr um mich. Aber damit vernachlässigt er sein eigenes Leben. Er verbringt seine Abende lieber mit mir, als etwas mit seinen Freunden zu unternehmen. Er verpasst die beste Zeit in seinem Studium.« Ich spürte ihren Blick auf mir. »Nicht wahr?«

»Ähm.« Hilflos zuckte ich die Achseln. »Kann man so sagen.«

»Ich wünschte, er würde sich etwas mehr auf sich selbst konzentrieren. Der Junge hat so viel Stress. Ich hoffe, dass ich ihn dazu bringen kann, weniger an mich und mehr an sich selbst zu denken, wenn ich ihm zeige, dass ich mich auch um mich selbst kümmern kann.«

Ich lächelte leicht. Auch wenn Jeffs Mom schwach und gebrechlich wirkte, war ihr Wille stärker als der vieler anderer Frauen – ob krank oder nicht. »Das ist gut«, bekräftigte ich, während ich auf den Parkplatz fuhr. »Sie dürfen nicht aufgeben. Jeff ist ein begnadeter Football-Spieler. Sie werden ihn definitiv in die NFL holen, und dann wird er mehr als genug für Ihre Behandlung verdienen. Sie bekommen noch ein Boot und ein Haus obendrauf.« Vor allem eines in einem besseren Viertel.

Sie lachte. »Mir wäre es lieber, kein Haus und Boot zu haben und mir dafür nicht ständig Sorgen um mein einziges Kind machen zu müssen.« Sie seufzte, als ich den Motor abstellte. »Wir haben heute schließlich gesehen, was alles passieren kann.« Damit öffnete sie die Beifahrertür und schickte sich an auszusteigen.

»Ä-ähm!«, hielt ich sie redegewandter denn je zurück. »Soll ich Sie noch nach drinnen begleiten, Ms. Moreno?«

»Es wäre mir lieber, wenn du hier auf mich wartest.« Jeffs Mom lächelte mild. »Und nenn mich Rosita.« Damit stieg sie aus meinem Wagen und schlug die Tür mit einer Kraft zu, die ich ihr nicht zugetraut hätte.

Fasziniert sah ich ihr nach, während sie die Distanz zum Beratungszentrum überbrückte. Das war doch gar nicht so schlecht für ein erstes Treffen gewesen, oder?

Als sie hinter der automatischen Schiebetür ins Innere des Gebäudes verschwand, stieg Ratlosigkeit in mir auf. Ich hatte das alles überhaupt nicht geplant und keine Ahnung, wie lange dieser Termin dauern würde. Fest stand, dass ich nicht einfach wegfahren und sie sich selbst überlassen konnte. Obwohl mein Herz sich danach sehnte, Jeff wiederzusehen und mich zu vergewissern, dass es ihm gut ging. So sehr, dass ich befürchtete, es würde aus meiner Brust springen und sich ohne mich auf den Weg machen.

Ich streckte den Arm in Richtung Rücksitz aus und bekam meine Handtasche zu fassen. Als ich mein Handy herausfischte, war es fast siebzehn Uhr. Ich hatte fünf verpasste Anrufe drauf (drei von meinen Eltern, zwei von Chris) und Hunderte verpasste Nachrichten – sowohl von meinen Eltern als auch von Chris und mehreren Uni-Chatgruppen, aus denen ich noch nicht ausgetreten war.

Einem ersten Impuls nach beschäftigte ich mich zuerst mit denen von Chris. Er hatte es geschafft, viele verschiedene Umschreibungen für *Wo bist du?* zu finden.

Unterwegs, gab ich schnell ein. *Neuigkeiten?* Er würde wissen, dass ich Neuigkeiten meinte, die Jeff betrafen.

Während ich auf eine Antwort wartete, gab ich schnell das Spiel in Google ein – und atmete erleichtert auf. Die Trojans hatten gewonnen. Immerhin eine positive Nachricht an diesem Tag. Ich scrollte durch den Live-Ticker, konnte jedoch keine Details über Jeff finden. Auch auf den Social-Media-Kanälen der *Trojan Horse* beschäftigte man sich lieber mit der feiernden Mannschaft als mit dem verletzten Spieler.

Ich wurde immer unruhiger, und während Chris sich immer mehr Zeit mit einer Antwort ließ, wuchs der Drang ins Unermessliche, mein Handy aus dem Fenster zu werfen und in mein Lenkrad zu schreien.

Dann trudelte seine Nachricht ein. Blitzschnell öffnete ich sie: *Er ist in diesem Krankenhaus.* Er schickte mir den Standort. *Wir wissen nichts Genaues. Wohl ein Beinbruch.*

Ich schnaubte. *Ein Beinbruch!? Als ob das nur ein einfacher Beinbruch gewesen wäre!*

Mehr hat Coach Black uns nicht gesagt. Nur, dass sie ihn gerade wieder zusammenflicken.

Ich schluckte. Hätte er kein besseres Wort finden können? Unwillkürlich zuckten Bilder vom Match vor meinem inneren Auge auf – von Jeffs Unterschenkel, der völlig losgelöst von seinem Knie durch die Luft gewirbelt wurde. Mein Magen krampfte sich zusammen, und mir wurde übel. Ich lehnte mich in meinen Sitz zurück und schloss die Augen, was aber alles nur noch schlimmer machte.

Bitte mach, dass es ihm gut geht.

Ich hatte seit Jahren nicht mehr aufrichtig gebetet. In der Schule war ich zur Katholikin erzogen worden, aber in meinem Elternhaus hatte man nicht nach den Werten und Normen von Religionen gelebt, sondern nach denen der amerikanischen Wirtschaft. Ich hatte nie einen Gott in meinem Leben gebraucht, weil ich Geld gehabt hatte – das hatte ich zumindest geglaubt. Aber auf einmal hatte ich das Gefühl, dass mir jetzt nur noch eine höhere Macht helfen konnte. *Bitte. Ich mache alles, was du von mir verlangst. Aber bitte lass es nicht so schlimm sein.*

Es dauerte eine geschlagene Stunde, bis Rosita zurückkehrte.

»Wie war es?«, fragte ich, unwissend, ob es sich in dieser Situation überhaupt gehörte nachzuhaken.

»Informativ«, erwiderte sie, klang aber nicht besonders begeistert – wie erwartet. Sie zog die Beifahrertür ins Schloss. »Jetzt möchte ich aber gern meinen Sohn sehen, wenn das in Ordnung ist.«

Ich lächelte erleichtert. *Und ich erst.* Einen Umweg weniger, den ich einplanen musste. »Ich weiß, wo er ist.«

Während der Fahrt stieg dieselbe Nervosität in mir auf, die mich schon im Stadion befallen hatte. Vorhin hatte ich befürchtet, dass etwas passieren könnte. Jetzt wusste ich, dass etwas passiert war, und konnte nur hoffen, dass es nicht zu schlimm um ihn stand.

Gleichzeitig war mir klar, dass die Sache übel ausgesehen hatte. Verdammt übel sogar. Was, wenn es das für Jeffs Football-Karriere gewesen war? Was würde er dann tun? Was würden *wir* tun?

Ja. *Wir.* Es musste etwas geben, das ich tun konnte – und wenn es nur ein kleines bisschen war. Und rein zufällig gab es einen Weg, wie ich helfen konnte. Einen Weg, auf den mich alles geführt hatte, was während der letzten Monate passiert war.

Dads Deal bestand immer noch. Wenn ich mich für BWL oder irgendeinen anderen Studiengang einschrieb, der ihm in den Kram passte, würde ich mein Geld zurückbekommen. Geld, das ich inzwischen nicht mehr brauchte, weil ich in den letzten anderthalb Jahren gelernt hatte, ohne es zurechtzukommen. Und das an anderer Stelle viel besser aufgehoben wäre.

Es musste Schicksal sein, dass auf einmal alle Puzzleteile nahtlos zusammenpassten. Eine angenehme Wärme breitete sich in meinem Inneren aus, als ich zum ersten Mal seit einer Woche aufrichtige Hoffnung schöpfte. Egal wie es um Jeff stand – alles würde gut werden. Dafür würde ich höchstpersönlich sorgen.

18. Kapitel

Krankenhäuser hatten schon immer ein unbehagliches Gefühl in mir ausgelöst, weshalb ich es bisher tunlichst vermieden hatte, eines zu betreten. Als meine beste Freundin zu High-School-Zeiten von einem Auto angefahren worden war und zwei Wochen in einem verbracht hatte, hatte ich sie kein einziges Mal besucht …

Wir hatten heute keinen Kontakt mehr.

Jetzt konnte ich es kaum erwarten, in Jeffs Krankenzimmer zu stürmen – obwohl ich mir nicht einmal sicher war, ob ich das durfte.

Die Rezeptionistin schenkte mir einen schiefen Blick, doch als Rosita sich als Jeffs Mutter auswies, entspannte sie sich. Wir wurden dazu aufgefordert, uns in einen Wartebereich zu setzen, ehe ein Arzt zu uns eilte und Ms. Moreno in knappen Worten mitteilte, dass Jeff sich mehrere Brüche zugezogen hatte und sich noch im OP befand. Zu meiner Überraschung stellte Jeffs Mom keine Fragen, sondern nickte einfach nur.

Und dann warteten wir. Mehrere Stunden lang. Während meine Anspannung mit jeder Sekunde größer wurde, wirkte Ms. Moreno ruhig. Schließlich trat die Rezeptionistin an uns heran und teilte uns mit, in welchem Zimmer er sich aufhielt. »Aber bleiben Sie nicht zu lange!«, ermahnte sie uns. »Er ist gerade erst aufgewacht und muss sich erholen.«

»Ich werde vor der Tür warten«, teilte ich Rosita mit. »Sie wollen sicher mit ihm allein sein.« Außerdem war es draußen schon dunkel und die Besuchszeit bestimmt sowieso bald vorbei.

»Will ich.«

Wir schritten zum Aufzug, und sie drückte die Taste mit dem Pfeil nach oben darauf. Dann richteten wir beide den Blick nach oben und beobachteten die digitale Anzeige, die gerade eine 3 zeigte … und zwei Minuten später immer noch.

Rosita seufzte. »Lass uns die Treppe nehmen.«

»S-sind Sie sich sicher?«, fragte ich zögerlich. »Sie sollten sich lieber schonen.«

Sie schnaubte. »Kein Grund, mich wie eine alte Frau zu behandeln. Ich mag krank sein, aber *noch* sterbe ich nicht.« Obwohl sie mir ein Lächeln schenkte, konnte ich sie einfach nur entsetzt anstarren.

Mir fiel ein Stein vom Herzen, als in diesem Moment ein Klingeln neben uns ertönte und die Aufzugtüren sich öffneten.

Vor Jeffs Tür angekommen, ließ ich mich auf einen der drei schmucklosen Stühle fallen, die auf dem Gang herumstanden, und beobachtete Rosita dabei, wie sie eintrat. Die Tür besaß ein längliches Fenster, doch von meiner Position aus konnte ich nur das Fußgestell des Betts erkennen, jedoch nichts von dem Mann, der darin lag.

Wie es ihm wohl ging?

Ich starrte meine Hände an, die ich im Schoß gefaltet hatte. Schon wieder saß ich untätig herum. Schon wieder musste ich warten. Ich hielt es kaum mehr aus. Ich wurde so unruhig, dass ich damit begann, auf und ab zu laufen. Als ich deswegen zum dritten Mal einer Krankenschwester im Weg stand, verließ ich meine Position endgültig und wanderte im Stockwerk herum, bis ich auf einen Kaffeeautomaten stieß und mir erleichtert einen kaufte – schwarz und ungesüßt, weil mir zusätzlicher Zucker in meinem Zustand nicht guttun würde.

Ich hatte noch nicht einmal daran genippt, als ich auf meinen Platz zurückkehrte – und Rosita zeitgleich aus Jeffs Zimmer kam.

»S-sie sind schon fertig?« Besorgt blickte ich von ihr zur Tür und wieder zurück. »Wie geht es ihm?«

Sie lächelte. »Frag ihn das doch selbst.«

Heftig schüttelte ich den Kopf. »Ich will Sie nicht warten lassen. Sie sind sicher erschöpft und -«

»Kein Problem«, unterbrach sie mich sanft. »Mein Neffe wird mich abholen.« Sie nahm meine Hand und drückte sie kurz. »Geh zu ihm. Er wartet auf dich.« Dann wandte sie sich ab und schritt den Gang entlang davon.

Ich schluckte. Ich hatte keine Ahnung, was mich dort drinnen erwarten würde. Von einem kerngesunden Jeff, der mir verzieh, bis hin zu einem verkrüppelten Jeff, der mich zum Teufel jagen würde, war einfach alles möglich.

Als ich eintrat, lag er auf dem Rücken, sein linkes Bein war bandagiert und in eine Art Tuch gebettet, das wiederum an der Decke befestigt war. Als er mich erkannte, weiteten seine Augen sich leicht, änderten aber nichts daran, dass er einfach nur erschöpft aussah. »Cary.« Der bloße Klang seiner rauen Stimme brachte mein Herz zum Schmelzen.

Ich lächelte zögerlich. »Hi.« Ich blieb ein paar Schritte entfernt stehen. »Wenn du zu erschöpft bist ... also ... Ich kann auch wieder ...«

»Nein«, unterbrach er mich und nickte zu einem Stuhl hin, der neben seinem Bett stand. »Setz dich, bitte.«

Erleichtert überbrückte ich die restliche Distanz zu ihm und ließ mich dort nieder. »Ich hab Kaffee dabei.«

»Ich bin mir nicht sicher, ob -« Jeff starrte den Becher in meiner Hand an, und etwas Sehnsüchtiges trat in seinen Blick. »Gerade eben würde ich für Kaffee sterben«, gestand er dann und nahm ihn dankbar an.

Ich musterte ihn und vor allem sein verarztetes Bein. »Tut es ... weh?«, fragte ich unbeholfen.

»Sie haben mir Schmerzmittel gegeben«, erwiderte er. »Wenn du ein unangenehmes Interview mit mir führen wollen würdest, wäre das der perfekte Zeitpunkt.« Er lächelte matt. »Ich stehe unter Drogen und kann nicht mal weglaufen.«

Ich kicherte, und endlich fiel ein Teil meiner Anspannung von mir ab. Wenn auch nur ein kleiner. Ich griff nach seiner Hand. »Was haben sie gesagt?«

Jeff stieß einen tiefen Seufzer aus. »Es ist ungefähr alles gebrochen, was man unterhalb meines Knies finden kann.« Langsam schüttelte er den Kopf. »Sie wissen nicht, ob es wieder wird. Mit etwas Glück und Zähigkeit kann ich vielleicht wieder Football spielen. Mit großem Pech werde ich nicht einmal mehr richtig laufen können.«

Meine Hand verkrampfte sich um seine. »Nach allem, was passiert ist«, murmelte ich, »wäre etwas Glück das Mindeste.«

»Habe ich mir auch gedacht.« Sein Daumen strich sanft über meinen Handrücken. »Ich bin froh, dass du gekommen bist.«

Ich spürte eine ungeahnte Wärme in mir aufsteigen – begleitet von der Verzweiflung, die sich in den letzten Tagen in mir angestaut und heute ihren Höhepunkt erreicht hatte. »Jeff«, flüsterte ich, während sich bittere Tränen in meinen Augen sammelten. »Es tut mir so leid.«

»Hey.« Er schüttelte den Kopf. »Es gibt nichts, was dir leidtun muss. Die Jungs haben mich über den Haufen gerannt, nicht du.«

Anstelle einer Antwort gab ich ihm einfach nur ein Schluchzen. »Der Artikel«, brachte ich gerade so hervor, bevor der Schwall aus Tränen meine Augen verließ und meine Wangen hinabrollte. »Ich hätte es verhindern müssen.«

»Das konntest du nicht.« Im Gegensatz zu mir war er vollkommen ruhig. »Und das ist Schnee von gestern. Ich habe in die Kamera gesagt, was es zu sagen gibt. Und das war es. Außerdem«, fügte er hinzu und richtete den Blick auf sein Bein, »habe ich jetzt sowieso ganz andere Probleme.« Er machte eine Pause, in der ich es irgendwie schaffte, mich wieder am Riemen zu reißen und mir mit der freien Hand übers Gesicht zu wischen – und damit auch die letzten Reste meines Make-ups endgültig zu verschmieren. »Meine Mom hat erzählt, was du für sie getan hast«, sagte er dann mit rauer Stimme. »Danke.«

Ich zwang meine Mundwinkel nach oben. »War doch das Mindeste. Schließlich warst du«, ich zuckte die Achseln, »verhindert.«

Jeff lächelte schief. »Sie hat ganz schön von dir geschwärmt, weißt du das? Sie mag dich.«

Mein Herz machte einen Satz. »Wirklich?« Denn für mich war sie bis zuletzt undurchschaubar gewesen. Deshalb zögerte ich, bevor ich weitersprach: »Du weißt, dass sie nur zu diesem Termin gehen wollte, um dich zu beruhigen, oder?«

Einen Augenblick sah er erstaunt drein, doch dann lachte er leise. »O Mann. Sie ist eben doch meine Mutter. Und du«, fügte er hinzu und betrachtete unsere verschränkten Finger, »bist einfach unglaublich.«

»Unglaublich furchtbar«, ergänzte ich. »Aber das wusste ich schon vorher.«

»Nein«, widersprach er. »Einfach nur unglaublich.« Er hob meine Hand an seine Lippen und küsste meine Finger. »Als es passiert ist ... Als ich da lag und nichts als Schmerzen gespürt habe, wusste ich sofort, was los ist. Was der Schmerz bedeutet. Und trotzdem habe ich keinen Gedanken an meine Karriere, den Football oder die NFL verschwendet.« Er sah mir tief in die Augen. »Alles, woran ich denken konnte, war, dass ich nicht auch noch die Frau verlieren kann, die ich liebe.«

Ich atmete bebend ein, während der Wirbelsturm aus Gefühlen sich allmählich legte und nur noch das Kribbeln zurückließ, das nur Jeff in mir auslösen konnte. »Jeff ...« Meine Stimme brach, denn ein Teil von mir hatte die Hoffnung längst aufgegeben, je wieder solche Worte aus seinem Mund zu hören.

Er ließ meine Hand los und stellte seinen Becher auf dem Nachttisch ab, um sich umständlich gerade hinzusetzen. »Komm her« sagte er dann und rückte, soweit es mit den Verbänden ging, zur Seite.

Ich zog anstandshalber meine Schuhe aus und setzte mich neben ihn aufs Bett. Er legte einen Arm um meine Schultern, und ich lehnte mich an ihn, um endlich wieder seine Wärme spüren zu können, die ich schon seit einer schieren Ewigkeit vermisste. »Tut mir leid«, drang seine Stimme an meine Ohren, »dass ich mich nicht gemeldet habe. Es war ... sehr viel zu verdauen. So viel auf einmal. Und das Finale ...«

»Ich weiß«, beruhigte ich ihn. »Ich weiß.«

»... aber jetzt spielt das alles keine Rolle mehr«, sagte er zu meiner Überraschung. »Ich bin einfach nur froh, dass du hier bist.«

Was er sagte, rührte mich so sehr, dass ich den nächsten Schluchzer fast nicht unterdrücken konnte. Ich setzte mich aufrecht hin, um ihm in die Augen sehen zu können, und traute mich fast nicht, die Frage zu stellen, die mir seit Stunden auf der Zunge lag. »Was ... was sind wir jetzt, Jeff?«, fragte ich so leise, dass ich meine

Worte über dem dumpfen Schlagen meines Herzens selbst kaum hören konnte.

Jeff strich mir eine blonde Haarsträhne hinters Ohr. »Wir können sein, was immer wir wollen.«

Ich schluckte. »Und was willst du?«

Er lächelte das Lächeln, mit dem er mich schon an Tag eins in seinen Bann gezogen hatte. »Ich will mit dir zusammen sein, Cary. Ich will seit Wochen nichts anderes mehr.« Dann senkte er den Blick. »Was ist mit dir?«

Ich schnaubte verwirrt. »Ist das wirklich eine Frage?«

Er hob eine Braue. »Ich bin ein Krüppel mit einer kranken Mutter, der sich lieber vergräbt, anstatt Dinge auszudiskutieren. Nicht die beste Partie, würde ich sagen.«

»O doch!« Ich legte eine Hand auf seine Wange. »Für mich bist du die allerbeste Partie, Jeff Moreno.«

Er legte seine Hand auf meine und strahlte heller als die Nachmittagssonne, deren Licht das Finalspiel erhellt hatte. Wie bei unserem ersten Kuss hatte ich keine Ahnung, wer von uns den Anfang machte, aber irgendwie trafen unsere Lippen aufeinander und besiegelten endgültig etwas, worauf ich zuletzt nicht mehr zu hoffen gewagt hatte.

»Also«, hob Jeff zögerlich an. »Du willst Los Angeles verlassen?«

Ich wandte den Blick ab. »Ich denke schon«, sagte ich leise. Zugegeben, ich hatte mir noch nicht besonders viele Gedanken darüber gemacht, wie es weitergehen sollte. Vor allem nicht, seit Jeff von den beiden Texanern zu Boden geworfen worden war. »Ich will das alles hinter mir lassen. Und ich sehe keinen anderen Weg.«

»Auch dein Studium?«, fragte er und klang dabei ehrlich erstaunt.

»Natürlich«, bekräftigte ich. »Das mehr als alles andere!«

Jeff runzelte die Stirn. »Das war doch dein Traum, Cary. Du kannst ihn doch nicht wegen Mike und Chris wegwerfen.« Es überraschte mich, diese Worte gerade aus Jeffs Mund zu hören, wo es doch meine Arbeit für die *Trojan Horse* gewesen war, die ihm am meisten geschadet hatte. »Willst du wirklich, dass sie diese Macht über dich haben?«

»Es geht nicht um sie«, beharrte ich, obwohl das nur die halbe Wahrheit war. »Es geht um den Journalismus selbst. Die Tatsache, dass man hinterhältig und herzlos sein muss, um darin Erfolg zu haben.«

Jeff verzog keine Miene. »Glaubst du das wirklich?«

Seine Frage drohte mir den Wind aus den Segeln zu nehmen. »Wie könnte ich das nicht mehr glauben – nach allem, was passiert ist?«

Er dachte kurz nach. »Keine Ahnung, wie wertvoll meine Meinung ist, aber … ich glaube an *dich*«, sagte er fest. »Und wenn es eine Sache gibt, die ich über dich weiß, dann dass du deine Arbeit liebst. Du hast sie genug geliebt, um deine Eltern und dein Geld hinter dir zu lassen«, erinnerte er mich. »Und jemand, der so verbissen und sturköpfig ist wie du«, ein Zucken ging durch seine Mundwinkel, »kann immer Erfolg haben. Vielleicht nicht nach den Maßstäben von Menschen wie Mike«, fügte er hinzu. »Aber nach deinen eigenen Maßstäben ganz bestimmt.«

Wow. So eine Ansprache für den Journalismus hatte ich überhaupt nicht von ihm erwartet. Und irgendwie hatte er ja recht. Journalismus war mein Traum gewesen. Sollte ich wirklich wegen eines einzigen Rückschlags vor meinem Traum davonlaufen?

Diesen Gefallen wollte ich Mike nicht tun. »Weißt du, was?«, fragte ich leise. »Du hast völlig recht.« Es gab auch einen anderen Weg. Eine gute Journalistin zu sein musste nicht bedeuten, das Leben von anständigen, ehrbaren Leuten zu zerstören. Stattdessen könnte ich anderen damit helfen. Ihnen eine Stimme geben. Mädchen wie Lea zum Beispiel, die allein nicht die Kraft dafür aufbrachten.

»Ich kann es anders machen. Und mit bestem Beispiel vorangehen.« Auf einmal fühlte ich mich von einer neuen Energie erfasst. Das Problem war nicht der Journalismus, sondern die Menschen, die ihre Macht missbrauchten. Aber wenn ich nicht länger zu ihnen gehörte, gäbe es nichts, das ich mir vorwerfen könnte.

Jeff strich mir sanft über die Schulter. »Ich bin mir sicher, dass du das wirst.« Er sah mir tief in die Augen, und in diesem Moment war ich einfach nur glücklich, ihn endlich wiederzuhaben.

Ich zuckte zurück, als die Tür sich öffnete, schaffte es aber nicht rechtzeitig auf meinen Stuhl.

Wie sich herausstellte, war das auch nicht nötig. Denn hereinspazierten die beiden letzten Menschen, die ich hier erwartet hätte: Mom und Dad.

Mir klappte die Kinnlade herunter. »Was macht ihr denn hier?« Sofort sprang ich auf die Füße. »Verschwindet gefälligst!«, sagte mein Mund, bevor mein Unterbewusstsein die Worte absegnen konnte – was es rückwirkend aber trotzdem tat. Sie hatten absolut kein Recht, hier zu sein.

Jeff ergriff meine Hand, bevor ich noch eine weitere Bewegung machen konnte. »Schon gut«, sagte er sanft. »Es ist okay.«

Heftig schüttelte ich den Kopf. »Nein, ist es nicht!«, beharrte ich, blieb aber, wo ich war. »Warum haben sie euch überhaupt reingelassen?«

»Aus demselben Grund, warum sie uns überall reinlassen««, erwiderte Dad trocken. »Weil wir mit einem Scheck gewunken haben.«

Ich riss die Augen auf. »Nicht. Euer. Ernst.«

Er machte eine wegwerfende Handbewegung. »Wer könnte sich schon an einer spontanen Spende für das Krankenhaus stören?«

»Ich weiß nicht«, sagte ich schroff. »Das Finanzamt vielleicht?« Widerstrebend ließ ich mich auf Jeffs Bettkante nieder. »Und was wollt ihr hier?«

»In erster Linie wollten wir mit dir sprechen«, hob Mom an und verwirrte mich damit umso mehr.

»Und woher wusstet ihr, dass ich hier sein würde?«

Sie schenkte mir einen Blick à la *dass du das noch fragen musst!*, und ich beließ es dabei.

Ich atmete tief durch und versuchte, meinen Ärger über das letzte Abendessen mit ihnen nicht die Oberhand gewinnen zu lassen. Schließlich hatte sich in der Zwischenzeit so vieles geändert. Dass sie hier waren, fühlte sich wie ein Wink des Schicksals an – denn damit erinnerten sie mich an den zweiten wichtigen Grund, weshalb ich den Journalismus unbedingt an den Nagel hängen musste. »Wisst ihr, was?«, fragte ich. »Ihr beiden kommt mir eigentlich ganz gelegen.« Ich fixierte Dad. »Ich nehme dein Angebot an.«

Dad runzelte die Stirn. »Wie bitte?«

Ich drückte Jeffs Hand. »Ich mache, was auch immer ihr von mir wollt. Ich steige in die Firma ein. Ist mir egal. Aber gebt mir mein Konto nicht zurück.« Ich sah ihn an. »Sondern übertragt es auf Jeff.«

Als mein Blick zurück zu meinen Eltern zuckte, starrten mich die beiden wie Fische ohne Wasser an.

»Es ist für seine Mom«, erwiderte ich. »Für ihre Behandlung. Sie braucht das Geld, und zwar so schnell wie möglich. Es ist nicht annähernd genug«, lenkte ich ein, »aber es ist ein Anfang. So lange, bis wir wissen, ob Jeff weiter Football spielen kann.«

Dads Miene verfinsterte sich.

»Nein.«

Ich erschrak. Denn es war nicht er, der ohne zu zögern abgelehnt hatte – sondern Jeff. »Was?«, fragte ich entgeistert und sah mich nach ihm um.

Entschieden schüttelte er den Kopf. »Das kommt nicht infrage, Cary. Ich nehme keine Almosen. Weder von dir noch von irgendjemandem sonst.«

Meine Schultern sackten herab. »Ernsthaft jetzt?« Warum packte er seinen Männerstolz gerade jetzt aus, wo es absolut nicht angebracht war? »Es geht hier um deine Mom!«

»Genau.« Seine Augen verengten sich leicht. »Es ist *meine* Familie. Und *ich* muss für sie sorgen. Egal wie.«

Fassungslos starrte ich ihn an. Für einen Moment verschlug es mir die Sprache. »Aber -« Ich stockte. »Aber wie -«

Aus dem Augenwinkel sah ich, wie meine Eltern einen Blick wechselten. »Vielleicht können wir ja Abhilfe schaffen«, schaltete Dad sich dann ein.

»Nein, Mr. Jenkins«, winkte Jeff ab. »Ich will wirklich kein -«

»Ich werde dir kein Geld schenken«, entgegnete Dad bestimmt und trat näher ans Bett heran. »Ich gewähre dir einen Kredit.«

»Was?«, fragten Jeff und ich wie aus einem Mund.

»Die Saison beginnt im September«, erklärte mein Vater ruhig.

»Wenn du in ein Team gewählt wirst, wirst du die Behandlungskosten selbst übernehmen können. Bis dahin werden wir die Kosten für ein Krebsprogramm deiner Wahl begleichen. Jeden Monat. Ab sofort.«

Auf einmal kam mir alles an dieser Situation unwirklich vor. War das hier ein Traum? War ich auf dem Weg zum Krankenhaus von der Fahrbahn abgekommen und lag in Wirklichkeit im Koma? War das tatsächlich Dad, oder war er während des Finalspiels von einem gutmütigen Alien ersetzt worden?

»Nein«, zerriss Jeff meine Gedanken in kleinste Fetzen. »Das kann ich unmöglich annehmen. Wenn ich nicht in die NFL aufgenommen werde, kann ich das nie zurückzahlen.«

»Sie *werden* dich nehmen«, widersprach Dad nüchtern. »Wir haben dich spielen sehen. Du warst großartig«, sprach er dann etwas aus, das ich schon seit Jahren nicht mehr aus seinem Mund gehört hatte. »Wir haben keinen Zweifel, dass ein Team dich auswählen wird.«

Jeff starrte sein höher gelegtes Bein an. »Und wenn nicht?«

»Dann«, antwortete Dad gedehnt, »wirst du wohl oder übel für uns arbeiten müssen, um das auszugleichen.«

»Ach, Dad!«, stöhnte ich.

Er zuckte die Achseln. »Also sieh besser zu, dass du dich schnell erholst.« Und wieder feierten wir eine Premiere – indem mein Vater zum ersten Mal einen meiner Freunde anlächelte.

Das gab den Ausschlag. Irgendetwas stimmte nicht. Dad würde so etwas nie ohne Hintergedanken billigen, geschweige denn selbst vorschlagen! Was war sein Plan?

Ich zügelte meine Freude. »Warum?«, fragte ich. »Warum gerade jetzt? Was hat sich verändert?«

Es war nicht Dad, der antwortete. Und die Antwort war die letzte, mit der ich gerechnet hatte. »Du«, erwiderte Mom sanft. »Wir haben dich noch nie so glücklich gesehen wie an Weihnachten.« Sie sah Jeff an. »Und noch nie so traurig wie bei unserem letzten Dinner.«

»Und auch, wenn wir deine Lebensentscheidungen nicht immer nachvollziehen können«, fügte Dad widerstrebend hinzu, »wollen wir ihnen nicht länger im Weg stehen.« Er nickte bekräftigend. »Du bist unsere einzige Tochter, und von jetzt an werden wir dich immer unterstützen.«

Ein gelöstes Lächeln breitete sich auf meinem Gesicht aus. Die beiden hatten keine Ahnung, wie lange ich mich nach diesen Worten gesehnt hatte.

Ich riss den Kopf förmlich zu Jeff herum. »Ist das okay?«, fragte ich eifrig. »Das ist doch okay, oder?«

»I-ich …« Jeff sah so aus, als fühlte er sich mehr als unwohl in seiner Haut –, und das nicht wegen seines mehrfach gebrochenen Beins. »Ich schätze schon.«

»Natürlich ist es das!«, bekräftigte ich kichernd. Ich schloss meine Hände um seine. »Und du wirst in der NFL spielen. Das verspreche ich dir.« Ich reckte das Kinn. »Und habe ich jemals ein Versprechen gebrochen?«

Zweifelnd legte Jeff den Kopf schief.

»Hey!«, beschwerte ich mich und ließ seine Hand los.

Als Jeff zu lachen anfing, konnte ich nicht anders, als einzustimmen. »Ich habe nur Spaß gemacht.« Er holte sich meine Hand zurück und ließ sie nicht mehr los. »Ich vertraue dir, Cary.« Er hatte nicht die geringste Ahnung, dass diese drei Worte nach allem, was geschehen war, das größte Geschenk waren, das er mir machen konnte.

19. Kapitel

Der Fernseher lief auf voller Lautstärke, damit man ihn auch ja im ganzen Haus hören konnte – und das Jenkins-Anwesen war schließlich nicht gerade klein. Während Mom, Dad und das Personal die ganze Zeit über umherwuselten, in andere Räume wechselten oder rausgingen, blieben Jeff und ich im Wohnzimmer. Unsere Augen klebten unaufhörlich am Fernseher und starrten die Namen, Fotos und Team-Logos an, die dort in regelmäßigen Abständen gezeigt wurden. Ab und an zuckte sein Blick unruhig zu seinem Handy, das einfach nicht klingeln wollte. Man wusste nie, auf welchem Weg man seinen Draft zuerst erfahren würde: übers Fernsehen oder den Anruf seines zukünftigen Managers.

Es war Ende April. Etwas mehr als drei Monate waren vergangen, seit Jeff sich im Finalspiel das Bein gebrochen hatte. Dank der OP hatte er schon bald den Gips abnehmen können, und obwohl er es zunächst langsam angegangen war, hatte er inzwischen schon wieder mit leichtem Training anfangen können. Bis September wäre er wieder ganz der Alte – und noch besser.

Fragte sich nur noch, *wo* er dann wäre.

Ja, er war verletzt gewesen. Aber er war auch zum wertvollsten Spieler im Finale ernannt worden. Das musste doch zumindest ein einziges NFL-Team von ihm überzeugen, oder nicht?

Genau wie die Spiele konnte der Draft sich ewig ziehen. Die ersten Runden gestern und vorgestern hatten über sechs Stunden gedauert, und ich bezweifelte, dass der Prozess heute schneller über die Bühne gebracht werden würde. Also: noch mal sechs Stunden des Bangens und der Ungewissheit.

Die fünf Minuten Wartezeit zwischen jedem Pick der NFL-Teams fühlte sich mit jedem Mal länger an. Jeff war mindestens so angespannt wie ich. Ich erkannte es am Zug um seine Kiefer und der

Tatsache, dass sein Kaffee auf dem Tisch vor uns kalt wurde, während ich meinen längst ausgetrunken hatte.

Rosita konnte heute nicht hier sein: Sie befand sich mitten in der Therapie. Die Behandlungsmethode hatte gut angeschlagen, doch sie musste unter ständiger Beobachtung stehen, damit die Fortschritte überwacht werden konnten.

»Vaughn Schmitt!«, riss der Kommentator mich aus meinen Gedanken. »San Francisco 49ers!«

»Nicht euer Ernst!«, stieß ich hervor. »Nicht euer verdammter Ernst!« Nicht nur, dass er im Finalspiel einen Interception verursacht hatte – was ungefähr das Schlimmste war, was einem Quarterback passieren konnte. In den letzten Monaten hatten sich mehr und mehr Studentinnen zu Wort gemeldet, die von unseren Sportstars belästigt worden waren – oder Schlimmeres. Auch gegen Vaughn waren Vorwürfe erhoben worden, nicht zuletzt von Lea, die aber noch keine Anzeige gegen ihn erstattet hatte, weil Vaughns Anwalt ihr einen Vorschlag nach dem anderen unterbreitete, die Sache außergerichtlich zu klären. Eine Hinhaltetaktik, weil weder San Francisco noch ein anderes Team jemals einen Spieler draften würden, der ein Gerichtsverfahren am Laufen hatte.

Jeff legte eine Hand auf meinen Oberschenkel. »Ist okay«, sagte er, klang dabei aber nervös. »Solange *ich* nicht dort lande, ist das völlig okay.«

»Die Wahrscheinlichkeit ist nicht besonders groß«, versuchte ich eher mich selbst zu beschwichtigen als ihn. Wenn Jeff in derselben Mannschaft wie Vaughn landete … Nein. Das hatte niemand von uns verdient. »Aber warum wird er vor dir gewählt?«, brummte ich. »Was soll das?«

Jeff zuckte die Achseln. »Ich war verletzt.« Er blickte auf sein Bein hinab. »Vielleicht haben viele Vereine Angst, dass ich ab jetzt anfälliger für weitere Unfälle bin.«

»So ein Schwachsinn«, murmelte ich.

Jeffs Name befand sich in den Rankings im Mittelfeld der Kandidaten, die sich für den Draft qualifiziert hatten. Das war aber kein Grund zur Sorge. Es war mir sogar lieber als eine Position auf dem Spitzenplatz – egal was andere darüber dachten. Denn die schlechtesten Teams aus der Vorsaison durften beim Draft zuerst wählen. Das bedeutete, wer am Anfang der Liste stand, wurde in den meisten Fällen von einem Verlierer-Team rekrutiert. Und auch wenn beim Football alles möglich war, waren das nicht unbedingt die rosigsten Aussichten, die man sich vorstellen konnte.

Zum Draft gab es jedes Jahr unzählige Statistiken, Schätzungen und Vorhersagen. Es war untertrieben zu sagen, dass ich jede davon in mich aufgesaugt hatte – mindestens zweimal. Jeff war in den meisten von ihnen vorgekommen. Die Teams, denen man ihn zugeordnet hatte, waren ganz unterschiedlich gewesen, aber nach Wochen des Bangens war mir klar geworden, dass es vollkommen egal war. Er würde in der NFL spielen! Es müsste schon eine verdammt große Katastrophe passieren, um das noch zu ver-

Ich dachte den Gedanken lieber nicht zu Ende – musste ich aber auch nicht, weil in diesem Moment die Türklingel ertönte. Irritiert drehte ich den Kopf und warf meiner Mom einen Blick zu, die am Esstisch in einer Tageszeitung blätterte. »Habt ihr jemanden eingeladen?«

Sie sah nicht einmal auf. »Mhm, kann sein«, trällerte sie, während Nancy zur Tür eilte.

Da war ich aber gespannt. Jeff stützte sich mit einem Arm auf der Rückenlehne ab, um sich ebenfalls umsehen zu können – in dem Moment, in dem eine kleine, dünne, aber nicht annähernd so blasse Frau wie vor drei Monaten in den Wohnbereich trat.

Er riss die Augen auf. »*Mamá*«, stieß er hervor und sprang auf die Füße.

Rosita lächelte. »Jeff«, sagte sie – das vermutete ich zumindest, auch wenn es aus ihrem Mund wie ein völlig anderes Wort klang.

»Was machst du hier?« Jeff kam ihr entgegen und schloss sie in die Arme, wodurch sich ihr schmächtiger Körper beinahe in seinem wuchtigen verlor.

»Ich kann doch nicht deinen großen Tag verpassen«, erwiderte sie mild. »Nicht noch einmal.«

»Ach!«, zischte Jeff. Es wirkte so, als wollte er gereizt klingen, scheiterte dabei aber kläglich. »Das wäre doch nicht nötig gewesen! Und wer sagt überhaupt, dass das hier mein großer -«

In diesem Moment klingelte Jeffs Handy. Wir rissen schlagartig alle die Köpfe herum und starrten das Telefon an, das immer noch vor mir auf dem Tisch lag.

»O mein Gott«, stieß ich hervor und starrte auf die unbekannte Nummer auf dem Bildschirm. »Das sind sie! Das sind sie!«

Ich hatte keine Gelegenheit, um mich auf die Vorwahl zu fokussieren, da hatte Jeff sein Handy vom Tisch gerissen und ging ran. Seine Stimme bebte etwas, als er sich meldete: »Jeff Moreno.«

»Wer ist es?«, flüsterte meine Mom so laut, dass es keinen Sinn ergab.

Hilflos zuckte ich die Achseln. Ich starrte Jeff in der Hoffnung auf den winzigsten Hinweis an, welches Team ihn in seine Mannschaft gewählt hatte, doch stattdessen wandte er sich ab und gewann etwas Abstand zu uns. Mein Herz schlug immer schneller.

Nicht San Francisco. Alles, nur nicht San Francisco.

Ich war so fokussiert auf Jeff, dass ich die Stimme im Fernseher kaum wahrnahm, als sie sagte: »Jeff Moreno.«

Mein Herz machte einen Satz. Ich wandte mich dem Fernseher zu – und sah sein Bild, das den halben Bildschirm verdeckte. »Dallas Cowboys!«

»O mein Gott«, hauchte ich wieder. Dann fiel die Gewissheit mit einem Paukenschlag über mich herein. »O mein Gott!« Mein Kreischen übertönte alles andere, sogar den Fernseher, und ich sprang so plötzlich auf die Füße, dass ich gegen den Tisch stieß und unsere Kaffeetassen zum Klirren brachte. »Jeff!« Ich fuhr in dem Moment zu ihm herum, in dem er das Handy sinken ließ. Seine Augen waren weit aufgerissen, als könnte er nicht glauben, was gerade passierte.

»Dallas Cowboys«, sagte er mit rauer Stimme, während er auf unsicheren Beinen zu mir zurückkehrte.

»Dallas Cowboys!«, schrie ich, machte einen Satz auf ihn zu und sprang in seine Arme.

Jeff hielt mich fest und wirbelte mich einmal um sich herum. Dann ließ er mich runter und drückte mich an sich, wie er es noch nie im Leben getan hatte. Obwohl ich kaum mehr Luft bekam, genoss ich jeden Augenblick. Die Dallas Cowboys waren großartig. Nicht nur waren sie *nicht* das Team, in dem Vaughn gelandet war –

ihrer Performance der letzten Jahre nach hätte sich Jeff kaum ein besseres Team wünschen können.

»Frank!«, hörte ich Mom rufen. »Es ist so weit.«

»Ich weiß«, antwortete Dad von oben. »Ich hab's laut und deutlich gehört.«

»Texas«, sagte ich leise und grinste. »Ausgerechnet Texas.« Jeff hatte sich im Spiel gegen eine Uni-Mannschaft aus Texas verletzt. Vielleicht war es so etwas wie Schicksal, dass er jetzt seine NFL-Karriere dort beginnen würde – vorausgesetzt, er wurde nicht woandershin getauscht.

Als Jeff von mir abließ, tat er das nur, um mein Gesicht in seine Hände zu nehmen und mich innig zu küssen. »Danke«, flüsterte er.

Ich blinzelte. »Wofür?«

Gedankenverloren strich er mir mit den Daumen über die Wangen. »Dafür, dass du für Chris eingesprungen bist, als er unser Interview abgesagt hat.«

Als seine Lippen abermals auf meine trafen, schlang ich die Arme um seinen Hals und ließ mich von der sanften Wärme seiner Berührung einlullen. In den ersten Wochen nach diesem einen verhängnisvollen Interview hatte es nur zu oft so ausgesehen, als würde ich nie wieder einen solchen Augenblick mit Jeff teilen – und ich lebte für jeden einzelnen davon.

»Wenn das nicht mal ein tolles Ergebnis ist, Ms. Moreno«, erinnerte die Stimme meiner Mutter uns daran, dass wir nicht allein waren. Wir lösten uns voneinander, und der Ausdruck in seinen braunen Augen ließ so viele Schmetterlinge in meinem Bauch tanzen, dass die Zeit überbrückt wurde, in der er zu Rosita trat.

Tränen glänzten in ihren Augen. »Ich bin so stolz auf dich, *mi hijo.*«

Während Jeff Rosita ein weiteres Mal in den Arm nahm, legte Mom mir eine Hand auf die Schulter und drückte sie kurz. »Wart's ab«, sagte sie verheißungsvoll. »Ab jetzt wird alles bergauf gehen.« Damit wich sie von meiner Seite.

Obwohl Dad normalerweise mit seiner bloßen Anwesenheit eine Schicht Eis in seiner Umgebung hinterließ, ebbte die Stimmung nicht ab, als er die Stufen nach unten kam. Unser Verhältnis war immer noch nicht so gut wie vor drei Jahren – aber immerhin besser als noch vor einem.

Er nickte mir kurz zu, ehe er Jeff eine Hand hinhielt. »Herzlichen Glückwunsch, Jeff.«

Als er Jeffs Hand schüttelte, konnte ich nicht sagen, wer wessen Finger zu zerquetschen drohte. »Danke, Mr. Jenkins.«

»Ach.« Dad machte eine wegwerfende Handbewegung. »Ich glaube, darüber sind wir hinweg.« Sein Blick zuckte kurz zu mir. »Nenn mich Frank.«

Jeff lächelte, und ich konnte ihm ansehen, dass er erleichtert war – vielleicht hatte er noch mehr auf diesen Moment hingefiebert als auf den Draft. »Danke, Frank.«

»Das schreit nach einem Champagner!«, flötete Mom, als sie auch schon mit einer Flasche in der Hand aus der Küche kam.

»Nicht für mich«, wehrten Jeff und Rosita gleichzeitig ab.

Etwas ratlos blickte Mom zwischen den beiden hin und her. Dann seufzte sie. »Die Morenos wieder«, tadelte sie die beiden, schenkte ihnen aber gleichzeitig ein strahlendes Lächeln.

Wir versammelten uns neben dem Tisch, während Mom vier Gläser mit Champagner befüllte und sogar Nancy dazuholte, um mit uns anzustoßen. Als Jeff sich neben mich stellte, legte er einen Arm um meine Schultern – und stutzte, als ich mein Handy aus der Hosentasche zog.

»Postest du das jetzt?«, fragte er irritiert, während Mom die Gläser befüllte und dabei pausenlos über Football, Charity und Charity-Football quasselte.

»Nicht doch!«, lachte ich.

Chris hatte mir geschrieben: *Glückwunsch.*

Ich schickte ihm einen Smiley zurück. Danach googelte ich *Universitäten in Dallas, Texas.* »Hast du wirklich gedacht, du könntest mich so einfach loswerden?«

Als ich wieder zu ihm hinaufsah, hatte ein Lächeln seine Miene erhellt. »Und was wirst du studieren, wenn ich fragen darf?«

Lächelnd erwiderte ich seinen Blick. »Journalismus. Aber diesmal mache ich es richtig. Und ja«, fügte ich bescheiden hinzu. »Vielleicht habe ich mich dafür von jemandem inspirieren lassen.«

Wissend hob Jeff eine Braue und beugte sich zu mir herab, um leise sagen zu können: »Ich hoffe, du wirst dich bei diesem Jemand noch angemessen bedanken.«

Verspielt biss ich mir auf die Unterlippe. »Dieser Jemand muss vielleicht gar nicht mehr so lange darauf warten.«

Die Champagnergläser wurden herumgereicht, und nur Jeff und Rosita gingen auf eigenen Wunsch leer aus.

»Nein, so passt das nicht«, beschwerte sich Mom. »Was können wir euch beiden denn anbieten?«

»Ich weiß nicht, wie es euch geht«, erwiderte Jeff und schenkte mir einen zärtlichen Blick, »aber ich habe unglaubliche Lust auf Kaffee.«

ENDE

Danksagung

Dieses Buch hätte es eigentlich gar nicht geben sollen. Es ist Lisa zu verdanken, dass ihr es jetzt doch in Händen haltet, weil sie mir immer und immer wieder einen Schubs in die richtige Richtung gegeben hat. Danke, Lisa!

Jetzt, wo das klargestellt ist, danke ich außerdem:

Meiner Lektorin Diana Roßlenbroich, die in jeder Phase des Veröffentlichungsprozesses das größte Engagement gezeigt hat.

Kaja Lange, die meine Manuskripte gerne auch mal an einem Tag liest, wenn die Hütte brennt. Tut mir leid, dass die Hütte so oft brennt.

Meiner Testleserin Svenja Meyer, die mir dabei geholfen hat, dem Football-Anteil dieses Buchs gerecht zu werden.

Florian, der sich mit meinem Football-Halbwissen herumschlagen musste, weil man so was eben über sich ergehen lässt, wenn man jemanden liebt.

Meinen Eltern, die inzwischen längst den Überblick über meine Geschichten und Manuskripte verloren haben, aber trotzdem immer da sind, um mich auf den Boden der Tatsachen zurückzuholen, wenn es nötig ist.

Allen Menschen, die es teilweise schon seit Jahren mit mir aushalten, obwohl ich über nichts anderes als Bücher rede.

Zu guter Letzt danke ich dir. Wer auch immer du bist und egal, ob du dieses Buch als E-Book, Print oder illegale Raubkopie in den Händen hältst: Danke, dass du Caroline und Jeff auf ihrer nicht immer einfachen Reise begleitet hast. Wir alle haben unsere eigene Reise vor uns, und ich bin mir sicher, dass dich deine auch ans Ziel führen wird – ganz egal, wie viele Umwege du dabei beschreiten musst.

P.S.: Falls du dir dieses Buch als illegale Raubkopie geholt hast:

Bitte ziehe in Erwägung, in Zukunft für Bücher zu bezahlen. Das wäre klasse.

Die Community für alle, die Bücher lieben

In der Lesejury kannst du
- ★ Bücher lesen und rezensieren, die noch nicht erschienen sind
- ★ Gemeinsam mit anderen buchbegeisterten Menschen in Leserunden diskutieren
- ★ Autoren persönlich kennenlernen
- ★ An exklusiven Gewinnspielen und Aktionen teilnehmen
- ★ Bonuspunkte sammeln und diese gegen tolle Prämien eintauschen

Jetzt kostenlos registrieren: www.lesejury.de

Folge uns auf Instagram & Facebook:
www.instagram.com/lesejury
www.facebook.com/lesejury